"十二五"普通高等教育本科国家级规划教材

海外华文文学教程（第二版）

A Course of Overseas Chinese Literature

饶芃子 杨匡汉 主编

暨南大学出版社
JINAN UNIVERSITY PRESS
中国·广州

图书在版编目（CIP）数据

海外华文文学教程/饶芃子，杨匡汉主编．—2版．—广州：暨南大学出版社，2014.9（2024.1重印）
ISBN 978-7-5668-1092-2

Ⅰ．①海…　Ⅱ．①饶…②杨…　Ⅲ．①华文文学—文学研究—世界—教材　Ⅳ．①I106

中国版本图书馆CIP数据核字（2014）第161837号

海外华文文学教程（第二版）
HAIWAI HUAWEN WENXUE JIAOCHENG（DI-ER BAN）
主　编：饶芃子　杨匡汉

出 版 人：阳　翼
责任编辑：苏彩桃　郭俐伽
责任校对：黄志波
责任印制：周一丹　郑玉婷

出版发行：暨南大学出版社（511443）
电　　话：总编室（8620）37332601
营销部（8620）37332680　37332681　37332682　37332683
传　　真：（8620）37332660（办公室）　37332684（营销部）
网　　址：http://www.jnupress.com
排　　版：广州市新晨文化发展有限公司
印　　刷：佛山市浩文彩色印刷有限公司
开　　本：787mm×1092mm　1/16
印　　张：19
字　　数：263千
版　　次：2009年7月第1版　2014年9月第2版
印　　次：2024年1月第8次
印　　数：10001—10800册
定　　价：48.00元

目　录 Contents

导　言

海外华文文学，是指中国以外其他国家、地区用汉语写作的文学，是中华文化外传以后，与世界各种民族文化相遇、交汇开出的文学奇葩。它在中国大陆学界的兴起和命名，始于20世纪70年代末80年代初，是从台港文学这一“引桥”引发出来的，后来作为一个新的汉语文学领域，进入学界的研究视野。

海外华文文学命名之初，人们只是把它看作一个与本土文学有区别的新的研究对象，并没有认识到它的世界性和独立的学科价值，若干研究成果也未能突破对传统中国文学的理解和诠释。海外华文文学学科意识的萌发，是在20世纪90年代初，更具体地说，是在1993年6月，香港岭南学院现代文学研究中心和暨南大学中文系联合召开的“海外华文文学机构负责人联席会议”上提出来的。那次会议，在广州暨南大学召开，共有中国大陆和台港20个研究机构的学术带头人参加，与会代表在总结、交流这一领域文学创作与研究经验的基础上，一致认为在新的历史文化背景下，应积极努力，将其建设成富有文学性独立价值的学科之一。之后，才有了学科理念的萌生，有了学科建设的自觉。

海外华文文学作为一种历史存在，它在世界各国的诞生和发展，至今已有一百多年的历史，而它在中国学坛被关注和研究的历史却只有几十年。下面，就其在学界的兴起、学科意义和学科建设途径进行论述：

第一，海外华文文学在中国学界的兴起。

我国学者对海外华文文学的关注和研究，始于20世纪七八十年代之交，是在我国实行改革开放政策之后。首先关注这一领域的是广东、福建等沿海地区的学者，他们初期关注的是中国大陆以外的台港文学，海外华文文学则是在“台港文学热”中引发出来的。之所以把海外华文文学在学界的兴起定位在20世纪70年代末80年代初，是以下列标志性的事例为依据。其中之一：1979年，广州《花城》杂志创刊号刊登了曾敏之先生撰写的《港澳与东南亚汉语文学一瞥》①，这是中国大陆文学界发表的第一篇介绍、倡导关注本土以外汉语文学的文章。其中之二：1979年2月，北京大型文学杂志《当代》刊登了白先勇的短篇小说《永远的尹雪艳》②，这是当时内地文学杂志发表的少数美国华文作家写的小说之一，被喻为“一只报春的燕子”，在文学界和读者中引起了热烈反响。该作品语言精练、意蕴丰富，且运用了反讽、象征、意象等多种艺术手法，成功地塑造了一个从上海到台湾的名交际花形象——尹雪艳，那是一个与历史上的名妓、交际花完全不同的带有魔性的美丽女人，通过她和她芬芳、雅致的“尹公馆”，展现出台湾社会的“众生相”——一群在历史转变时堕落在人生泥沼中徒然打滚的人。通过他们围绕着尹雪艳这个“总是不老”的“美丽死神”，自娱、挣扎、走向衰败和死亡，展现出一个与中国大陆完全不同的特殊的文学空间。

白先勇是台湾旅美作家，小说《永远的尹雪艳》的题材取自台湾社会的生活，而且首先刊登在1965年台湾《现代文学》第24期上。虽然这篇小说写于1965年，是白先勇到美国以后创作的③，应属于美华文学，或旅美留学生文学，但因当时“海外华文文学”尚

① 曾敏之：《港澳与东南亚汉语文学一瞥》，《花城》1979年创刊号。

② 白先勇：《永远的尹雪艳》，《当代》1979年第1期。另据资料统计，1979年最早发表海外华文作家作品的，除《当代》外，还有《上海文学》、《长江》、《清风》、《新苑》、《收获》、《安徽文学》等杂志，刊登了聂华苓、白先勇、於梨华、李黎等14篇小说，1979年被称为海外华文作品的“登陆年”。

③ 白先勇于1963年赴美。

未命名，学界同仁均把它看成台湾文学，并由此发端引出了对“台湾文学”、“香港文学”的关注，特别是从事中国现当代文学研究的学者，深感以往的中国现当代文学史中“台港文学”的“缺席”，为填补这一“空白”，很快就在学界掀起台港文学的介绍、研究热潮，并且于1981年3月，在中国当代文学学会成立了分支机构“台港文学研究会”。

为推动此项研究，1982年6月，由中国当代文学学会台港文学研究会、厦门大学台湾研究所、福建省社会科学院文学研究所、福建人民出版社和中山大学、华南师范大学、暨南大学中文系等多个单位，在暨南大学联合举办首届“台湾香港文学学术讨论会”。1984年，在厦门大学举办第二届“台湾香港文学学术讨论会”。这两次会议的讨论对象都是香港文学、台湾文学，虽有个别海外的学者和作家参加，但未见有提交海外华文文学方面的论文，先后出版的两本会议论文集，也都命名为《台湾香港文学论文选》①。

1986年，由深圳大学牵头，联合北京大学、中山大学、暨南大学、华南师范大学等国内多所大学，在深圳举办第三届“台湾香港文学学术讨论会”，海外与会学者和作家较多，如美国的陈若曦、於梨华、非马和东南亚的一些诗人和作家，还有少数学者，如当时在美国加州大学任教的陈幼石教授等，提交给研讨会的论文中有15篇是研究海外华文作家作品的②，经与会的海外学者提议，会议更名为“全国台港与海外华文文学学术讨论会”。从此，“海外华文文学”得以在研讨会上命名。但由于历史原因和地区的特殊性，中国的台港文学与海外华文文学还有若干粘连和切不断之处：一是因台港两地的作家经常进出国门，与各国华文作家关系密切；二是海外华文作家中有

① 第一届会议论文集《台湾香港文学论文选》，福州：福建人民出版社1983年版；第二届会议论文集《台湾香港文学论文选》，福州：海峡文艺出版社1985年版。

② 第三届会议论文集《台湾香港暨海外华文文学论文选》，福州：海峡文艺出版社1990年版。

不少是从台港移民出去的，与这两个地区的文化、文学有割不断的联系，文学形态也有许多相似之处。兼之原先会议的讨论对象是台港文学，所以更改后讨论会的名称依然是以台港文学为“主”，海外华文文学为“宾”。尽管如此，第三届讨论会名称的变更，“海外华文文学”的正式命名在学术上的意义不可低估，其创意在于：学界的关注点已从台港文学扩展到海外各国的华文文学，并且在思想上认识到台港文学和海外华文文学的差异性。此后，海外华文文学逐步进入大陆文学研究者的视阈。

1988 年，在上海复旦大学举办了同名的第四届讨论会。1991 年 7 月，紧接着香港作家联会、《香港文学》、香港联合出版集团、岭南学院等单位在香港召开“世界华文文学研讨会”之后，广东省社会科学院在广东省中山市举办第五届讨论会。由于有五位澳门笔会的代表参加，并提交有关澳门文学的论文，于是会议又更名为“台湾香港澳门暨海外华文文学国际学术研讨会”。至此，大陆本土以外过去被忽略的华文文学“空间”都清晰地显现出来，成为大陆学者的研究对象。

从海外华文文学学科意识的萌发、孕育、形成历史看，第五届国际学术研讨会有值得注意之处。一是该次研讨会是紧接着香港“世界华文文学研讨会”召开的，有多个国家、地区的海外华文作家、学者参加，在研讨会中，海外华文文学的问题成了讨论的一个“热点”，如东南亚各国华文文学的生存与发展、中华文化与海外华文文学的关系等；二是在第五届会议所提交的论文中，出现了三篇以“世界华文文学”为题的论文，它们分别是广东许翼心的《世界华文文学的历史发展与多元格局》、赖伯疆的《世界华文文学的同质性和异质性》和新加坡王润华的《从中国文学传统到海外本土文学传统——论世界华文文学的形成》。[①] 这三篇论文从不同的方面论述了

① 第五届台湾香港澳门暨海外华文文学国际学术研讨会论文集《台湾香港澳门暨海外华文文学论文选》，福州：海峡文艺出版社 1993 年版。

如何从总体上认识、把握世界华文文学问题。

之后，1993年8月，在江西庐山由南昌大学承办的第六届研讨会上，学者们有感于世界范围内的“华文热”正在升温，汉语文学日益成为一种世界性的文学现象，它与英语文学、法语文学、西班牙语文学、阿拉伯语文学一样，在世界上已形成一个体系，是一种跨国别的语种文学，许多国家也已先后成立了华文文学的机构。于是经过酝酿，大家一致同意将研讨会名称更改为“世界华文文学国际研讨会”，并成立了“中国世界华文文学学会筹委会”。

研讨会名称的更改和该筹委会的成立，意味着一种新的学术观念在汉语学界出现：人们认识到汉语文学不只是中国的文学，而是世界性的语种文学之一，应建立世界华文文学的整体观。也就是说，无论是研究海外华文文学还是中国文学，都要从人类文化、世界文学的基点和世界汉语文学总体背景来考察。尽管此前在香港召开的“世界华文文学研讨会”就已启用“世界华文文学”这一概念，研讨会的主题就是“世界华文文学与华文文学世界”，会议主持人刘以鬯先生在会上还明确提出：华文文学发展到今天，已进入了一个新的阶段，世界华文文学是一个有机的整体，应该加强这一“世界”内部的凝聚力，把世界华文文学作为一个整体来推动。但当时大陆学界对此尚未有明确的认识。所以第六届研讨会的收获和创意在于：通过讨论，学者们已认识到在华文文学研究中应有一种更为博大的世界华文文学整体观，这是认识上的提升，也标志着这一领域新的学术理念的形成。

在这之后，又分别在云南玉溪、江苏南京、北京、福建泉州、广东汕头、上海浦东、山东威海、吉林长春、广西南宁、湖北武汉和福建福州召开了第七、八、九、十、十一、十二、十三、十四、十五、十六和十七届国际研讨会，有关学科建设的一些基本理论问题不断被提出来并加以讨论。就大的学术论题而言，经历了海外华文文学“空间”的界定，以及世界各个国家和地区海外华文文学历史状态与区域性特色的探索，从海外华文文学与中华文化关系探源，到海外华文文学的整合研究，从文学史的撰写，到从文化上、美学上对这一领域各种特殊理论问题以及相关文学母题的研究等，成果丰硕，显示出这一新兴学科的学术生机和创造力。除此以外，特别值得注意的是：经过多年的艰苦努力，2002 年 5 月，作为国家一级学术团体的中国世界华文文学学会（以下简称学会），获得中华人民共和国民政部批准，在暨南大学召开成立大会，从此结束了学会的“史前史”阶段。学会的成立，不仅有助于加强自身的凝聚力，吸引更多学人参与，特别是吸引对这方面有兴趣的年轻的教学与研究工作者进入这一领域，对促进世界范围内华文文学的交流、互动，也有十分重要的意义。

学会成立以后，2003 年 11 月，学会与徐州师范大学在江苏徐州联合举办了“世界华文文学教学研讨会”，这是这一领域首次全国性的教学研讨会，着重探讨如何保证教学质量和加强教材建设问题，与此相联系还讨论了学科的命名、释名问题。这个会议的召开，一方面引起了这一领域的学界同仁对各层次课堂教学，特别是本科教学问题的重视，另一方面是对学科命名内涵的进一步关注。

从海外华文文学在中国学界兴起的历史进程看，20 世纪 90 年代以后，学界同仁在学科建设与方法论的选择等问题的研讨已有一种可贵的学术自觉，这种自觉正在逐步化为系统的、有深度的学术成果，为这一领域的学科建设奠基。

第二，海外华文文学兴起的学科意义。

学术史上许多学科在形成过程中的经验说明，学术研究如果没有终极目标，就很难探得其本真的意义。因此，把握海外华文文学这一特殊文学空间的根性和特性，探讨这一领域的显现给人们提供了何种新的学术思维，是关系到它是否能够作为一个学科存在的科学性问题。也就是说，从学科建设的角度，我们还要进一步追问：作为一个新的文学学科，它从哪些方面表现了人类生存的独特方式？有哪些是别的学科所不能取代的？它对原有各文学学科有何补充、推动和影响?

30 多年来的实践证明，海外华文文学作为一种具有世界性和民族性的汉语文学领域，其学术特色和学科意义已日益显现出来：

（1）海外华文文学的兴起，为我们展现了一个特殊的汉语文学空间。

作为一个汉语文学空间，海外华文文学的特殊性主要表现在它的世界性、边缘性和跨文化性。

首先，海外华文文学作为一种世界性的文学现象，迄今已有一百多年的历史。虽然引起人们关注和研究的历史只有30 多年，但由于海外华文作家身处世界各地，在异族文化的包围下写作，是在不同时空、复杂背景下，流动的、富有情感与思想的作家群体或个体，其以华文为“文心”的情缘、墨缘以及文学作品中所表现的各个国家、地区华人独特的生存方式，不同民族文化的重叠与交融，具有与中国本土文学不同的研究内涵和文学审美形态，是一个具有世界性和民族性的汉语文学领域，有它自身的活力和张力。

其次，海外华文文学作家是在本土以外用汉语书写情志，以文学的形式生长在异国他乡，这无论是从居住国或祖籍国的角度，都是处在边缘的地位。在他们的作品里，充满异域感、陌生化、放逐和漂泊的无奈，“我是谁?”“我的根在哪里?”成为他们作品中一个普遍的主题。因为从文化上看，他们不属于其所生存的地方，也不再属于故乡故土，自身就是一种双重边缘性的存在，所以，海外华文文学具有明显的边缘特征。

再次，由于海外华文作家绝大多数是从中国移居海外的华人，而他们移居的国家、地区又是各不相同的，但他们都是生活在被异族文化包围的环境里，所以在文学中的文化诉说和表现也就十分复杂和多样，总是这样或那样地表现出中外文化复合的跨文化特色。这也是它区别于中国本土文学的最基本的特点。

（2）海外华文文学的兴起，直接、间接地推动了中国文学已有各学科的发展。

一是整合了中国现当代文学，拓展了中国现当代文学的研究视野。20世纪80年代以前，台港澳文学在中国现当代文学史中是“缺席”的，因而这个文学史的“版图”是不完整的。近30多年来，作为海外华文文学“引桥”的台港文学和澳门文学的研究成果，已不同程度地被运用于中国现当代文学史的教学和教材之中，使中国现当代文学具有了完整的形态。此外，海外华文文学的早期发展，受到了中国“五四”新文学的影响和激发，有些国家海外华文文学的拓荒者，就是移居海外的中国现代作家，所以海外华文文学与中国现当代文学之间，常常有一些共同或相似的命题、话语和主题。在其早期，甚至有彼此呼应和同步的现象。20世纪下半叶，随着世界的发展和多元文化的崛起，在新的语境下，海外华文文学有着更加广阔的空间，文学母题的演进、更新，艺术模式的多样化，文学中文化内涵的丰富性等，体现出自己鲜明的文学特点。进入新世纪以来，不少中国现当代文学学者，特别是中青年学者，已通过有效的学术研究，探索中国现当代文学的外传及其影响；同时，还吸取不同语境下不同国家华文文学创作与批评的经验，互动互惠，拓展了自身的研究视野，为营造该学科新的学术语境作出了突出的成绩。二是为文艺学提供了一些新的命题，如语言与文化、文化与文学、中心与边缘、世界性与民族性等理论问题，以及这一领域文学作品中表现出来的无根意识、怀乡情结和漂泊心态等带有某种母题性质问题的阐释。近几年来，海外诗学家、批评家也成为理论界新的研究对象。学者们对他们著作中的一些新的文学观念、文学研究方法已有所关注，并将其作为更新本学科理论话语时的参照和借鉴。三是间接地推动了中国古代文学学者对中外汉语文学关系史、世界汉语文学史以及域外汉学的研究。此外，由于海外华文文学在学界的兴起与发展，对英美文学等专业也有一定的促进作用，主要是引起对世界华裔、亚裔英语文学的关注和研究，而且已经取得了不少成果。

（3）海外华文文学的比较文学意义已备受关注。

海外华文文学和比较文学在中国学界都属于文学研究的新辟疆域。这两个领域的确立，为中国的文学研究提供了一种更为开阔的视野和新的阐释内容，并由此引起了对传统思维模式的反思。由于海外华文文学和比较文学都是在改革开放之后才迅速发展起来的，它们发展的过程有相同或相似的背景和路径。所以，这两个领域的根部和肌体，有一种不寻常的天生的学术联系，彼此之间有若干学术上的交叉地带，在研究的视野与方法上，有许多可以互通和相互跨越的学术空间与视点。

首先，海外华文文学的兴起为比较文学提供了一个极富创造性的探讨对象和新的学术空间。比较文学的学科精神、学科个性在于跨越。通过跨文化、跨国别、跨学科等的文学研究，开展与世界各民族的文化对话，促进互识、互证、互补，实现不同文化之间的沟通和理解，特别是对东、西方异质文化的沟通对话。开放交流、沟通对话，是比较文学作为一门学科与生俱来、贯穿始终的本质所在。海外华文文学是中华文化在世界各国的传播过程中，与各种“异”文化接触、对话之后，形成的一个各具特色、丰富多彩的“文学世界”。所以这个领域所面对的是多种不同中外“混合”文化主体之间的多元对话。这种对话既不是一个民族内部不同地域的“对话”，也不是同一民族的过去视阈与今日视阈的“对话”，而是一个民族的文化向世界各方移动以后形成的种种不同视阈的“会谈”。这中间有许多两个文化圈之间的相互交叉点，这是海外华文作家从自身的体验出发，以文学的形式，表现这些“家在别处”的华人，在双重文化背景下的各种生存状态和情感世界，是他们感受文化差异之后的艺术结晶，极具跨文化特色，对其作解读和文化诠释，是比较文学跨文化研究的一个新领域。所以海外华文文学的创作实践，海外华文文学研究的兴起，拓宽了比较文学的研究对象和内涵。

其次，海外华文文学的兴起，还为比较文学提供了一系列新的视阈、新的对话模式、新的融合和超越的机缘。海外华文文学在各国“旅行”、“居住”、开花结果，生成、发育、发展的条件和土壤很不一样，对它在各个国家、地域的起步、传播、中介、影响、融合、变形等的追问，就极具比较文学的价值和意义。

再次，海外华文文学为比较文学的国别、地域比较，特别是理论研究和拓展学科“边界”，提供了新的内容和视点。在传统比较文学的跨国别、跨学科和比较诗学研究范式中，未见有关海外华文文学或海内外华人文学的阐释。但是，世界在不断发展，各种不同文化相遇的机会很多，不断会有新的问题出现，学科的内涵也是如此。事实上，所有学科都是一种“活的存在”，是一种从过去延续至今，又从现在走向未来的“动”的过程。这是一个不断反思、扬弃、丰富发展的过程。海外华文文学的兴起，海外华文文学作品中表现出来的纵横交错的文化“边界”，有助于比较文学去发现、拓展新的学科“边界”，使中国比较文学的学者在本领域有可能获得新的突破。事实上，早在1996年，中国比较文学学会会长乐黛云教授就在“中国比较文学学会第五届年会暨国际研讨会”的总结报告中指出：“海外华文文学是比较文学即将要去拓展的领域。”1999年和2002年，在中国比较文学第六届、第七届年会暨国际研讨会上，海外华文文学的研讨成为会议的一个“热点”。2004年，在中国香港召开的“国际比较文学学会第十七届年会暨国际研讨会”上，乐黛云教授代表中国比较文学学会在大会上作题为“全球化时代的比较文学——中国视野”的学术报告中，谈到中国比较文学20年来研究的开拓和进展时，就特别推介“海外华文文学与离散文学的研究”，她认为“这种研究从理论上将海外华文文学视为不同文化相遇、碰撞和融合的文学想象，进一步展开异国文化的对话和不同文化的相互诠释”，“已汇入世界性离散文学的研究潮流”①。

---

① 乐黛云：《全球化时代的比较文学——中国视野》，《中国比较文学》2005年第1期。

第三，海外华文文学学科的建设途径。

海外华文文学作为一个新兴学科，是在我国改革开放以后出现的文学现象，又与中外文化交流密切相关。从其发展的途径看，并非像以往各传统学科那样是由下而上，而是由上而下，也就是说，是从高层学者的倡导和研究开始，再往下传播；在人才培养上主要也是从研究生的培养开始，本科的普及还刚刚起步，更高程度的发展还有待于二级学科的确立。

现在的问题是，如何在已有的良好基础上，加强学科自身的建设。早在20世纪90年代，在暨南大学召开的“海外华文文学机构负责人联席会议”上，就已提出了建立学科观念、加强学科建设自觉性的问题。十几年来，在这方面已有了很大的拓展，目前，全国已有70多所高等院校在本科开设“台港文学”或“台港澳暨海外华文文学”的课程。有一些大学还在一级学科或中国现当代文学和文艺学硕士点、博士点设立这方面的专业方向，招收“海外华文文学”研究生，培养了一批博士生和硕士生。为了在更高程度上显现这一新兴学科的生机和创造力，我们还要进一步明确学科建设的途径：

其一，加强基础理论的建设与拓展，通过有深度的学术研究，明确本学科的若干基本范畴、话语，建构具有本学科特色的文学理论，促进理论的系统化、体系化。

其二，确立基本的学术规范和学术运作方式，在原有学术积累和学术影响的基础上，集中力量以学术群体，特别是学科的学术带头人和学术骨干的研究成果，与其他学科互动，吸收多学科的成果以提升自己，以自己的创造性研究获得学界的普遍认可，并因成果突出而获得相应的学术地位，自觉地促进学科化进程。

其三，对学科理论资源和有关资料应进一步系统地搜集、整理，加深对基本文献目录的确认和基本方法的探讨。这是一个学科得以建立的基础，也是一个充满学术创造的空间。

根据国内外学科史所提供的经验，一个学科的成熟必须进入大学，自觉地进行这方面的教育，让知识从社会进入课堂，又从课堂流向社会，做到课堂教学与社会互动，相互沟通而实现其承传关系。课堂教育是学科发展的土壤，也是培养人才，使其得以承传的园地。而课堂教学离不开教材，教材是课堂教学的产物，它要适应学校教育、课程设置的需要。教材编写涉及学科设置情况，同时也是一定时期学科的学术思想水平的集中体现。学科决定教材的产生，教材是学科知识的基本载体，反映学科的深度、程度和发展，也表现学科的成熟性，是学科成熟和稳定性的体现。因此，在当前的学科建设中，编写一本较好的、适合大学文科使用的教材，就成为十分必要和迫切的工作。

正是从上述思路出发，我们组织编撰这本《海外华文文学教程》。所谓“教程”，就是大学里一个独立学科所使用的教材。本书的撰写，旨在为普通高等院校本科大学生和研究生提供一本这一新兴学科的基础性教材，既要说明海外华文文学存在、发展的过程，也要探讨这一文学领域作为一个学科而建立的必要性和意义，展现其与本土汉语文学的联系和区别，特别是在演进中呈现出来的特殊性和规律性，以及相关的若干重要理论问题，推动世界华文文学的整合，帮助学生建立一种世界华文文学的整体观。

思考题

1. 试叙述“海外华文文学”命名的概况及其在中国学界兴起的历程。

2. 如何理解海外华文文学这个特殊汉语文学领域的文化、文学特色和学科意义？

第一章　海外华文文学概论

人文学科史的经验证明，每一个学科的形成和稳定，除有该学科的学术成果、学术组织、学术刊物和研究队伍外，还应有学科奠基的理论著作。海外华文文学是一种特殊的汉语文学，有这一领域自身特殊的理论问题，这是学科得以建立的“理论依据”。海外各地区、国家的华文文学有各自不同的历史流程，呈现出不同的状貌，但由于语言和文化的渊源，也有超越历史与国界时空的共同话题。通过对不同地区、国家的代表性文本和重要文学现象的分析研究，在异中识同，在同中探异，从各个方面展示其生命力和丰富性，从中提炼出一些基本的理论问题，如学科的“命名”，概念、范畴的建立，特色和方法论的确认，特别是中华文化外传在各地区、国家文学创作中的“演变过程与方式”、“融合与分离方式”，进行深入的探讨，并对其进行有效的归纳，做到有学理性、原创性、独特性，同时又不妨碍思维的多重性和多元化。这是学科的基础，也是一门新兴学科首先必须去面对和关注的问题。

第一节　海外华文文学与中华文化

一、海外华文文学的命名及其意义

任何一种学术命名，不仅仅揭示某类特殊的现象、某种被忽略的隐蔽关系以引起关注，更预示着方法论与学术视角的更新，甚至可能导致一门新学科的诞生。那么“海外华文文学”的命名，它所指涉的对象之特殊性何在？为什么要将它独立地标示出来？这样的命名会引起何种学术研究的新路向？

“海外华文文学”这一命名的语词组合，透露了某种不寻常的关系。“海外”指地域上的本土以外，“华文”指汉语，“文学”指的是人类表情达意的共通形式之一。民族的语言离开本土以文学的形式生长，这种事实隐含着政治、历史、种族、文化、经济之间的纠葛，也显现了该命名以“边缘性”的地位承担着重重叠叠的“关系”，诸如语言与生存、记忆与同化、漂流与国家、世界性与民族性、边缘与中心等。简要地说，该命名呈现了这样一种特殊的文学写作：在飘浮不定的异质环境中以汉语书写情志。此类写作被这样的一些事物包围：异域感、流亡、战争、不同的语言、陌生、幻觉般的回忆……这些事物令作家迷失，也可能会令作家意识到“人类的根是没有边界的，人类的心就在大地下面，就在世界之梯的底层跳动着”[①]。流动的分类法将此类写作纳入“边缘文化”之中，因为他们生存在两种乃至多种文化的空隙间。此类写作者也常常认可这样的归类，例如一位至今仍在海外漂泊并坚持汉语写作的女作家说：“如今我是什么？回到自己的家园，人家说你假洋鬼子；呆在外面又浑身不自在，既不是中国人，也不是外国人；不是华侨，不是自己，‘四不像’?!”[②] 即使成为国籍意义上的“外国人”，又何尝能够一下子从身体到灵魂与“外国”融合？也许可用文学性的语言诉说：一旦远涉他乡，“家园”便永远地成为一种若隐若现的景象，在生活的颠簸中忽明忽暗，永远不会有确定的形状与质地：他既不属于他正生存着的地方，也不属于他的故乡。在海外，无论以怎样的身份，都在满耳满眼异国语言文学的环境里，固执地以遥远的汉字表达情怀，无论如何，这是内在的

① ［法］埃莱娜·西克苏：《从无意识的场景到历史的场景》，见［美］拉尔夫·科恩主编，程锡麟等译：《文学理论的未来》，北京：中国社会科学出版社1993年版。

② 友友：《四不像》，见杨炼、友友《人景·鬼话》，北京：中央编译出版社1994年版。

“怀乡”情结，同时也使自身置于两个“世界”的交相辉映之中，成为“边缘性”的存在。[1] 换言之，“海外华文文学”的主旋律是由“流动性”形成的。而“流动”的原因，总不外是战争、经济、政治等，不外是财富或和平的梦想，甚或是逃避式的对世外桃源的追寻，或者只是随波逐流式的偶然因素，可能是被迫的，也可能是自愿的。海外写作的心态之异于本土，几乎完全可从他们的“流动性”中找到原因。“流动性”包容了一系列关键的语词如漂泊、放逐、怀乡、冲突等，成为海外作家笔下或评论家论及海外作家时常用的词汇。更为重要的是，“流动”的特殊状态，引申出一系列“边缘性”的学术话题，对于某些传统的理论架构构成一定的挑战意味。

1. 文学与历史

尽管事实上早期以华工身份离开中国的海外华人几乎没有留下什么真正的文学作品[2]，但绝大多数的研究者在谈及海外华文文学的发展史时，都会提及“海外华人”的早期移民史。海外华文文学的命名使华人的历史与文学构成了某种联系，乃至相互印证的关系。一方面是作为“华文文学”的创造者“海外华人”的历史，另一方面是华文文学中所反映的一般海外华人的历史。就前者而言，海外华文文学基本由“知识者”的流亡、留学或移民形成[3]，一部海外华文文学史可能是一部 19 世纪下半叶至 20 世纪全部岁月的中国“知识者”的海外流动史；就后者而言，我们可能要重新审视黄遵宪的海外诗篇，据介绍，他是最早使用“海外华人”这个名词的中国外交官[4]，他将“海外华人”这一群体的存在带进文学的视野，成为以文学表现海外华人生活的先驱之一。时至今日，华人的第二、第三代可能更

---

① 新加坡华文作家是例外，因为那里大多数人使用华语创作，而且华语文学已成为国家文学。

② 在美国天使岛或在东南亚各地发现的早期华工“诗篇”，更多的属于“自发”创作的写实作品，具有史料文献价值，但非审美意义上的文学价值。

③④ 王赓武：《“华侨”一词起源诠释》，见王赓武著，姚楠编译：《东南亚与华人——王赓武教授论文选集》，北京：中国友谊出版公司 1986 年版。

多地以本地语言如英语创作寻根式的文学，而本人是第一代的华人仍偏于汉语写作，甚至也有中国大陆的作家描写海外华人的作品，更甚而还有异乡作家如美国作家描写海外华人的作品。海外华人的历史在这几种不同语言、不同身份的写作之中交错，形成文学的历史画面。在相互的比较中，我们也许更能把握到海外华文文学的某些表现功能及其独特的角度、情意。

海外华文文学的命名，不仅将其自身历史及相关的华人海外“流动”史从历史的暗角推到前台，而且作为一种“中介物”、一个“旁观者”，他们又为中国及所居住国的历史提供了另一类诠释。海外华文文学的整体性存在，本身隐喻着一部19世纪以来的中国历史，从另一角度说明一个文明古国的式微以及在外力激荡下的变迁。同时，他们身居异国却书写中国的历史事件，必然与身居本土时的心情不同。对于居住国而言，他们是非主流性的居民，他们对于居住国已经发生或正在发生的“历史”，采取的又必定是一种微妙的态度。

因此，海外华文文学的命名包含着四种历史的影像：一是海外华人史，二是海外华文文学史，三是居住国的历史，四是中国本土的历史。这四种历史以“海外华文文学”为纽结产生关联，对于海外华文文学有着重大的制约作用，而海外华文文学则从文学的观点补充一般通史的见解。

2. 文学与文化

文学为心灵的写照，在文化学的领域，它常常充当生动的素材，去探测数字、历史事件、习俗背后的深邃世界。海外华文文学的命名显而易见地揭示了两种文化的冲突或交流，也就是周策纵教授所言的“双重传统”①。但问题在于：从“一战”前后开始，大多数东方国家都面临着双重传统的处境，一方面是西方文明的冲击，另一方面则

① 转引自王润华：《从中国文学传统到海外本土文学传统——论世界华文文学的形成》，见广东省社会科学院文学研究所选编：《台湾香港澳门暨海外华文文学论文选》，福州：海峡文艺出版社1983年版。

是本民族传统文化的瓦解危机，如何在调适中寻找到新的生机，这是中国本土当代文化的重要命题。所以，仅仅指出海外华文文学产生了“双重传统”是不够的，还要指出它与本土处境的差异。这种差异表现在：由于海外华文作家身处异域，因而他们所负载的中华民族传统文化的许多质素可能会变成精神上的“家园”；而在本土，出于变革的要求，异域的文化因子常常作为革命的思想被广大的知识分子接受，并借以抨击传统文化的许多质素。海外作家、学者与本土作家、学者对于“传统”的感受显然不同，因而他们采取的立论也往往相异。

此外，由于海外华文文学所处的特殊位置，我们可以通过它更清晰地看到本土的文化传统被置于异域环境时所呈现的种种形象。一些中国传统文化的基本观念以怎样的方式在域外延续，它们对“华人”的生活造成了怎样的影响。海外华文作家的文化活动，在中外文化的交流中起到了很大的作用，因此，他们本身也是活的文化标本，外国人可以从他们身上了解、感知中国文化的气息。因此，海外华文文学为中外文化的比较研究，为文化交流、冲突模式的研究，提供了新的素材与路向。

3. 文学与语言

当一个人“流动”至异域，他能够与他的过去不断相遇之途径，唯有他的语言。对中国人来说，即汉语。“汉语”中积淀了中华民族的集体意识，无形地塑造着中华民族的思维与生活方式。当一个人在海外使用汉语写作时，他相遇的不只是他个人的“过去”，同时也是一个种族的过去。语言就变成了“国家”。因而，在海外的汉语写作就别具一种本土作家难以体会的意义。海外的汉语写作推动我们更深刻地认识汉语的文学表现功能，它如何表述异质文化圈中的形形色色。海外的汉语写作者，在一个陌生的环境中，可能会比国内的写作者更热衷于对汉语本身的体悟、沉思，因为他们面对的是一个很少或完全没有读者（不懂汉语）的空间，在静默与孤寂中自己倾听自己的汉语之声。因此，他们对于汉语有着一种血肉的关切，一种不得不神往的专注。海外华文文学的命名，将引发人们去思考如何以汉语写作参与世界当代文学，拓展和深化汉语与文学关系的进一步研讨。

4. 文学与审美

不管从文化的角度，还是从语言的角度，最终都不是要抹杀“海外华文文学”的文学性，而是要从不同角度来说明它具有审美意义的“文学性”。海外华文文学的命名，最根本的是要告知一种特殊的文学现象与族群。因此，站在文学的立场，这个命名提出的基本问题是：海外的生存经验如何被转化成一种独特的文学范式，从而造就一种“诗学”？迄今为止，我们使用的一些套语远远不能够刻画海外华文文学的美学品格。必须找寻新的语汇、新的诠释策略，才有可能描述这样一种命名对于“文学”本身会造成怎样的震动，从而引出一个至为关键的问题：海外华文文学的命名，会给我们带来一种怎样的新的文学理论或新的批评模式？

上述四个方面的分析，揭示了“海外华文文学”这个命名在学术及批评领域显在的或潜在的意义。一门学科的诞生需要有它自己的哲学基础，它包含着人类认识世界的一种独特方式，是人类与世界发生联系的一种独特途径。综观当今世界，已有十几亿以上的人使用华语，许多国家和地区的华族公民数量日增。海外华文文学创作既是各国、各地文化事业的构成部分之一，还共同汇集成世界华文文学的庞大体系，与英语文学、法语文学、西班牙语文学、阿拉伯语文学一样，正赢得海内外越来越多的读者与学者的关注和重视。正是在这样的背景下，海外华文文学的命名被赋予了强烈的学术生机。

二、海外华文文学与中华文化传播

长期以来，“中华文化、文学如何走向世界”是一个为学界所关注的问题。事实上，从 20 世纪 80 年代开始，随着“西方中心论”的动摇和世界多元文化的崛起，国际文化界的一些有识之士，都有一种在多元文化中求和谐的愿望，那就是：共同建构一种多元共处、“和而不同”的新的全球文化景观。中华民族有几千年的优秀传统文化，完全应该成为世界多元文化中备受关注的一“元”。中华文化走向世界，让世界走向我们，渠道应是多种多样的，但很重要的一点是，我们要主动与各种文化对话。海外华文作家处在华族文化向世界各地移动、跟异族文化接触的最前沿，海外华文文学正是海外华人作家和世界各种文化对话的结果，是中华文化与不同国家文化交汇的结晶。海外华文文学作为一种客观存在的独特文化、文学现象，已给世界多元文化格局增添了新的成分，为20世纪的世界汉语文学开拓了新的篇章，同时，也在某些方面对我国传统文学起到既补充又挑战的作用。以往文学界、学术界对海外华文文学在推动中华文化走向世界进程中所作出的这种贡献关注不够。所以很有必要从这一鲜为人们关注的命题出发，通过对海外华文文学表现出来的特殊文化与文学现象的诠释，展现其所蕴含的世界性、全球性特征和审美价值，说明其有可能以“边缘”的身份，从一个方面为中华文化、文学走向世界作出自己的贡献。

1. 跨文化的新的汉语文学形态

海外华文文学是一种世界性的特殊文化载体的文学，是一种新的汉语文学形态，也可以说，是一种用汉语写作的“混血”文学。这种新的文学形态，既不同于中国本土文学，也有别于东、西方各个国家的主流文学。作为一个汉语文学空间，海外华文文学的特殊性，主要表现为它的世界性和跨文化性。海外华文文学的“根”是系在中华文化这棵老树上，但由于海外华文作家身处世界各地，是在他种民族文化包围下写作，文学中所表现的各个国家、地区华人独特的生存方式和情感体验，不同民族文化的重叠与交汇，以及作品背后隐含的不同文化之间交织过程中的种种纠葛，具有与中国本土文学不同的文化内涵和文学审美形态，是一个具有世界性和民族性的汉语文学领域。在这个特殊的华文文学空间里，其既有中国传统文化的基因，也有与“他者”文化对话之后产生的文化“变异”现象，是一种跨文化的汉语文学，在某种程度上已经具有世界性的因素和视野。所以，世界各国华文文学的发展，这种世界性汉语文学“圈”的形成，有助于中华文化走向世界，跟世界各个国家、民族的文化互动。

特别值得注意的是，从20世纪90年代开始，随着全球化时代的到来，在世界范围内，伴随“流散”现象而来的新的移民潮日益加剧，离开故土流散在异乡的华人常常借助文学来表达自己在异域的情感和经历，他们的写作逐渐形成了全球化时代世界文学进程中的一道独特风景线，有流散之后对故土的眷恋，也有异国的风光。他们的写作是介于两种或两种以上的文化之间的，可与本土文化对话，又因其文化上的“混血”特征而跻身世界移民文学大潮之中。但对本土文学而言，它有独特的视角，在世界文学中，它又有挥之不去的民族特征，故使其成为全球化时代后殖民和文化研究的一个热门话题。

作为移民海外的华文作家，到了异国他乡，心中总有一种离开真正家园的不可弥合的裂痕，那种精神上的哀伤是永远无法克服的，那是一种与母体隔离所导致的巨大悲伤。这种悲伤无时无刻不萦绕在他们的心头，表现在他们笔下的字里行间。所以，在他们的作品里，常常有一种难以排解的矛盾：一方面，出于对自己在居住国生存状态的考虑，他们希望处理好两种民族文化身份的矛盾，在异国他乡有自己的立足之地，能找到心灵的寄托；另一方面，却由于内心深处本民族的文化根基难以动摇，很难与居住国的民族、国家的文化和社会习俗相融合，在矛盾痛苦之中借助文学写作，将隐匿在他们内心深处的各种文化记忆召唤出来，作为自己的一种生存意志的体现，这是在异质环境里驱除陌生感、不安全感从而构建心灵家园的努力。尽管如此，他们已经不能回到过去。这是他们在移民生活中的真实感受，是他们内心的“第三种经历”。正是这种“第三种经历”的文学描写和叙述，在某种意义上体现了全球化进程所带来的文化、文学的多样性。如能从这一视角切入，将其置于全球化语境下进行考察、研究，展现这些作品中所蕴含的世界性乃至全球性的文化特征，并从中思考中国和世界的关系，应有助于人们对海外华文文学存在及其意义的认识。

2. 沟通中外文化的“门”和“路”

每个民族都有自己的文化，这种无形的文化的“墙”，是客观存在的。但民族文化的“墙”不应该是封闭的，应有可以沟通“墙”内外的“门”和“路”，因为民族文化向前推进的活力往往需要外来的参照，中国文化的发展也是这样。对于生活在世界各地的海外华文作家来说，他们在世界各国与他种文化相遇时，不可能自我封闭，而是如汤一介先生所说，“往往呈现出一种在‘有墙与无墙之间’的状态”，即“非无墙”和“非有墙”的“非常非断”的状态。[①]“非常非断”，原是佛经用语，汤先生根据佛教中的三法印之一的“诸行无常”，引申作如下解释：一切事物都是在时间中流动，是变化无常的，事物在变动中好像是变到另外的地方，但又好像并没有变到另外的地方。他把这个道理用于文化上，说明两种不同文化交遇时彼此相辅相成、互促互动的关系。他所说的“非常”，是指一种文化在时间的流动中与他种文化接触，必然会发生某种变化；他所说的“非断”，是指在时间流动中所吸纳的他种文化又需要有所改变以适应原有文化的某些需要。海外华文作家在异国他乡，是在他种文化包围下进行写作，处于两种不同文化之间，会有矛盾和碰撞，也必然会有影响和交汇，在他们的文学作品中，这种“非常非断”的现象十分明显。他们出国以后，在中外文化的比照中，深深感受到中外文化的差异，在感受差异的同时，回望“自己”，反思“自己”，在回望和反思当中又进一步发现“自己”。一方面，是进一步认识我们传统文化中那些完全属于“自己”的温馨甜蜜的成分，以及它那种具有隐秘生命的魅力；另一方面，又在时间的流动中，接受他种文化的影响，

---

① 汤一介：《在有墙与无墙之间——文化之间需要有墙吗?》，见乐黛云、［法］阿兰·勒·比雄主编：《独角兽与龙——在寻找中西文化普遍性中的误读》，北京：北京大学出版社1995年版，第13～19页。

引发新的精神力量，再造“自己”，并把这一切呈现在他们所创作的作品里，这就为我们的中华民族文化、文学在世界发展中增添了新的基因。

事实上，在众多海外华文作家那里，中华文化的“墙”，不是地界，而在他们心里。他们心中的“墙”，不是封闭的堡垒，而是有沟通“墙”内外的“门”和“路”，因而能够和他种文化交流、互动，又能自觉地承传和发扬本民族文化特色，以民族文化的“生命活态”，参与到整个人类文化发展的大潮之中。在这个过程中，开放、积极地感受差异是很重要的。林语堂是20世纪三四十年代美华文学的异数，一个优秀的双语作家。他在国内期间就将《浮生六记》、《老残游记》译为英文，还有评介中国社会与文化的《吾国吾民》在纽约出版。他赴美后，用英文写作了7部小说和10余部散文随笔。小说《京华烟云》创造了儒、道共筑的中国人的精神世界，《朱门》以传奇方式追溯中国古代文化。林语堂以“两脚踏东西文化，一心评宇宙文章”为文学立场，“对外国人讲中国文化，对中国人讲外国文化”，且侧重前者，可谓一种“输出”主义的践行。再以白先勇为例，他最初在台湾学的是英语专业，1963年到美国以后，在西方文化的参照下，感觉到中西文化的巨大差异，所以渴望更多地了解本民族的文化，自觉积极地学中国历史，阅读各种中国经典文本，特别是琢磨中国古典小说的艺术经验，在创作中既借鉴和吸收了西洋文学技巧，如意识流、象征主义等现代派的手法，又能以此激活“自己”，发现和承传中国古典文学中的优秀传统，不断寻求一种自我的文化归属和拓展。他的作品实现了文化上新的融合，既传播了中华民族文化，也为美华文学增添了新的质素，因其出新，有原创性，故受到海内外广大读者的欢迎。

一些海外华人学者关于中国文学的论著，如刘若愚的《中国的文学理论》、叶维廉的《中国诗学》、叶嘉莹的诗词评析文章和王德威的《想像中国的方法》，也都有一种中西文化交融的质素。这是由于他们移居西方以后，接受了西方文化的影响，特别是在西方学坛接触到源于不同思维模式、审美视角的各种方法论，将其投射于本国的文学作品、文学理论和文学现象，从而在人们原有言说的基础上有了新的发现。他们以跨文化的视野和知识背景，分别在文学理论和实践批评上作出了贡献，受到国内学界的关注。海外华人学者在感受差异之后所取得的“回望”本土文化、文学和诗学的研究成果，在域外扩展了汉语文学、汉语诗学在世界文学和总体文学中的影响和存在意义。

为此，总结海外华文作家、海外华人学者去国之后从起步到成熟的经验，特别是他们汇通中西文化的那种“非无墙”和“非有墙”的“非常非断”的文化态度和经验，无论对于拓展海外华文文学、诗学本身，还是对中华文化与世界其他民族文化的互动关系，都大有裨益。

3. 在艺术解读中展示“世界性”与“中国经验”的结合

海外的华文作家，很少是成名以后才移居国外，更多的是到了国外，在双重文化背景中生活，有各种各样的人生经历，内心深处有一种离家去国的伤痛，所以借文学来建构自己的精神家园，寄托自己的文化诉求。现在许多国家和地区都已经有一批相当出色的华文作家，创作出不少好的作品，有的已成为这一领域的经典。但如上所说，它是一个非常特殊的文学空间，是和本土文学不同的新的汉语文学形态，作为全球化语境下“流散”及其写作研究的一个领域，有其独特性、先行性和前沿性。

为了让更多的人能认识海外华文文学，也为了确立海外华文文学在世界汉语文学界的地位，很有必要通过对这一领域优秀作品的审美阅读，突显其文学性和审美价值。也就是说，要重视这一领域的文学性的探究。所谓文学性的探究，就是要重视探讨文学形象的奥秘。以往我们对它们所蕴含的文化特殊性关注较多，艺术解读则不够。对作品的艺术解读，是和探讨作家的观念、情趣、情感、个性、想象力和原创性联系在一起的，是探索这一领域文学性的基础。这方面的研究，是关系到它作为一个具有世界性的特殊文学领域有何等审美价值的问题。对于研究者来说，就是要建立一种文化与“文学性”相联系的新维度，为这一领域的研究开拓更为广阔的文学和学术空间，同时也为其他领域的“文学性”探求提供新的参照。

今天，在文化研究热潮中，“中国经验”成为西方学者的重要研究对象与思想资源，正不断被引入学术领域。海外华文文学作为全球化时代文学进程中新的汉语文学现象，也日益成为全球化时代后殖民和文化研究的一个关注点。如何在新的语境下，将海外华文文学置于全球背景中加以审视、考察和研究，展示其“世界性”和“中国经验”相结合的特性，从文化和美学两个方面为中国文化、文学走向世界提供某种有益的启示，是本学科在新的历史阶段必须努力深化和拓展的工作。

第二节　海外华文文学的文化认同与“中国意识”

一、海外华文文学与文化认同

对于移民而言，一般都希望能够融入居住国的主流社会；而对于居住国而言，一般也希望能够将移民同化，使其成为自身机体的一部分。但是，融合与同化，常常沦于一种理论神话，一旦落实于具体的人事或时空，就显现出希望与现实之间的鸿沟，有时甚至是宿命的、难以逾越的鸿沟。在一个多民族的移民国家里，同一空间分布着无形的文化边界，割裂成许多个边缘性族群，既不属于渺茫的故国，也与所生存的环境有着或强或弱的隔阂。“在美国出生的第三、第四代华裔，虽然，他们基本上属于‘西化’了的一代，但‘黄皮肤’使他们不能称心如意地‘融入’美国社会……在美国人眼中，他们毕竟是 Chinese。”[①] 而有些国家，如印尼、越南等，都曾以政府干预的形式遏制华人族群意识的发展，企图将华人完全同化为本国人，采取了诸如禁止华文教育、限制华人习俗等手段；但一旦条件许可，被压抑了的族群意识又会冲破沉默，发出自己的声音，就像 1995 年出版的一本印尼华文文学选集[②]的题目所暗示的：即使是广大的沙漠，也仍会有绿洲的潜流在生生不息。越南的华文文学，在中越战争期间，似乎也仍在静默地开花结果。[③]

移民对于本民族文化的认同，实际上只不过是一种生存意志的体现，是在异质环境里驱除陌生感、不安全感从而构建心灵家园的努力。在较低层面上，族群的标帜唤起温暖的归宿感，并且具有互助的凝聚力；在较高层面上，则是文化理想的诉求。杜维明在《文化中国：以外缘为中心》一文中，精当地描述了在中国大陆以外的华人如何以经济、科技上的成就，以及独特的人文关怀塑造了一幅意义深远的“文化中国”图景[④]。

但是，假如我们认定海外华人的文化认同只是聚焦于本民族文化，且将民族文化理解为一种静态的模式，就可能将一个复杂的动态过程过于简单化了。华人远涉海外，首要的需求是生存，因此，他首要的问题是如何学会居住国的“游戏规则”，以便支撑起自身的存在地位；其次，他才可能考虑到既学到了居住国的文化精神，又不把自己的族群文化精髓丢弃。不解决第一个问题，华人便无以为生；不解决第二个问题，作为“华人”的文化意义将完全消失。较为流行的解决方法是折中途径，“移居海外的移民融入居住国，是极其必要

---

① 加拿大《大汉公报》，1989 年 11 月 15 日。

② 谢梦涵等：《沙漠上的绿洲》，新加坡岛屿文化社 1995 年版。

③ 陶里：《越南华文文学的发展、扩散及现状》，《华文文学》1995 年第 2 期。

④ 杜维明：《文化中国：以外缘为中心》，见深圳大学中国文化与传播系主编：《文化与传播》（第三辑），深圳：海天出版社 1995 年版。

的，但融入有异于同化，因此不必为此舍弃本身的文化传统”①。因此，海外华人与民族文化之间的关系，除了天然的血缘或理想诉求外，还有生存策略的因素在起着更为重要的作用。对于学习与研究者来说，应更多地去探究海外华人在应付异质环境时，如何创造性地运用文化传统所蕴含的智慧，去化解、协调、平衡各种冲突、危机等，并在此过程中，形成一种植根于海外生活经验之上的“华人文化”。这些与中华传统文化的保留并不能简单地画上等号。

此外，当我们论及海外华人的文化认同时，还必须考虑到以下背景：第一，近代以来，中西文化的相遇造成中国文化的认同危机，从“五四”运动到20世纪80年代，中国本土的知识分子曾深深地陷于“全盘否定传统”的迷思，在“中西”之间徘徊挣扎，寻找出路。第二，“二战”以来世界性的现代与传统之间的紧张以及西方现代思想对于西方文化传统的革命性反思，使得现代人普遍洋溢着一种无“根”的惘然，一种抉择的疑惑、焦虑。也就是说，在20世纪的大部分岁月里，所谓的“中国文化”或“西方文化”都处于支离破碎的瓦解状态。迅速变幻的科技、商业已将“文化”逐出日常生活的场景，成为一种追怀中的想象。文化认同的混乱、危机，成了一个时代性的病症。海外华人（也包括其他民族的移民）在边缘化的逼迫下，可能更深切地感受着、回应着这个基本主题，从而寻求自我的价值、形质，确立起赖以生存的信念系统。

在这样的文化认同过程中，文学无疑扮演了重要的角色，有时甚至是华族文化的重要标志和象征。许多海外作家将写作与族群文化的绵延相提并论，但必须看到，文学产生的文化亲和力有其一定的限度，如果不适当地加以夸大、渲染，就可能造成错觉，以为凡是用汉语写作的人都必定认同中华文化传统，以广义的汉语传播功能代替、遮掩了写作本身多姿的个性色彩。并非所有的华文作家都必然地承担

① 陈烈甫：《菲律宾的民族文化与华侨同化问题》，台北：中正书局1970年版，第71页。

弘扬民族文化的使命或责任。有些作家可能倾向于一种纯然的“文学的态度”，比如郑愁予就说过“诗就是个人的态度……是自主的艺术”，“应该有一种使命感，但这种使命感并不是政治上的，而是艺术上的”①。另有一些作家则可能完全倾向于西化的立场。汉字本身的文化意蕴与它所传达的认同取向之间，或和谐，或分裂，相当耐人寻味。文学以其特有的表达方式，为一个特殊的人群，在某种特殊的历史时刻，留存下细微、深邃的心灵感触，使我们得以在冷冰冰的历史素材之外，还能从带着暖意的字里行间，感触到文化认同对于一个人，一个生活在家园以外的人，意味着什么。

具体到海外华文作家作品，其间所呈示的文化认同，大致可以分为三种类型，即情感型认同、理智型认同和审美型认同。

1. 情感型认同

的确，“华人移居海外，常会由于生活在从语言到文化习俗、风土人情全然陌生的社会而强烈地思乡，又由于受歧视、不为该社会完全接受而牢牢固守故国的传统，并深怕出生在外国的子女与该国文化传统认同而与自己产生隔阂，便特别迫切地向子女传授故国的文化与习俗，希望子女能接受自己的价值观念”②。占相当比例的海外华文作品反映了这种心态，反映出多数华文作家（尤其是20世纪80年代以前的）面对两个“世界”的撞击时，常常情感上认同“中华文化”。这不仅仅是一种文化的选择，更是在陌生、孤绝的异乡安身立命的人生取向，是作为“异类”见斥于主流社会而产生的自我防卫本能。

有一类海外华文文学作品可以说是本能的“中华文化”的颂歌，表现出强烈的“生为中国人”的自豪感以及认同诉求。“龙的传人”、“炎黄子孙”之类的语汇构成了一个血脉相连、亲如兄弟、历史悠

① 彦火：《海外作家掠影》，香港：香港三联书店1984年版，第82～83页。

② 王家湘：《漫谈海外华人作家诗选》，《中国比较文学》1983年第1期。

久、光辉灿烂的族群神话，代表了一种最普遍但又最本原的族群认同，常常出现在一些诗歌作品中。这类建立在情感基础上的文化诉求，往往促使作家更深刻地感受到，在一个异质文化环境中，自身的生存样式、价值观念处于被湮灭的恐惧或忧虑中，因而形成了海外华文文学叙事作品中常见的冲突模式：一方渴望着绵延，另一方则是无情的断裂；一方是记忆中的过去，另一方则是正在变化着的现实。有意思的是，这类冲突模式总是通过代沟的形式或习俗力量，如商品化、殖民主义心态与传统文化理念之间的紧张、对峙来加以表现。父母或祖父母的形象仿佛总是代表着“美好的过去”，总是试图将一些文化的表征物延续下去，而儿孙一辈似乎总缺乏历史的负荷，易于接受生存环境所赋予的一切。如果细加区分，这类冲突模式的作品还可分为两类：

一是召唤式的。充满着悲怆的忧患情怀，极度渲染民族文化所面临的危机，又极度抒发对于民族文化复兴的向往与呼吁。泰华诗人林野就曾在诗中这样吟唱：

> 祖先曾告诉我们，/在数百年来，在任何恶劣的环境下，/在任何残酷的岁月中，/我们都千方百计，甚至用血、用生命去保护，/我们民族生存的火种！/抢救吧，炎黄的子孙们，抢救吧，每一个龙的传人！/用我们所有的一切，/用我们所有的一切，/用我们赤膊的身躯，/层叠围成一堵密不透风的墙盖，/去挡住狂风暴雨，不让火种熄灭！①

二是感伤式的。民族历史文化中的许多东西在异乡注定要被遗忘、被丢弃，一种无奈的哀感洋溢其间，仿佛挽歌似的，回首凝眸来时的路。但时空在变移，生存的方式也会随之变移。文化的遗迹，只是心头偶尔升起的明月。美华作家庄因写的小说《夜奔》表现的就是这种情绪。作品撷取了贾博古教授生活中的一个小小片断：课堂上

① 林野：《抢救》，《泰华文学》，香港：香港汇信出版社 1991 年版。

为了一句中国古诗的意义与美国学生发生争执；归家路上风吹过而想起少年时代三峡船头的情景；回到家后与儿子间的认同冲突；朋友来访带来了另一位朋友的婚变消息，一个中国男人与一个美国女人怎么都合不来；篇末是两位中年人对酒当歌，唱《林冲夜奔》。

这种以二元冲突为框架的对民族文化的情感性认同，冲突程序的强弱因时因地有所不同。大致而言，东南亚地区本身即为泛中华文化的辐射区，受中华文化影响深远；而且在某种程度上，中国文化相对于当地的土著文化，是一种强势文化，因而，在东南亚华文文学中，表现对民族文化情感性认同的作品，多以喜剧收场。例如，菲律宾华文作家小华的小说《龙子》与庄因的《夜奔》写的都是一位异乡的中年父亲那种落寞的情怀，但《龙子》的结尾，以儿子对父亲的理解，并按父亲的教诲生活而收场，与《夜奔》中不可调和的冲突形成鲜明的对照。实际上，中华文化在东南亚地区受到的挑战，不是来自当地文化，而是更多地来自全球性的“商业化”潮流。在欧美，华人所面对的乃是强势的西方文化，是鸦片战争以来不断征服着全球的西方文化，因而，挫折感自然更强烈。

进一步的问题是：对民族文化的情感认同到底包含哪些内涵？或者说，哪些东西引发了作者的情感认同？几乎所有地区的华文文学中，基本的情感认同都指向“华文”，即希望“华文”能够延续、被接受。《龙子》与《夜奔》中的冲突是典型的，父亲希望儿子讲中文，儿子却不以为然，父亲的看法是“中国人永远说中国话”，而儿子却以为既然已归化了外国，就该说“外国话”。表面看这仅是口语的选择问题，但在父亲的深层意识中，“中国话”可能代表着“中国”，代表自己的精神寄托。华文作品本身即是对“华文”的认同。因而，作为一种语言实践的华文，对于海外的华人，或者对于海外的华文作家，具有一种怎样的文化意义，仍是一个值得深入探讨的问题。除此之外，情感认同的内涵还包含家庭观念、两性规则等。在东南亚华文文学中，我们还能读到大量浸染于中国民间道德意识的作品，例如，贫富分野的伦理化描写，将富裕与道德败坏相连，而贫穷总是伴随着义气、刚直、同情等。而在美国华文文学作品中，我们则能体味到儒家哲学的影响，如忧国忧民的知识分子情怀，乃至因此而萌生的自我责备：为什么不回去？“既然老说中国，就干脆回去算了，为什么不回去？”①

情感型认同试图在异质环境里仍保持作为一个中国人所应具有的意义，但作为一个中国人，到底意味着什么？而且，情感认同有时流露出来的过分的民族自豪感，乃至种族主义倾向，都值得检讨。

2. 理智型认同

理智型认同的特征是，以对话的方式看待“中外”二元结构，对话表明了作者的立场是敞开的、宽容的、中性的，至少在主观意识上，作者力求做到客观，避免狭隘的民族主义情绪，将中华文化与外族文化（主要为西方文化）置于平等的位置，进行比照，从而选择那些合乎人性的、合乎历史发展要求的因素。这种理智型的文化认同，也造就了两类海外华文文学作品。

一是自我反省式的。国民性批判是鲁迅创立的现代中国文学传统。在海外，在与外民族的直接比较中，更能显现中国人的独特之处，也就更能感受中国人性格中的某些缺陷。於梨华的《考验》探讨了中国人传统的为人处世方式是否适用于竞争激烈的美国社会，意在表明为了适应现代社会，中国人必须改变自己的观念，改变自己的生活方式。而黄娟的《刘宏一》，则对中国人性格中圆滑、谄媚、势利的一面作了深刻的解剖。还有许多作品则描写了华人之间的内斗，感叹华人不如犹太人团结合作。

二是寻求沟通式的。这类作品是理想主义的，以人性善、人性相通为前提，例如，聂华苓的长篇小说《千山外，水长流》表达的正是两种文化、两代人之间的相互沟通，通过两种文化的比照，从而达

① 李黎编：《海外华人作家小说选》，香港：香港三联书店1983年版，第322页。

臻理解与共存。

理智型的文化认同所要解决的是：如何在海外成为一个更好的中国人？文化传统是可以进行改造的，是向着更完善的方向发展的。但是到底哪些因素应当被扬弃，哪些因素应当被保留，不同的作家可能会有完全不同的理解。

3. 审美型认同

还有少数作家对民族文化的认同，完全属于审美层面。他们只是认同一种“中国式”的美感经验，并企图以它来整合异质的现实。如叶维廉、杨牧、郑愁予的某些诗作，现实层面的痛楚、剥离，被诗人提炼成一个个隽永而意味深长的意象，其间折射出中国人的深层记忆：关于生命、关于美。就文学而言，审美型认同是最有价值的，它其实是积淀了前面两类认同心理升华而成的，它要承传的不仅仅是我们文化的精髓，更是我们心灵深处的美学神韵。

总体来看，情感型、理智型、审美型三种文化认同虽然取向不同，但骨子里都有深刻的“中华情结”，都以一种二元结构观察自身及自身以外的世界，更确切地说，是以一个“华人”的眼光去思考、审视存在的一切。

当一个作家真正超越民族的视阈，他认同的可能只是一种世界性的文化意识。对于客观存在的歧视、冷漠与压制，要做到超越是相当困难的。只有在20世纪90年代以后，随着世界各国“种族歧视”政策的日益消失，加上国际交流的日益频繁，新一代的华文作家虽然背景不一，但在文化认同上，却大多能采取多元化的立场，甚少怀有“民族文化”情结。二元结构如中外、现代与传统等的痕迹，在这些作家的作品中十分淡薄，他们所呈现的是一个更广阔的人性地带，执着于存在真相和人生意义的探究。尽管这类超越性的作品本身还不尽完善，也尚未引起足够的重视（因为一般的读者期望的是海外发迹史，而评论家总要找寻海外作品中的“中国色彩”），但它们却指示着一种更澄澈的文学空间，正是在这样的空间，人的心灵会摆脱一切观念的栈桥桎梏，达臻真正的自由状态。

二、海外华文文学的“中国意识”

1. 海外华人的“中国意识”

中国历史上没有一个时代像20世纪那样，“中国”一词及与此相关的“中华”、“华夏”、“炎黄”等词语，如此频繁地出现在各种文本之中。“中国”一词在种种语境中，意义在种族（race）、民族（nation）、国家（state）之间滑动，再加上经常与“爱国主义”、“祖国”之类情感意味极浓的词语互用，含义变得模糊、微妙。“中国意识”这样一种表述，也许能涵盖“爱国主义”、“国家主义”、“民族主义”、“祖国”、“传统”、“现代”、“炎黄文化”等词语群所包含的诸多种族本能与拯救理想。

这种“中国意识”的形成是由于外力，确切地说，是由于西方的压力所引致的。1840年，西方势力开始入侵，驱使中国人意识到自己在世界格局中的地位。在此之前，“中国一词，在古代课本里意为世界的文明部分，余者皆为蛮族”①，“但是，现代知识的光束揭示出它只不过是许多种生活方式中的一种，并把它的美置于一个陌生的背景上，同时把它的阴暗面暴露无遗”②。异质文化的对照，被征服的屈辱，迫使中国人不得不作出各种反应，而这些反应都是基于一种“民族”意义上的求生存意志：如何在外来的压迫下求得中国的新生？近代以来的中国思想混杂，但它们的目标却相同，即对中国“现代性”的求索，而“现代性”的求索根本上是为了建立一个现代的民族国家。构成近现代中国历史主旋律的，正是这种创造“现代民族国家”的“中国意识”。

中国本土从19世纪40年代开始，“中国意识”从政治、思想到社会生活层面已普遍觉醒，并成为不同政见、不同思想、不同流派潜

---

①② 林语堂：《中国人》，上海：学林出版社1994年版，第337页。

在的共同出发点，昭示了在一个独特的历史时刻，中国这样一个衰败的文明古国如何面对挑战、重建辉煌的心路历程。这种“中国意识”与古代的以君主、家庭为核心的“爱国情怀”完全不同，它所要求的不是个人对某种权威的膜拜，而是以公民或民族的一分子对国家、民族的效忠与认同。

本土的觉醒，也促成海外华人的觉醒。尽管早在7世纪中国人已向海外移民，但中国政府一向对此不予鼓励，尤其明代更有政策规定：禁止私人海外贸易，视那些未经官方准许而出国的行为为非法。清朝在相当长时间里延续了这一政策，乾隆皇帝的一段话颇能反映这一政策深层的心理背景，他说：“我对于这些贪图发财远离祖国，舍弃自己祖宗坟墓的不肖臣民并无丝毫的关怀！”① 因此，在长达几个世纪的历史中，“海外华人”完全没有进入中国本土政府或民众的视野，他们只是以个体的身份在海外自生自灭，他们内心对于异域及对于“祖国”的情感，都没能在历史中留下自己的声音。直到19世纪，随着中国与西方交往的日益频繁，一些出使海外的中国官员渐渐注意到海外华人的存在，并意识到政府有责任保护在境外的人民。② 1893年，清政府正式解除海禁，1909年又颁布了以血缘为基础的中国国籍法。海外华人相关内容终于成为中国外交政策的一部分，并与中国国内事务发生联系。梁启超、孙中山等人在南洋、美洲等地华人中的活动，促成了海外华人“中国意识”的觉醒，“在1900年康有为、梁启超和孙中山访问南洋之前，南洋华人中间并未独立产生民族主义领袖”，“民族主义的性质并不是由一种热情的自我发现所决定的，而大都是由来自中国、受过教育的华人巧妙游说所决定的，他们能揭示和证实华人一切苦难的根源。这就产生了一种从外部训出的民

① ［法］佩雷菲特：《停滞的帝国——两个世界的撞击》，北京：生活·读书·新知三联书店1993年版，第43页。

② 例如郭嵩焘、薛福成、黄遵宪等人的著述中都留下了当时他们所见的海外华人生活状况的相关文字，而且行文中充满“民族主义”色彩。

族主义，它把华人的一切问题归纳为一个显而易见的答案：一个强大的中国将会保护他们，因而更有切肤关系”[①]。从20世纪初到第二次世界大战结束，海外华人总体而言与中国本土保持了相当密切的关系，他们大多自认是“中国人”，并接受“华侨”[②]的名称，尤其在1911年的辛亥革命及抗日战争中，海外华人的参与热情给本土留下了极为深刻的印象，乃至孙中山有“华侨乃革命之母”的说法，而一般的中国人也习惯将“华侨”与“爱国”联系在一起。但在“二战”结束后，东南亚地区的华人在身份界定上出现了变化，最主要的标志是他们必须加入居住国的国籍，成为外籍人士[③]，不再是“华侨”。这样，他们一方面要忠于自己的“国家”，另一方面也要忠于自己的“故土”，摆荡在多变的政治、外交空间，呈现出相当复杂的形态。在欧美，虽然由于20世纪50年代大量知识分子的移民，使该地区的华人对中国表现出非同一般的关怀，但对于早期的华工移民而言，却早已经历了从“华侨”到“美籍华人”的身份、心理转变，他们的后裔可能连中文都已遗忘，除了血缘、种族外，已成为地道的美国人。即使是20世纪50年代以后的知识分子移民，现在也大多成为美籍华人，而非“华侨”。

在“二战”以后，甚至在这之前，海外华人与中国本土的关系，以及从这种关系中表现出来的“中国意识”，都不是单一的“民族主义”情绪所能包容的，也不是“爱国爱家”之类的陈述所能包容的，在最本能的“种族意识”或“血缘意识”之外，“中国意识”的含义及表达方式，因时、因地、因人而异。“在华人定居的每一个地区

---

① 王赓武：《南洋华人民族主义的限度1912—1937年》，见王赓武著，姚楠编译：《东南亚与华人——王赓武教授论文选集》，北京：中国友谊出版公司1986年版。

② “华侨”的称谓意味着“暂时居住”，最终仍要回到中国，故而“华侨”一词的民族主义色彩是不可否认的。

③ 中华人民共和国的国籍法废弃了血统主义原则，规定一旦加入外籍，即自动放弃中国籍。

都可以发现三类华人：第一类华人十分关心中国的事务；第二类华人主要想维持海外华人社会组织的力量；第三类华人则埋头致力于在居住国争取自己的政治地位和经济地位。”① 另外，还可以这样历时地划分：一类是从未到过本土的华人，他们甚至已完全不会中文，或者只是拥有中国血统而已；一类是有过本土经验的华人，但在这类人中还有“新到者”与“定居者”的区别。国籍也是应当予以考虑的：已入异国国籍的与保留中国国籍的以及那些正在争取获得异国国籍的。凡此种种，组成了海外华人千姿百态的众生相，他们与“中国”的关系也显得纷繁复杂。

从根本上说，华文文学的写作本身标志着“中国意识”的延伸与存在。一个人在异域，坚持用汉语写作，不论他是什么人，都说明他对“中国”有着某种层面上的亲和，都是一种“中国意识”的体现。但也应看到，正如海外华人的身份有过从“华侨”变为“外籍华人”的过程一样，海外华文文学也有过从“中国文学的支流”、“侨民文学”演变到“×国华文文学”的过程，也就是从原先的“中国文学”边缘地带，演变为某国的少数民族文学。在这样的变迁中，海外华文文学整体与中国文学的关联以及其中的“中国意识”，都会被有意无意地修正、改造。需要重申的是，我们引用的“中国”一词不是政权意义上狭义的“中国”，而是一个非常宽泛的更偏于文化意识的用语，是上述分析的所有意义的综合。

2. “中国意识”的文学表述

海外华文文学的“中国意识”的表述，首先体现在对于“乡土中国”的书写。

人类对自己的出生地或自己民族、祖先的出生地、发源地，总是怀着天然的眷恋，并要追寻自己从何而来，确定自我的形质。每个人

① 王赓武：《南洋华人民族主义的限度 1912—1937 年》，见王赓武著，姚楠编译：《东南亚与华人——王赓武教授论文选集》，北京：中国友谊出版公司 1986 年版。

心中都有一方“乡土”，既是个体记忆的表征，也是集体记忆的表征。借文学的写作，纾解乡土情怀的焦虑、感伤，是人类常见的精神活动之一。世界文学中无疑存在着一种“乡土”的母题，反映着文学写作与“家园”记忆之间的独特关系。

中国古典诗词及现代文学中，富有“思乡”的哀吟与乡土的描绘，人们甚至认定中国民族性中有安土重迁的一面，或以“乡土文学”来命名这类文学现象。海外华文文学中的“乡土中国”自然与古典的、现代的中国文学传统有联系，但在根本上，却相当不同。因为后者发生在本土，而前者则发生在本土以外的异域。对于海外华文作家而言，空间的隔绝引起的思念、怀想、追溯等，不尽是古代的“游子”意识所能概括，也不是现代中国文学中对于“乡土”（与“都市”相对应）的留恋与哀叹所能等同。处于一个完全陌生的生存环境，忆念中的“乡土”，从乡音到山川、往事，不仅是人情的自然牵挂，而且是抵御自我迷失的良药。当文学将这些形象一一捕捉，使刹那成为永恒，作家通过意象的隧道，与他自己的过去对话，也与他无数的祖先对话。在对话中，作家观照到他内在的自我之源，更延续着自我与“民族”之间的深刻联结。

海外华文文学最显著的共通点就是飘溢着“故乡”的芬芳，由不同的“故乡”，凝成宏伟、深远的“乡土中国”的影像。童年的往事、故乡的人物风景，穿越时空，成为当下的文字。心笛写出了这样的诗句：

> 真美中的至美/乐声里的美乐/我突然发现/那最美的声音/是来自故国故人的乡音。[①]

在失去了母语的空间以及外力的干预下，“乡土”仍珍藏在游子的内心深处。对于那些有过中国生活经验的人，“故乡”是实在的，是随着岁月的流逝而愈益鲜明的景致。这类作家几乎都写过故乡题材

---

① 王渝编：《海外华人作家诗选》，香港：香港三联书店1983年版，第13页。

的作品，例如，泰华作家梦莉与司马攻曾分别在他们的散文《故乡的云》和《故乡的石狮子》中，描写过故乡已消失的或仍存在的云朵和石狮子，於梨华则完全以故乡为背景写过长篇小说《梦回青河》等，数不胜数。对于那些从未有过中国生活经验的作家，“乡土中国”是由父母或祖父母的口述流传下来，另有一个出生地也是“故乡”，他们对中国怀有一种遥远的、淡淡的情感，是一种若即若离的依恋。更有一些作家，主要是欧美的华文作家，他们的“中国”由于政治的因素被人为地割裂成“台湾”与“大陆”两块，他们往往出生于大陆，成长于台湾，移居于欧美，或者出生于台湾，成长于欧美。于是他们“思乡”的情愫在“岛”与“大陆”之间游移，闪烁不定。

除了个人性的“故乡图景”，海外华文文学中还充满了大量的人文景观，表示“华人”共同的“故乡”。最常见的有“长江”、“黄河”、“长城”、“江南”、“潮汕”、“八闽”等等，这些饱含着历史、文化意味的地理名词，指示着一个更悠远而广博的“故乡”，是由历史与文化凝聚而成的“乡土”。尤其对于那些从未到过本土的人，这些名词唤起的，可能就是“故乡”的全部含义。

其次，海外华文文学的“中国意识”的表述，也体现在对“现实中国”的关切。

在这一层面上，海外华人作家承担的是中国知识分子的责任，对于中国的变乱、前途表现出莫大的关注、焦虑。在从事此类写作时，作者自身仍是将自己作为“中国人”，并从“中国人”的角度来看中国的现状及社会问题。大体上，欧美华文文学的“中国意识”偏于这一类型，而东南亚的华文文学则较少这一类型，尤其在战后，几乎完全没有。

知识分子或一般民众远避海外，本身即折射出文明古国的式微与国内政治的混乱。自鸦片战争至1949年间，中国国内的政权更迭频仍，战事不断，受制于列强；1949年后又有两岸分裂的惨痛，“文革”的“内耗”，带给中国人的是无限的辛酸。正如白先勇、张系国等人的小说常常出现的一些华人形象，只是为躲避战乱、“秦祸”才远涉重洋，定居彼邦，但是“心中的家国感”仍未能泯灭。因而，又常常为了自己不能为国家分忧而自责不已。矛盾的心情折磨着海外华人作家，在陈若曦、张系国、於梨华等作家笔下，“回去还是留下?”“该不该出来?”“该不该回去?”总是构成叙事的主要线索，牵动着人物的行为。而小说中的人物往往被这样的自我追问弄得恍惚迷离，不知身在何处。

20世纪80年代以后，由于大陆改革开放政策的实行，上述的情感在海外华文文学中逐渐消失。陈若曦在《向着太平洋彼岸》这篇小说中，借一位遭受“文革”迫害而后移民到美国的人物说：“时代变了，时代也是前进的。而中国，带着她的人民和土地，肩负着沉重的历史包袱……”[①] 就在这一篇小说中，她让一位海外华人最终决定回到祖国，因为改革开放中的祖国需要人才。在聂华苓的一系列作品中，也有类似的意向。也许经过一段血泪翻腾的历史，在迈进21世纪的时刻，中国人，无论是海外的，还是海内的，都能告别那种畸形的、分裂的“爱国之恨”，而拥有一种全新的、健康的、平和的“中国形象”及“中国情怀”。

再次，海外华文文学的“中国意识”的表述，还体现在对“文化中国”或“美学中国”的渴求与向往。

这是一种更深幽的乡愁，它所追寻的并不是童年的记忆或故乡的怀恋，也不是对于中国现状的关切、焦灼，而是要回到永恒的“古典”，回到那种超越于时空之外的东方式的韵味，回到由孔子、老庄、屈原、唐诗、宋词等积淀而成的“美的家园”，“渴望回到一个

① 李黎编：《海外华人作家小说选》，香港：香港三联书店1983年版，第260页。

纯真的起点"①。

叶维廉曾说："由于空间的切断而产生的游离不定、焦急的心理状态，如何在诗的创造里找到均衡，在传统与现实切断的生活中重建文化的谐和感而重新可以沐浴于、根生于古典的美感经验中。"② 他从20世纪60年代至今，孜孜不倦的是铸就一种纯净的汉语，酿成一片自然的诗意，其中的背景令我们联想到老庄哲学。杨牧、郑愁予等有着相同的才继骚雅的努力。当然，这种意识与政治上的复古主义完全不同，它只是一种审美的产物。

作家的中国意识对他的美学风格无疑会有所影响，当一个作家有意地要通过写作来呈现"中国意识"时，他的写作策略必然会与另外一些作家——如那些有意地要表现普通人性的作家有所不同。在叙述或抒情中，他会用本国的文化与语言去组织眼前陌生的、零乱的经验，从而迷离于错失的时空与不和谐的景象。在他的作品里我们可以倾听到两种意识状态的声音，一种是由汉语所制约着的中国世界，另一种则是现实的生存世界；他会倾向于用前一种世界去比附、整合后一种世界，甚至试图让后一种世界淹没于前一种世界之中。

总之，感伤、悲剧、回忆、焦虑是理解这一类作品美学风格的关键词语。文字织染层叠的经验世界，暂时或永久地庇护着那些失去了"家园"的人群。在"中国意识"的诗化过程中，我们目睹并感觉到了一个国家、一种文明、一个种族的蜕变过程，其间的痛楚和悲壮，都以故事或意象无声地诉说，为一段重要的历史时刻存真。

当然，并非所有的海外华人作家都具有"中国意识"，他们或者只是保持了最基本层面的汉语，或者完全转向另一种语言，只是残存着一点点体内的血脉。然而，并不能因此指责他们"不爱国"或

---

① 王渝编：《海外华人作家诗选》，香港：香港三联书店1983年版，第225页。

② 张默、张汉良等主编：《中国当代十大诗人选集》，台北：源成文化图书供应社1979年版，第476页。

"数典忘祖"。实质上，文学中的"中国意识"与政治上的"爱国主义"并非完全一致。文学是一种独特的审美活动，是否表现"怀乡"，是否表现"故国现实"或"文化"，并不能决定一个作家的价值。作家有权利选择他所要表现的东西，关键在于他是否达到了"真善美"的境地。事实上，20 世纪 90 年代以后，本土的研究界已经在矫正这样一个错觉，那就是：一提到海外华文文学，便浮现起一张张思乡的脸庞。我们必须要面对越来越多的无关"中国意识"的海外作家，如北美和欧华文坛相当活跃的严歌苓、虹影等人，她们的作品几乎看不出"海外"的痕迹，追求的是一种世界性的文学风格，且这类作家越来越多。许多事实说明："中国"国内政治形势的稳定，已经使海外的华人不再那么迫切地感到"中国"问题的压力。在这样的状况下，海外的汉语文学也许更能够发展出一片新的天地。

第三节　海外华文女性写作的文化透视

一、海外华文女性写作概览

海外华文文学界有一个特别引人注目的现象，那就是这一领域的女作家创作相当活跃，而且她们已于 1987 年成立了"海外华文女作家联谊会"（1993 年改为"海外华文女作家协会"），先后在美国、马来西亚、台湾等地举办了多届海外华文女作家会议，成果有目共睹。近十几年来，海外华文女作家的作品在大陆出版较多，不少作品已为人所熟知。由于海外华文女性作家有相似的文化身份，她们处于双重或多重文化碰撞的处境，以及在这种背景下女性特殊的感知方式，使她们在艺术表现上呈现出诸多与男性作家不同的特点，而有相似或相近的文学倾向。指出海外华文女作家这种共同的文学倾向，并不等于否定其复杂性和女作家个体创作的差异性，而是要倡导对海外华文女作家的生命体验和声音进行认真阅读和细心倾听，在海外华文研究中切入一个新的批评层面和视角，即从文化的角度，结合女性主义文学批评的理论思维和方法，对海外华文文学的女性写作整体观照，进而对其在海外华文文学中的特殊地位进行理论探讨。

从广义上来说，女性主义文学批评也是一种“身份”的批评，它以性别和社会性别为出发点，将历史上被压抑的妇女声音、被埋藏的妇女的经历、被忽视的妇女所关心的问题，由边缘推向中心位置。如果说妇女长期处于主流文学批评的边缘的话，那么一个国家中少数民族的妇女作家则处于双重的边缘——主流文学批评的边缘和主流女性文学批评的边缘。女性主义“身份批评”既反对性别歧视，又抨击种族主义，同时探讨不同民族文化之间的区别。海外华文女作家在其居住国都是属于双重边缘的文化群体，因此，“身份批评”对于海外华文女作家及其文本的研究是最具启发性的，而且这种批评与文化研究最为接近，有助于我们从社会性别、种族等多重视角，探讨海外华文女作家及其文本所蕴含的和有可能涉及的诸多复杂因素及关系。

西方的女性主义文学批评与西方妇女解放运动，特别与20世纪六七十年代席卷欧美的女权主义运动紧密相关，在学术界作为新兴的强有力的理论力量向传统的以男性为中心的学术观点和方法挑战，而且随着20世纪80年代以来第三世界女性主义者对欧洲中心主义和西方文化霸权的质疑，女性主义日趋多元化，女性主义文学批评理论也不断发展。但中国的妇女解放，一般都从属于民族的、阶级的、文化的社会革命运动。辛亥革命与“五四”新文学运动以来，中国现当代女性文学的发生和发展，都是与整个民主主义社会革命、思想文化革命紧密相连。而就海外华文女作家而言，不管是由大陆辗转到台湾再到海外，还是直接由台湾和大陆到海外，抑或是自幼在国外成长，“中国”的烙印仍是鲜明的，这使她们的创作始终关注“民族”、“国家”等不同的面向，而拒绝一种固定、特殊的妇女本质，因而并不存在孤立地为“女性”写作的海外华文女作家。她们的选择与命运，总是与其独特的文化身份、社会处境，与一个独特的社群、国家、民族等因素息息相关，与他人的命运互有联系。不管是聂华苓饱经沧桑的“浪子悲歌”——《桑青与桃红》，还是赵淑侠满腔爱国情怀的《我们的歌》，单纯从性别的角度，以西方女性主义文学批评理论对其进行解读，不仅可能抹杀这一研究对象的“特殊性”，也容易陷入西方的语境中而产生误读。正是在这种意义上，女性主义批评，特别是“身份批评”与文化研究相结合的观点和方法所提供给我们的，并不是僵化的模式和程式化的教条，而是一种有力的策略意识，使我们可能立足于海外华文女作家独特的人生历史经验，在不同的情况下有策略地选择与运用，开辟自己的研究领域。

海外用现代汉语写作的华文文学，是在我国“五四”新文学运动影响下出现的。在中国现代文学史上，第一个女作家群也是迎着“五四”的曙光“浮出历史地表”。而海外华文文学界女作家作品的大量出现，却是20世纪中期的事。在华文文学发源比较早的东南亚地区，女作家群体的出现也是在20世纪六七十年代以后，这与女性接受华文教育的历史状况有直接的关系。在西方，20世纪60年代前后，由于大批台湾留学生负笈海外而出现华文女作家创作活动，如於梨华、聂华苓、欧阳子、陈若曦、赵淑侠、丛甦等。到了80年代后期，在大陆的留学热潮中，又出现一批来自大陆的海外华文女作家，如查建英、严歌苓、虹影、张翎等。后者与前者在经历上、创作上都有很大的差异。可见，海外华文女作家不仅存在地域上的差异，而且存在着不同时空的复杂背景和语境的差异，其中又与中国近半个世纪流离变迁的历史息息相关，是一个既包含差异性，又拥有共同文化身份的群体。因此，讨论海外华文女作家及其创作，就必然涉及“共时”和“历时”两个不同的层面，而这两个层面又是错综复杂地纠结在一起：从“共时”的层面看，海外华文女作家由于地域不同，具体发展的空间不同，而形成广义上东南亚与欧美华文女作家创作的不同风貌，所以不能只孤立地从一个地域的发展中考察和分析，而应该将各个不同地域的创作之间的联系与区别加以全面的思考，并与大陆及台港澳的女作家创作进行参照；而在“历时”的层面上，海外华文女作家的创作发展也相当曲折、复杂，有其消长与嬗替的过程，不同的时期有不同的风貌，需要作各种具体分析。

东南亚华文女作家多是移民的第二、第三代。她们在当地接受华文教育，由于历史和地缘的关系，老一代移民虽然经历了从“落叶归根”到“落地生根”的思想历程，表现出对所在国文化的兼容态度，但对于维系中华文化传统之根仍很执着，除了让子女接受华文教育外，中国传统的伦理道德准则、宗教仪式及风俗习惯仍在相当程度上保持着。与此相应，东南亚华文女作家的创作也包含较多的传统文化意蕴，在她们的作品中，无论是对“乡土中国”的抒写，还是对所在国世态人生的刻画，抑或是对女性在家庭、社会中角色地位的思考，都可见到世代相传的华族文化的基因。从20世纪80年代以来，随着“全球意识”的形成和“寻根热潮”的深化，她们也开始在一个全球化的大背景下思考和追问“性别”、“民族”、“文化”等问题的复杂性，在不同民族文化的碰撞交融中，她们也对传统文化进行自省，对女性在多重文化背景中的位置和形象进行更深入的思考。如孙爱玲的《碧螺十里香》展示了关凤慈从孤女到花旦，再到为人妾的苦涩、传奇的一生；朵拉《最初的梦魇》中的妻子为了取悦丈夫、挽救濒于崩溃的家庭，竟不惜整容，将自己搞得面目全非；小华《灰烬里的青春》和心宇《祝福》中对传统妇女观的反思和批判，都可见到传统文化的印记以及作者对民族文化的自省，对女性命运及地位的探索。

西方华文女作家是在“留学生文学”中逐渐成长起来的，她们大都有在中国生活的经历和背景。20世纪60年代前后由台湾到海外的於梨华、聂华苓、陈若曦、欧阳子、赵淑侠、丛甦等可称为第一代，她们中有的在大陆度过动荡的童年时期，在台湾度过成长的青少年时期，大学毕业后才到欧美留学，她们的怀乡意识多在成长之地台湾和“根之所在”的大陆之间游移。如果从欧美华文文学的总体历史发展来看，这批女作家的创作也是无法绕过的坐标。

20世纪60年代，大批中国留学生留学欧美，他们大都满怀一腔宏愿，希望在新大陆确立新的精神坐标，但语言与文化的隔膜，很快就击碎了他们的梦想，他们既无法融入异质文化中，又对母体文化无法完全认同，因而陷入失根的惶惑中。这种心态反映到文学创作上，就是20世纪60年代盛行的“留学生文学”。於梨华的小说堪称“留学生文学”的代表，至今仍被奉为“留学圭臬”。她的《又见棕榈，又见棕榈》，几乎可以涵盖留学生题材所涉及的一切问题。小说的主人公牟天磊从台湾到美国求学，他对美国文化有天然的抵拒，向往传统文化，而当他满怀期待地回到台湾，却感到“人群虽是同胞，事实上却十分陌生”，“他的一切想法、一切观念都和他们脱了节”，这种两难的精神困境及“边缘人”的心态，概括了20世纪60年代留学生文学题材的基本特点。

到了20世纪70年代以后，“留学生文学”的内涵已有所改变，无论是在题材还是在创作手法上都有了很大的扩展，女作家的创作，也走出原先“留学生文学”的框框，“将视野推及上一代的历史，下一代的未来，身处的这个异国社会的现状与变化，且更关注地推向彼岸——自己来自的地方：台湾、香港甚至中国大陆，就深度来说也是由异国飘零的生活感受层面挖掘下去，思考探索了文化差异、认同、民族主义、历史等等较深刻的问题”①。

聂华苓于1971年创作的长篇小说《桑青与桃红》，运用了“寓言化”的写作手法。小说通过主人公桑青（桃红）一生的四个片断，反映了从1949年到1970年中国历史的变迁，将中国的处境与“女性”的命运加以结合，在民族的寓言中巧妙地凸现了女性暧昧难明的分裂的形象。这部小说的思想内涵及深度、独特的艺术结构及手法，都堪称海外华文文学中的经典。与聂华苓一样尝试用“寓言化”

① 李黎：《海外华人作家小说选·前记》，广州：花城出版社，香港：香港三联书店1986年版，第2页。

手法写作的还有女作家丛甦，她在《盲猎》中以寓言的形式叙述五个人黑夜在森林中的摸索与碰撞、恐惧与焦虑，以卡夫卡式的象征手法表现了海外中国人的困境及其内心的感受。

於梨华、聂华苓、赵淑侠、丛甦都是欧美华文女作家中具有代表性的一代，她们目睹了中国近半个世纪的历史变迁，作品的时代感、历史感较强，与东南亚第二、第三代的女作家身处华人社会及相对同质的东方文化不同。她们在欧美完全异质的西方文化中，所受冲击较大，其创作题材涉及东西方文化的冲突与交融中的两难境况，边缘人心态，失根的惶惑，对女性在历史的变迁、文化的转变下的境遇也有深刻的体认及敏锐的探索，在艺术手法及语言的表现形式上，尝试在传统的写实中融合西方的现代手法。

20 世纪七八十年代前往欧美的一批华文女作家，或是从台湾，如李黎、王渝、平路，或是从中国大陆，如查建英、虹影、严歌苓、张翎，虽然同赴欧美，但由于各人经历及社会文化背景的差异，这些女作家的创作也存在很大差异。但总的来说，由于西方中心主义在 20 世纪末逐渐受到质疑及多元化语境的影响，她们的怀乡意识已有所弱化。虽然“民族”、“故土”依然是她们始终关注的一个焦点，但视野已有所扩大，开始将“民族”、“女性”、“文化”的思考置于全球化的背景下，创作也明显表现出个人化的倾向。如虹影的《鸽子广场》，以女性个人际遇为中心线索，涉及男与女、东方与西方等复杂的层面；平路的《台湾奇迹》，则跳出了异化及流亡等熟悉的海外小说主题，为中国意识危机的探索增添了国际色彩，并对边缘政治的问题进行了反思。

以上对海外华文女作家的创作在“共时”与“历时”的层面作了提纲挈领式的扫描，实际上，海外华文女作家的写作阵容相当庞大，国别、地区、个体的差异性也很大，要深入全面把握这一论题，还要从“作家”、“作品”等多方面进行具体的分析和探索。

二、女性写作的双重身份与边缘性

将文化研究与女性批评相结合的研究方法，其契合点就在“身份”批评上。海外华文女作家在海外生活和写作，常常处于双重身份的矛盾之中。这种双重身份的矛盾和撞击，使这些在异域从事汉语写作的女性有无根的漂泊之感及边缘人的散聚心态。美华女作家查建英感慨道：“……我们的许多感觉的确包含了太多的矛盾与尴尬，特别是重访故乡时，半是过来人，半是回来人，所历所见往往会刺激这类感觉，使之肿胀触目……我们就是这样一批不三不四的怪物。这倒不是张扬一种彻底的悲观主义，而只是觉得我们对自己已陷入的境地应该有较为清醒的认识。”① 除了这种寓居海外的中国人的散聚心态、边缘人心态及文化转换中的角色困惑外，身为女性，“性别”也是一种共识与身份认同的基础。虽然许多女作家反感于被称为女性主义者，但在男权传统力量尚强大或仍然残存的文化境遇中，女性身份仍有一个极为明确的群体认同存在。虹影在《纽约的恋人们——海外大陆女作家异域生活小说选·序》中曾谈到：“本书只选女作家，排除男性，并非我伸张女权，而是想给读者看，女作家观察世界，处理文学，有她们特殊的眼光，非男作家所能替代，也不宜混同。”② 虹影的这段话虽然专指海外大陆女作家，扩展开来泛指海外华文女作家也是恰当的，因为女作家实际上仍承受着关于女人的种种话语，以及女性所指的限定等古老文化的压力，但潜藏于女作家深层的这些限定，却又使她们对自身经验的表述显示出另一重意义。

在某种意义上，每一个人，每一个海外华文女作家在复杂的社会网络中的位置都是独特的。又因为她们自身的流动性，其身份往往是变动不定的。曾羁旅德国的女作家龙应台在《干杯吧，托马斯·

① 查建英：《关于“边缘人”的通信》，《小说界》1988 年第 5 期。

② 虹影：《纽约的恋人们——海外大陆女作家异域生活小说选·序》，北京：中国华侨出版社 1995 年版，第 1 页。

曼——谈放逐中的写作》一文中，以抒情的笔调形象地描绘她们这种身份的转换："我这个在西方生活了将近二十年的中国人，和一个没有西方经验感染的中国人，已经有了明显不同的走姿、坐态，表达同意和反对的手势，与人谈话时所习惯保持的身体距离，告别时握手和拥抱的刹那决定……这个观察敏锐的德国妇女觉得我熟悉，不过是因为在那个晚上，我以欧洲人的眼神和身边台北来的朋友谈起台湾90年代的种种，用不同于北京腔的国语，用彼此熟悉的愤慨和嘲弄，用不必向对方解释的词汇和手势，临别时，我们回身挥挥手，明天见！没有拥抱，没有握手，那个德国妇女所理解的熟悉的，其实只是一个译本，她哪里知道原文的我是个什么东西？"①

正因为海外华文女作家既具有以性别和种族为基础的共识与身份认同，又因各自的差异性及流动性造成身份变动不定，这也正是其活力之所在。

与身份的多重性及流动性相应，海外华文女作家边缘性的位置也是评价其创作时不可忽视的。身为女性，她们的人生命运处于男权社会的边缘。就女作家而言，虽然有许多人也受过高等教育，但是作为女人的角色，总是免不了结婚和生儿育女，这些是走到哪里都很难摆脱的，不管是华人社群庞大的东南亚，还是种族歧视隐形存在的欧美，女作家从事的工作，多为教职、文职，有不少人只在家操持家务，生活范围和社交面较为狭窄。於梨华回忆她开始从事创作时的辛酸："我忽然从一个做很多梦的大学生，变成了没有时间做梦的家庭妇女了。"於梨华所处的这一人生阶段在海外华文女作家中应该是具有普遍性的，只是程度有异，各人具体情况有所不同而已。因此，海外华文女作家不仅是以写作来宣泄个人情感，为她们进行自我的言说和分辩，而且在某种程度上，写作是她们确认自我精神价值的方式。

处于边缘处境的海外华文女作家，有种种无法备述的艰辛和困

① 龙应台：《干杯吧，托马斯·曼——谈放逐中的写作》，《读书》1996年第2期。

苦，但对文学创作而言，这种痛苦也不一定是负面的。“边缘人正是可以在她无比的孤寂中洞视两种文化的差异与交叠，从而检视自己和他人的外在世界与内心世界。”① 以女性独特的经验切入生活的角度及感性的灵敏，使她们的创作在某种程度上变成不可替代的记忆与命运的书写。与生活在本土的女作家不同，在她们作品中的女性，并不仅仅表现为本土男性中心主义的传统存在，而是将两性关系的矛盾冲突放置在多元文化的撞击与融合之中，从中我们可以看到，“女性”的问题并未消解于“民族”、“国家”等不同的面向中，它仍然是海外华人女作家始终关注的一个焦点。

随着对父权中心的批判及女权主义理论的不断发展和完善，人们逐步认识到，基于生理上不可克服的男女差异，将是各自的优势，而不应成为权力压迫的借口；通过互相补充，最终建立男女平等的和谐关系，这种不带性别偏见的文化设想，是拯救和完善人类文化的一条比较切实可行的道路。虽然目前距“双性文化互补”似乎还较为遥远——男权中心依然是客观存在的事实，但“双性文化互补”仍不失为一种文学写作的理想，也就是说男女作家都应在两性的互补共存之中，在探索存在意义的高度上确立文学的坐标，从而将人类生存的境界推向更完美和更高级的层次。

第四节　海外华文文学的理论研究与方法论

海外华文文学早期的研究成果，多是对某一作家的“个例”研究，这是考察问题的基础和起点。随着研究的发展，必然要进入整合性、规律性的研究，也就是要在华文文学的整体观照下，把握海外华文文学这一特殊领域的文学特性，对它作进一步的学理式探究，做好

① 李黎：《海外华人作家小说选・前记》，广州：花城出版社，香港：香港三联书店1986年版，第4页。

学科“底部”的理论奠基工作，具体来说，就是要回答“它为什么是这样的?”“它何以能成为一个学科?”当中最重要的是拓展和深化学科内部的基础理论研究，重视方法论的确认和更新。

海外华文文学作为一个学科，应有自己的独特方法论系统。“方法不是别的，只是反思的知识。……好的方法在于提示我们如何指导心灵依照一个真观念的规范去进行认识。”① 由于海外华文文学是一种世界性的文学现象，本身就具有开放性的特点，其方法论系统也应该是开放的，不应局限于某一种研究方法，而应该是立体的、多层次的。作为学科基础理论的研究，基本的方法主要是哲学的和逻辑的方法；具体的方法则可以是多样的，如社会学方法、文化学方法、比较方法、阐释接受方法、新批评方法、“形象学”方法等。选用什么方法与研究者的知识背景有密切的关系。不同的研究者不但在进入问题的角度上存在差异，在研究的方法论上也往往表现出不同的旨趣。

在众多的研究方法中，针对海外华文文学具体的研究对象，跨文化比较研究、“形象学”研究、“身份”批评和文学的审美研究等方法，是值得特别倡导的。因为海外华文文学的“根”是中华文化，但它们都不是本土的“花”，而是异地、异国的“奇葩”，从整体上看，具有多元文化背景的特点，其文学的文化空间极具张力，蕴含丰富的文化研究命题。比如，对海外华文作家主体的理论反思，就常常与“文化身份”的理论紧密结合在一起。文化身份隐藏在社会的各种力量和矛盾之中，由内部差异决定，如种族、性别、阶级、年龄、语言及个别存在的价值等，都与文化身份相关，故而从广义的文化研究看，对作家主体的理论考察，最后必然都要落实到文化身份上。海外华文作家离开本土，对应着不同的被重组和建构的现实，文化身份不断发生变化。文化身份的变化，直接影响到他们的文化想象和创作，形成一种独特、不断变化与发展的性质和形态。纵使他们中的不

① ［荷兰］斯宾诺莎著，贺麟译：《知性改进论》，北京：商务印书馆 1960 年版，第 31 页。

少人已加入了居住国的国籍，但母语身份和母语存在的那种集体意识，永远不可能改变，国籍的身份只是理性的，而自身内在的文化心态、倾向却是超理性的，或者说是前理性的。这种理性上和行动上的认同与对民族文化的感情使其时时处于矛盾之中，他们在文化身份上的抗争和碰撞，形成其对生活、人生的独特视点、角度及文学表现方式，这就给他们的作品打上了“身份”的烙印。因此，从文化的视角切入研究海外华文作家创作上的特色问题，是极具潜力和张力的。当前，国际学术界在文学研究方面，有一个明显的转向，就是越来越转向文学的文化研究，更多地关注文学中的种族、性别、阶级、身份等问题，一些传统的文本也因为这些新的理论视角而重新得到阐发，而且这种阐发都做得很细、很具体，常常落实到某一作家的某一部具体作品上。海外华文文学的理论建构，要面对大量文学文本，而文本的作者都是在特定的文化、种族、社会性别、政治经济和个人因素所形成的立场上从事创作，文化背景、历史语境复杂多样，从文化的视角切入、追问，可以从中提炼出有新的价值归属的诗学话语和理论。

一、跨文化比较研究

海外华文文学的根是中华文化。生活在西方的华文作家，因为原先的母体文化和所在地区、国家的客体文化相差较大，而且西方社会主流文化总是居高临下“俯视”东方，还有潜在的种族歧视，很难同客体文化平等对话或完全认同。华人作家不得不承受许许多多的压力，在他们的作品里，既有个人生活的浪子悲歌式的抒写，也有对中西文化差异的思考和对文化上平等对话的追求。当然，也不排除一些主要接受西方教育的华人作家，或者是在国外出生的第二、第三代华人作家，有可能完全倾向于西方的文化立场，他们对本民族文化只是作为一种纯然的个人和历史的记忆来书写。在东南亚地区，由于华人移居较早，数量多，文化交流频繁，而且有一定的社会经济基础，兼之这一地区的大多数国家过去曾存在于殖民体系的掠夺之中，不像西方世界那样有强烈的文化优越感，华文作家在那个地区生活和创作，虽不无文化疏离和阻隔，但经过不断调整，还是能走上两种文化相互兼容、互识互补的道路。这就自然形成了不同地区、国家华文文学的不同特色。

为了深入探讨海外华文文学的特殊形态及其复杂性，就必须具有文化学的视野，采用跨文化的比较方法。海外华文作家在居住国生活，必然会受到居住国社会文化的影响，与此同时，也会把华族文化传播到居住国，无论是哪一方，接受的过程必然有所选择，也必然有基于不同历史积淀、文化传统、社会心态等所作的解释和误解。华族文化被传播到另一国时，会遇到异质文化，有一个播迁、冲突、认同、融摄、变化的过程，从而多少以改变的形态出现，并且浸透在作品所描写的人物和艺术形式之中，研究文学作品中的这种文化“变异”现象，研究这种传播与接受的发生过程，如这一传播与接受是从何时开始的？发生在什么历史文化背景下？在文学中产生了怎样的“变异”？同中国本土文学作品比较，两者的反差有多大？这种研究将大大丰富作为整体研究对象的华文文学，也有助于深化对海外华文文学特殊性的认识。

从海外华文文学研究领域的实际出发，引进、借鉴比较文学的理论和方法之所以是可能和可行的，是因为海外华文文学作家都是在双重文化背景中写作，他们的作品常常有两种文化的“对话”，极需要以跨文化的眼光去对其进行审视和观照。海外华文作家在本土以外从事汉语写作，他们处在居住国主流文化的“他者”地位，面对两种文化的接触，既有一个自身群体文化归属问题，也希冀能建立同主流文化交流的平等对话模式，但这在现实生活中的主流与非主流文化沟通中是很难实现的。因为在权力结构中主流文化的话语权远远超过了非主流文化的话语权。这就使处于非主流文化的“他者”要自寻出路：一是保持本民族的文化传统，在边缘状态生存；二是与主流文化认同，通过各种方式去化解、协调与主流文化的各种矛盾、冲突；三是相互兼容、互识互补，这往往在一些文化差异不大的国家和地区才可能达到。但无论处于何种状态，都有一个不同文化相遇、碰撞、影响和融合问题，而这些都会这样或那样地反映在他们创作的文学作品中，并非以本土的单一文化的视觉所能深刻理解。

比较方法在海外华文文学研究领域的提出和运用，是对传统的社会历史学研究方法的一个补充。从整体看，华文文学研究的着眼点是既要求“同”，也要明“异”，求“同”有助于规律性问题的探索，明“异”是为了发现和寻找新的质素。因为“异”有助于丰富和整合世界华文文学的整体形象。求“同”和明“异”都必须借助比较方法的运用。我们可以在华文文学整体观照下，将中国本土文学同其他国家的华文文学相比较，在比较中探索其发展的脉络以及不同民族文化相遇时碰撞和认同的过程及其规律；也可以将本土以外的其他国家、地区的华文文学相比较，研究不同国家、地区的华文文学的特殊存在方式、美学模式、文学风格及作为语言艺术的衍变史；还可以将同一国家不同群体的华文文学作比较，探讨它们在与居住国主流文化碰撞时所采取的不同态度及作出怎样的反应与选择。这样做不只是求“同”和明“异”，而且使我们对研究对象的存在方式的认识更为深刻和全面。

二、“形象学”研究

将海外华文文学放入文化和文化的传播与影响中去研究考察，围绕某一问题或某一种文学现象，在不同的文化背景中进行相互比照和阐释，可以使我们的研究更具开放性和丰富性。法国已取得显著成就的“形象学”，主要就是研究在不同文化体系中，文学作品如何构造他种文化形象。在一般情况下，作家都是从本民族文化出发，对异族文化的“他者”进行思考和解释，创造出他所理解的形象。这是两种文化在文学上“对话”的结果，也是一种文学传统、观念对另一种文学传统、观念的过滤和选择，当中不无“误解”，但可以作为一种“镜像”，是异族文化在本民族文化中的折射。海外华文作家都是在双重文化背景下写作，在他们创作的作品里，有许多不同文化相遇、碰撞和融合的文学想象，对在文学想象空间中如何构造他种文化形象的研究，也是海外华文文学研究领域中具有深远文化意义的论题。

我们在阅读、研究海外华文文学作品的过程中常常会看到：在海外华文作家笔下，在表现本民族人们在异乡生活的同时，会涉及不同民族人们的交往和关系，因而在他们的作品里也塑造了一些所在国不同族群的人物形象，如黑人、白人、泰人、菲律宾人、印尼人、马来人、印度人等，还有华族与其他族群的混血儿。从这些人物形象中，我们接触到处在不同文化体系中的华人作家如何理解、构造异族人物形象问题，这是一种文化的折射。分析、追寻、研究这些文学中的文化现象，从中可以看到华族文化与异族文化相遇时的各种不同状态，也有助于了解作家在两种文化接触时所采取的态度，更重要的是可以将其作为一种文化“对话”的依据，给海外华文文学的跨文化研究提供新的理论研究空间。

研究“一国文学中所塑造或描述的‘异国’形象”，是法国比较文学的奠基者之一让·马丽·卡雷提出来的。他认为，对不同国家文学的关注，“要有文化中的异国层面的对话”，应重视“民族间的相互看法”、“想象间的相互诠释”①。卡雷的主张，推动了文学作品中异国形象的研究，把比较文学意义上的形象学从一般的“形象”研究中凸现出来，人们开始注意到文学怎样以变化多端的形式塑造不同于本民族的“他者”形象。近年来，“形象学”在国外，特别是在欧洲大陆发展迅速，引人瞩目。将这一理论引入海外华文文学的研究，关注、分析海外华文文学中的异族人物形象，这同样是文化中的异质层面的对话，也是民族间的相互看法、想象间的相互诠释。通过对作

① ［法］卡雷：《〈比较文学〉前言》，转引自陈惇、孙景尧、谢天振主编：《比较文学》，北京：高等教育出版社1997年版，第165页。

品中异族形象的研究，展示这个领域的文学怎样以变化多端的形式表现异国、异族，塑造不同于本民族的“他者”形象，也是一个极具文化意义的命题。

海外华文作家的创作，是处在“自我”与“他者”、“本土”与“异域”关系的自觉意识之中，即使这一意识有时并不那么强烈。他们所创造的“他者”形象，是在两种不同文化间的差距中所作的文学想象，是一种文化现实的描述，这些形象虽来自异族，但他们是经过华文作家的文化眼光和文化心理选择、过滤、“内化”而成的，是作家从一定的文化立场出发，根据自己对异族文化的感受和理解，创造出来的不同于本民族的“他者”形象，已不同于现实生活中的“他”和“她”，而是他们在华族文化中的“镜像”和“折射”，是在两种文化“对话”中生成的，可视作一种文化对另一种文化的解读和诠释。所以在对这些形象进行分析时，追问的重点不在于他们是否忠实于生活中的原型，而在于这种描述、表达显示出作家所向往的是怎样的虚构空间，作家怎样以文学的形式表现“他者”和“他者”文化，通过他们提出和表现了哪种文化、意识形态的范式，这种想象和描述在多大限度上，出于何种原因而产生了什么样的文化偏离和美学效果。

以东南亚华文文学中的一些“他者”形象为例。他们基本上分属于三种不同的类型：

一是按本民族的需求塑造“他者”形象，着重表现“他者”对本民族文化的认同，是一种集体化、理想化的文化诠释，其效果是强化了本民族的文化。菲律宾女作家黄梅的小说《齐人老康》[①]，女主人公玛丽娅是菲律宾人，她跟当雇员的华人老康生活了二十几年，已是六个孩子的母亲，因为老康来菲之前在中国老家已有妻子，所以一直没有名分，但她并不计较，一年四季不辞劳苦地操持家务，养育儿

① 见张香华主编：《茉莉花串·菲华女作家卷》，台北：远流出版公司1988年版。

女，同老康一起渡过许多生活难关。从作品中玛丽娅的思想和行动看，她对华人的生活习俗是很认同、融入的，是一个已经“华化”了的“他者”。异国女人以中国女人的形象出现，这是作者臆造的异国女人形象，并非真正的“他者”面貌。这也是作者怀念故土、故土文化而自觉不自觉地表现于形象之中的一种形式。作者在作品中赞扬“华化”的玛丽娅，实际上是言说了“自我”，肯定了本民族的文化传统。

二是质疑现实的“他者”形象，反映出现实与理想的距离，对本民族的某些保守意识和偏见有“颠覆”作用，表现出文化思想的开放状态。菲律宾女作家范鸣英的《同是等待》和佩琼的《油纸伞》[①]，女主人公分别是菲律宾人玛蒂丽丝和中菲混血儿李珍妮，由于她们是老一辈华人心中的“番仔婆”和“出世仔”[②]。这种看法带着排斥情绪，表现出移居菲律宾的老一代华人与当地民族间的隔离状态，他们拒绝自己的儿女同菲人通婚。《同是等待》的男主人公威立，与菲律宾姑娘恋爱，遭到母亲的强烈反对，无法正式成婚，直至有了爱情的结晶，因怕伤害母亲而不敢公开，只好白天下班后到“爱巢”，晚上又赶回家陪母亲，精神上十分痛苦。《油纸伞》写的是两个男女大学生相爱，因女方是一个“出世仔”，遭到男方体面的华人家庭的反对，尽管女方的父亲是华人知识分子，母亲是菲律宾的比较文学教授，有很好的家庭教养，对华族文化有所了解和认同，但她依然无法保护自己的爱情，只好放弃自己之所爱，出国留学。这两个作品的作者都具有文化的“自省”精神，她们在作品中通过两个母亲无理地拒绝“他者”，批判了传统文化中的那种狭隘、排外的民族观念。作者在作品中所采取的保持距离的文化态度和平实的真实描写，使读者可以接受、理解这两者的“对立”，人们从中听到这两种

① 见潘亚暾主编：《菲华小说选》，广州：花城出版社 1993 年版，第 95 页。
② 中菲混血儿被称为“出世仔”。

文化的撞击声，这是来自两种文化“跨点”所发出的第三种声音。在这种声音里，既不缺乏对“自我”的批判性理解，也没有把这种批判性理解局限于本民族传统的文化立场上，而是表现出一种开放的现代意识。在这类作品中，被批判的“自我”那种排外、狭隘的民族观念是显性的、直观的，而较隐蔽的“自我”是小说的隐含叙述人，由他在叙述中的语气、角度、态度、评价、感情倾向等主观因素聚合而成本民族的新意识。

三是表现文化相异性的“他者”形象，用本民族的话语，对各种相异性作出自己的诠释，同时也进行“自我”的审视和反思。新加坡女作家尤今的小说《织布匠》①，写的是印度姑娘茵蒂娜“相亲”和结婚的故事。美丽的茵蒂娜受过高等教育，但观念保守，尽管她向往自由，但没有勇气去争取，最后由家人做主嫁给一个有钱人，把抑郁变成食欲，从此，美丽、迷人的茵蒂娜就一去不返了。这是一个由保守的民族文化酿成的当代人的悲剧，表现了不同民族之间的文化差异，也有作者对某种保守的民族文化范式的批判。泰华已故女作家年腊梅的小说《我的上司宇文坦先生》②，主人公宇文坦是一个中缅混血儿，经济学专家，在一个跨国公司任高职，薪酬丰厚，公司还配给他洋房、轿车，但他笃信佛教，长期过着清教徒式的生活，处处自律。作家在作品里刻画了这样一个“他者”：既有文化反差的烙印，也有两种文化之间的沟通和理解。这应是两种不同文化相遇时人们所追求的理想模式。

通过上述华文文学作品中“他者”形象的文化分析，一是可以从中反观本民族的文化，把握两种不同文化在相遇时的反差；二是通过不同文化在人物形象中的结合和“变异”，给海外华文文学的研究

① ［新加坡］尤今：《织布匠》，见《广州文艺》“东南亚华文文学专辑”1991年第11期。

② 年腊梅：《我的上司宇文坦先生》，见周新心主编：《泰华小说选》，广州：花城出版社1993年版，第264页。

带来新的意义。但应该说明的是：以上三类只是尝试性的区分，在具体的文学作品中，这三种类型并非互不相关，有时还是相互包容的。而且这种分类主要是在文化层面上展示“他者”形象的虚构意义，并未对他们作出艺术上的具体分析。如若从艺术的层面切入，这些作家笔下的“他者”形象，也是殊相不一的。

20世纪以来，“他者”形象和“自我”形象的关系一直受到“形象学”研究者的关注，因为作家在对异族形象的塑造中，必然会引起对自我民族的关照和透视，“他者”形象有如一面镜子，照射了别人，也会反作用于自己，不同文化的差异正是在这种比较对照中更明显地展现出来。在这些作品中，“他者”形象和“自我”形象面对面对话，不无碰撞和冲突，叙述人在对母体文化和客体文化进行选择时，表现出来的各种文化态度和深刻矛盾，都有重要的研究价值。在中国的文学研究中，“形象学”研究还是一个新的领域，将其运用于海外华文文学研究，可为这个学术领域提供一个文化与文学研究结合的新视点。

三、“身份”批评

由于海外华文作家并非是一种千篇一律的存在，不同的经历和背景、不同的时空及语境，使我们无法以一种固定的本质的标准来衡量他们，因此，“身份”是我们切入研究极为重要的角度。

文化身份这一概念，在西方社会科学文献中已被广泛使用。“身份”不等同于特性、特征、特点，但特性、特征、特点都是“身份”的表现。我们所说的“身份”是在更高层次上的抽象和概括。它包括五种主要的成分，这就是：“①价值观念；②语言；③家庭体制；④生活方式；⑤精神世界。”[1] 据学界人士的不完全统计，在西方，

① ［加拿大］张裕禾：《从何着手研究文化身份》，见耿龙明、何寅主编：《中国文化与世界》（第4辑），上海：外语教育出版社1996年版，第169页。

文化身份的定义有300多种，学术界尚未有一个清晰明确的理论界定，但对构成文化身份的这些主要成分，大多数人是认同的，差别在于各自强调的重点不同。所以将“身份”批评运用于海外华文文学的研究时，也是以构成文化身份的这些具体成分为基点的。

“身份”批评运用于文学研究中，是与对主体的理论反思紧密地结合在一起的。虽然后结构主义极力鼓吹主体的打碎或消解，但实际上人类不能离开身份而生活，那是一种对自我的确认。“身份”批评对于海外华文文学的研究之所以可能和可行，是因为海外华文作家是带有特定的“价值观念”的，都是在由特定的文化、种族、社会性别、政治经济和个人因素所形成的立场上从事写作，由于文化身份各别，作品也无不深深打上“身份”的烙印。从世界各地区、国家海外华文文坛的作家队伍和创作情况看，他们都是在双重或多重的文化背景下从事写作，文化身份十分复杂，可以说，每个海外华文作家的“身份”都是独一无二的。但求同存异，以种族为基础，他们具有一种共识和身份认同——他们都是炎黄子孙，有华族血统，家庭体制和生活方式相似，而且是在异域用汉语写作，这些共同的因素，使得他们的写作具有某种共同的性质和形态，从中也可以去探测其背后深邃的华族文化世界。

海外华文作家常常处于双重身份的矛盾之中，他们一方面由于自身的经历或华人社区及家庭的影响，华族的文化和价值观念已深深植根于意识之中，而且是以汉语进行写作，语言本身就是历史与文化的缩影，在汉语象形文字中包含着中华民族独特的主体意识；另一方面，他们要在居住国立足，就必须去学习新的语言，了解异域人们的生活方式，接受或认同当地社会的主流文化、价值观念。这种观念、行为上的认同与对本民族文化的眷恋，使其时时处于矛盾当中，不断思考和追问自己确切的身份，因而有无根的漂泊之感和“边缘人”的散聚心态。“身份”批评会提示我们去研究和认识这一“真实”。

海外华文作家，大多数是从中国大陆、台湾地区迁徙他乡，有不少还是从大陆到台湾或者香港以后才移民海外的，移居地还经常变动，其中蕴含着种种难以言说的内心情绪，精神世界十分复杂。就每一个个体而言，生活在海外的作家，其身份具有无法代替的独特性；又因他们自身的流动性，其身份往往也是变动不定的。正因为海外华文作家具有以种族为基础的共识和身份认同，又因各自的差异性及流动性造成其身份变动不定，所以他们无法被纳入固定的类型之中，因而文化身份的研究，有助于揭示这一群体和某一个体的特殊性，这也正是海外华文作家精神和艺术活力之所在。

四、审美研究

海外华文文学是一个特殊的汉语文学空间，具有和本土文学不同的新的汉语文学形态。现在，无论是西方还是东方，各个国家都已有一批优秀的华文作品，作为全球化语境下“流散”及其写作研究的一个领域，蕴含文化的多样性和文学的丰富性，为了显现其文学性和独特的审美价值，应当倡导对这一领域优秀作品的审美研究。

文学的审美研究，出发点不是文学性的定义，而是这些文学作品中所呈现的富于创意的各种各样的艺术形象。文学性是存在于作品话语的表达、叙述、描写、意象、结构、功能及审美心理等方面，存在于艺术思维之中。它与其他的文化现象不同，具有相对的历史超越性，而这种历史超越性是源于人的审美情感的积淀，它蕴藏在人类文化心理的最深层，是那些只着眼于实用价值的文化现象所不能比拟和触及的。

重视文学性的探究，就是要对艺术形象作审美的解读，这种解读不只是艺术之外的解说，而是要进入作品假定的情境，从作者的心理、情感、想象去阐释，分析作品的内在结构，研究这些海外华文作家如何将他在域外的人生经验转化为文学创作，并通过独特的艺术形式，创造出感人的艺术形象。因为艺术是一种假定性的东西，它要求“真”，但不是绝对的真，不是泥乎实的真。正如莱辛所说：“艺术是一种逼真的感觉。”（《拉奥孔》）一个作品的艺术形象能令我们感动，引起我们强烈的情感回应，往往是从它给我们那种不寻常的逼真的艺术感觉开始的。我们欣赏、分析形象，实际上是与作者、文本进行交流与对话，追索它之所以能唤起我们心中这种感觉的缘由，探究文学作品感染人的奥秘。

分析作品的内部结构，对于叙事性的作品来说，最不能忽略而又容易被忽略的是艺术细节。20 世纪中期成名的海外华文作家於梨华、聂华苓、白先勇等，都能在自己的作品里营造有情思深度的细节，在白先勇的《永远的尹雪艳》、《游园惊梦》、《谪仙记》中，那些不见人工痕迹的精致的艺术细节，常常在小说情境的转化、人物性格的逆转时起着内在逻辑的联结作用。现在活跃在海外华文文坛的女作家严歌苓、张翎，也很具这方面的艺术功力。在严歌苓的《扶桑》、《第九个寡妇》、《寄居者》，张翎的《交错的彼岸》、短篇小说集《雁过藻溪》中，都有许多能调动读者想象和经验的精彩细节，它们像镶在故事情节当中的小珍珠，动人心弦。而那些珍珠般的艺术细节，一旦被精巧的艺术构思和叙事策略机敏地串联与组合起来，就会产生光鲜的审美效果。

艺术审美和科学认识不一样。所谓“审美”，就是要从文学作品构思的精致、独特处分析、展现其隐藏在里面的思想和情感以及作家的创造。以严歌苓的小说《扶桑》为例，《扶桑》是严歌苓重述第一代华人移民辛酸史的叙事力作。在作品里，作者同时使用第一、第二、第三人称，借助不同时间层面叙事预设的机制，对主要叙述对象扶桑层层聚焦，运用第一人称叙述者的“干预”手段，以及非连续性和蒙太奇拼接叙述结构，让故事外的作家以寻访者的身份对故事女主人公观看和评说，产生许多叙述视点。三种人称在作品中交叉叙述，叙述流并没有因为叙述者的轮换而断裂或混乱，相反，却促成有限叙述和全知叙述，主观和客观交叉、互释、互补，使昔日这个在夹缝中求生存的华人妓女的故事，在中西异质文化的强烈碰撞中有了充分的言说空间。严歌苓曾说，《扶桑》的创作灵感源自旧金山“唐人街历史陈列馆”中德国摄影师摄于1870年的一幅华人名妓的巨照，是这幅照片对她产生的“视觉的撞击”，促使她用直呼式的“你”和画中人直接“邂逅”[①]，期望用丰富的想象和翔实的史料基础来还原“一段被人遗忘的最屈辱的历史”[②]。正是这种客观事物和作家主观感情的猝然遇合，人物的历史、感情、个性和生命力在作家独特的想象力诱导下，被具体、生动地表现出来。在故事叙述上，作者运用三种叙述者的交叉叙述方式，为自己的小说构筑了不同一般的叙事格局。这是中西两种语言艺术在严歌苓那里交汇融合的结晶，是她在努力寻求中西异质文化对话中找到的一条“多声道”。解读严歌苓移居海外以后所写的小说，无论是海外题材还是故土题材，都明显地感觉到她的思想意识和审美情趣发生了很大的变化。她多次提到西方的教育和生活经历，使她深深感受到中西语言、文化之间的距离和对话的鸿沟，自觉地把西方文学的优点融入自己的文字里面，“试图通过这种借鉴和融合创造出一种新的汉语体”[③]。正是从中西的文化差异中，严歌苓找到了自己文学创作的新起点。

在海外华文文坛上，已有包括诗歌、散文、小说在内的不少优秀作品。以往我们对这个领域所蕴含的文化特殊性关注较多，审美研究则明显不够。如上所说，通过文本细读对作品进行审美研究，是探索这一领域文学性的基础，也是关系到它作为一个具有世界性的特殊文学领域有何等审美价值的重要问题，应该给予足够的重视。

思考题

1. 怎样认识海外华文文学的存在、发展与中华文化在世界传播

① 严歌苓：《故事外的故事》，《青年文学》2004年第9期。

② 周晓红：《与严歌苓用灵魂对话》，《中国妇女》（中文海外版）2004年第1期。

③ 李亚萍、蒲若茜：《与严歌苓对谈》，《中外论坛》2005年第5期。

的关系？

2. 如何解读海外华文文学作品中的“文化认同”和“中国意识”？

3. 海外华文文学中的女性写作在文化上有哪些主要的共同点？

4. 海外华文文学是一个具有世界性和民族性的汉语文学领域，有哪些理论和方法更有助于对它的研究？

第二章　东南亚和东北亚华文文学

第一节　东南亚华文文学概观

东南亚是第二次世界大战后期才出现的一个新的地区名称，东南亚地区共有 11 个国家：马来西亚、新加坡、泰国、菲律宾、印度尼西亚、越南、老挝、柬埔寨、缅甸、文莱、东帝汶。东南亚华侨华人，是指来自中国而居住于东南亚地区各国的一个族群；“东南亚华文文学”是学界对上述 11 个国家华文文学的一个总体称谓。[①]

东南亚地区汇聚了当今世界上 80% 以上的华人移民，由于历史和文化上的渊源，东南亚华人移民与祖籍国——中国的文化关联性一直是世界各地华人移民中最为突出的，它的华文文学创作有着悠久的历史和庞大的作者队伍。东南亚华文文学是海外华文文学版图中的一个重要地区，值得我们优先予以关注。

一、东南亚早期华族移民及其文化交流

中国与东南亚的关系历史悠久，源远流长。根据史书记载，早在汉代就有中国人来到东南亚，《汉书·地理志》曾这样记述：

> ……番禺其一都会也。自日南障塞、徐闻、合浦船行可五月，有都元国；又船行可四月，有邑卢没国；又船行可二十余

① 由于东帝汶华人数量不多，大约只有 2 万人（约占该国人口 2%），截至目前学界尚未有关于该国华文文学的资料信息，故在谈及“东南亚华文文学”时，一般均专指东南亚十国。

日，有谌离国；步行可十余日，有夫甘都卢国。自夫甘都卢国船行可二月余，有黄支国，民俗略与珠崖相类。其州广大，户口多，多异物，自贲武帝以来，皆献见。有译长，属黄门，与应募者俱入海，市明珠、璧、流离、奇石、异物，赍黄金杂缯而往，所至国皆禀石为耦，蛮贾船转送致之，亦利交易……

尽管中外史学家对其中提到的地名的辨认和解释不尽相同，但一般认为，番禺是今日的广州，徐闻及合浦在今雷州半岛上，日南在今越南中部，都元在今马来西亚，邑卢没在今泰国湄南河口，夫甘都卢在今缅甸，黄支则是印度的建支补罗。东南亚古代文化史专家贺圣达认为，这是中外史籍对中国与东南亚、南亚海上交通贸易的最早、最系统的记载。根据这一考释可以断定，早在公元前1—2世纪，中国与东南亚、南亚之间已有海上贸易，其航线是从中国南方的广州，经越南中部、南部沿海而下，经过马来半岛，到达缅甸南部沿海，最后到达印度南部沿海港口，这就是举世闻名的“海上丝路”最早开辟和最为重要的一段航程。①

“海上丝路”的开通，在活跃中国与东南亚贸易的同时，也为东南亚带来了相当数量的中国早期移民。到了唐代末叶以迄五代，已有不少华人移民散居于马来半岛和苏门答腊岛以及中南半岛。但直到明代以前，中国人移民东南亚仍只占一个很小的比例。真正意义上的大规模移民是从明清以来，伴随着人口与土地矛盾的日益突出，以及欧美资本主义殖民入侵，加上清朝政府所签订的相关条约，从不同方面迫使一些中国人尤其是东南沿海的下层人民移民东南亚地区。

在东南亚最初的国家开始形成时，中国的古代文明已有了高度的发展，中国历史文化的发展对于当时相对来说还较为落后的东南亚产生了很大的影响。当时中国中原地区已经进入比较成熟的农业社会，农耕文化比起仍处于散漫的渔猎生活的东南亚地区，差异是比较大

---

① 贺圣达：《东南亚文化发展史》，昆明：云南人民出版社1996年第1版，第93页。

的。千百年来，这些由中国东南沿海省份迁徙到东南亚各地的华人移民，不但带去了当时中国较为先进的生产技术，在一定程度上影响并改进了当地人民的生产生活方式，而且也带去了中国悠久灿烂的文化，为中国与东南亚地区各国的文化交流作出了极大的贡献。比如，基本定型于15—16世纪的马来半岛与马来群岛各地最流行的民间歌谣“马来班顿”，其诗歌形式就深受中国《诗经》的影响。在泰国，19世纪初，中国著名古典小说《三国演义》和《西汉通俗演义》不但已被译成泰文出版，而且，由于流传影响的广泛，还曾形成了风行一时的泰国的“三国文体”。此后，泰皇拉玛二世还下令翻译《东周列国志》、《封神演义》和《东汉通俗演义》等。泰国的大诗人顺吞蒲的长篇叙事诗《帕阿派阿玛尼》以及泰国的许多歌剧也都直接取材于中国的古典小说。19世纪中叶，印尼土生华人就用侨生马来由语①将中国著名的古典小说《三国演义》翻译介绍给当地人民。此后的几十年间，《水浒传》、《封神演义》、《三宝太监下西洋》、《今古奇观》、《梁山伯与祝英台》、《陈三五娘》、《雪美思君》等中国古典小说和戏曲相继传入印尼，在一段时期里出现了翻译出版中国古代文学作品的高潮。作为这种文化交流、文学影响的有力例证是，在同一时期的1875年出版的印尼第一部用通俗马来由语写成的长篇小说《红蜘蛛》，讲述的竟是一个“来自中国的故事”②。不少印尼文学史和华人马来由文学史家也都曾用丰富的史料，论证了印尼华人马来由文学在印尼近现代文学发展史上的前驱作用。③

① “侨生马来由语”（Malayu - China）也称“拍达维马来由语”（Malayu - Betawi），通称“通俗马来由语”或“集市马来由语”。它是相对印尼的贵族马来由语而得名的。这种语言混合了马来由语、中国语、印尼地方方言、荷兰语和英语。据印尼文学史家、评论家耶谷·苏玛尔卓介绍，由于它所具有的实用性和广泛性，19世纪时，印尼各大城市里的印尼人、荷兰人、中国人都运用这种语言进行交际，甚至连当时的报纸和文学创作也都使用这种语言。参见耶谷·苏玛尔卓著，林万里译：《印尼侨生马来由文学研究》，香港：获益出版事业有限公司1998年版。

②③　同上。

目前所沿用的“东南亚华文文学”，实际上指的是东南亚各国在中国“五四”新文学运动影响下产生的、具有近现代意义的“新”华文文学，并不包括“五四”以前甚至上溯到古代早期华人移民的“旧”华文文学创作。事实上，从流传下来的一些零散的文字资料看，这一地区的“旧”华文文学创作也是存在的。现在所沿用的“东南亚华文文学”概念是学界长期约定俗成的称谓。

二、东南亚华文文学的起源

东南亚地区不但国家众多，而且每一国家本身就是由多元民族构成，再加上各个国家的历史、制度、文化各相迥异，各所在国华人社会情况参差不齐。所有这些导致了各个国家的华文文学发展态势的不平衡。

新加坡和马来西亚华文文学①在东南亚华文文学中极具代表性，关于它的萌芽起点问题，历来颇受东南亚华文文学史家的重视。新马著名的华文文学史家方修、华裔英籍作家韩素音、新马老作家郑子瑜等人对之各有过不同的表述。前者以新加坡1919年10月1日《新国民日报》副刊《新国民杂志》的创刊，作为新马华文文学萌芽的标志性起点；后两者则认为1925年7月出现的第一份纯文艺刊物——《新国民日报》副刊《南风》的创刊更具里程碑意义。30多年后，由中国和新加坡两国学者联合编写，黄孟文、徐迺翔共同主编的《新加坡华文文学史初稿》在论及这一问题时，仍比较倾向于沿用方修的观点，并且就此作出自己的说明：“尽管在此之前，《新国民日报》上也曾出现个别的、有新思想的文章和作品，而且在《新国民杂志》副刊创刊之后，也并非脱胎换骨，面貌全新。但作为新旧两种文学演变的历史轨迹，以《新国民杂志》副刊的创刊作为新华文

① 学界习惯于将新加坡和马来西亚华文文学简称为“新马华文文学”。

学萌芽的标志，应该是合情合理的。”[①] 而刊发于同年12月《新国民杂志》副刊、署名“双双”的已具短篇小说雏形的《洞房的新感想》，尽管显得十分稚拙浅显，但它从思想内容到文字形式上对中国“五四”时期“问题小说”的摹写，却是一个有力的例证。

在泰国，虽然从1903年起，就相继出现了《汉境日报》、《美南日报》、《湄南公报》、《启南日报》、《华暹新报》、《中华民报》、《天汉公报》等华文报纸，但这些隶属于不同政治派别的报纸，所关心的大多是与中国的社会运动有着极为密切关联的、以孙中山为代表的革命党和以康梁为代表的保皇党在舆论上的论争，而作为依附于报纸副刊产生的泰华新文学，就我们所接触到的资料来看，也只是在中国“五四”新文学运动之后才得以出现。比如20世纪20年代初，许地山的短篇小说《命命鸟》、洪深的话剧《赵阎王》等新文学运动的代表作品刚发表不久，就转刊于当时曼谷《中华民报》的《纪事珠》（后改名为《小说林》）文艺副刊上。此后，渐渐地才有了泰华新文学的萌芽，如本地华侨作者子才的小说《拉夫歌声》，无心的诗歌《爱神》、《昨夜的梦》和散文《爱神和饥鬼》等。所有这些作品，从形式到内容，都明显地附着中国新文学作品的痕迹。

同样是在20世纪20年代初，在中国“五四”新文学运动影响下创办起来的印尼巴达维亚（即今雅加达）《新报》（1921）、《天声日报》（1921）和棉兰的《南洋日报》（1922）等华文报纸，都辟有文艺副刊，它们或是介绍、转载中国的新文学作品，或是发表当地华侨作者的创作。1929年6月，上海真善美书局曾出版过印尼华侨青年作家郑吐飞的短篇小说集《椰子集》。全书共收入7篇小说，从作品所反映的内容和表现形式看，也无一例外都受到中国“五四”新文学的影响。

菲律宾华人社会接受中国新文学潮流的影响，约在20世纪20年

① 黄孟文、徐迺翔主编：《新加坡华文文学史初稿》，新加坡国立大学中文系、八方文化企业公司2002年10月版，第4页。

代末30年代初。到了20世纪30年代初、中期，在由杨静堂、王雨亭、卢家沛等人编的《洪涛三日刊》（1933年），李法西、林西谷、林健民等人编的《海风旬刊》等杂志上，出现了从文体到内容都明显带有中国新文学痕迹的文艺作品，真正产生了菲华的新文学。在这期间，林健民、李法西、林西谷等人组织了菲华历史上第一个新文艺团体“黑影文艺社”，蓝天民在《华侨商报》开辟了菲华报纸的第一个文艺副刊《新潮》，并以此为基础组织了“新潮社”。这些文艺团体的成员及文艺刊物、报纸副刊的编者和撰稿者，或是以专栏讲座的形式，或是以自己的创作去实践和提倡新文学，为菲华新文学的产生立下了筚路蓝缕、拓植山林之功。这时的菲华新文学，与中国“五四”新文学从形式到内容都可以说是“同气连枝息息相关”，多数还是对现实人生的关注，对故国家园的频频回顾。

缅甸华文文学的情况也如此。大约在20世纪20年代初、中期，中国的新文学就传到了缅华文化界。缅华作家黄绰卿在他的一篇回忆青少年时代生活的文章中曾说过：“幸好一九二七年前后，我在缅华青年团的图书馆读到许多新旧书籍。这时看的刊物是东方杂志、小说月报和妇女杂志。我在一位报馆经理的家里读到他收藏的新青年、新潮、晨报副刊和向导等旧报刊的装订本。我的眼光便放到更广大的领域去了。”① 而这一期间，仰光的书店中诸如鲁迅、郭沫若、蒋光赤、郁达夫、许地山、顾仲彝、王统照、叶绍钧、冰心等人的作品已经是应有尽有了。正是在中国新文学运动的影响下，这一时期缅华报纸的文艺副刊上，除了转载中国上海、北京等地报纸的作品之外，也常常刊登缅华本地青年作者的创作，如1928年期间漂泊到缅甸的艾芜，就经常在《仰光日报》的《波光》副刊上发表作品。②

① 黄绰卿：《昔日青少年生活》，见郑祥鹏编：《黄绰卿诗文选》，北京：中国华侨出版社1990年2月版，第211页。

② 艾芜：《华侨诗人翻译家黄绰卿》，见郑祥鹏编：《黄绰卿诗文选》，北京：中国华侨出版社1990年2月版，第765页。

从1919年到20世纪30年代的十余年间，东南亚各国的华文文学，虽然在具体的时间起源上或有不同的识见，但它们却都有一个共同之处，那就是都同样是在中国“五四”新文学运动影响下萌生和发展起来的。

三、东南亚华文文学生存与发展的支柱

东南亚华文文学有一个现象值得特别关注，那就是各国华文文学的生存与发展，与各国华文学校、华文文艺社团、华文报纸文艺副刊的生存状况是息息相关的。

东南亚各国的华人社会，历来都有兴资办学的优良传统。早在辛亥革命前后，南洋各地的华人社会，就纷纷开始兴办华校，如1899年，菲律宾华侨在马尼拉创办中西学堂；1901年，印度尼西亚华侨办起中华学校；1904年，马来亚中华学堂创立……从1899年到辛亥革命爆发的短短十多年间，南洋各地共创办华侨学校百余间。当时的华侨之所以兴办教育，是因为“吾侨胞惟恐其子弟为习俗所然，数典忘祖；教育事业，就因之而生”[①]。说白了就是为了让自己身居南洋的子孙能够认同祖邦，保存中华民族的文化。第二次世界大战以后，随着国际形势的变化，尤其是到了20世纪70年代以后，东南亚各国的华人大都加入所在国国籍，成为所在国的公民。所以，各国的华文教育也都已经发生了根本性的变化，华文教育被纳入了当地教育事业的轨道，成为从属于当地教育事业的民族文化教育，其宗旨当然也不再是培养具有中国意识的侨民，而是在贯彻当地国家教育宗旨的前提下，学习华人本民族的语言文化。但是，对于东南亚华文文学来说，华文学校的存废兴衰，依然直接关系到东南亚华人社会中使用汉语人口的多寡及存续的“百年大计”，也是东南亚华文文学能否得以

① 陈福璇：《南洋华侨的教育谈》，见钱鹤等编：《华侨教育论文集》，台北：暨南大学南洋文化事业部1929年刊本，第372页。

赓续的“工作母机”。

华文文艺社团是作家们依照大致相同的文学观念、文学兴趣自愿聚集起来的同仁雅集，其最大的作用在于能够有效地凝聚和维系同仁之间对华文文艺的向心力。他们出钱出力组织举办的社团活动，又往往有着十分鲜明的目的性，对推动当时当地的华文文艺运动有着不可替代的作用。如20世纪30年代短短的十年间，泰华社会成立的文艺社团多达四十余个，他们或是借各报副刊的版面，定期或不定期地出版同仁文艺专刊，或是自办文艺性、学术性刊物，有的甚至筹资出版社团同仁的个人或多人作品集，使这一时期的泰华文坛，颇有社团蜂起、刊物林立、作品泉涌之势，从而形成了泰华新文学史上的第一个浪潮。

华文报纸文艺副刊则是作家们的精神劳动产品最终得以面世的最为重要的物质载体之一。在东南亚华人社会，如果没有华文报纸文艺副刊，华文文学的生存与发展是不可思议的。可以说，在东南亚地区，华文报纸文艺副刊园地的多寡，很大程度上标志着这个国家华文文学创作的繁荣程度。对于这一点，新加坡华文作家邢致中曾说：“在亚洲，报刊对现代华文文学的促进和发展，历来都扮演着非常重大的角色。有许多文艺作品，包括知名作家和新进作家的作品，都通过报纸的纯文艺副刊和综合副刊与广大读者见面。这些定期和不定期的报纸副刊，为作家们提供了发表的园地，也为读者提供了接触文艺作品的机会，没有报刊的大力推动和鼓励，有许多文学人才恐怕都会被埋没，有许多文艺作品恐怕也会见不到天日。”①

华文学校、华文文艺社团、华文报纸文艺副刊这三者对华文文学的支撑作用，在世界其他国家中也有所体现，但远没有在东南亚各国显得如此之重要。可以说，华文学校、华文文艺社团和华文报纸文艺副刊，是支撑东南亚华文文学生存与发展的三大支柱。然而，这三大

① 黄孟文、徐迺翔主编：《新加坡华文文学史初稿》，新加坡国立大学中文系、八方文化企业公司2002年10月版，第234页。

支柱能否“竖立”并发挥承载支撑作用，又时时受制于各所在国对华侨华人政策的变化：当所在国政府对华友好，放宽对华文学校教育的限制，华文文艺社团争相涌现十分活跃，华文报纸文艺副刊园地百花齐放美不胜收；反之，其生存空间则不断被挤压收缩，甚至被全面禁止杀绝。印尼建国初期与新中国的“蜜月期”、20 世纪 50 年代末至 60 年代初民族主义情绪抬头，及至 1965 年“9・30”事件①。此后，印尼国内局势发生了急剧的变动，新政府采取极端排华政策，导致印尼和中国的关系随之趋向全面恶化。之后三个时段，由于印尼政府对华侨华人政策的激变，印尼华文文学的生存状况也就急转直下。所以，我们在谈论华文学校、华文文艺社团、华文报纸文艺副刊对东南亚华文文学生存与发展的重要支撑作用时，各所在国对华侨华人政策的变化是我们必须考察的重要前提。战前战后是这样，“冷战”前后是这样，即使是当今的和平发展阶段也同样如此。

四、东南亚华文文学与现实主义

中国“五四”新文学初期现实主义的滥觞，是从对易卜生式的写实主义的介绍和引进开始的。虽然胡适、沈雁冰等人对什么是写实主义的理解不尽相同，但他们都有其大致相同的地方，那就是把易卜生式的现实主义看作医治中国社会病根的良药，着眼于用现实主义文学来解决中国的社会问题。现实主义后来演化成为中国现代的主流文学观念，正是它适应了那个时代饱受苦难的中国发展社会革命的意识形态的需要。而作为踏着“五四”新文学的“栈桥”开始其新文学之旅的东南亚华文文学，在全面接受中国“五四”新文学的影响的同时，也自然选择了现实主义作为它的基本的创作方法。

新马华文文学从它呱呱坠地之日起，就把目光投向殖民地底层人

① 1965 年 9 月 30 日，以苏哈托和纳苏蒂安为首的军人集团发动政变，取代苏加诺政权，史称“9・30”事件。

民大众被侮辱、被压迫的生活，并反映他们改变悲惨现状的强烈愿望和要求。1920 年发表的苏正义的《小劳动者》，就是描写一个叫许苦儿的少年学徒备受压迫剥削的悲苦遭遇。陈桂芳的《苦》和《人间地狱》，反映和控诉了工厂的恶劣工作条件和生活待遇，以及纯洁的少女被迫卖淫的悲惨现实。稍后林独步相继发表在《新国民杂志》的四篇短篇小说《珍哥哥想什么》、《笑一笑》、《两青年》、《同窗会》，尽管存在着问题重大而形象弱小的不足，但其间所触及的当时马来亚华侨社会中存在的如教育、婚姻、人生理想、改革冲突等一系列敏感的社会问题，却明白地显示出作者对社会现实问题的热切关注。而随后的“新兴文学运动”①，更是以其对中国“无产阶级革命文学”运动的搬用，从观念到实践全面向现实主义文学靠拢。不管是写处于世界经济危机背景下马来亚社会中劳苦阶层的挣扎求生（如竹虚的《劳动的代价》、饶楚瑜的《囚笼》），还是揭示人性的恶欲与贪婪（如曾华丁的《杜撰》、丘士珍的《峇峇与娘惹》），以及急剧变动时代中知识青年的种种遭遇和心态（如细胡的《历史的终点》、一萍的《两个消息》、张楚云的《伟大的死亡》）等作品，都是紧扣时代、切近现实的感时忧世之作。到了民族情绪高涨的抗日战争年代中的“抗战文学”，为了配合抗战形势，在“南洋文艺大众化运动”、“马华诗歌大众化运动”等口号的倡导下，诗歌、活报剧这些更快捷而又更易为人民大众所接受的文艺形式，则成为了现实主义文艺抗敌的排头兵。

在“二战”以后东南亚华文文学的复兴中，新马的苗秀、姚紫、韦晕、方北方，泰国的吴继岳、史青、黎毅、年腊梅、方思若，菲律宾的柯叔宝、施颖洲、许芥子、林忠民、林励志、林泥水、林涛、若艾，印尼的周颖南、黄裕荣、冯世才，缅甸的貌盛（孟醒）、黄绰卿

① “新兴文学运动”其实是中国的“无产阶级革命文学”，或称“普罗文学”。因为马来亚的情况与中国不同，鼓吹“普罗文学”过于敏感，容易引起殖民当局的注意，故而换了另一种称呼。

等，几乎都是地地道道的现实主义作家，他们的文学之笔，始终关注着百废待兴而又充满着期待和希望的南洋社会。到了20世纪50年代中期左右，东南亚华文文学出现了由“侨民文学”向“华文文学”的重要转折，虽然脱离了中国文学的规约，但并没有脱离现实主义的轨道。这是因为，随着时代社会的变动，东南亚华文作家们真切地意识到了南洋社会有许多不同于中国社会的现实问题，应当在文学上给予关注和反映。这就促使作家将眼光从遥远的祖籍国拉回到南洋大地，这种现象与其说是东南亚华文文学现实主义传统的重新诠释，倒不如说是现实主义的“深化”；而这种现实主义的“深化”，正是使得东南亚华文文学能葆有丰沛生命力的及时而又明智之举。此后二十余年，由于东南亚地区各国政局不断动荡变幻，华文文学也随之起起落落兴衰交替，其间也曾有现代主义文学的冲击尝试，并且在东南亚华文文坛中留下了它们的精彩印记，但依然未曾改变现实主义在东南亚华文文坛中的主导地位。

第二节　东南亚华文文学的历史线索

一、以“剪稿”方式传播“五四”新文学

起源与萌芽时期的东南亚地区各国的华文文学，无论从题材形式到思想内容，可以说都秉承了中国“五四”新文学的精神风貌和表现方式。这一时期的东南亚华文文学与中国文学的关系，不仅仅是单纯的借鉴，而是大量的移植，这成为东南亚华文文学发展初期的一大特点。萌芽期的东南亚华文文学，虽然是在中国“五四”新文学运动影响下所催生的，但由于它没有像前者那样，伴随着相应的政治变革和文化运动，自身缺乏鲜明的文学观念的指引，也没有出现有组织、有影响的文学社团，故而未能形成一定规模的文学运动。因此，从理论到创作上，都只能受中国新文学运动的牵引与制约，由此所形

成的“先天不足”，使得这一时期的东南亚华文文学带有明显的“移植性”。

由于华文报纸文艺副刊是东南亚华文文学赖以生存的最主要也是最基本的物质载体，故此，早期东南亚华文文学“移植性”的最直接体现，就是报纸文艺副刊通过“剪稿”方式传播、呼应中国的新文学。不论是新马还是泰、菲、印（尼），或是缅甸、越南的华文报纸文学副刊，萌芽时期的东南亚各国华文文学几乎都用大量的版面直接转载来自中国的新文学作品。如新加坡的《新国民日报》副刊《新国民杂志》大量转载叶绍钧、郭沫若等人的作品，曼谷《中华民报》副刊《纪事珠》转载许地山、洪深的小说和戏剧作品。缅甸《仰光日报》的《椰风》周刊，《兴商时报》的《野草》、《芭雨》，《觉民日报》的《十日谈》等文艺副刊，也都是直接地转载中国上海、北京等地报纸的文学作品，其他各国的情况也都大同小异。对于这种通过直接剪辑中国作家作品以介绍、传播“五四”新文学的做法，史学家们称之为“剪稿”。

经过短暂的“剪稿”传播之后，随着各国本地华文作者对新文学的逐渐了解，他们也渐渐开始尝试发表新文学作品。但是，由于这一时期的文学作者，大多是从中国南来的文化人，当地出生的极少，他们的文学思想往往直接受制于中国的新文学运动，其作品反映的也多是中国的社会现实生活，表现的则多是作者客居异国浪迹天涯的孤寂落寞的心绪，以及由此而引发的对故国家园的眷恋和忆念。他们心目中的“家”、“国”，大都指的是中国。所以，这一时期的东南亚各国的华文文学，基本上还属于“华侨文学”或“侨民文学”的范畴。

借助“剪稿”以移植中国“五四”新文学，创作充满“中国色彩”、“侨民意识”的作品，可以说是东南亚各国华文文学萌芽初创阶段的重要特色。

20世纪20年代末30年代初，马华文坛曾发生过关于“地方作家”和“南洋色彩”的讨论，而且，讨论的影响也波及周边其他国家。但是，由于当时客观条件的限制，尤其是大多数华侨都存在着“叶落归根”的传统思想，还没有从根本上把南洋视为自己真正安身立命之地，因此，这场讨论虽然在一定程度上激发了新马作家关注侨居地脚下乡土的热情，但并未收到真正的创作成效。后来，随着中国抗日战争的全面爆发，各种与抗战无关的讨论，很快就淹没在抗日救亡的时代浪潮中。

二、抗日救亡与东南亚华文文学

1. 以“抗战文学”为中心

1937 年 7 月 7 日，日本军国主义悍然发动了“卢沟桥事变”，8 月 13 日又进攻上海，形成了全面侵华的态势。中华民族奋起反抗，中国从此进入了全面抗战的阶段。民族兴亡，匹夫有责！在国难当头的关键时刻，南洋各地华侨的民族情绪空前高涨，他们纷纷行动起来，响应祖国全民抗战的号召，积极投身于抗日救亡运动的洪流中。各地华侨相继组织了诸如“工人抗日救国联合会”、“学生抗日救国联合会”、“妇女抗日救国联合会”、“文化界抗日救国联合会”等抗日群众组织，在华侨中组织和开展宣传工作，义无反顾地从精神上和物质上支援中国的抗日战争。作为民众喉舌的华文报纸，或是大力配合国内的抗战形势，迅速报道和编发国内有关战争进展的消息；或是编撰各种形式体裁的“抗战文学”作品，华文作家们都以满腔的热血，以笔为枪回应着祖国的呐喊和呼唤。处于抗日烽火中的中国，对于东南亚各国的华文作家来说，不是某个党派、某个王朝的中国，而是民族血缘上的祖国。强烈的民族主义激情、强烈的民族文化认同感和危机感，成为了这个时代文学创作的“主旋律”，对唤起华侨民众团结起来支援祖国的神圣抗战发挥了积极的作用。

1941 年 12 月，太平洋战争爆发。日本侵略者的铁蹄踏遍东南亚，各地华侨华人社会也遭受到空前浩劫。华侨社团、华文学校、华文报社均遭取缔，文学活动更是备遭磨难，几近万马齐喑。在新马，原先很活跃的一大批华文作者，退出的退出，离去的离去，隐居的隐居，改行的改行。在印尼，日本陆军南方军第十六军占领了印度尼西亚群岛，并立即在印尼建立了法西斯统治的“新秩序”，对印尼及其人民和华侨华人进行了残酷的政治压迫和疯狂的经济掠夺。在此期间，所有的侨团、侨校和侨报都被查禁和解散，因而，在印尼沦陷的三年半时间里，华文文学几乎不复存在。其实不仅仅是新马和印尼，整个东南亚华文文学也都难逃厄运。

“抗日救亡”是特殊的时代赋予文学的特殊使命。在关系民族存亡的“最危险的时候”，文艺应当作为一种武器，应当成为号召人们进行抗敌斗争的精神号角，这是那个时代作家们共同的自觉追求。因此，抗日救亡和民族意识也就成了抗战期间南洋各国华文文学创作的中心任务和鲜明特色。抗战初期，新马文坛曾发生过关于“抗战文艺”与“南洋战时文艺”口号的论争。这两个口号实质上并无多大区别，它们都赞同文艺为抗战服务，将文艺作为同日本法西斯斗争的有力武器，只不过两者各有侧重罢了。经过激烈的争鸣，最后文学界的意见基本趋于一致，大都认同“抗战文学”的提法。而在泰华文坛，则有“国防文学”与“人民大众文学”的争论。有的作家强调应该写中国的抗日救亡斗争题材，有的则主张写泰国“此时此地的人民大众生活”。上述这些文艺口号的论争，显然是受到了当时中国文坛上“两个口号”之争的影响。但是，正是当时的这些论争，在客观上催生了不少反映中国和南洋各国华侨华人抗日斗争生活的作品。

20世纪三四十年代发生在马来亚、印尼、菲律宾、泰国等南洋各地的抗日救亡运动，以一种巨大的民族凝聚力，将整个南洋侨民群体整合成一个生机勃勃的华人社会，东南亚华文文学同中国抗战文学几乎呈现出“同步前进”的态势，从前期刚健明了的抗日卫国作品，到后期借抗战现实观照华侨社会宿疾流弊的创作，都显示出此时的东南亚华文文学借助于中国抗战文学的力量，深化着自身感时忧世的文学情怀。

2. 东南亚华文作家队伍的构成

抗战期间，东南亚各国华文作家队伍，大致由两部分组成：一部分是从中国南来的作家，另一部分是各所在国的本地作家。

抗日战争爆发不久，或是为了避难避祸，或是出于工作需要，中国内地一批文化人士，相继流徙于南洋各地。他们之中有往来于新马、印尼等地的郁达夫、胡愈之、王任叔（巴人）、杨骚、沈兹九、高云览、陈残云、王纪元、金山等人，有沿滇缅公路逃亡到缅甸的张光年（光未然）、杨林（毕朔望）、钱大可（徐迈进）、李凌、赵沨、黄雨秋、刘惠之等人，还有直接参加菲律宾抗日武装斗争的杜埃、林林、梁上苑等人。这些从中国南来的作家，本身都具有相当深厚的文学素养，不少人当时已名声卓著，在文坛有着相当的号召力。他们到了南洋以后，大都积极地参与了各地的社会活动和文艺运动，有的还担任了南洋各界抗日文艺运动或救亡组织的领导工作，如郁达夫担任《晨报》的主编，胡愈之担任《南洋商报》的总编辑。这些人，事实上已经成了当时南洋文艺运动的中流砥柱。正如新加坡学者、作家王润华所指出的："没有他们的鼓励和提倡，当时的抗战文学会大大逊色……如果没有他们参与当时抗战文学运动，相信新马华文文学到了1937至1941年，还不会那样繁荣，更不会有那样高水平的作品出现。"① 而当他们由于时局所迫，不得不从新马撤离到印尼避难，同样也为印尼的抗日文艺运动作出了贡献："他们在印尼华侨文学里面播下了种籽，先后影响和培育了一批印尼华文文学的青年作家和编辑人才，又推动了战后印尼华文文学的蓬勃发展。"② 而杜埃、林林、梁上苑等人描写中国和反映菲律宾抗日武装斗争活动的诗作，如

① 王润华：《中国作家对新马抗战文学的贡献》，见王润华：《从新华文学到世界华文文学（论文集）》，新加坡潮州八邑会馆丛书1994年10月版。

② 犁青：《艰苦成长中的印度尼西亚华文文学》，见王润华、白豪士主编：《东南亚华文文学》，向日葵工作室1989年版，第91页。

《红棉花栗色马》、《远方》、《同志，你攻进城来》等，则成为太平洋战争爆发后处于低潮时期的菲华文坛上十分可贵的作品。

抗战时期南洋华文文坛中的第二部分作家，是各所在国的本地作者。他们之中，有的是本地土生土长，有的虽不是土生土长，但由于南来时间较长，早已活跃于南洋华文文坛中，因而也将其归入本地作者群体。如新马的李蕴郎、戴清才、李润湖、静邦、左丁、普洛、漂青，菲律宾的林一萍、高若啸、蒋江玉、高若虹、溜生、施颖洲、叶向民、谢德温、来远甫、鲍事天、叶一心，泰国的林蝶衣、许征鸿、丘心婴、李慕逸、巴尔、铁马，缅甸的貌盛（孟醒）、黄绰卿等。这些本地作者以笔为枪，战斗在南洋抗战救亡文艺运动的各条战线上。只是由于他们当时还比较稚嫩，总体的创作成就比不上第一部分作家。但他们中的大多数人在战后都成为南洋各国华文文坛上的中坚力量。

三、"二战"以后东南亚华文文学的复兴

1945 年 8 月，随着日本宣告无条件投降，全世界爱好和平的人们终于迎来了第二次世界大战的胜利。东南亚各国纷纷艰难地着手进行医治战争创伤的重建工作。战后初期，中国的战胜国身份提高了海外华侨华人的地位，再加上当时的中国政府对东南亚各国大多采取友善的态度，也使得各国政府大大改变和重新调整对华侨的政策。外部生存环境的极大改善，使华侨社会在脱离战争苦难之后逐渐恢复了蓬勃生机。在南洋各国，不但战争期间被迫关闭的华文学校、华文报纸得以复办，而且还获准创办新的华校、华报。仅仅在泰国，复办或新办的华校就多达 300 所，华文报纸和周刊也约有 20 家；在菲律宾，光复初期全菲各地共拥有侨校 160 多所，复刊的 3 家和新创办的 6 家华文报纸，全都辟有文艺副刊。所有这些，均为战后初期东南亚各国华文文学的快速复苏提供了可靠的物质基础。而各国华文作家经过三年多的禁锢后所释放出来的创作热情更是一发而不可收。这两者互为

依存、互相促进，共同推拥出战后东南亚地区华文文学的复兴。诚如菲华作家施颖洲在谈到这一阶段的菲华文学时所形容的："犹如'暮春三月，江南草长，杂花生树，群莺乱飞'，十分热闹，盛况空前。"①

战后初期东南亚各国华文文学的复兴，最有力的证明就是大批作家作品的涌现。

在新马，一大批在时代的感召下回归的老作家和初试啼声的文学新秀，呼应着时代的脉搏，创作出了许多反映社会现实、反映人民呼声的颇有影响的作品，苗秀的《新加坡屋顶下》、《火浪》，姚紫的《窝浪拉里》，方北方的《峇峇与娘惹》，韦晕的《浅滩》，赵戎的《在马六甲海峡》，李汝琳的《姐妹俩》，韩萌的《七洲洋上》，谢克的《为了下一代》，絮絮的《坎米之死》，鲁彬的《号角》，杜红的《五月》，周粲的《青春》，苗芒的《热爱》，连士升的《海滨寄简》等，作品数量之多是战前难以比拟的，而且在表现形式和风格上多姿多彩，当中有不少成为这一时期文学史上的代表性作品。

泰国的华文文学在20世纪50年代达到了前所未有的全盛期。长中短篇小说、散文、诗歌获得了全面丰收，戏剧（这里主要指的是剧本）也有可观的收获。堪称泰华文学代表性作品的一批长篇小说，如陆留的《风雨京华》，姚万达的《一个嚼槟榔的绅士》，陈仃的《三聘姑娘》，谭真的《座山成之家》、《一个坤銮的故事》，司马凡的《火劫红莲》，倪长游等7人合作的接龙小说《破毕舍歪传》，以及黎毅的短篇小说《鲁哈多和他的老牛》等，都产生于这一时期。它们或是诉说老一辈华侨在泰国这片土地上筚路蓝缕、艰苦创业的往事，或是反映新一代华侨华人中某些不肖子弟的不良习气，或是描写泰华社会中下层人物的悲欢离合，或是侧重于批判龌龊黑暗的现实。这些作品，都标示着当时泰华文学的艺术水平。

① 施颖洲：《六十年来的菲华文学》，见施颖洲主编：《菲华文艺》，菲华文艺协会1992年3月版，第4页。

在菲律宾，大批菲华作家的出现和大批文艺作品的面世同样引人注目。柯叔宝、施颖洲、许芥子、蔡景福、林维新、陈明勋、林忠民、林励志、林文思、叶曼、林泥水、林涛、若艾、仞青、陈一心等，均是这一时期成绩卓然的菲华作家。作品方面，杜埃的以《丛林曲》为代表反映华菲两族志士武装抗战生活的一系列短篇小说，或描写或抒情，或勾勒人物或渲染气氛，既真实地再现了战争年代艰难的战斗生活和华菲两族人民团结抗战的动人情景，又淋漓尽致地抒写了他们对正义战争充满必胜信心的乐观主义精神，堪为战后初期菲华文坛的代表性作品。此外，施颖洲、蓝天民的作品，林卓华的儿童诗《星空》和章回体小说《新西游记》、《孟姜女》，以及"青年文协"与《华侨导报》"笔部队"联合举办的两次文艺比赛的部分杂文，施颖洲主编的《一九四六文艺年选》，杜若（柯叔宝）主编的《钩梦集》，李成之的《碧瑶集中营》，李润余的中篇小说《海外》，伊静轩的《菲岛风光》等集子，也是这一时期较为重要的收获。

1945 年 8 月 17 日，印尼苏加诺领导的"八月革命"取得胜利，成立了印度尼西亚共和国。新中国成立不久，印尼即于 1950 年 4 月与中国建立了外交关系。从战后到 20 世纪 50 年代中期，既是中印（尼）关系的"蜜月期"，也是印尼华文文学的一个重要发展时期。当时，中印（尼）两国之间的文化交流十分活跃，在华侨华人聚居的雅加达、万隆、棉兰、泗水等各大中城市街头，随处可见中国出版的各类图书，从古典文学名著到新出版发行的各种杂志，无所不有。所有这些，既为印尼的华文作者提供了必要的文化文学养分，同时也在无形之中影响着印尼华文作者的文学创作倾向。因此，这一阶段印尼华文文学从题材、内容到创作方法上受中国大陆的影响相当大。黄东平在谈到他于 20 世纪 50 年代所创作的诗集《侨风》时就曾说，当时自己的这些诗作，"都是为了适合国内的需要"，它们"也多是配合当时时事和政策之作”①。与此同时，各种各样的报纸副刊、文艺杂志的相继复刊创刊，各种专题性文艺比赛的次第举办，各种文艺团体和同仁刊物的相继涌现，使这一时期的文艺创作全面开花。小说、诗歌、散文、戏剧、寓言、相声、理论、翻译等都有可观的收获。小说《把孩子交给祖国》、《这就是爱情》、《母与女》、《两代》、《猪仔》，散文随笔《慕西河水缓缓流》、《怒吼的梭罗河》、《覆舟山短笛》、《让我们辛勤地劳动》，诗歌《在印度尼西亚》、《祖国，您是这样遥远，但又在我的身边》、《献给共和国的歌》、《雅加达的道路》、《写在当年收复西伊里安前夕》、《赤道线上的歌唱》、《你啊，印度尼西亚》，剧本《停电之夜》、《先生大马》等，可视为这一时期印尼华文文学的新收获。

战后十年左右东南亚华文文学的复兴，不仅表现在作家的大量涌现和作品的丰收，还表现在这一时期创作有了新的转向，即很少出现以前那种主要根据回忆和怀想遥远的中国来构思创作的情况，不论是诉说老一辈华侨拓殖创业的“南洋故事”，还是描画华人社会底层人群的生存现状，抑或是反映华侨华人在新的时代环境中身份认同的两难心态，作家们关注的眼光，更多地停留在脚下的本土生活。即使是诉说往昔的“南洋故事”，遥远的“唐山”也大多只作为历史文化和情感背景，再也不是故事的主要部分了。

四、从“侨民文学”到“华文文学”的蜕变

自战后到20世纪50年代中期大约10年时间，既是东南亚华文文学复兴的十年，同时也是东南亚华文文学发展历史上十分关键的转折时期。这一期间，东南亚华文文学在反映客体和表现内容方面呈现出一种新的蜕变：从以前那种以反映故国家园生活为主的“侨民文

① 黄东平：《侨风·关于本书》（由于印尼华文文学特殊的生存环境，《侨风》只是黄东平自己复印、装帧的十分精美的个人诗集，故无法标明出版社）。

学”，向以反映所在国当地现实生活为主的“华文文学”转化。

事实上，关于南洋华文文学的“本地化”问题，早在20世纪20年代末30年代初就已有所讨论。如1928年前后新马文坛上关于“南洋色彩”和“地方作家”的讨论，1947—1948年关于“马华文艺独特性”的讨论。这些口号的提出和论争，已经不同程度地触及到南洋华文文学的“本地化”问题，尤其是后一次讨论，更是由于触及由“侨民意识”向“华人意识”的转化而显得颇为敏感和激烈，加上由于当时马来亚社会政治形势的变化，加速了马华文学“本地化”的倾向。但从整体上来看，东南亚华文文学的表现模式和思想意识至此还没有发生根本性的转变。

1955年4月，在印度尼西亚万隆举行的第一次亚非会议上，中国总理周恩来代表中国政府，提出了中国处理与世界各国关系的和平共处五项原则①；同时，在处理海外华侨华人国籍问题上，也清楚地表明反对海外华人拥有双重国籍的立场。中国政府制定外籍华人政策的着眼点主要在于：有利于外籍华人融入当地社会，有利于他们作为当地少数民族争取民族平等的权利，有利于最大限度地清除所在国可能存在的疑虑，有利于加强所在国与中国之间的友好关系。这就促使许多海外华侨华人必须考虑改变千百年来延续着的思想观念，放弃中国国籍，选择加入所在国国籍。从“华侨”到“华人”，从“落叶归根”到“落地生根”，这一历史性身份的转变，对于整个东南亚地区的华人社会，甚至是整个世界范围内的华族族群，不啻是一次从现实到心灵的重大震撼和变化。

除了取消双重国籍的外交政策的重大影响之外，自20世纪50年

① 1954年6月，以“互相尊重主权和领土完整、互不侵犯、互不干涉内政、平等互利、和平共处”为内容的和平共处五项原则作为处理中国与印度和缅甸相互关系的准则，分别写入中印、中缅发表的联合声明。此后，由中、印、缅三国共同倡导的和平共处五项原则，相继被翌年召开的万隆会议和其他发展中国家的多边国际会议以及不结盟运动所接受。它的基本内容已涵盖于联合国通过的一些宣言之中，成为国与国之间建立和发展友好合作关系的公认准则。

代开始，随着世界上两大阵营“冷战”格局的形成，一方面是中国大陆再也没有新移民南下东南亚，另一方面，中国大陆也基本隔断了与广大海外华侨华人的联系。海外华侨华人在这种与祖籍国“欲联系而不得”的现实状态中，兼之大多数东南亚国家的民族国家体制已基本建立，他们对华人社会原来存在着的“身在曹营心在汉”的心态表现出本能的敏感和不悦，面对这种日益严峻的生存处境，海外华侨华人也不得不考虑自己“落地入籍”的政治身份认同的现实问题。

在谈到这种由时局的变幻给居住国华文文学所带来的重大影响时，泰华作家方思若曾有过这样的说明：①

……进入了50年代，也就是华文文艺开始的年代。这个新的开始，自有它的历史条件和背景。最主要一项，是新中国宣告成立，以美国为首的西方集团对中国进行了经济军事的封锁，而中国也开始了闭关锁国的时期，再没有中国的新移民到泰国或其他地区。而这时期，泰国也已投入西方阵营，反‘左派’政策日渐雷厉风行。以怀乡思绪描绘故国风物为主要题材的侨民文艺已不适时宜，继之而起的是反映此时此地的文艺作品逐渐抬头。

……战后初期学习华文风气曾炽盛过相当一段时间，参加学习的这批土生土长的青少年，他们的文艺写作能力在进入50年代便告先后成熟，而在泰华文坛上形成了主力。这支生力军在思想感情上和写作的题材上都倾向当地化，这和以前中国南来文化人怀旧怀乡的华侨文艺有着根本性的差别。

现实的变化，使许多华文作家开始达成一种共识：“此时此地”与“面向祖国”应结合起来，它是一个问题的两个方面。“本地化”实际上已成了战后东南亚各国华文文学共同面对的普遍问题。到了20世纪50年代中期左右，随着客观时代环境的变动，整个东南亚华

① 方思若：《泰国华文文艺回顾与前瞻》，见泰华作协选编：《泰国华文作家协会文集》，泰国华文作家协会1991年11月版。

文文学基本上完成了由“面向祖国”的“侨民文学”向“面向居住国”的“华文文学”的转变。不管促使这种变化的客观历史条件如何，从文学衍变的意义看，这是一种具有历史意义的重大转变。自此以后，真正意义上的东南亚华文文学得以确立。

五、“冷战”期间东南亚各国的华文文学

在经历了战后十年左右的发展之后，从20世纪50年代后期至20世纪70年代中期的近二十年间，国际上两大阵营的“冷战”，东南亚各国政治倾向的变化，都制约着对所在国华侨华人的政策。所有这些，也就自然而然地影响着各所在国华文文学的生存与发展。

“二战”结束到20世纪60年代中后期，马来亚的政治局面发生了巨大的变动：1947年年初成立马来亚联邦，1957年8月正式摆脱英国殖民统治取得独立，1963年重新组建马来西亚联合邦，1965年新、马分治，各自走上独立发展的道路。其间分分合合，动荡不定，民族矛盾日益激化。这种政治局势，对马来西亚华人社会和华人族群同样也产生了深刻的影响，尤其是1948年颁布的“紧急法令”①、1960年“达立报告书”② 对华侨中学实行改制，以及20世纪70年代

① 1948年，英国殖民地政府为了对付马共，颁布《1948年紧急条例法令》(Emergency Regulations Ordinance 1948)，宣布马来亚进入紧急状态，但法令实施后，马来亚局势并未稳定。独立后，马来亚政府又将它修改为《1960年内部安全法令》。

② 1960年8月4日，马来西亚政府采纳教育部部长拉曼达立的《1960年教育检讨报告书》(简称《拉曼达立报告书》)，并颁布了“1961年教育法令”。法令重申，马来语为国语，享受政府全面津贴的学校为“国民小学”(巫语授课)和“国民型小学”(巫语和英语授课)，改制为“国民型学校”的中学才能获得全面资助，而不愿改制的华文独立中学则不享受补贴。这意味着，华文中学面对两个选择：接受政府的津贴和条件，改制为“国民型中学”(即英文中学)，或是不接受政府分文津贴，成为独立中学。

初实施的“新经济政策”[1] 影响最为重大。“紧急法令”几乎斩断了马华文学与中国文学的交流渠道，大批原先南来的“左倾”文化人被驱逐出境，侥幸留下来的，也大都陷于十分艰难的生存境地。这种意识形态的掣肘，使马华文学不得不在风雨飘摇中谋求自身的发展之道；华侨中学的改制，实际上是从根本上改变了华侨中学的性质，一方面使华侨中学因“失血”（失去资金的支持）而面临倒闭，另一方面更大的危害则在于大大减少和降低了华族青年学生学习华文的时间和阅读华文的能力，华文文学赖以生存的土壤岌岌可危；“新经济政策”则是马来族资本借助国家政权以争夺马来西亚华族资本市场的一种种族主义政策，其后果就是直接抑制了在马华人投资的积极性，导致华族的经济地位明显下降。在这一系列政治、经济、文化政策的影响下，20 世纪 60 年代初到 70 年代中期十几年时间里，新马华文文学基本上处于一个相对沉寂的时期，但它也在这种短暂的沉寂中默默地积蓄着力量。从 20 世纪 60 年代开始的“再移民”现象，虽然使不少人才流向美国、加拿大和中国台湾、香港地区，但它却无意中拓展了新马华人社会与外部世界的联系。尤其是一批在中国台湾、香港地区学成归来的青年作家，后来有不少成为新马华文文坛的中坚力量。

由于意识形态的因素，在这段时间里，马来西亚当局虽然关上了与中国大陆的文化、文学交流的大门，但是它却向同属于中国的台湾和香港地区的文化、文学敞开了一扇窗口。大约自 20 世纪 60 年代初起，来自中国香港、中国台湾的言情、武侠小说，充斥着新马华文报纸文学副刊和出版物，通俗文学作品成为当地华人社会的阅读时尚。

---

① 1971 年，马来西亚首相敦拉萨（Tun Abdul Razak）领导的政府提出了“新经济政策”，旨在填平马来人和其他种族之间的社会和经济鸿沟，提出的目标是将土著、非土著、外国人的经济比率由 2.4:33:63 调整至 30:40:30。它不仅是一种经济政策，更是一种社会、族群、文化和政治政策。新经济政策时期，马来人经济地位迅速提高，而华人经济地位则相对明显下降。新经济政策在 1991 年被撤销后，由“国家发展政策”所取代。

当时正席卷中国台湾文坛的现代主义文学思潮，也被迅速地介绍到新马华文文坛。先是新诗后又波及到了小说，极具创新意识的现代主义文学作品，虽然从一开始出现就引起论争不断①，但它无疑给向来坚守现实主义创作原则却又苦于明显“不合时宜”的新马文坛，注入了一股全新的文学因素和活力。周粲、陈瑞献、英培安、贺兰宁、王润华、白垚、温任平、李宗舜、方娥真等人的现代主义诗歌，采用象征、暗示、联想、通感等手法，使语言的表现力更为丰富；牧羚奴、宋子衡等人的小说，通过潜意识的流动和结构上的革新，表现出身处现代社会转型期中的人们复杂多变的心灵映像。他们的创新之作，尽管大多局限于形式技巧方面，并未形成新马华文文学的主流，但已为当时显得沉寂的新马华文文坛增添了一抹另类的亮色。

20 世纪 50 年代末至 70 年代初期，泰国政府对华政策发生了重大的逆变。先是 20 世纪 50 年代初，泰国在对华政策上紧紧追随美国，开始实行反共排华政策。1960 年，泰国教育部颁布法令，民办华文学校只准开设四年制的小学，每周教授华文 10 个小时，享受政府津贴的则每周只准授课 6 个小时。至年底，全泰华校数目减为 177 所。从 1958 年 10 月到 1972 年 8 月的 14 年间，中泰两国政府与民间的往来全部停止，华侨华人的活动受到了诸种限制，华校、华报也因政治和经济的原因纷纷关闭，泰华文学陷于相当困难的境地。方思若等 9 人合作的长篇接龙小说《风雨耀华力》，吴继岳、史青、倪长游、巴尔、沈逸文、年腊梅等人的一批作品，以及几次文艺创作比赛的获奖作品，便是这段时间里泰华文坛的微茫星光。

菲华文坛的情况比较复杂。台湾海峡两岸长期以来的分割状态，直接导致了菲华社会泾渭分明的政治分野。再加上菲律宾政府在 20 世纪 70 年代初期以前，一直实行亲西方的政策，也影响了菲华文学

---

① 主要的论争有 1960 年间对《蕉风》月刊大力提倡现代诗的争议，1963 年 12 月起《星洲日报》“青年园地”上钟祺、林方、林绿等人关于现代诗的争论等。

运动的发展态势。一方面，由于受华侨社会所处的特殊环境和由此所形成的特殊心态的制约，菲华的文艺创作更多地表现为对故国家园的怀恋，对身边琐事和个人心绪的叙说，与当时当地社会的政治斗争和现实生活始终保持着谨慎的距离。仅以菲华老作家施颖洲主编的《菲华短篇小说选》[①] 为例，就可以明显地看到这种微妙的心态，如施柳莺的《机房往事》讲的是“我”记忆里大陆原乡上一个大家族中的小媳妇的往事，叶曼的《离婚》说的是一个女人既想离婚又不想诉诸法律的个人感情纠葛，陈一匡的《那夜·雨苦灯青》抒写的是对20年前一段未果恋情的美好而又惆怅的追忆，而亚薇的《夏天的爱》所表现的则是一个女大学生在爱情问题上所遇到的种族（华裔、菲裔）烦恼。另一方面，由于自1961年起，不少中国台湾地区的知名作家、诗人和文艺理论家如王蓝、余光中、覃子豪、纪弦、谢冰莹、尹雪曼等人，相继应邀到青年文艺讲习班讲学，带来了当时正席卷中国台湾文坛的现代主义文艺思潮。因而，从20世纪60年代起，菲华文学的思想和艺术风格也开始向西方现代主义靠拢。如云鹤的《忧郁的五线谱》、施约翰的《高山行》等，都是现代主义文学的尝试之作。1972年9月21日，菲律宾总统马科斯宣布在全国实行军事戒严令，停止一切政党社团活动，逮捕反对派人士，所有报刊均被封闭。1973年2月，《公理报》和《大中华日报》获准合并为《联合日报》；1975年，《东方日报》创办。但出于现实的禁忌，这仅有的两家华文报均只偏重新闻报道，副刊上已不见文艺作品。作品没有发表园地，文艺活动没法公开推展，菲华文学从此进入冬眠状态。

从20世纪50年代中后期至60年代中期的战后第二个十年，由于印尼政府民族主义情绪的日渐抬头，以及由此产生的对华政策的几番反复、变幻，印尼华文文学也渐次陷于举步维艰的境地。所幸的是，由于形势尚未达到最坏的地步，战后第一个十年所奠定的良好发

① 施颖洲主编：《菲华短篇小说选》，台北：中华文艺月刊社1977年版（该集子收入的主要是20世纪六七十年代的作品）。

展基础仍在发挥作用，加上梁披云、林琼光、邹访今、周颖南、黄裕荣等一群有心人士的热心推动，印尼的华文文学还是在压抑的环境中得到一定的发展。白流、冯世才等人的《盗火者的爱情》，曾宣、黄东平等人的《青春火焰》，钟子、林立等人的《万隆孩子》，坚学、马雄等人的《盼望》，张运秉、文晟等人的《雾海笛声》，李旭、立人的《锡岛恩仇记》（电影文学剧本）、刘朱和的《黎明之歌》，冯世才的《明朗的日子》，黄裕荣的《春风的波浪》和《印华文艺评论集》等作品集的出版，展示了这一时期印尼华文文学所取得的成果。而到了1965年9月底“9·30”事件之后，由于当局采取极端反华排华的政策，印尼华侨华人遽然陷于极其艰难的生存境地。与东南亚其他国家在类似情况下所碰到的相同而又更为严重的是，不但所有的华人社团、华校、华报均遭取缔，所有的华文书籍、图书馆，包括个人藏书也遭焚毁，而且严禁来自任何地域的华文书报刊物进口，更有甚者，连方块字的使用也成为危及当地华侨华人身家性命的违法之举。全国只剩下一份由印尼当局情报部门督办的一半中文一半印尼文的《印度尼西亚日报》。此时的印尼，已经实实在在地成为全世界唯一不准华文存在的地域，更遑论华文文学的生存与发展了。

从上述情况看，“冷战”期间东南亚各国在不同的社会历史时期所实施的政治、经济、文化政策，尤其是由国家利益所决定而制定的一系列针对华侨华人的方针政策，直接地决定着各所在国华人社会的兴衰存亡，也制约着各国华文文学运动的此消彼长。所以，我们在了解这一时期的华文文学时，应该将其与这一时期各所在国政府的对华政策及相应的对华侨华人的政策综合起来一并加以考察。由于这一时期各国政府对华政策的不同，影响并导致了这一时期东南亚各国华文文学不同的发展路向与发展态势。

第三节　东南亚华文文学的多元局面

一、新马华文文学

20世纪80年代以降，东南亚华文文学的全面复兴，在新加坡和马来西亚这两个国家得到了最为充分的体现。尽管20世纪七八十年代是马来西亚华人社会的多事之秋，新加坡也正饱受国家语文政策的困扰，但是从总体的发展趋势看，20世纪80年代以来的新马华文文学，其复兴与繁荣的局面还是十分明显的。新马华文文学在整个东南亚华文文学中居于较为重要的地位，在这一时段里，新马华文文坛也确实出现了令人目不暇接的变化。

方北方（1918—2007），原名方作斌，祖籍广东惠来。方北方以其对现实主义文学孜孜不倦的追求和丰硕骄人的创作成果，奠定了他在马华文坛中的坚实地位。他奉献给新马文坛的20多部长、中、短篇小说集，尤其是“风云三部曲”和“马来亚三部曲”两个系列长篇，有如一幅形象的“南洋华人百年史”长卷。其中既有南洋华人先辈胼手胝足开拓山林、建设马来西亚的历史画面，也有华人从“落叶归根”到“落地生根”的思想观念的演变轨迹，更有当代大马华社为扭转华族文化困境而不懈抗争的曲折过程。但是，正是这样一位令人尊敬的老作家，在后期的创作中，也意识到小说艺术创新的必要性，他在《花飘果堕·后记》中说：“因为小说是没有固定表现的方式，更不应该有传统的定义，将之当为抒情的散文，或推理的杂文，或理论化，或形象化，都无不可，只要内容表达完整清楚，感染力和教育性深厚，也是创作的方式，在小说创作表现多样化的今天，创新已经是一种进步的潮流。”① 《花飘果堕》正是其创新思路的尝

① 方北方：《花飘果堕·后记》，马来西亚华文作家协会1994年版。

试。它是“马来亚三部曲”的第三部，另名《五百万人五百万条心》，它描写了20世纪七八十年代马来西亚华社中华人党团面对外部环境的日益恶化，不思团结共谋对策，反而内斗不已的令人痛心的现象。小说采用叙述、描写、评论相“混杂”的手法，将20世纪七八十年代马华社会大量的研讨会、座谈会、演讲会和相关的宣言、宏论、备忘录一一“实录”在案，“立此存照”，力图传达出马华社会在外部压力下仍自溺于内斗的特殊历史氛围，并让实有其人的诸多华社名人登台亮相，以使这种历史的定格更具客观价值。作者这种“准写实化”的写作方法，基本上消解了小说的传统叙事功能，曾引起多方争议；然而，也正因其备受争议，才成为这位老作家富于创新意识的最好佐证。

韦晕（1913—1996），原名区文庄，祖籍山东济宁。他是一位不断追求艺术创新的老作家，其笔下的马来半岛东海岸的热带风情和乡土气息往往让人着迷。从总体上说，韦晕的创作风格是现实主义的。他的小说作品，如《乌鸦港上黄昏》和《还乡愿》等，都是植根于现实生活的层面；而《春汛》、《寄泊站》、《旧地》等作品对象征主义、意识流手法的运用，又让我们看到了一个不拘一格，追求作品表现风格多样化的韦晕。《乌鸦港上黄昏》中50多岁的老番客伙金，用五千军票买来娇妻阿娇，给他的生命注入了新的活力。然而，在一个漆黑的暴风雨之夜，伙金海上遇难，幸得马来族渔民沙立夫相救而死里逃生，返回家中却窥见妻子正与人偷欢，伙金一怒之下抄起巴冷刀想要结束这对狗男女的命，但脑海中瞬间闪回的沙立夫冒死相救的画面感召了他，他决定宽恕阿娇的奸情，自己挥泪而去，甚至没有惊动欢娱中的那对男女。像伙金这种小人物的行为举止，虽然谈不上有多么高尚，却十分真实。20世纪70年代初期的《再见在北回归线上》，同样充满着对小人物的关注和悲悯的情怀。小说中，人到中年的阿参，跟着打鼓元、阿珍等一伙人靠着装扮中国古典戏曲人物造型供外国游客参观拍照讨生活，在一次临上台表演之前，阿参无意间瞥见游客中有早年出卖自己的情敌张一非和欺骗了自己感情已成为张一非妻子的林美。生活潦倒和情感失意的双重刺激，又促使阿参默默地离开这个北回归线上的海岛，向别处流浪而去。整部作品并没有什么曲折的故事情节，但那个地处北回归线上亚热带海岛的风物，阿参、打鼓元、阿珍等几个小人物的潦倒生活，夹杂着广府话、潮汕话的小说语言，都显得十分生动真切。作者的描写表现功力，比之于《乌鸦港上黄昏》等作品更见成熟老到。发表于20世纪80年代的《使徒行传外记》，通过弃儿士提芬从兜售圣经的基督徒一变而为昭南特别市日军宪兵通译，以致被诅咒为魔鬼的疤面人的经历，从中展示了人性的种种沉沦。小说的背景虽然是事关抗日卫马这样的重大历史事件，然而作者却另辟蹊径，从一个卑微小人物的沉沦入手，以人性中的冷酷、暴虐对自尊自立的摧灭，表现出跟战争背景相融通的题旨。在写实中从容自如地融入现代小说技巧，可以说是韦晕自20世纪80年代以来不断追求创作题材和表现手法多样性的艺术表征。

吴岸（1937—），原名丘立基，祖籍广东澄海。他素有“拉让江畔的诗人”之称，在马华诗坛上有很高声誉。与同时代的其他诗人一样，他也深受中国文学特别是“五四”以后的现实主义文学传统的影响。早期诗集《盾上的诗篇》中，虽然也有些许青春的生涩和淡淡的忧郁，但仍然没有脱离诗歌关心现实、关心大众生活的“载道功能”。然而，由于他对现实主义诗歌从主题的提炼到表现手法上都有着清醒的认知，所以他的青春歌吟在一种积极向上的热力中始终浸漫着亲切自然的韵律。更为可贵的是，吴岸在肯定和坚持现实主义的同时，并没有简单粗暴地一味否定现代主义，在他看来，“现代派对现实主义传统的对抗，客观上也不是一件坏事，它激励了现实主义作家检讨本身的缺点，尤其是在写作技巧方面存在的弱点，寻求新的突破”①。正是因为意识到了现实主义的局限，吴岸才特别强调创新

① 吴岸：《到生活中寻找你的缪斯》，见吴岸：《到生活中寻找缪斯》，大马福联会暨雪福建会馆1987年版，第30页。

和发展。所以，与早期诗作相比，回归诗坛①后的吴岸，其诗风显得更为深沉含蓄、丰富隽永。《达邦树礼赞》更侧重于个人经验的逻辑性传达，《旅者》更注重造境中的声、光、色和动作的配合运用，《榴莲赋》则不仅体现了诗人的某种文化寻根意识，且在题材的把握与现代诗技巧的结合上显得更加完美。

20世纪80年代，新马华文文坛开始流行一种“字辈断代法”，即将50年代、60年代、70年代出生的作家约定俗成地冠之以“五字辈”、“六字辈”、“七字辈”的称谓。之后，随着“六字辈”、“七字辈”作家现代风格的渐趋成型，并“跟‘五字辈’以上的现实主义拉开了距离”，有人又将20世纪60年代以后出生，90年代初登上文坛的青年作家群称为“新生代”作家。由此，在“字辈断代法”之外，又有了不同的世代作家的划分，人们习惯上将20世纪30年代及其以前出生的称为“前行代”作家，四五十年代出生的称为“中生代”作家，而六七十年代出生的则称为“新生代”作家。

按照这一划分方法，上述方北方、韦晕、吴岸这些老一辈作家，无疑属于“前行代”之列。同样可以纳入这一行列而又值得我们注意的还有姚拓、李过、原上草、云里风、驼铃等。20世纪80年代以来，即使如方北方、韦晕、吴岸这样的“前行代”作家，也还时时推出他们的极富现实性、乡土性、人文性的作品，并在艺术表现形式上呈现出开放创新的姿态，这种建基于现实主义的新变，无疑是20世纪80年代以来新马华文文学多元发展的最好注脚。

出生于20世纪四五十年代的一批作家，被视为属于承上启下的“中生代”。在他们身上，既有“前行代”作家那种现实性、乡土性、人文性的“基因”，又有敢于接受现代主义文学思潮洗礼，不断开拓创新的勇气。他们正当年富力强，新作源源不断，孟沙、梦平、雨川、陈政欣、田思、小黑、梁放、英培安、王润华、淡莹、贺兰宁、

① 由于意识形态的缘故，吴岸在1966—1976年曾经在当局的牢狱中度过了10年的光阴。

南子、郭永秀、希尼尔、董农政等，都是其中的佼佼者。

孟沙（1941—），原名林明水，祖籍海南文昌。孟沙是马华文坛中的多面手，经过20世纪70年代的写实派与现代派论争后，他开始认识到诗歌不仅要写得“意味隽永，耐人咀嚼”，而且也应“从旧文学中吸收有用的养分”。在他1985年出版的诗集《山灵》中，就已蕴含着诗的新质，这就是在关注现实生活，追求真、善、美的同时，融进一些儒学禅宗；艺术表现上，则是在叙述和抒情的基础上运用象征、隐喻、暗示等现代派诗歌的表现手法，体现出现代派诗歌的某些特征。《山灵》出版后，获得了评论界的好评，成为孟沙诗歌创作生涯中的代表性作品。

陈政欣（1948—），祖籍广东普宁。他是马华小说界富有创新精神的作家。他的小说叙写的，一是探索并展现当时正处于经济转型阶段的马华社会中人们所特有的精神状态，二是对生命和时空意义的叩问。陈政欣之于马华小说界，其意义并不在于他“言说”了些什么，更主要的还在于他的如何“言说”。陈政欣喜欢琢磨小说的叙述形式，他的代表作《送上山去》，时空跨度长达几十年，范围涉及20世纪初中国东南沿海人民逃饥荒到南洋，20世纪40年代初日本侵占马来亚所犯下的罪行，战后马来亚华人青年的反英反殖运动，以及现代社会条件下子女对父母的孝行道德的态度等。小说有意借鉴拉美魔幻现实主义的叙事结构和叙事方式，通过不断变换叙述角色和人物称谓的方法，在生死、阴阳、今昔的相互穿插中有效地构筑出一片扑朔迷离、诡谲神秘的情境和氛围，从而表达出作者对华族的历史、文化传统前途的深深忧思。他的大胆创新，进一步丰富和提升了马华小说的水平。

在20世纪七八十年代的新加坡华文诗坛中，“五月诗社”是一个令人瞩目且又有着重要影响的现代主义文学团体。“五月诗社”的诗人们诗风各异，但作为一个文学社团，他们的诗作又有着基本一致的共通点，那就是借助西方现代派的种种艺术技巧和方法，着力表现中国古代灿烂文化的深厚内蕴，留住海外华人的“种族文化记忆”。

郭永秀（1951—），祖籍广东澄海，是“五月诗社”的代表性诗人。他早期的诗歌，抒写的多是对童年纯真生活的深情回望，诗风清新活泼，充满青春浪漫气息。进入20世纪80年代，他更多地将东方与西方、传统与现代的多元价值冲突下的文化反思，融入对现代都市文明以及都市人生态和心态的审视和批判之中，在强烈而浓郁的现实忧患中，表达了诗人面对现代世界中人心迷乱、价值失范的内心焦虑。在《掌纹》、《筷子的故事》等诗集中，诗人常常借用“茶”、“毛笔”、“筷子”、“龙”、“剑”、“竹”等富于中国文化意蕴的意象符号，象征悠久历史文化传统在现实生活中的种种遭遇，摹写东南亚华人在历史发展和文化变迁中的种种困境和复杂心态。如在《毛笔的故事》一诗中，他无奈地感叹毛笔的沦落，甚至于没有可以“薪传”的后人，但诗人更为看重的是小小毛笔身上所蕴含着的“柔中带刚的性格”和气吞山河的魄力：“两千多年以前/我已是文明的象征/蒙恬赐我竹管兔毫/并以执筷的手势/塑造我耿直稳重的形象/柔中带刚的性格……/我的脉管/有黑血滔滔不绝/一挥，长江黄河滚滚而来……”小小毛笔，隐喻的是那些置身于传统断裂和文化压抑之中的海外华族所共有的文化理想。

微型小说是20世纪70年代末80年代初渐渐兴起于新马华文文坛的一种新的文学样式。它的出现，既与新马工商社会的快速发展，以及身处现代化社会中人们快节奏的生活方式相适应，也是新马华文作家因应时势和小说观念变化的具体体现。这种新文体首先发端于新加坡文坛。20世纪70年代末，《南洋商报》副刊《文林》和《星期日报》等率先推出“极短篇”，之后又有了“小小说”、“微型小说”的不同称谓。从20世纪80年代中期起，《城市文学》、《晚风》、《文艺城》、《文艺坊》等报纸副刊和《新加坡文艺》、《热带文艺》、《文学》、《赤道风》等杂志相继推出微型小说专辑，很快形成了一股微型小说创作潮。1994 年和 1999 年，新加坡和马来西亚分别承办了第一届和第三届世界华文微型小说学术研讨会，表明微型小说已经成为新马华文小说中一种较为成熟的文体，其代表性作家有黄孟文、张挥、年红、朵拉、陈政欣、丁云、刘育龙、周灿、林锦、希尼尔、董农政等人。

黄孟文（1937—），祖籍广东梅县。他属于新加坡华文文坛上的“前行代”作家，“为人生的艺术”是他们这一代人所崇尚并乐于付诸实践的文学主张。他发表于 20 世纪 60 年代末期的《再见惠兰的时候》，反映的是当时新马农村中的孩子由于贫困而造成的升学无门的现象。作品的成功之处，不仅在于用悲怆的笔调写出了昔日儿时伙伴惠兰“才华被无情的现实埋葬掉”的悲剧，更在于作者能在此基础上着眼于未来，表现出自己对下一代生活成长道路的深深忧虑。由于这个作品尖锐地揭示了当时马来亚农村社会存在的贫困和失学问题，具有普遍的现实意义，所以小说刚一发表，马上引起文坛甚至社会上的广泛反响和关注，因此成了黄孟文的成名之作。此后，由于生活阅历和知识视野的不断扩展，黄孟文转向对社会转型期东、西方文化冲突的思考，但内里的情怀依然离不开“感时忧世”。到了 20 世纪 80 年代，黄孟文有意识地将更多的精力投向微型小说创作，立意试验推展这种新兴文体。他不仅积极身体力行，新作不断，而且多次撰文探讨微型小说创作的理论问题。他认为，新加坡现代都市社会的生活节奏与读者阅读需求的变化，对小说文体变革提出了新的要求，微型小说正是适应这一时代要求而产生的新的小说文体；而从事微型小说的创作，首先要打破“短篇小说微型化”的认识误区，只有认真地撷取生活中富有包孕量的片段，才能达到人们通常所说的以小见大的艺术境界，才能赋予微型小说以不同于短篇小说的新质。[①] 正是这种文体自觉意识，使黄孟文的微型小说创作从一开始就站在较高的起点

① 参阅黄孟文：《新华文学评论集》（其中 6 篇专论微型小说的文章），云南园雅舍 1996 年 5 月版，第 237 ~ 254 页。

上。从20世纪80年代的《官椅》、《第四关》到90年代的“毛果山传奇系列”，从社会人生到动物寓言，黄孟文的微型小说题材不断变换，给读者带来新的阅读体验和审美冲击。他的“毛果山传奇系列”，采用以猴喻人的手法，反映工商社会在现代文明冲击和西方文化影响下，传统文化、传统伦理与传统精神日益被蚕食、鲸吞乃至解体的现象，运用一种虚构的、非生活常态的寓言故事，来表达现代人的生存意识，从而实现了微型小说创作中的“新奇化”。

朵拉（1954—），女，原名林月丝，祖籍福建惠安。她的小说，多是写家庭婚恋情爱男女的“杯中波澜”，但常常能在习以为常的男女情爱家庭琐事中翻奇出新。《最初的梦魇》采用丈夫“我”的叙事视角，叙述了若敏在丈夫越轨“失足”之际，想用整容“留住”丈夫而弄巧成拙的故事。这出令人可笑又可悲的滑稽剧的结局，既出人意料又令人感喟。《胜利者》中的梁辛嘉结婚之后认为生育会阻碍她的前程，而当她心满意得地成为“胜利者”——坐上公司总经理的位子时，丈夫却向她宣告自己早有外遇，并且生了孩子，她的婚姻失败了。而就在这时，她的母性觉醒了，小说结尾处电梯里那个稚嫩童音的一声“安娣”和孩子可爱的笑靥，在梁辛嘉最隐秘的心灵深处所引起的颤动，尤为耐人寻味。朵拉的这一类小说，由于颇具“现代意味”的内容和构思的奇巧，获得了文坛的好评。从20世纪90年代初期起，朵拉的创作有了新的变化：一是由短篇小说更多地转向微型小说；二是在创作方法上，由以往基本上属于传统的写法，转向探索运用象征寓意、潜意识剖析、变形荒诞、多视角转换等现代派手法，并用以结撰她的微型小说。《寻路启事》是一则富于寓言意味的故事：一个城市人一朝醒来发觉自己置身在一个陌生肮脏的城市，迷失了回家的路，百般寻觅无效，只好在街上贴出“寻路启事”。现代都市人因为“迷失”才需要“寻路”，朵拉在小说中为我们安排了两条“路”、两个世界：一个是眼前这个让人“迷失”、让人不堪忍受的现实社会，另一个则是曾经拥有的那个自然和谐、洁净美好的故园。两两相比，作者向往怀念的是后者那个失落了的精神家园。《行人道上的镜子》中的主人公罗丽美，在熙熙攘攘的都市行人道上，意外地发现行人道上竟然立着一面大镜子，更为奇怪的是，她明明是对着镜子微笑，但镜子里的自己却“眉头蹙得愁意盎然”。而对这一切周围的行人却毫无感觉，主人公似乎做了个不近情理的白日梦。作品中的那面镜子显然是超现实的，但人物那种下意识的体验表达和驱之不散的忧郁，却是现代人一种真实的心理反映。朵拉借这面充满隐喻意义的镜子所照映出的是更深更广的社会人生内容。

20世纪七八十年代，新马女性作家群体的崛起，是东南亚华文文坛的一道独特的文学风景。这批女性作家，不仅作品数量多，而且质量也高。20世纪70年代以前的马华文坛，女性作家寥若晨星。进入20世纪70年代以后，时代的演变和社会的进步为女性作家的崛起提供了充足的条件，使得新马华文文坛的女性作家人数大大增加。据有关资料统计，到了20世纪90年代，光是已经立传或有文字介绍的女作家，就有102人，相当可观。商晚筠、孙爱玲、爱薇、朵拉、戴小华、李忆莙、柏一、融融、唐珉、尤今、蓉子、艾禺、陈华淑、张曦娜、君盈绿、方桂香等，是20世纪七八十年代以来，新马女性作家群体中的代表性人物。

20世纪80年代以降，受国际上兴起的寻根文化思潮的影响，更是出于对新加坡华人社会出现“伪西方化”现象的忧虑，新马文坛上开始有一些作家默默地转向对华族传统文化的发掘和表现上，他们希望能在对华族历史文化的回眸检视中，寻找身份认同的依凭和心灵的慰藉。

孙爱玲（1949—），女，祖籍广东惠州。她这一时期的创作，正好契合着这样一种社会时代文化氛围。“以文化寻根来把握和选择小说”，成为贯穿孙爱玲小说创作思想脉动的一根红线。在几部代表性作品集《绿绿杨柳风》、《玉魂扣》、《碧螺十里香》里，她善于在变幻无常的人生传奇中，勾勒出一个个具有东方性格神韵的人物，借助跌宕起伏的人生际遇，去叙写东方传统文化的诗意情韵。《碧螺十里香》中的汤二祖母关凤慈，十多岁就由汤赫明的元配蕴玉亲自做媒，把她从戏班中的当红花旦变成汤家小妾。为立身汤家，她秉持着“谦让、贤惠、坚毅、刻苦、体贴、温柔、沉稳和牺牲”的精神与美德，尽心竭力服侍汤先生和大夫人。大祖母蕴玉去世后，汤家家道中落，汤先生又流落他乡。她不离不弃地操持着这一大家子，照顾六个非亲生的儿女，从广州辗转到香港，最后落脚新加坡，其中所经历的重重波折与艰苦她都坚韧地、任劳任怨地承受下来。此外，像《郁郁阡陌间》的美娣、《痴痴蝉鸣晓》中的汤暄等人物的身世遭遇和性格底蕴也无不如是。孙爱玲还善于将与人物相随相伴的一些充满东方文化积淀的物品作为小说的联结点，让它们从不同角度、不同侧面来丰富小说的文化意蕴，从而形成“以物写人，以人写意”的相得益彰的艺术效果。《羽丁香》借女主角羽丁香化用中国古代珠宝设计使“得宝斋”起死回生一事，在人造首饰上写出了东方文化的高雅脱俗。《白香祖与孔雀图》对粤绣的花色图案针法绣工如数家珍，而一幅国宝《孔雀图》写活了淡泊名利、执着变革的东方人格精神。事实上，在孙爱玲的这一类小说中，那些充满东方情韵的物品，本身就蕴含着作者的审美理想，也是她文化寻根小说的一个特色。

商晚筠（1952—1995），原名黄莉莉，祖籍广东普宁。她有“马华文坛才女”之誉，其创作从一开始就显现出浓重的现代派色彩。写于负笈台湾之后的《那六段路》，以一个留学台湾的华裔女孩闲步街头的六个场景，暗示人生的不同阶段和困境，而且这些场景并没有按顺序先后排列，而是相互穿插、置换；叙述的人称，时而是“我”向“你”喃喃自语，时而是“我”的自我倾听，时而是“她”的内心独白，以结构形式的多变对传统的小说形成了挑战。商晚筠善于以细腻敏锐的艺术感觉，呈示她对马来西亚多元种族文化及其多元种族社会复杂生活的痴迷和理解。《木板屋的印度人》、《洗衣妇》的主人公都是印度人。《夏丽赫》写一对华巫女子之间的友情，《暴风眼》

则是在与大马北方丛林原住民的“零距离接触”中展现其淳朴的人性底色。她还善于将南洋富于热带乡土气息的生活与西方现代派的象征手法有机地结合在一起，譬如《蝴蝶结》，尽管故事写得扑朔迷离，但女孩头上那漂亮的蝴蝶结，始终是母爱的象征。《七色花水》中，姐妹俩挤在一个木盆中洗佛诞七色花水，那些漂浮于木盆中而最终又慢慢溢出澡盆外的菊花、牵牛花、芍药、秋海棠、胡姬花等各色花瓣，恰恰象征着女人如花的青春年华的流逝，正如作品中姐姐的那声轻轻的喟叹：“流掉就流掉算了。”小说在清幽温婉的女性叙事中，展现了一种糅合东西方艺术的极致。

黎紫书（1971—），原名林宝玲，被视为继商晚筠之后马华最重要的女作家之一。在黎紫书的小说世界中，女性叙事一直占据着话语的主导地位。《州府纪略》将笔触投向构成历史的个人，通过寻觅个体在特定历史境遇中被颠覆与剥夺的踪迹重新书写历史。小说描写的是抗日女英雄谭燕梅充满悲剧传奇的一生。小说中 11 个与谭燕梅有密切关系的人的回忆，被串起来连缀，每个人的回忆都只是一鳞半爪，其间还夹杂着不少的错误和偏见，但当我们将这些回忆综合起来，就可以清楚地看到，这个当时名噪一时的美丽的花旦是如何毅然投奔抗日队伍，又是如何在残酷的斗争中活了下来。作者在不动声色的叙述中，有意淡化了传统的政治叙事、革命叙事的内容，强化了谭燕梅个体内部的“自身颠覆”，凸现了革命与爱情在不同人身上呈现出来的分裂，以及由此所造成的命运悲剧。作者并没有将谭燕梅塑造成完美的女英雄，而是在她的英雄身份中着重突出其柔弱、多愁善感、讲情义的女性特征，这种以细节化、碎片化形式重构历史人物的手法，正是黎紫书这一类小说的主要特色。就目前已经出版的《天国之门》、《山瘟》、《微型黎紫书》、《出走的乐园》和《无巧不成书》这几本小说集，我们可以看到一个新锐女作家的潜力。

“新生代”作家群的集体崛起，是这一时段新马文坛上值得关注的文学现象，这不仅因为这一作家群体创作势头的旺盛，更在于他们的文学观念、创作方法与“前行代”作家的迥然相别。陈大为、钟怡雯、辛金顺、林幸谦、吕育陶、林春美、陈强华、黄锦树、鞠药如、梁文福、刘文注、许福吉等，都是新马文坛的年轻才俊。

梁文福（1964—），祖籍广东新会。他不仅诗歌、散文、小说创作成就骄人，还是新加坡著名的新谣歌手和词作者。梁文福的散文之于新加坡文坛的突出之处和价值，在于他的那些被称为“属于脊梁性”的有关华族、人生、祖国的篇章。在《我是一抹风采，我是一整幅画》中，他将自己的爱情与爱国情怀联系在一起，申明他不能爱一个只喜欢他本人而不喜欢他的国家的女性。梁文福散文语言的一个主要特点在于，他对中国古典诗词的融会与化用，如“所谓车辚辚，是三吨重卡车隆隆的引擎声，没有马萧萧，只有缓缓地在海上驶向前方的登陆艇”（《烟水和风沙》）；“白居易、王老师和我，‘对诗成三人’”，“十年人事两茫茫”（《其实我是在和时光恋爱》）。在诗歌艺术的追求上，梁文福既不“囿于‘五四’时期的创作技巧”，也不盲目地追随“当时文坛上流行着的‘现代病’”[①]，而是有效地借助意象的营造和现代派诗人惯用的象征、隐喻等手法，以增强自己诗歌的表现力度，在参悟生命的过程中探究人生的真谛。如《天坛回音壁》，当人靠着“回环的墙”，便体味“越拢越无限的感觉/周而复始/没有终点”；《转机航行》写诗人在香港至上海的一次转机中感悟时空的交合：“此地落日正老，彼地却晨意新浓”，一种轮回沧桑感在这转机的瞬间得以了悟，读起来禅音邈邈，令人回想。

陈大为（1969—），祖籍广西桂林。他的诗歌创作总括起来大致可分为两大类：一是书写“远古的神话中国”和“解构的历史中国”，如《治洪前书》、《再鸿门》；另一是书写“华人移民的南洋史诗”和“马来西亚的多元种族文化”，如《尽是魅影的城国》、《靠近罗摩衍那》。这两类题材都具有“历史”的性质。相对而言，一是

① 梁皓：《盛满凉凉的歌·后记》，新加坡文学书屋1985年11月版。

古代，一是近现代；一是中国，一是南洋。以史入诗，是陈大为最为擅长的诗歌创作手法。他摒弃了以往习见的平铺直叙交代历史的书写方式，以不同于他人的独特见解，对历史人物和历史事件进行重新的诠释和翻案。组诗《屈程式》，以“解构”的方式对在马来西亚华文文学中涉笔最广的中国古典形象——屈原作出自己的重新诠释。诗中所写的龙舟赛诗中的屈原、家庭端午节中的屈原、课本传承中的屈原和楚辞中的屈原，都源自陈大为自身的日常感觉和历史反省。强势的传统“导读”，“简直像拓碑一样/我是那紧贴的宣纸无从挣扎”，只有用自己的生命去解读屈原，才能看到屈原这个“独醒的世界”。所以，“楚辞里的屈原才是屈原”，是陈大为将屈原代表的楚辞看作人格、情感的自由言说和深刻内省的源头发出的内心呐喊，也是他文学生存状态的自我言说。陈大为以史入诗的另一方面兴趣表现在他对南洋华裔历史文化的关怀上，这一类诗作有点类似于“乡土诗”的味道，但其重点主要还是落在对历史的深情凝视和思考上。《会馆》通过曾祖父、父亲与“我”来见证会馆的兴盛与没落，从中反映出一个时代随滚滚烟尘而去的苍茫。会馆是南洋华侨华人凝聚乡情乡谊的重要场所，诗人借助“会馆”这一表意符号，在一个庞大复杂、风云奇谲的南洋华侨历史背景、处境中，见证着华侨华人在南洋从“拓植山林”到“落地生根”的过程，以及下一代在时代嬗变与社会转型期所面临的困局和迷思。《甲必丹》一诗以逆向思维去解构建邦功臣叶亚来在历史上的神圣性，以及在参考书里永恒的印象。上述两类返视历史的诗作，是陈大为企图建立以他个人的观点所诠释出来的历史观。马华“新生代”作家笔下的“历史”，具有多重性质和意义，包括中华民族的历史文化传统、南洋华人先辈垦殖拓荒的移民历史和个人家族历史。而陈大为，正是将历史“个人化”的代表性作家。

这些被评论界视为“颠覆传统和典律构建”的“新生代”作家，以其新锐逼人的文学观念和充满朝气的旺盛创作力，开启了新马华文文学的一个新起点，但能否由此带来一个文学的新时代，则还有待于时间的淘洗验证。

总的来说，20世纪80年代以来新马华文文坛多元发展态势的表现是多方面、多层次的，这里有“前行代”作家建基于现实主义的新变，有“中生代”作家现代主义和传统“基因”的兼容并收，更有“新生代”作家的新锐和狂飙突进；有女作家群、女性文学的崛起，也有微型小说这种新文体的喜人收获。正是由于有了新马华文文学这些不凡的贡献，整个东南亚华文文学的天空才显得如此绚丽多彩。

二、泰国、菲律宾、印度尼西亚和文莱等国的华文文学

1. 泰国

20世纪80年代以来的泰华作家，再也不仅仅局限在以前那种过于侧重对现实的黑暗和生活的悲苦的反映上，而是将审视的眼光扩展到整个社会生活的各个层面和角落：有的写出了经济的发展为人们提供施展才能获取成功的机会，如黄重先的《许乌仕和他的运输马队》等；有的表达了传统文化在新的形势下所产生的困惑，如李栩的《光华堂》、陈博文的《抉择》等；有的执着于对宗教的领悟和人生哲理的探索，如刘扬的《岔道口》、黎毅的《瞬息风云》等；有的则纯粹以轻松悠闲的笔调赞叹或调侃着社会的众生相，如范模士的《麻将官司》、朱健夫的《玩佛相的哀乐》等。其反映生活内容的广度和深度显然要比20世纪80年代以前更为宽阔、更为多样。在艺术的表现形式上，也开始有了新的变化。自20世纪80年代以来，泰华小说家们的创作在传统现实主义居于主导地位的坚实土壤上，出现了变异的新品种。琴思钢的《猫尸及其他》糅合了结构主义、象征主义、意识流等多种现代派的表现手法，写出了他对“一群身无恒产的都市新流浪者”的命运的忧虑和同情。刘白的《回光返照》以梦幻的笔法，表现出作者对日趋式微的华文文化事业的担心。

散文创作是20世纪80年代以来泰华文学中成就最高的标志性文体。司马攻的《明月水中来》、《故乡的石狮子》，白令海的《春雨田垅头》、《听雨》，林牧的《故乡的云》、《鸟鸣处处声不同》，姚宗伟的《少小离家老大回》、《回首话侨乡》，饶公桥的《祖国的微笑》，等等，均是抒写乡情、乡愁、乡恋的名篇；梦莉的《烟湖更添一段愁》、《恨君不似江楼月》、《相逢犹如在梦中》，伍滨的《启德机场两停留》，琴思钢的《湄南河桥畔的断想》，则是公认的追怀逝去爱情的佳作；年腊梅的《长春藤》、陈博文的《雨天絮语》、倪长游的《蚁群浩劫》，可谓托物言志的上乘之作。所有这些作家作品，不论是放在东南亚甚或是置于整个世界华文文学的天空中，都是熠熠生辉的。

在20世纪30年代末期曾展现过宏丽歌喉的泰华新诗，进入40年代以后就再也难觅昔日的雄风，但自踏进80年代的门槛之后，却又一改几十年来的委顿状态，有着相当出色的表现。诗人们的创作热情以一种近于“爆发”的状态奔泻而出，有的承续“五四”以来新诗的传统，有的却另辟蹊径，转承西方现代诗风；抒写社会人生的、文化乡愁的、心灵探索的、生活素描的、自然风光的、环境保护的；或清朗或典雅，或朦胧或蕴藉；抒情短笺、叙事长篇、故事组诗、诗剧、散文诗、讽刺诗、寓言诗、格言诗、摄影诗……林林总总，不一而足。沉寂多年的泰华诗坛，一时间生机勃勃，莺飞燕舞，百花竞放，争妍斗艳。史青的《洪汜的河》、曾天的《微笑国度之歌》、李少儒的《未到冰冻的冷流》、子帆的《子帆诗选》、饶公桥的《早雾·石莲·荷花》等，都是颇有代表性的纯诗歌集子。

在泰华文坛上，有几位颇具影响力的代表性作家。

年腊梅[①]（1934—1993），女，原名许静华，另有笔名许心饴、无盐、李虹等。祖籍广东饶平，出生于泰国，幼时家道中落，14岁

① 年腊梅是泰文的译音。

即入纺织厂当女工。其间刻苦自学，并在文学前辈张综灵、方修畅的指导提携下走上文学创作道路，之后几十年一直创作不辍，直至终年。短篇小说集《花街》、《湄南河畔的故事》是其主要的代表性作品，此外还有中篇小说《在鹰爪花架下》、中短篇小说合集《黑腊肠》、散文集《青春藤》、人物传记《泰华写作人剪影》等。1963年，她还参加了具有泰华文学特色的接龙小说《风雨耀华力》的写作。年腊梅始终以自己广博的爱心关注着她笔下挣扎于社会底层的小人物，《结花串的女孩》中那个卖花小女孩素博他之所以惹人怜爱，不仅在于她的乖巧可爱和她不幸的身世，更在于她舍己救人的英勇行为所折射出来的高贵心灵；《花街》虽然写的是卖春女被侮辱、被损害的悲惨命运，但其中所寄托的却是作者对她们在恶劣环境中折射出来的美好人性的礼赞。年腊梅的小说强于写实而弱于虚构，她的短篇小说大多没有曲折的故事情节和尖锐的矛盾冲突，文笔清畅淡雅，颇有散文的韵致。

司马攻（1933—），原名马君楚，祖籍广东潮阳，出生于泰国。少年时曾返回故乡接受中学教育，17岁时再回泰国投身商界。20世纪60年代开始文学创作，70年代中期以后曾停止写作十余年，1986年又再续文缘，之后便一发而不可收。主要著作有散文集《明月水中来》、《司马攻散文选》，小说散文集《人妖·古船》，微型小说集《独醒》、《演员》，杂文集《冷热集》、《挽节集》、《踽影集》，特写集《泰国琐谈》、《湄江消夏录》，诗集《挥手》，文学评论集《泰华文学漫谈》等。“怀乡忆故”散文奠定了司马攻在泰华文坛中的独特地位，《明月水中来》、《故乡的石狮子》、《水仙！你为什么不开花?》中小小的功夫茶壶、会向“我”瞪眼打招呼的石狮子、洁白淡黄的水仙花，这一个个亲切可感的意象，既寄寓着作者对传统中华文化的牵挂，也是他在西方现代化风潮吹袭之下对精神家园的追寻。20世纪90年代以后，在新马微型小说热潮的影响推动下，司马攻还创作了一批微型小说，《演员》和《独醒》两个集子便是其代表性作品。《演员》中史得扬被误解的“演戏”之举，《心壶》中古董得而复失、失而复“得”的故事，结构单纯，情节却又一波三折，其中所蕴含的人生哲理使它们成为微型小说中不可多得的精品。

梦莉（1941—），女，原名徐爱珍，出生于泰国，祖籍广东澄海。幼年时返回故乡读书，与祖父母一起生活，六七年后祖父母去世，大家庭分崩离析。幼小的梦莉随之成为生活的飘零者。饱经苦痛的童年给梦莉的心灵留下了深深的创伤，也成为了她后来散文创作的主要“底色”。主要散文集有《烟湖更添一段愁》、《在月光下砌座小塔》、《片片晚霞点点帆》、《梦莉散文选》、《人在天涯》等。梦莉是一个为爱而生、为情而写作的散文家，追寻逝去的爱情梦想是梦莉散文的主要题材和特色。《烟湖更添一段愁》、《恨君不似江楼月》和《相逢犹如在梦中》等篇章中，男女主角的爱情无一不是美好圣洁的，但结果却又无一不是令人扼腕、令人心碎的。富于古典底蕴的篇名，哀怨凄美的情愫，如梦如幻的语言，共同构筑成梦莉如湄南河般柔美的散文世界。

李少儒（1928—），曾用笔名耕诗，祖籍广东揭西，早年在中国接受中学教育，抗战以后迁居泰国，主要从事文教事业。出版有诗集《未到冰冻的冷流》、《中秋诗集》、《桥》（五人合集）、《五月总是诗》（主编，多人合集）等。从小深受中国古典诗词熏陶的李少儒，长大后却转向西方寻求诗歌的养分，莎士比亚、泰戈尔都是他所崇敬和钟爱的诗人。他的诗作深受台湾现代派诗人余光中的影响。李少儒的诗大多是通过个人的生活感受和情绪抒发，表达他对人生、对理想、对真善美和永恒精神的追索。他的诗于典雅含蓄中又充满着艺术的张力，飘逸凝练却讲究物色的点染。在泰华诗坛上，像李少儒诗作这样兼具古典与现代精神的诗歌并不多见。

2. 菲律宾

20 世纪 80 年代期间，菲华文坛在对外来思潮最为敏感而又多年独领风骚的诗歌领域，获得了较好的实绩。菲华诗人改变了 20 世纪

60 年代以来的那种向现代派一边倒的偏颇，有意识地借鉴包括现实主义在内的其他种种艺术流派的手法。正如诗人和权所说的："与 60 年代比较起来，80 年代的菲华诗人在创作态度上，显得谨慎而认真，并且蜕变风格，力求建立新的诗观，不断地在诗的艺术上探讨、实验与创造"。[①] 以云鹤等人为代表的从 20 世纪 60 年代走过来的不少现代派诗人，更是明显"已摆脱旧有的诗风，而在繁复的技巧中，表现了人生深刻的一面"[②]。如云鹤的《野生植物》、林泉的《心中花园》、和权的《橘子的话》、月曲了的《月曲了诗选》、谢馨的《波斯猫》等，均是这一时期质量俱佳的诗集。

小说方面，不少菲华作家似乎也意识到单纯地固守一方圣土所存在的缺憾，开始自觉或不自觉地拉近与现实的距离：有的思索着民族文化在新的历史条件下的种种生存形态；有的写人间的冷暖善恶；有的揭示民族感情与现实生存要求之间的矛盾；有的则表达了作者对为生活和现实所苦，分离几十年的"番客"夫妻相逢时的尴尬痛苦深表同情。施柳莺的《丁香结》、施约翰的《天涯》、亚蓝的《英治吾妻》、黄秀琪的《肚脐眼的橘树》、林泥水的《恍惚的夜晚》、陈琼华的《龙子》、莎士的《雨夜》、庄子明的《卖身契》、佩琼的《油纸伞》等，就是上述各种题材的代表性作品。对多种艺术创作方法的兼收并蓄，说明了在新的形势下菲华小说在艺术观念方面所发生的新的嬗变。

进入 20 世纪 80 年代以后的菲华散文，所叙写的内容也有了新的变化。随着菲律宾国内"军管"的取消、居住国籍问题的解决、菲华社会经济面貌和生活水准的改善和提高，以前那种单纯描写、反映华侨血泪的作品大大减少，即使在一些同样涉及华侨华人奋斗历程的

① 和权：《菲华诗坛现况》，见张香华编：《玫瑰与坦克》，台北：林白出版社 1986 年版。

② 见菲华新潮文艺社编：《菲华新诗选》，福州：福建人民出版社 1983 年版。

作品中，“过去”也只是作为一种背景存在，作者的目的只在于借此说明成功的来之不易，重点并不在于展现生存的悲苦和辛酸。如秋笛的《生计楼琐事》，再也看不到以往那种愁眉苦脸和唉声叹气，所呈现的只是一股生存的信心和改变环境后的欢悦。柯清淡的《五月花节》更是这样。35 年前，才满 12 岁的“我”踏上了菲岛土地，刚好碰到当地“五月花节”的盛大游行场面。只因当时父亲的一句话——“这是番仔的风俗”，“我”便始终将这种风俗视为“非我族类”的玩意而与之格格不入。35 年后，“我”因事业上的成功和对当地社会的贡献，被推举为负责筹办这种“番仔的风俗”的“五月花节”游行活动的“老大哥”。作品中虽然也写到了“我”谋生的艰难和种族歧视下身为华侨揪心的痛，但是，所有这些，仅仅是为了说明发生这种变化的感情落差和喜悦之情。至于楚复生的《家事》中所描述的“小产阶级”的烦恼，却是要在有限的积蓄中选择买房子还是送孩子回故国升学的问题，而绝不是生存的危机。上述作品所叙写的都是一些四五十岁以上中老年一代的现实情怀。至于那些于 20 世纪六七十年代出生的华裔菲律宾年轻人，或是七八十年代以后由中国大陆、台港地区移居菲岛的新一代移民作家，他们所反映的，尽管也有对生之艰难的感慨，但是，与前辈相比，他们所碰到的多是属于非生存问题的“高级烦恼”：对家务琐事、平凡生活的厌倦，对青春成长的困惑，对故园的难以割舍，对不同文化价值观念难以融合的苦恼等，往往成为他们乐于倾诉的主题。超然的《依然》、恕绫的《菲大生活片断》和《成长的故事》、江一涯的《岷江梦醒》、蒋华灵的《我飞过的大地》等，其间所充溢着的乐观开朗的生活情愫，是 20 世纪 80 年代以前的散文作品中难以见到的。

庄克昌（1900—1986），出生于福建惠安一个书香门第的基督教家庭，1938 年厦门沦陷后南渡菲律宾，在菲律宾执教数十年，1985 年返归故里，1986 年病逝于厦门。庄克昌一生著述甚丰，以散文小品驰名菲华文坛，主要作品有：《感旧录》、《炎荒梦忆》、《松岭梦痕》、《炉香斋小品》、《绿尘集》、《海上话林》、《椰风蕉雨丛谈》、《宝岛履痕》、《南溟清话》、《庄克昌诗文存》等。最能代表其艺术成就的则是他的写景抒情小品。他不仅师法传统山水小品的笔法，同时对其神理也有透彻的体悟，因而往往能在看似淡然的描写中切入到对象的魂魄之中。

云鹤（1942—2012），本名蓝廷骏，祖籍福建厦门，出生于马尼拉一个华侨书香世家。12 岁起开始在华文报上发表诗作，17 岁出版第一本诗集《忧郁的五线谱》。云鹤的诗歌创作大致可划分为两个时期：20 世纪 50 年代末期至 60 年代中期为前期，70 年代末以来为近期。前期诗风深受台湾现代主义诗歌的影响，代表作有《忧郁的五线谱》、《秋天里的春天》、《盗虹的人》和《蓝尘》等诗集，抒写的多是青春少年理想和现实之间的不和谐状态所酿成的失望和苦恼，喜欢借用黄昏、黑鸦、秋雨、残烬、落枫、荒野、迷失、枯萎的玫瑰、阴郁的秋夜等冷寂凄迷的景物，来表达忧郁悲伤的情绪。他借助这些景物和情绪，通过直觉、幻觉、暗示、象征、意象跳跃等现代派技巧的点化，构成一系列新颖奇凸的形象，吟咏出“爱的忧郁”和“人生的忧郁”的双重主题。由于生活的原因，云鹤曾搁笔长达 15 年，到了 20 世纪 70 年代末期才重返诗坛，在菲律宾国内外相继发表了一批引人注目的新作，《野生植物》和《诗影交辉》是他复出后出版的两本新诗集。其中最为人所称道的，当数他的那些抒写海外华侨华人命运、心态的篇章，最为著名的是《野生植物》一诗。在诗中，诗人以逻辑上的层层递进和修辞学上的“顶针”辞格，巧妙地捕捉和营造出“野生植物”这一意象，借以诉说千百万海外华侨华人所特有的那种浪迹天涯、寄人篱下、无所依凭的不安全感和危机感，既十分形象贴切，又有撼人心魄的象征效果，使之成为海外华文文学界中传颂不衰的名篇佳构。

施柳莺（1948—），女，笔名小四。祖籍福建晋江，童年旅居香港，1961 年定居菲律宾，获菲律宾中正学院中国文史系学士学位。

施柳莺从小沉迷文学，中学时代即开始写作，几十年来笔耕不辍。已结集出版短篇小说集《上帝的手》、散文集《掌中汉字》、合集《施柳莺文集》等。从 20 世纪 60 年代后期的《机房往事》，到 80 年代以后的《丁香结》、《恨别鸟惊心》、《归》、《天凉好个秋》、《鹧鸪天》等作品，其题材大都与大陆原乡有着千丝万缕的联系，表现出作者对遥远故国那种难以割舍的精神依恋。她在创作中喜欢运用那种笔法简约、跳跃性较强的西方“现代小说”的叙事方式。譬如《机房往事》，只是用一个个并不连贯的生活片断巧妙地勾勒出一个娇小柔弱、贤惠善良且又大义大勇的小媳妇的美好形象。《丁香结》写经过十年“文革”的风云变幻之后，男女主人公有缘在异国他乡的特定环境中相遇。这本来是一个蕴含着种种可能性的悲剧题材，但作者却只是以男主人公“潘”的几个跳跃式回忆的闪现，让童年时代青梅竹马的记忆和长大后难以忘怀的“丁香结”交错迭现，对比出女主人公丁香前后判若两人的巨大变化，道出了“只要岁月轻轻流过，什么都会改变”的人生感悟。

施约翰（1939—），另有笔名公诸世，祖籍福建晋江，出生于马尼拉。在菲律宾远东大学医学化验系毕业后，于 1964 年移民美国，后又转赴加拿大，1987 年返回菲律宾。主要小说作品有《高山行》、《指路牌的风波》、《异乡》、《天涯》、《史密斯威廉斯》、《沙皮狗》，结集出版《施约翰文集》等。移民美、加期间，施约翰的小说更多地受到欧美现代派小说的影响，他不再像以前那样只满足于叙述一个有头有尾的完整故事，或是只满足于对人物外在形态和外部行为的描写，而是开始有意识地把笔触伸向人物隐秘的内心世界，《指路牌的风波》、《异乡》是其代表作。《指路牌的风波》以精彩的心理描写和娴熟的象征手法，淋漓尽致地刻画了圣保罗医院院长、修女玛丽·克里丝蒂争强好胜成癖的性格，不愧为这一时期艺术水准较高的成功之作。20 世纪 80 年代后期，回到菲律宾的施约翰又重返文坛，相继写下了一批有影响的作品。其间既有反思战争对美好生命的毁灭（如

《史密斯威廉斯》)，也有对在菲华人生存状态的关注（如《天涯》、《原籍》)。这些题材不同、风格迥异的作品，在施约翰写来，显得挥洒自如，说明他的小说创作已经进入了娴熟的自由境界。

3. 印度尼西亚

20 世纪 70 年代末 80 年代初的印尼，尽管国内总的大气候还未有根本的变化，但形势已经相对有所缓和。中国台港地区的言情小说和武侠小说，渐渐通过各种各样的非正常渠道流入印尼。它们深深地吸引着获得这一类华文书籍的华人民众，也成为年青作家们在非常时期所能获得的文学养料。由于现实的诸多禁忌、畸形的文学修养和生活积累的相对贫乏，印（尼）华文学在取材和表现内容上大都比较狭窄和浅显。除黄东平描写世态炎凉的《同学之间》和多幕历史话剧《红溪》，林万里的一系列讽刺小说，林义彪的长篇小说《千岛之梦》，可算是这一时期稍具人生况味的可贵之作外，其余的大多数作品，多是描写身边的琐事、爱情的缠绵和一己的悲欢。虽然由于种种主客观条件的限制，这些作品没有蕴含太多的对社会人生的深沉思考，但它们却都是健康清朗、积极向上的。而在他们当中，除了上述的黄东平、林万里、林义彪之外，柔密欧·郑的新诗和散文，阿五、白放情、茜茜丽亚、晓彤、袁霓的小说，明芳的散文小品，都是艺术上各具特色而又颇受好评的作品。

20 世纪 90 年代以后，随着中印（尼）邦交正常化的实现，尤其是进入新世纪以来，印尼历届政府不断调整、改善对在印（尼）华人的政策，在印（尼）华人的文化生存环境得到了莫大的改善。现在，不但在印尼国内开办华文补习学校畅通无阻，而且有的大学里还开设了中文系；《印尼与东协》、《绿岛》、《千岛》、《印华文友》等与印尼华人的经济、文化密切相关的华文杂志，开始次第出现。[①] 此外，还相继成立了“绿岛文艺社”、“祖国文艺协会”、“印尼华文作

① 20 世纪 90 年代初期，由于对现实还有些顾忌，有些杂志是与香港或新加坡的友人合作，在外地印刷出版。

家协会”等文艺社团。华文教育、华文文艺社团和华文报纸副刊这并称为华文文学生存发展的“三大支柱”，在当今的印尼华人社会，虽还谈不上十分强大，但已经没有政策上的障碍。所有这些喜人的变化，在很大程度上促进了20世纪90年代以来印尼华文文学的发展。

作为20世纪90年代以来印尼华文文学发展的印证，是近十几年来印尼华文文学作家作品的大量涌现。这一时期的重要作家作品有：黄东平的“侨歌三部曲”第三部《烈日底下》，阿五的短篇小说集《扑满》、《红珊瑚的故事》、《人约黄昏后》，林万里的短篇小说集《结婚季节》、《托你的福》，柔密欧·郑的新诗集《跃起》，严唯真的《严唯真诗选》，冯世才的诗集《秋实》，高鹰的散文、诗歌、评论合集《越野路上》，袁霓的小说集《花梦》，晓彤的合集《哑弦》，碧玲的小说、散文合集《摘星梦》等。此外还有一些多人合集，如沙里洪编选的《印华文学选》，犁青主编的《印尼华文小说集》，谢梦涵、袁霓、茜茜丽亚的诗集《三人行》，严唯真主编的印华50位诗人合集《翡翠带上》，高鹰主编的《印华散文选》，林万里选编的《印华短篇小说选》，晓彤选编的印（尼）华14位诗人合集《骄阳下的歌声》，东瑞选编的《印华微型小说选》等。短短的十几年间，基础依然薄弱的印尼华文文坛一下子涌出了这么多的作家作品，的确令人感到振奋。

黄东平（1923- ），祖籍福建金门，出生于印度尼西亚加里曼丹岛。他一生以账房工作为职业，业余爱好写作、绘画和木刻。20世纪40年代末，他开始尝试写作，在50年代中期至60年代初、中期——中印（尼）友好时期，创作了大量的新诗，大多发表在中国大陆的刊物如《人民日报》、《人民文学》、《诗刊》、《光明日报》、《作品》、《上海文学》上，后来这些诗作由诗人自己结集为两册厚厚的手抄本《侨风》和《侨风二集》。这一时期的诗作，诗风清畅激越，主要以歌颂新中国和中印（尼）两国人民友谊为主。最能代表黄东平艺术成就的，是他于20世纪60年代中期以后创作的“侨歌三部曲”（第一部《七洲洋上》，第二部《赤道线上》，第三部《烈日底下》）。《七洲洋上》和《赤道线上》通过宏大的叙事结构和众多的人物形象，展现了荷印时代印尼华人社会的生活图景，其中既有居住在坷埠小镇中国人大街上各式侨众的生活史和奋斗史，也有荷兰东印度公司对印尼人民和印尼华侨的野蛮蹂躏和掠夺，印尼人民和广大侨众团结一致、同仇敌忾反抗荷印殖民当局的英勇斗争，以及华侨社会内部互相扶持、共度时艰的感人篇章。严谨的现实主义表现手法，使这部长篇小说被誉为“华侨史诗”和“现代华侨社会的‘艺术性’的小百科全书”，并以此奠定了黄东平在印（尼）华文坛乃至整个东南亚华文文坛上的地位。

阿五（1912—），原名李伟康，祖籍广东梅县，出生于印尼。中学毕业后考进中山大学预科，升入本科念化学工程专业，不久因家庭变故返回印尼，此后一直从事教育工作直至退休。著有短篇小说集《扑满》、《红珊瑚的故事》，小说散文集《杏子》、《人约黄昏后》等。他的作品取材颇为广泛，其中既有旧时代动荡激变中的中国农村的悲苦生活，也有日据时代印尼华侨华人社会的众生相；既有华校校园内青春年少的欢笑悲歌，也有琐碎烦冗的家长里短，从不同方面生动地反映了南洋社会的时代变迁。阿五笔下的人物，并不是什么指点江山、笑傲江湖的英雄伟人，多是一些生活在你我周围籍籍无名的邻里同事、亲戚朋友，但在阿五的笔下，却无不写得有血有肉、生动感人。

林万里（1938—），笔名林立，祖籍福建福清。他于印尼万隆清华中学高中毕业后到中国读大学，1962 年毕业于北京师范学院中文系。从学成返回印尼到 1965 年“9・30”事件前，林万里写过几篇短篇小说刊载于香港的《当代文艺》杂志上，但他更为倾心的是文学评论。他曾以“林立”的笔名写了一系列印（尼）华文学评论文章，为曾经繁荣一时的 20 世纪 60 年代印（尼）华现实主义文学贡献过自己的心力。到了 20 世纪 80 年代中期，辍笔达 20 年之久的林万里才又重新写作。这一时期，他主要以创作短篇小说为主，其间还兼作一些早期印尼华人马来由文学的翻译研究工作。著有短篇小说集《结婚季节》、《托你的福》，译著《印尼侨生马来由文学研究》等。尽管他创作的小说并不多，却以其独特的风格独步印（尼）华文坛。他善于运用夸张的手法和近于戏谑的语言，刻画出现实中种种滑稽可笑的言行举止，并借此讽刺和批判印（尼）华社会中的某些不健康现象。

4. 文莱

在东南亚华文文学的多元发展中，有必要提及以往很少有人关注的文莱华文文学。文莱直至 1984 年 1 月 1 日起才脱离英国的管制，获得真正的独立。但“不管在独立前或者独立后，除了短期存在的一份华文报外，就没有本国出版的华文报”[①]。所以，尽管早在 20 世纪 50 年代起文莱就有华文文学创作活动，但他们的主要发表园地大多依附于近邻东马砂捞越的几家华文报刊，如《美里日报》、《诗华日报》、《国际日报》，甚至是新马的《星洲日报》、《南洋商报》等。由于文莱华人人口稀少[②]，华文教育程度普遍不高，所以，早期的作品大多显得较为青涩，而且多是属于抒写家国之思的侨民文学范畴。独立以后，适逢世界范围的华文文学复兴，这大大地刺激了文莱华文作家的创作欲望和热情。他们主动与新马的华文报纸商借版位，编辑出版同仁作品；同时积极参与各种形式的世界华文作家联谊活动和学术研讨会，不断开拓视野，汲取创作养分。

20 世纪 80 年代以来，文莱的华文文学创作出现了可喜的变化。在题材的选取和主题的表现方面，既有文莱这个“和平之乡”恬静优裕生活的写照，也有和平安逸下透露出来的种种社会矛盾和隐忧；既有对多姿多彩的民族习俗的描绘，也有对华人文化归属问题的严肃

① 一凡：《东南亚华文文学选集·文莱卷序》，新加坡南洋理工大学中华语言文化中心 2001 年 1 月版。

② 截至 2001 年统计，文莱全国人口约为 35 万，华人占 15%，约为 5 万。

思考。在表现风格上，也打破了以往“一以贯之”的现实主义方法，出现了糅合着浪漫主义甚至现代主义的多种尝试。在他们的努力下，文莱华文文学不但融入了世界华文文学的大家庭，而且也引起了世界华文文坛的热切关注。傅文成的散文（如《避世圃随笔》），煜煜的小说（如小说集《轻舟已过》），一凡的诗歌、散文（如诗歌散文合集《洒向人间都是爱》）等，均为20世纪80年代以来文莱华文文学的新收获。

傅文成（1949—），祖籍广东陆丰，出生于文莱诗里亚。由12篇文章结集而成的《避世圃随笔》，是奠定傅文成在文莱华文文坛地位的代表性作品。《避世圃随笔》中各篇随笔的布局大致相同。作者预先设置了主人公“我”与“神”邂逅的场景，然后在真实的人与虚构的“神”之间展开对话，借此叙写“我”在避世圃内静思默想的种种人生主题。作者在这种追寻富于中华传统文化内蕴的精神家园的过程中，渗透着对人生的感怀、对佛禅的顿悟，读来让人回味无穷。

第四节　东南亚华文文学的文化母题

东南亚华文作家在长期的创作实践中，以母语——汉语的大背景为文化与审美之维，既认可母体传统文化，又渴念融入所在国的民族文化，既追慕文学的南洋地域色彩，又寻求作品应有的美学价值，并且在日趋多元化的发展中，凸显了具有东南亚华文文学独特性的文化想象和艺术叙事。具体来说，突出地体现在“文化母题”的演绎和叙写上。

一、文化母题之一：“望乡”

“举头望明月，低头思故乡。”割不断、理不清、化不掉的乡思乡愁，一直在炎黄子孙心中萦绕。走遍千山万水，历尽春暖冬寒，都走不出对故园山水的呼唤和眷念。乡愁是一种美学，“望乡”是东南亚华文文学中恒久的文化母题，然而，在不同的历史时段，作家们所“望”之“乡”又有着不同的指向和文化意蕴。

“羁鸟恋旧林，池鱼思故渊。”中华民族是一个乡土意识、家园意识极为强烈的族群。千百年来，中华民族依土地而生，男耕女织，自给自足。基于血缘关系、由长期的劳作方式和生活习惯形成的民族制度和宗法传统，在很大程度上影响和决定了中国社会及其意识形态所具有的特征，造就了极具乡土色彩的安土重迁的文化价值观念。在中国传统社会，无家可归一直被认为是人生最大的不幸，“家”对于中国人是一种“本位”，是安身立命和精神寄托的基础。这里所说的“家”，不仅是指现实意义的“家庭”，也包括“家乡”、“家国”。早期东南亚华侨华人是离“家”、离“乡”的一群，“终老还乡”、“落叶归根”对于他们来说，既是一种世代相传的生存观念，也是心灵深处“家”、“国”一体的意识存在。这样的一种意识，在相当长一段历史时期的东南亚华文文学中，具体体现为海外华人作家对那个赋予他们生命、充满着摇篮记忆的故乡——祖国的思念和认同。20 世纪初，受“五四”新文学运动影响而兴起的东南亚华文新文学初创阶段自不待言，以“剪稿”形式传播“五四”新文学，所“剪”之“稿”当然是来自中国国内，就连稍后在当地创作发表的作品，其题材、故事、人物、背景或风物人情、思想情愫，也大多是取自中国。到了抗日战争阶段，民族意识的高涨更强化了东南亚华侨对祖国的认同。抗日救亡文化、文学运动中出现的“不做亡国奴”、“抗日救国”、“保家卫国”中的“国”，无一例外的都是指向中国。“二战”结束后，中国作为战胜国的身份，同样强有力地提振了海外华侨华人的民族自尊心、自信心和归属感。直至 20 世纪 50 年代中期以前，“家”、“国”一体仍然是东南亚华文文学中含义明晰的情感指向。可以说，从萌芽初创阶段到战后初期 30 余年的东南亚华文文学，尽管其间也经过几次有关“南洋色彩”和“面向祖国”与“此时此地”的讨论，但是，从总体上来说，这一时段里的东南亚华文文学，大致上还属于“侨民文学”阶段，其情感依然离不开“挚爱家乡”、“效忠祖国”这根主线，作家们所望之“乡”还是那个赋予了他们童年与亲情、生命与人格，既是家又是国的实体之乡——中国。

20世纪50年代中期至70年代前后，由于时局的变化，越来越多的东南亚华侨加入所在国的国籍。这一客观环境的变动，促使东南亚华文文学由“面向祖国”的“侨民文学”转为“面向居住国”的“华文文学”，这是一个重要的历史转变。在这一时段里，华人活跃于经济、文化、社会诸领域，在取得骄人成就的同时，也逐步加强与居住国的进一步融合。然而，这种融合的进程，又是一个反复震荡、充满矛盾的过程。在很长一段时间内，许多华人并非主动，而是迫于现实作出的一种无奈选择——归化入籍。即使如此，他们中的不少人依然是“身入心未入”——在政治方面认同和效忠入籍国，在文化方面仍然坚持来自中国的民族传统，也就是国籍属于东南亚诸国，精神上仍归属于“文化中国”。当然，由于东南亚各国所采取的归化入籍的政策各不相同，这些政策对不同国家中华侨华人所带来的影响各有不同，华侨华人政治身份与文化身份的二重性，在很长一段时间里是明显存在着的。菲华作家紫茗的《卖身契》中，主人公阿丁一向视申请入居住国国籍为“卖身投靠”，但迫于现实的压力和生存的需要而又不得不宣誓归化入籍。作者通过对主人公复杂的心理活动的描写，极力表现血脉传承的民族感情与形势逼迫的现实之间的矛盾。从20世纪50年代中期起，也是在真正意义上的东南亚华文文学得以确立以后，东南亚华文文学所“望”之“乡”开始出现了分裂：遥远的祖籍国，是作者心中所向往的“精神家园”；作家所在的居住国，成了他们的祖国，承载着他们的事业和生命。从这个意义上来说，东南亚华文文学所“望”之“乡”，是二元之“乡”，既有给予他们事业与政治身份的居住国——入籍国，也有赋予他们血统与文化身份的故国——中国。泰华作家司马攻的以《明月水中来》为代表的那些“怀乡忆故”散文所叙写的，就是对两个“故乡”的依恋。他曾这样明白地剖析过自己的创作动力：“假如我不是身在海外，假如我少年时没有在中国居住过，假如我没有两个‘故乡’，那我也不会写出如此这般的散文。”[①] 菲华女作家施柳莺的散文篇章，其情感主线常常穿走于菲律宾、中国香港和福建之间，《家在千岛》的结尾处这样写道：“望断乡关知何处，烟波江上使人愁，我望断的是哪一个乡关呢？我的乡愁又在哪里呢？……中国，我生命的源头，美丽强壮高贵的祖国，我一生的眷恋，我爱您是毋庸置疑的，您永远是我的祖国，但您只是我一个遥远的梦。菲律宾，才是我天涯海角牵绊着的根，我心中永远的明珠……王彬街头，我是归人，不再是过客”，而“父亲那一代梦里不知身是客的游子心态已不再，父亲的落叶归根到了我们这一代已是落地生根”（《我的千岛我的家》）。此外，泰华作家白令海的散文集《小城残梦》，菲华作家林婷婷的散文《甜粿·椪柑·红包》，新加坡诗人周粲的《滴入唐诗的水》、原甸的《月的甜和咸》，印（尼）华诗人甘国荣的《故乡笛声》，马华诗人江天的诗集《神州如此多娇》等，所表达的都是这些已经归化入籍的华文作家对他们心中的“文化中国”的思慕之情。

随着岁月的推移，老一代华侨华人渐次退出人生舞台，新一代华族后裔渐渐成为东南亚华人社会的主力群体，再加上各所在国政府归化政策的不断完善，东南亚华人的住地归属意识逐渐加强。到了新旧世纪之交，东南亚华文文学中的“故乡”，已由昔日各有所指的“两个故乡”渐渐演变为指向蕴含着作家的家族繁衍、生命足迹与政治认同的“实体性故乡”——自己的居住所在国，而中国则只是承载着华族“集体记忆”所源、所依、所系的“精神性故乡”——华族文化家园。印（尼）华女作家明芳在《淡淡的乡愁》中直言：“我出

---

① 司马攻：《这是一个梦外之集——〈明月水中来〉自序》，见司马攻：《司马攻文集》，厦门：鹭江出版社1998年版，第13页。

生在万隆市，养儿育女也在万隆市，把美丽的万隆市当成了自己的家乡。”然而，遥远的广东梅县松口瓦窑崖村这个父亲口中的唐山老家，这个“从来没有去过的地方，只因为父母亲在那儿出生，竟也成了我的故乡”，成了她年届半百之后心中的牵挂！女作家张颖笔下的《故乡的小路》中的“故乡”，并不是祖籍国闽南的乡下，而是她的童年故乡印尼西加里曼丹山口洋市郊区小镇。刘昶的《故乡的小竹桥》，开篇第一句便宣明：“万隆的东郊，是我的故乡。”新加坡新生代作家梁文福在抒写华族、祖国的散文中，所有关于“祖国”的言说，其指向已经是他生于斯长于斯的新加坡（如《我是一抹风采，我是一整幅画》）。

早期东南亚“华侨文学”时期的乡愁，多是吟唱漂泊游子的孤独与苦闷。“故乡”一词，主要指向作家心灵所依的祖国——中国。在这个意义上，“故乡”也就是“故国”，“乡愁”也就是“国愁”；“乡”与“国”具有重合性、一体性；到了完成蜕变之后的东南亚华文文学时期的“乡愁”，则多以一种精神性的双向的方式出现，作家们的“身在之国”与“魂在之国”各有所指，其所“望”之“乡”也变得暧昧复杂起来；到了新旧世纪之交，原来的那种暧昧分离的“两个故乡”，逐渐变得明晰起来，“故乡”已经变身为赋予他们生命和事业的根基所在的居住国。这时的“故乡”如若指向中国，则主要是指“文化中国”的渊源所在，即海外华族的文化精神家园。

二、文化母题之二：“异族交往”

东南亚国家的华人族群，都是所在国的少数族群，“族群混居”已成为他们重要的生存状态和生存经验。东南亚华文文学的“异族交往”母题，是指作为少数族裔的华人作家在“族群混居”的语境中，对复杂、微妙的“混居经验”的感受、想象与表述，是他们以文学方式，与各种“他者”文化进行交流的一种积极努力和追求，或者是他们期望通过文学方式，实现对作为少数族群之一的自我族群的一种言说方式，这是一种不同族群的文学与文化的互动。

“异族交往”作为一个文化母题的文学表现，不同国家的华文文学书写因国情不同和现实的变化，以及作家个人的旨趣差异而有所不同。但从东南亚华文文学的整体看，有两种比较突出的类型。

一是“俯瞰型”。

在东南亚一些国家早期的华文小说中，这种“俯瞰型”族群姿态往往是通过对异族的“可视”性特征——生理特征、生活习性，尤其是肤色特征、衣着方式的某种程度的渲染来实现；同时这种“俯瞰型”族群态度还体现在对异族的思想观念、价值取向、性格特质等“不可视”的特征的充满文化优越感的评价上。在马华小说中，早期印度人的形象大多是以“邪恶”者的面目出现的。如冷笑的《热闹人间》[①] 以及商晚筠的《洗衣妇》中直接或间接地描写的都是酒醉后逞气互相打骂的“吉宁仔”。在菲华文学中，在表现异族女性“热情”、“奔放”的同时，又常常突出她们缺乏贞洁的观念。莘人的小说《芒果》，以“芒果”象征不能带来真正爱情的异族女性；而作品中的异族男性则是被写成好吃懒做、没有责任心的一群人。明澈的《春天的梦》，写出身为商人、家境很好的华人男主人公，因在大学里常与菲律宾同学混在一起，染上了喝酒、玩女人等恶习，从此沉迷下去，最后被赶出家门，不得不走上借债度日的道路。这些“异族交往”的叙写，在生活中不无真实的一面，但也自觉不自觉地表现了作家在塑造“异族”形象、叙说“异族交往”时，那种“他”不如“我”的文化优越感。

由于在东南亚的华人社会中，确实存在着某种“俯视”异族的文化心理——这种现象在上层的老一代华人中表现更为明显——因而华人常常在子女的婚姻问题上，制造了许多“异族交往”的悲情故事，这些也成了华人作家反思、创作的题材。如菲华女作家范鸣英的

① 冷笑：《热闹人间》，《南洋商报》副刊《海丝》，1927年10月17日。

小说《同是等待》，写的就是男主人公威立爱上了自己母亲所不能接受的“番仔婆”。威立既不愿违逆母亲，又无法放弃对玛莉蒂丝的感情，于是瞒着母亲和她同居，还和她生了一个可爱的小女孩。威立每天下班以后，就必须心力交瘁地去兼顾这两个他都不愿意割舍的家。他从心里痛恨这种种族的偏见，认为这都是“种族偏见惹的祸”。作品通过威立所面临的窘境和他所忍受的痛苦，反思了华人在“异族交往”中排外的思想观念。菲华女作家佩琼写的小说《油纸伞》，也是一个由民族歧视、文化隔阂造成的爱情悲剧。女主人公珍妮是中菲混血儿，她与男主人公文斌情投意合，却因民族、血统的差异，遭到文斌母亲的极力反对，珍妮只能含怨离去。在作品中，珍妮曾自嘲地向文斌诉说：“自己的悲哀是马铃薯，不管怎样努力、向往，不管内里怎样黄了，外面仍然是褐色的。”当文斌回答说：“世界人种类多，凡有优越感，就会重视皮肤的颜色。”珍妮于是悲愤地自问：“难道要我剥皮不成？但是，没有它，我非我。”珍妮所说的内里的“黄”，是指她自己继承父亲的华人文化传统，外面的“褐”是指她的肤色。作品里的油纸伞，是父亲留给珍妮的，象征着中华传统文化。珍妮最后给文斌的留言“可惜油纸伞挡不住风吹雨打”就喻指自身的“华化”仍无法与世俗的种族偏见抗衡。作者借助这出凄楚无奈的爱情悲剧，批评了华人传统文化中那种片面的自大和优越感。

二是“和谐型”。

随着华人逐渐融入当地社会，华族与当地各民族在同一块土地上生活，日益相互了解，东南亚华文文学中更多出现的是“和谐型”的“异族交往”叙说。

这种“和谐型”的“异族交往”，在泰国华文文学中表现得更为突出。作为泰国多元民族文学之一的华文文学，曾有过两度的繁荣，一是 20 世纪 50 年代中期到 60 年代中期，另一是 20 世纪 70 年代末期到 80 年代。这两个时期小说创作的数量相当多，影响也较大。这些小说，大多是取材于当时当地的社会生活，虽然主体是泰国华人社会的现实生活，当中也有不少是表现华泰两族人民的情谊的。如范模士的《尽在不言中》，写一个失业的华人知识分子在生活的逼迫下走投无路，在困境中意外地得到一个素不相识的泰人“的士”司机的帮助，表现出彼此之间的真情和友爱。又如陈博文的《咆哮的森林》，通过小说里一个泰人之口，描述了华泰两族的和睦相处：“现在还分什么唐人泰人？实际上已经分不清了，听说从前这里是老一辈唐人骑象进来开垦的。”在1993年出版的《泰国华文小说选集》所选的29篇作品中，就有若干篇是反映华人和泰人、印籍人等的交往、友谊和爱情，都写得很有特色。如红缨的《幸福的罪痕》，就是一篇写“异族交往”、有感情张力的小说。作品里的男主人公专坤是泰人，女主人公柿素是“正唐人”（华人），在各自有所失落之后相遇相识，惺惺相惜，带着满腔的情愫，打破心灵的围墙，结下了一段用血泪酿成的姻缘，整个作品在人们心中引起的感情反应是强烈的。又如李栩的《漠漠的印阇》写一对华人夫妇在火车上遇到困难，得到一个素不相识的印籍人的热情帮助，此后还建立了深厚的友谊。黄自然的《从监狱里出来的人》叙述一个犯过错误的泰国青年，出狱后难以为生，在一位华人老板的帮助下，找到自己在生活中的位置。这些作品写的都是华泰两族民间交往的故事，折射出了中华文化在异国的际遇和中华文化对“异质”性文化的包容。

在东南亚其他国家的华文文学中，也有不少此类的叙说，如菲律宾女作家黄梅的《齐人老康》，男主人公老康是一个移民菲律宾二十几年的华人，而和他共同生活的女人玛丽娅，是一个菲律宾人，也是六个孩子的妈妈，她全心全意为老康操持一切家务。在家庭最困难的时期，她支持老康渡过难关，为了孩子们的教育，她四处奔波，辛勤劳作。她和老康在一起，不仅不存在明显的文化隔阂，还显示出华族和居住国人民文化心理的彼此交融。

在马来西亚华文作家陈绍安的《古巴列传》中，“吉宁仔”——古巴是与华人同生共死的患难兄弟。古巴出生在华人集居地槟榔屿的贫民窟，从小和华人孩子一起玩耍，长大后上了大学，是一个知识精英型的印度青年，能说一口流利的英语。当政府要强行拆掉华人的木屋（槟榔阿当）的时候，他用流利的英语和华语据理力争，俨然是华人区长大的“黑色硬汉”。

应当指出，上述两种类型也随着现实和文学自身的发展在不断变化。菲华女作家陈琼华的小说《龙子》，写了一个两种文化混合在一起的家庭，华人陈中俊来菲律宾40多年，同妻子亚玲依省结婚22年，养育了一对子女。陈中俊受过传统文化教育，内心充满海外游子的乡愁，他对儿子不愿讲中国话、认中国字十分失望；他平时也不愿按菲律宾的礼仪行事，结婚多年都没到过亚玲依省的娘家。亚玲依省“体谅他永远带着炎黄子孙的矜持”，从不跟他争吵，但在孩子教育和亲友交往的问题上，却明显存在两种不同民族文化的碰撞。后来，妻子说服丈夫回她娘家参加乡村的迎神赛会。陈中俊随亚玲依省返乡，具有某种隐喻意味，它是华人深入异族族群亲身体验异族文化的过程，是两种不同文化直接“对话”和“沟通”，为华人价值观念和文化习俗的自我调整提供了契机：陈中俊在妻子亚玲依省的“示意”下履行异族的见面习俗——即亲吻她土著母亲的手背；见识了妻子的土著兄弟的丛林生存本领；切身体验了土著纯朴闲适的乡下生活；在妻子潜移默化的影响和亲眼所见的基础上，对他们毫无财富积攒观念，一有空就聚会喝酒赌博的生活习性虽然费解但已不再鄙弃等，这些都体现了华人价值优越感的自我调整。在这次旅行中，夫妻俩还在儿子教育上达成了共识。这就说明，两种不同文化相遇和碰撞时，如能相互理解和尊重，同样也可以达到和谐。

以上两种类型是东南亚华文文学“族群交往”叙写中较常见的，但不能因此忽略或遮蔽了具体文学作品中其他各种“族群交往”的艺术叙事。如菲华女作家亚蓝在小说《英治吾妻》中，塑造了一个菲律宾“黑鬼婆”形象，她是华人主人公培叔的“番妻”，但培叔在唐山还有结发妻子英治。培叔迁居菲律宾多年，从出卖体力到当上小面包店的老板，是与“番妻”千辛万苦才做到的。由于在唐山的妻子英治来探亲，三个人的心里掀起了一场错综复杂的心理战。“黑鬼婆”既勤俭耐劳，也很有心计，时时让英治记住自己的“临时游客身份”，并从各方面让英治知道她和培叔是经历了多少艰苦才建起这个家的。英治承受不了这些心理压力，提早回国，不久就得病去世。这个作品里的“黑鬼婆”能同培叔共同生活，是因为他们能互相理解、扶持。作者没有把英治的死归罪于“黑鬼婆”，也并没有完全从自身文化出发去塑造“黑鬼婆”的形象，表现了一种新型、兼容的文化观。[①] 又如马来西亚女作家李忆莙的小说《风华正茂花亭亭》，写的是北印度女子玛妮同华人周承安的爱情、婚姻悲剧。他们年轻时能冲破文化教育障碍，相爱结婚，但在家庭生活中，妈妮所受的西化教育和高层社会背景，使她常常有意无意地“俯视”周承安，而周承安内心深处那种华族的“妇道”观念，也使他难以接受玛妮的思想行动，最后导致婚姻的破裂，反映了两种不同文化的撞击和阻隔。

当今世界，随着“同住一个地球村”的观念渐渐深入人心，在不同地区，族群交往也日趋频繁，东南亚更是如此。文化上固然会有撞击，但族群已不再阻隔，交往促进交流，互动促进融合，这一切将有益于对其他民族文化资源的借鉴与吸取，有益于表达各自的精神诉求，有益于你中有我，我中有你，取长补短，共生共荣。自然，更有益于不同地区、不同民族的文化、文学的多元发展。东南亚华文文学也将在“异族交往”与融合的潮流中更加独树一帜。

第五节　东北亚华文文学

在世界华文文学的版图上，东北亚（主要是日、韩）华文文学

① 饶芃子：《菲华女性写作的文化精神》，《香港文学》1995 年第 5 期。

具有不可替代的地位。在历史上，东北亚地区与东南亚地区一样，长期处在以汉文化为中心的东亚文化圈中，与中国文化、文学有着深厚的渊源关系。

一、日本、韩国与中国的文化渊源

中日文字之交，始自公元2世纪，可谓源远流长，史不绝书。秦皇时，徐福带领三千男女渡海以寻“不死之药”的传说，日本遣隋使、遣唐使西来与中国高僧鉴真东渡，为两国的文化交流作出的拓荒性贡献，在中日民间已广泛流传。到了近代，日本明治维新的成功，又刺激了中国人向东邻学习的热潮，日本成了近代史上不少中国留学生的首选之地。从梁启超、陈独秀到周树人（鲁迅）、周作人、郭沫若、郁达夫、郑伯奇、穆木天、胡风、成仿吾、田汉……留日学生几乎占了新文学的“半壁江山”。这一时期，留日学生作家不仅创作了以日本为背景的一系列作品，也向中国读者翻译、介绍了一些日本的作家作品（如武者小路实笃、厨川白村、田山花袋、岛崎藤村、二叶亭四迷、佐藤春夫、横光利一等），日本现代文学与中国现代文学进入了卓有建树的互动期。而在日据时期，曾留学日本并留下作品或在日本得过文学奖的中国台湾地区作家，则有叶荣钟、杨逵、杨云萍、吴新荣、杨炽昌、翁闹、王昶雄等人。

朝鲜半岛由于其地理位置与中国相连，它所接受的中国文化影响，与同处于汉文化圈的亚洲其他国家（如日本、越南等）相比，更为深广。

大约4世纪初，即半岛上三国（高句丽、百济、新罗）并存的时代，汉字就传入半岛。至14世纪，高丽朝统一半岛以后，更大规模吸收中国文化、文学。直到公元15世纪，才创制出韩文，即“乡扎标记法”。用汉字记录的最早的韩国诗歌，是高句丽琉璃王所作的《黄鸟歌》。新罗王朝时期，出现了杰出的诗人崔致远，他在韩文学史上被誉为汉文文学的鼻祖。崔致远在唐朝时来到中国，潜心钻研汉诗技艺，取得了较高的成就，其代表作为《双女坟》，还有《秋夜雨中》、《江南女》及《啸风吟月》等。汉文文学在高丽文坛可谓独领风骚，还出现了李奎报、李齐贤等名家。李奎报写下汉诗数千首，对李白、杜甫推崇备至；李齐贤游历过中国很多名山大川，也是高丽文坛上最重要的词家。“二李”的成就，都与他们深湛的中国文化修养、儒家道德的承传及在中国的丰富阅历有关。

李朝时期“歌辞”的代表郑澈，被称为“朝鲜李白”。传奇文学泰斗金时习的代表作《金鳌新话》是用汉文写成的，素材虽取自韩国传说故事，颇具民族特色，但文体与写作笔法，则深受中国唐传奇以及明代瞿佑《剪灯新话》的影响。而从李朝中期金万重的《九云梦》中，也能看到其与《金瓶梅》、《太平广记》的隐约联系。《春香传》则有“朝鲜《西厢记》”之美誉。

一个多世纪前，韩国就有了旅韩华侨。20 世纪 50 年代朝鲜战争后历届韩国政府的政策都限制华侨的发展，甚至歧视华侨。在韩华侨 60 年代有 12 万多人，60 至 70 年代之交陆续移民至美、加等国，或回台湾，人数锐减至 2.3 万。到 1992 年中韩建交后逐年增加，目前在韩华侨约有 20 多万人。不过，对于华文文学，华侨社群却无力推动，虽曾有《韩中日报》、《韩华春秋》、《韩华月刊》等华文报刊，却很少刊登华文文学作品。有的办不多久也就停刊了，令人有“华文沙漠”之叹。只有个别汉学家坚持用韩汉双语进行创作，这就是在韩国和海峡两岸都有很高知名度的许世旭。

第二次世界大战结束后，韩国政府在光复以后废除汉字。由于历史、文化、政治等方面的种种原因，目前韩国的华文文学，在整个世界华文文学的格局中，显得相当薄弱，只有极少几份华文报刊，文学创作活动几近荒芜。

总体来看，虽然同处亚洲，东北亚的华文文学和东南亚的华文文学相比，还比较冷清，作家、作品都不太多。愿假以时日，这种状况会有所改观。

二、当代日本华文文学

20世纪50年代以后，中国大陆一度被迫“闭关锁国”、自力更生，加之“二战”期间中日战争的阴影，中日之间的文化交流受到了相当大的影响，也较少出现旅居日本的华人作家，倒是有一些由中国台湾地区旅日的华人作家，在日本成就了一番文学事业。陶晶孙、司马桑敦、陈舜臣、邱永汉等人为其代表。

陈舜臣（1924—），祖籍台湾台北县新庄，父母均为台湾人。自小在父祖辈的督导下学习《三字经》等中文启蒙书，家中订有《申报》（上海）等中文报刊，为陈舜臣打下了最初的汉文基础。后考入大阪外国语大学印度语系，兼修波斯文、英文等。他创作的系列小说，多是取材于在日中国人的故事。1961年，他的第一部小说《枯草之根》发表后，一举夺得第七届“江户川乱步赏”。《枯草之根》是一部侦探小说。它的主人公是在日中国人，情节穿插着友情与谋杀。它的出现，颠覆了西方所谓“推理小说中不能有中国人”的无理戒规。之后，陈舜臣又连续发表了《三色之家》、《割破》、《愤怒的菩萨》等多部推理小说，1969年发表的《青玉狮子香炉》，获得“第六十届直木赏”这一日本大众文学的最高奖赏。除了推理小说，自1967年试作《鸦片战争》起，陈舜臣又将创作的重点移向历史小说写作。他的历史小说也多从中国历史取材，著有《太平天国》、《诸葛孔明》、《耶律楚材》、《成吉思汗一族》、《曹操、曹魏一族》、《孔雀之道》、《秦始皇》、《郑成功》及《中国五千年》等160多种，其中尤以《小说十八史略》（六卷，后改为十二卷）最为畅销，自1977年出版以来已发行100多万册。日本讲谈社刊行有《陈舜臣全集》（27卷）。在日本文坛，陈舜臣被公认为一代推理小说与历史小说巨匠。至今，两岸已出版他的中文译作多种。

人在日本，以观察思考中国历史为创作范本，是陈舜臣创作的灵魂所在。由于历史上中日两国交往甚密，同属汉文化圈，正如他推理小说笔下的人物往往在寻找自己的身世一样，由历史命运转换所引起的漂泊感，成为他基本的创作主题。他甚至认为，历史小说，广义地说也是一种推理小说。在这种小说观的指导下，他的历史小说重视情节铺陈与场景转移，真实的历史背景、历史事件、历史人物与虚构的人物相绾结，虚实相生，相激相荡，由此营造出小说的悬疑张力。

陈舜臣的代表作《青玉狮子香炉》，是一部10多万字的推理小说。它以北平故宫博物院珍宝辗转南迁为情节背景，以琉璃厂古物商店“润古堂”的玉雕师李同源与他亲手制作的青玉狮子香炉的命运为主线，交织着李同源与素英、庄念伟的感情纠葛。当初“润古堂”老板王福生答应为清废帝的宦官制作赝品，后因病交由徒弟李同源雕制。真品原件已被宦官盗卖至美国华盛顿。而李同源所制之赝品，后却被作为真品列入故宫珍宝，在中日战争前即随大批文物，从北平到南京、上海、徐州、宝鸡、重庆、成都、安顺等地，最后在1949年又渡海运送到台湾岛，历尽艰难。但在抵台湾后的清点中，青玉狮子香炉却杳无影踪，只有一件制作粗劣的赝品。而此时距李同源上一次在上海仓库见到香炉，已时隔17年之久。青玉狮子香炉，究竟在何年何月何日的哪一个环节被盗，已成悬疑。

作为一部推理小说，《青玉狮子香炉》也许可以作多种推理与解读、释疑，从1920年“润古堂”开张的北平，到20世纪50年代初迎来众多珍宝的台湾，其所显示的背景，正与现代中国最动荡的一段历史相始终。而贯穿小说的文物——青玉狮子香炉，其实具有更深的寄托。李同源几十年心之所系就在这只香炉，这是他情系中华文化传统的真实写照。而以赝品呈现的李氏香炉俨然成为“真品”被盗，假作真时真亦假，真假莫辨的文物，真假莫辨的历史，真假莫辨的感情，纠集在一处，令人感叹和欷歔。什么是历史的真相？谁能决定历史的真相？重重悬疑给读者提出了启人深思的问题。

青玉狮子香炉从问世到失踪，李同源与素英都是亲自目击、亲身经历的。小说展开的同源与素英、念伟之间的感情纠葛，虽未放开笔墨淋漓挥写，却也构成了小说中另一条潜在的线索——曾经用体温（甚至让同源触摸乳房）以激起同源创作激情的素英，其实与青玉狮子香炉二位一体，你中有我，我中有你。在李同源的感觉里，青玉狮子香炉不仅是他的一个雕刻作品，也是他所爱慕的女性——素英的化身；在另一层面上，也可以视为中国传统文化的一个象征物。香炉的失踪，影射了中国传统文化的式微命运，而香炉的身世（“真”抑或是“假”），折射了历史存在物的身份、身世和命运，在历史大潮的淘洗下，真假之间似乎并无鸿沟。这或许是小说想要给予读者的最重要的启悟。

小说明似写物（香炉），实为写人（同源、素英），更是写历史，这也正是陈舜臣的推理小说之所以蕴含浓厚的历史文化氛围，并呈现出独特魅力的所在。不仅《青玉狮子香炉》是这样，他的一系列推理小说、历史小说，也都贯穿着这一个基本主题，追寻人物的身世之谜，并以此追寻历史之谜。

与陈舜臣的成功之道有某些相似之处，与他同庚且有一半日本血统的邱永汉（1924—），从中国台湾到日本留学并移居以后，也先是以日文文学创作引人瞩目。早在1954年，他就以自己的生活经验写成长篇小说《香港》，次年即荣获日本夙负盛名的最高文学奖“直木赏”，是第一位获得该奖的外国人。他还有和陈异曲同工的地方：陈在1984年写过《日本人与中国人》，邱也对“日本人与中国人的比较观察”情有独钟，其作品《中国人与日本人》（1993）甫一出版，即登上台湾畅销书排行榜。此外，他以作家兼经济评论家身份所撰著的一系列财经理财书籍（如《生意入门》、《股票入门》、《邱永汉赚钱秘诀》、《日本飞跃成长的奥秘》等），更是很多企望致富的台湾人争购的读物，他甚至被称为“理财之神”。另一位在日本住过10年之久的中国台湾《中央日报》记者潘焕昆，曾任职于日本的公司，在20世纪70年代初出过一本《日本与日本人》，用“比较观察”的视野，剖析日本人之长短，亦颇具识见。

有过居日经验的台湾文人，还有王育德、戴国辉、施翠峰、庄伯和、林水福、王孝廉、张良泽、黄英哲等。其中有两位女性的文字，极富个性而又互不相似，一位是林文月，一位是刘黎儿。学者林文月在20世纪70年代曾游学日本，著有《京都一年》一书，详叙在京都观赏舞伎、都舞、祈园祭，游览庭园、书铺、市集、汤屋等各类见闻，记奈良正仓院、京都茶会、神户东方学会、桂离宫、唐招提寺、谈空海、鉴真乃至“我所认识的京都的三位女性”等，颇见文化气息与学院氛围，笔致优雅。刘黎儿是《中国时报》驻日特派员，居日有20多年之久，20世纪90年代末以《东京风情男女》、《东京爱情物语》、《黎儿流》等书，在台湾地区新生代的“哈日”潮流中风靡一时。刘黎儿观念前卫，文笔灵动，被视为“日本文化与情爱观察女作家”，开辟了观察日本的一个角度。

日华写作形成一种规模，则是在20世纪90年代。虽然早在1982年，有30多位日本华文作家组织成立了“留日华文作家联谊会”，也创办过《东京》月刊（综合性的文化刊物），但文学创作乏善可陈。10年以后，由孙立川、王中忱、李长声等一批新一代中国留学生主事，出版了文学刊物《荒岛》，发表了旅日作家的不少优秀之作，以后又有秦岚、刘燕子、丁厥等编辑出版了《蓝》这样的汉、日双语刊物，推波助澜，一时间颇有一番气象。与此同时，《留学生新闻》、《中文导报》等陆续创办，成为在日本影响很大的中文报刊。而与《北京人在纽约》堪称姐妹篇的《上海人在东京》（樊祥达，作家出版社，1992）的出版，一批以旅日、留日华人生活为背景的作品的问世，如《日本留学一千天》（小草，世界知识出版社，1991）、《中国留学生心态录》（吴民民，上海文艺出版社，1991）、《东京的诱惑》（葛笑政，军事谊文出版社，1992）、《上海新贵族》（樊祥达，中国青年出版社，1992）、《日本啊，日本》（曾樾，人民文学出版社，1992）、《月是故乡明——北京姑娘在东京》（李蕙薪，北京十月文艺出版社，1993）等，把人们的视线引向了“一衣带水”的邻邦，日华文学真正开始进入大陆读者的视野。

从20世纪80年代中期到90年代末期，日华文学进入了一个快速发展期，涌现了蒋濮、莫邦富、黑孩、李长声、华纯、郑芸、龙升、田原、林祁、李兆忠、董炳月、李晓牧、王敏、阿洋、杨文凯、张石、刘燕子、秦岚、旻子、晓凡、李佩、张超英、龚志明、中发、班忠义、晓峰、李占刚、杜海玲等比较活跃的新移民作家，还有像毛丹青、叶青、唐亚明等用日汉双语写作的华人作家，他们都来自中国大陆。蒋濮的《东京没有爱情》、林惠子的《东京：一个荒诞的梦》、业枫的《天涯风尘记》、金烨的《烟雨东京》、张石的《东京伤逝》、田原的《红薯窖》等则是小说创作中较具代表性的成果。

蒋濮（1952—），上海人，父母均为大学教授，20世纪80年代初在安徽大学攻读生物学硕士，未去日本之前，在国内文坛已初试啼声。20世纪80年代中期赴日后，异国的所历所感，强烈地冲击着她的内心，她接连写出了《不要问我从哪里来》、《东京没有爱情》、《东京恋》、《异缘》、《绿太阳》等中短篇小说。她的作品多以异国情恋为题材，凝聚着她对旅日、留日华人当下生活的反思。

莫邦富（1953—），上海人，曾任上海外国语大学讲师，1985年起留学京都大学、东京法政大学，后当过记者，办过事务所。1992年发表处女作《独生子女》，写过大量文章，散见于日本的华文、日文报刊，出版《新华侨》等书。2002年出版自传体作品《这就是我爱的日本吗？——新华侨30年的履历书》，引起了广泛关注。他所提出的“新华侨”概念，产生了很大的影响，莫邦富亦被认为是“新华侨”作家的代表人物之一。

毛丹青毕业于北京大学，赴日后，以对日本的深度观察和独到见解写成的《日本虫眼纪行》，一举获得1999年日本第二十八届“蓝海文学奖”。毛丹青有他自己独特的立场，用他自己的话说，是“借你的剑攻你的心”，其犀利与特异，在旅日作家中并不多见。有人称赞他是“在日常生活的细枝末节中发现了真正的日本”，文笔是“日本人的情调，中国人的逻辑”。日本的中国文学研究者藤井省三称他是“最富感性与悟性的知日派作家”。

张石的《东京伤逝》通过几对华人夫妇来日后生活经历和内心世界的描写，揭示了由文化冲突带来的人格扭曲与裂变，以“伤逝”二字道尽了边缘状态的新移民的痛苦。

华纯的长篇小说处女作《沙漠风云》是一部环保题材的作品，小说中人物有日本、俄国、非洲等多种背景，视野开阔，有凝重的思考，表现出女性写作少有的阳刚之气。其短篇小说 *Good - bye* 曾获“盘房杯世界华文小说优秀奖”。唐亚明的《翡翠路》则获得了日本第八届“开高健文学鼓励奖”。龙升的小说《博士硕士不是》，以调侃中见严峻的笔调，把一些拥有高等学位、内心却并不美好的留学生价值观的紊乱、人生观的沉沦，揭示得针针见血，酣畅淋漓，有相当的可读性。郑芸的《往事》，展开的是叙事者“我”在日本打工时与周围日本人相处的“往事”，有切实的感受与生活繁琐细节的描写，各种各样的日本人在她笔下被刻画得栩栩如生，能在不动声色处让读者自会动心。文萍写有似幻似真的《黄金感觉》，详述女主人公“爬洞”的过程，“洞”似乎是一个隐喻，依稀折射出在日华人的日常处境，东瀛就在脚下，一切都必须面对。而田原的小说《红薯窖》，则是人在东瀛、心念中原的记忆华夏之作，以童稚的目光、忆往的视角，把一个储藏红薯的地窖写得有如童年的“天堂”，也未尝不是一种国族的隐喻。

在散文、杂文、小品、随笔、游记等领域，日华作者也有不俗的表现。孙立川在日本的足迹遍及京都、神户、东京、名古屋、北海道、仙台、冲绳，他的《伊豆之旅》、《北海道文学纪行》、《松尾芭蕉故乡行》诸篇，表现了对日本文化与中日文学交流的深切关注，学、识、才、情俱现于笔端。著有《东瀛过客》、《暧昧的日本人》的李兆忠，长于捕捉生活中的细节，善加铺陈，对日本生活的方方面面，观察甚深，颇有独到的心得。董炳月数度游走于中国和日本的学府与研究机构之间，从一个特定的角度透彻地呈现出一个真实的日本。他们后来虽已离开日本回国，但都在脑海中留下了不灭的东瀛记忆。

中日两国的文化比较并不是个新颖的选题领域，但书写者每能翻出点新意。来自中国东北的李长声，在日本的实地观察，能见人之常见而又能言人之未言。《日本闲话三题》中谈“天狗”，广引《山海经》、《日本书记》、《日本灵异记》、陈寅恪批注《旧唐书》、《和汉三才图会》、柳田国男语等所记述，可见作者的腹笥之富，允为日本之通人。如果说李长声似乎有“考据癖”的话，那么杨文凯则更多地关注现实的日本和身边的日本人。他的《见证城市细节》、《善解人意》，都是撷取现实生活中的某些细节（街边车站的伞架，空姐送咖啡杯的动作之类），比较中日的不同，肯定生活中一种善解人意的因素，为营造更和谐、更友好的人际关系而努力，“勿以善小而不为”，才能在现实的社会生活中增添更多生活的情趣和人性的亮点。

21 世纪以来，日华文学仍有新的进展。2000 年 8 月在日本创刊的《蓝・BLUE》，是一本特立独行的文学刊物。深蓝纯一色的封面，让人想起日本海的波涛和晴空。它以前后各半的篇幅刊登华文、日文双语作品为版式，作者遍及全球各地，在中日文学交流的道途上，可谓另辟蹊径。创作、翻译、评论、文讯多管齐下，显示了同仁们的独特理念与追求。秦岚和燕子（刘燕子）以及丁厥（晓峰）、李占刚等这些《蓝・BLUE》的同仁，在编辑的同时，也多有创作。秦岚文风峭拔，思路别致，常能在平常话题上推陈出新，《死就在隔壁》、《过年》就是如此。燕子的文笔则更多感性色彩，体验细腻，书写自然，也有她的一番面貌。

此外，专门介绍日本文化的杂志《知日》在 2011 年 1 月的创刊，日本华文文学笔会（会长为日本法政大学教授王敏，副会长有作家华纯、国士馆大学教授藤田梨那、三重大学教授荒井茂夫等）在 2011 年 12 月的成立，也都为日华文学的发展注入了新的活力。

值得一提的是，近年杨逸的创作引起关注。杨逸（1964—），女，原名刘巧，哈尔滨人，1987 年赴日，毕业于御茶水女子大学，做过记者，教过书，业余写作。2008 年，她的日文中篇小说《时光氤氲的早晨》继其处女作《小王》于 2007 年获得“文学界新人”奖后，又获得了第 139 届芥川奖，杨逸是日本这个顶级的文学奖设立 73 年以来首位外国人得主。《时光氤氲的早晨》（又名《时光渗透的早晨》）描写两个中国北方的男孩——梁浩远和谢志强（其中一个去了日本，一个还在中国）的命运和心路历程，尤其表现前者对生活的热爱与人性的顽强，是一部尽显人生苦恼与悲喜的青春小说。它的特色在于既是中国题材，又颇具日本风味。

总体来说，旅日作家创作的中轴有二：一是关于他们当下所处的地域——东瀛扶桑，可名之为“想象扶桑”；一是关于他们所来自的故国——华夏九州，可名之为“记忆华夏”。“想象扶桑”与“记忆华夏”构成了他们取用不竭的写作资源，诉说着数千年的传统与现实、恩怨与情仇、向往与厌恶、拼搏与挫折、融合与排拒……在这里留下了无数“东渡人”的足迹与心影，不仅丰富了留学生文学，也充实了跨国界的华文写作，还成为世人观察中日两国历史与现实的一个借镜。

中日两国曾经有过漫长的友好交往的历史，但近一个多世纪来，中国却屡受日本的侵略欺凌，因此华人对这位海东的邻居，不免有既近又远、欲迎还拒的心理，这在留日、旅日、居日的华人内心表现得更为直接。正因为如此，在华人文学作品中，大和民族与盎格鲁撒克逊人就有不同的面目，“上海人在东京”也就有异于“北京人在纽约”，一个与母族文明如此相近的异民族，那种“熟识的陌生人”既切近又怨恨的感觉竟如此强烈。尽管日本曾有过“和魂汉才”之识，却又有“和魂洋才”、“脱亚入欧”之念，其与中国的“中学为体，西学为用”、同文同种等理念其实相距甚远。从这样的角度去观察，东北亚（日、韩、朝）华文文学，与东南亚华文文学、欧美华文文学、大洋洲华文文学，就有着明显的区别，同中之异的文化冲突与碰撞，其实是更为深沉而微妙的。

三、韩国的华文作家

在韩国，坚持用韩、汉双语进行创作，被称为“唯一能用中文创作的外籍作家”的许世旭，是东北亚华文文坛上的一个“异数”。

许世旭（1934—2010），曾用笔名许素汀，出生于韩国全罗北道任实郡。祖父长期从事汉学工作，著有汉文书籍多种，但拒绝参加科举考试。叔祖在韩国最后一次科举中，荣膺状元。出生在这样一个以汉学为家学的家庭，“家规是非常儒家的”，父祖辈认为用不着念西方的学问，应该读深具价值的中文。许世旭从小即在家塾中诵读中国儒家典籍，自 1950 年至 1952 年年底近三年的时间里，在叔祖和老师的敦促教导下，从“千字文”开始，再学朱熹的小学，每个季节换课本：《资治通鉴》、《诗经》、《书经》等及唐宋诗文。1954 年考入韩国外国语大学中文系学习，1960 年 7 月通过“中华民国教育部之外籍学生奖金学生选拔考试”，同年 11 月赴台湾师范大学国文研究所，连续攻读硕士、博士学位。1968 年 12 月以学位论文《韩中诗话渊源考》获博士学位，回国后任职于韩国外国语大学中文系，曾担任中国研究所所长、中文系主任、东方语文学院院长、高丽大学教授等职务，兼任韩国中文学会会长、韩国中国现代文学会会长等。其间曾在美国爱荷华大学做访问作家兼客座教授，1988 年后到访中国大陆 20 多次，兼任西南大学新诗研究所客座教授等职。

许世旭是一位用双语进行文学创作和学术研究的作家、学者。他的中文著作，在中国台湾地区出版的有《藏在衣柜里》（诗散文合集，1971）、《许世旭自选集》（诗散文合集，1981）、《雪花赋》（诗集，1985）、《城主与草叶》（散文集，1987），在中国大陆出版的有《东方之恋》（自选集，生活·读书·新知三联书店，1994）、《移动的故乡》（散文集，百花文艺出版社，2004）、《一盏灯》（诗集，百花文艺出版社，2005）等。此外，他的中文学术著作有《韩中诗话渊源考》，他还把《中国名诗选》、《庄子》、《中国现代诗选》、《中国现代散文选》、《阿Q正传》、《台北人》译成韩文。他的韩文著作则有《中国文化概说》、《中国随笔小史》、《中国现代文学论》、《中国文学史》及诗集、散文集多种。

许世旭赴中国留学的时候，正是台湾现代主义思潮席卷文坛之际，甫到台湾，他结识的文友亦大多是现代派诗人。他的《名字》（第一首中文诗）和《愿》，就是由叶维廉推荐到《现代文学》1961年春季号发表的。此后一发而不可收，其诗作陆续在《现代诗》、《创世纪》、《南北笛》发表，用汉语写作几达半个世纪。一个地道的外国人，能用汉语流利地写诗、写散文，这在世界华文文坛上也是罕见的。因此，许世旭的汉语写作就有一种"在地写作"的现场感，这种零距离置身华文文学语境中的情形，求诸国际华文文学界，几乎是唯一的个例。

许世旭的诗文充满人文精神，洋溢着生命意识，富有鲜明的中国古典韵味和东方气派。由于从小饱读中国典籍，又在台湾攻读了中国文学硕士、博士学位，用许世旭的话来说："我的这一生所吃的、读的，多是来源于中国。"[①]他的作品，浸透着对博大精深的中国古代文化的深深孺慕，也就是十分自然的事了。他对汉字有深刻的理解："中国的方块字虽是难学，但确实是写诗的好工具"[②]，"汉字不仅是中华文化的结晶，也是世界文明的标志"，"华文是宜于抒写东方情怀的方法"[③]。身为一个韩国人，他甚至还说过"中国文学是叔伯的脸孔"这样感性的话。

---

① 许世旭：《一盏灯·自序》，天津：百花文艺出版社2005年7月版，第1页。

② 许世旭：《一盏灯·自序》，天津：百花文艺出版社2005年7月版，第1页。

③ 许世旭：《华文是宜于抒写东方情怀的方法》，此文宣读于1995年12月在台北举行的第二届世界华文作家大会。

许世旭诗文中有一些事涉中国（大陆与台湾地区）的篇章，表现了他对中国文化的仰慕。他的《第一个中国夜》写于1988年。那是许世旭第一次到中国大陆，下榻地是上海复旦大学的东苑宾馆。当天夜里，他辗转反侧，一夜无眠，四更天就翻身起床，不禁抱怨："天啊，你怎么不亮呢？我急着想看窗外的风，这吹自炎黄来的五千年的风，到底苍老没有？"他自称"我是来自黄海那端，曾经听过龙的吟啸的宾客，曾经向往了李白近四十年的小侠"，急迫的心情由"直到天亮，中国，你仍然在窗外，中国！你仍然是蒙着白纱的女郎"等句可以见出。另一篇散文《原点》，写自己的成都之旅。他听闻下榻的四川宾馆附近就是"杜甫草堂"，而离李白的故乡江油县青莲乡也只有几个小时的车程，心中便念及李白、杜甫，他彻夜难眠："如果将生命的起点视为故乡的话，成都于我，亦谓文学之故乡，学问之故乡。因为我的文学来源，则有两条管道，一条从韩国的新诗，诸如沈薰、金素月等日帝时代的爱国诗，另一条是来自我私塾所念之李白、杜甫的唐诗，四川可视为我的诗和学问之原点。"①

许世旭坦承自己对中国有"跨海的恋情"。写向往北京的《读地图》，以及《台北是一只云雀》、《寄给胡适之先生》、《妈妈的一滴水——纪念金门诗酒会》、《我在海滨落户了——寄痖弦》、《长安追思》、《丝路话别》、《城中有岛》等，取材平易，而情意深浓。所有这些文字中所渗透的一往情深，几乎是一个炎黄子孙对于母亲的文化的感情，那里有孺慕，有向往，有敬畏，有感恩……难怪有人称许世旭是已经"汉化"的韩国人。

与中华情结并行不悖的是与生俱来的高丽情怀。在《一盏灯》的"自序"中，许世旭说自己的诗"仍然写我"，只是借用诗的工具——中文而已，而"我"的成分……除了高丽情怀与脾气之外，还渗透着中国古典的营养与生活的情调。许世旭用汉语写作的诗文，有很多篇章是写自己的故乡，写自己的双亲，写炮火下少年的回

① 许世旭：《原点》，台湾《自由时报》副刊，2000年11月20日。

忆……其中尤以写双亲最为感人。《移动的故乡》、《我的拐杖》、《送辞》、《再也移不动的故乡》，将在儒家观念熏陶下长大的作者对父母双亲的挚情，表达得淋漓尽致。母亲的全部动产，只是她迁徙于几个子女家时随身携带的塑胶手提袋中的一些杂物——强胃散药瓶、橘子、苹果、破碎的饼干、口香糖、小梳子、小镜子等。母亲无私的爱，在他并不夸饰的文字里得到淳厚的表现。如《云》中写道："真想把白云当手帕，可以掬可以触的，抚摸了胸膛的下午，开着的白云，有着浓浓的花香，浮现像母亲飘飘的衣裙……""白服"是韩民族的象征，这里写"想把白云当手帕……"并"浮现像母亲飘飘的衣裙"，其中的意蕴，就分外绵邈悠长。

思考题

1. 如何认识东南亚各国华文文学的起源及其与中国"五四"新文学的关系？

2. 华文学校、华文文艺社团、华文报刊对东南亚华文文学的生存与发展有何重要作用？

3. 20世纪50年代中期始，促使东南亚各国的"侨民文学"向"华文文学"转变的内因和外因是什么？

4. 20世纪80年代以降新马华文文学呈现多元格局，有哪些代表性作家？

5. 东南亚华文文学的不同历史阶段，作家们所"望"之"乡"的指向和文化意蕴发生了哪些变化？

6. 东南亚华文文学关于"族群交往"的叙说有哪些类型，这些叙说表现出怎样的族群姿态和文化心理？

7. 简述日华文学与中国文学的历史渊源。

8. 日本当代华人新移民作家与20世纪上半叶旅日华人作家的主要区别何在？

9. 试分析韩国作家许世旭的华文文学成就与创作个性。

第三章 北美华文文学

第一节 北美华文文学的发展脉络

北美华文文学（literature written in Chinese by the Chinese descents in North America），就是由北美华人作家用华文（汉语、中文）创作的作品所构成的文学，是北美华人文学中的华文文学。

由于北美大陆主要由美国和加拿大两个国家组成，因此，北美华文文学也就主要由美国华文文学（literature written in Chinese by Chinese descents in America）和加拿大华文文学（literature written in Chinese by Chinese descents in Canada）构成。[1]

北美华文文学的历史，就目前掌握的资料来看，最早可追溯到晚清。早在 19 世纪 70 年代，中国知识分子戈鲲化（1838—1882）受哈佛大学的邀请，于 1879 年赴哈佛任教，讲授中文课程。他于 1881 年写给哈佛大学罗马文教师刘恩和耶鲁大学华文教师卫廉士（三畏）的《赠哈佛特书院罗马文掌教刘恩》和《赠耶而书院华文掌教前驻中国使臣卫廉士（三畏）》，很可能是在美国最早出现的华文创作。

1910—1940 年，在美国加州旧金山湾外的天使岛（Angel Island）上，曾经有 17 万名华工在此接受甄别：究竟是可以登陆美国还是最终被遣返回中国。在接受体检和各种询问的等待中，许多华工在天使

① 此处的英译，参考了单德兴在《台湾的华美文学研究：回顾与展望》一文中的译法。单氏的文章被收入《问谱系：中美文化视野下的美华文学研究》一书，该书由林涧主编，上海译文出版社 2006 年版。

岛居住的木屋壁板上，留下了他们的诗句。这些诗歌创作在1980年由HOC DOI（History of Chinese Detained on Island）项目组搜集整理，经Him Mark、Lai Genny Lim和Judy Yung编辑后，于1991年由华盛顿大学出版社（University of Washington Press）以《埃仑诗集（*Poetry and History of Chinese Immigrants on Angel Island*，1910—1940）》之名出版。

《埃仑诗集》的出版，证明了自晚清以来就已存在的北美华文文学写作在20世纪初期并没有中断。到了20世纪50年代，随着台湾留学生的到来，北美华人文学中的华文写作开始进入繁盛期，20世纪六七十年代为其发展的高峰期。20世纪80年代以后，随着大陆留学生在北美的不断涌现，北美华人文学中的华文写作，开始进入了一个新的发展阶段，呈现出日益繁盛的面貌和强大的可持续性。从大陆来到北美的这些新移民作家和他们的创作，与台湾、香港华人作家及其作品一道，共同形成了北美华人文学中华文文学的总体风貌。

北美华文文学，就其创作历程来看，大致可以分为三个阶段：20世纪50年代以前为第一阶段，20世纪50至70年代为第二阶段，80年代以来为第三阶段。这三个阶段在发展的过程中虽有纵的历史延续性，但其阶段性特征也十分明显。

第一阶段：20世纪50年代以前。

20世纪50年代以前，华人来北美主要以劳工输出为主，也有少量的知识分子（如教会人士和为数不多的留学生）。这一时期赴北美的知识分子，除了戈鲲化因病在美国逝世之外，其他人基本上都是过境性质，并无长期居留的打算。因此，即便他们有一些文学创作，一般情况下也不把他们创作的作品算作北美华文文学，如创作于1905—1906年间的《苦社会》、《苦学生》和创作于1907年的《黄金世界》，通常就不被选入海外华文文学的作品集中。而黄遵宪在美国任外交官时创作的诗文，通常也不列入北美华文文学。本教程在论及这些作家和作品的时候，会根据情况作弹性的处理，对于那些能反映在美华人社会生活和文化心理的作品，将适当地加以分析。

除了知识者的写作外，劳工们因为文化水平的限制，在文学创作上很难有出色的表现。《埃仑诗集》可以说是这类作品的代表。这本诗集中的大部分诗作，在艺术上可以说相当粗糙，它们基本上都是粗通文墨的华工借用传统的诗歌形式，来抒发自己羁留天使岛时痛苦郁闷的心情。对于《埃仑诗集》而言，其历史价值和认识价值要远远大于它的审美价值。

“二战”期间，北美（美国）出现了一些由华侨子弟组成的抗日文艺团体，较著名的有叱咤社、民铎社、芦烽话剧社、联合救国宣传团等。其时《美洲华侨日报》、《中美周报》等报纸副刊开始刊登“采用华侨社会题材，描写华侨人物，甚至运用华侨词汇的创作”，而 1942 年创办的美国第一份华文纯文学期刊《华侨文艺》，则明确提出了美国华人文艺要本土化的设想。到 20 世纪 40 年代中后期，北美出现了《绿洲》、《新苗》等华文文学刊物。

第二阶段：20 世纪 50 至 70 年代。

20 世纪 50 年代初，一群环绕在胡适周围的中国留美学生，在纽约组织了一个文学社团“白马社”，其重要成员有周策纵、唐德刚等。“白马社”的成员对文学“新”、“旧”兼容，旧体诗和新诗并包，在创作上有一定的成就，但从总体上看，这个社团及其成员的文学创作活动持续时间并不长，随着胡适 1958 年回到台湾和成员的各奔前程，这个社团也就风流云散了。此外，由林太乙主编的《天风》杂志，也是这一时期重要的文学刊物。

中国台港地区（尤其是台湾）从 20 世纪 50 年代开始的留学风潮，到 20 世纪六七十年代达到高潮。在众多赴北美留学的台港留学生中，包括许多有过创作经历的写作者，他们中的不少人在台湾时就已经颇有文名，到了北美之后在繁忙的学习、打工之余笔耕不辍，继续创作，在文学上取得了更大的成就。20 世纪 50 年代的丛甦、唐德刚及其他“白马社”诸成员，20 世纪六七十年代的白先勇、聂华苓、於梨华、欧阳子、张系国、刘大任、杨牧、郭松棻、李渝、陈若曦、东方白、李黎、平路、黄娟、荆棘、王鼎钧、琦君、保真、顾肇森、叶维廉、郑愁予、许达然、周腓力、庄因、非马、喻丽清等，是他们中的佼佼者。

与此前的华文文学比起来，这一时期北美华人文学中的华文文学，作者素质高，作品艺术性强，他们几乎都是知识分子，来到北美后人生经历、思想情感、文化内涵都有了相当大的变化，众多纷繁复杂的外在生存经验和内在心理感受，都成为他们的写作题材，而他们精通双语（中文、英文）的教育背景和深湛的文学修养，又使他们的创作在艺术上具有极高的成就和价值。白先勇的《台北人》、《孽子》，聂华苓的《桑青与桃红》，欧阳子的《魔女》，吉铮的《伪春》，丛甦的《秋雾》，张系国的《香蕉船》，刘大任的《杜鹃啼血》，平路的《玉米田之死》等，已成为世界范围内华文文学的经典。

第三阶段：20 世纪 80 年代至今。

如果说 20 世纪 50 至 70 年代的北美华文文学以来自台港的作家及其作品为主，那么 80 年代以来的北美华文文学，则以来自中国大陆的作家及其作品为主。20 世纪 70 年代起，中国大陆实施“改革开放”政策，国门打开，许多中国青年赴北美留学。据统计，20 世纪最后 20 年间，大陆公派和自费赴北美留学的多达 20 万人，且留学后大部分转为移民身份，构成我们俗称的“新移民”的主体。大陆青年来到北美，虽然和 20 世纪六七十年代的台港青年留学北美时面临的许多问题（如经济压力、语言转型、文化震撼、心理调整、习俗适应等）极其相似，但他们的“出身”环境和教育背景，与前者相比，有许多不尽相同之处。从中国大陆来到北美留学并从事文学创作的华文作家，他们创作的作品在表现一般华人外来者在北美的种种遭遇的同时，还带有明显的“大陆”背景与特征。这些特征包括：反思历经波折的大陆现代化进程中的历史；显示那段历史对身在北美的大陆人的影响；呈现在北美奋斗的成败得失；昭示人性的丰富和复杂等等。其代表人物有严歌苓、查建英、北岛、苏炜、张翎、施雨、卢新华、李彦、沈宁、冰凌、黄运基、宗鹰、周励、少君、刘荒田、陈瑞琳、沙石、曾宁、邵丹、宣树铮、余曦、吕红、王性初、融融、李南央、高黛琳（阿黛）、易丹、于濛、坚妮、叶念伦、戴舫、高小刚、林火、刘慧琴、曾晓文、马兰、晓鲁、王正军、朱琦、程宝林、孟悟、巫一毛、力扬、陈谦、陈河、薛忆沩等。

从以上三个阶段可以看出，不同时期、不同类型的从中国赴北美的移民，带着他们各自时代的历史印迹和文化记忆，影响着他们进入北美后的生存方式和书写姿态，回忆不断被咀嚼，新土为他们所向往，现实又使他们重尝艰辛，这一切都化作他们思考的背景和创作的源泉。

第二节　20世纪50年代以前的北美华文文学

中国自1840年鸦片战争以来，在西方列强利炮坚船的逼迫下，被动地向世界开放，以种种屈辱和失败为代价，以一系列不平等条约为“入场券”，融入世界体系。这种融入无论是外国势力进入中国，还是中国人走向世界，均以“不平等”为前提，即中国始终处于被压迫、被奴役的地位。于是，中国融入世界的过程，也就是中国逐渐沦为半封建半殖民地社会的过程。作为一个主权独立的国家，由于积贫积弱，也由于清王朝的腐败，近代中国在世界政治舞台上，始终是一个被侮辱、被宰割、不开化、不健康（东亚病夫）的形象。

作为弱国子民，中国人作为世界公民的一分子，与世界上其他民族、国家（尤其是西方列强）的人民平等相待的权利常常是缺失的。晚清时能迈出国门走向世界的中国人，主要有两类：一类为清政府的外交官；另一类为作为劳力输出的“猪仔”。到了民国，除了这两类人之外，还有了留学生群体。作为中国政府的外交官，由于中国本身是弱国，他们在国外（尤其是列强各国）自然是“弱势群体”；“猪仔”更不用说，其“人”的尊严尚且不存，何来平等可言？留学生虽然是知识分子，但同外交官一样，当祖国是弱国的时候，中国留学生在外国的遭遇，自然可想而知（老舍、张道藩在他们的文章中，都曾提到他们在国外受到歧视的经历）。在这样一个总的情势下，中国人在列强各国（包括北美）的处境和遭遇，显然令人难以振奋。

当中国人走向海外，并在海外居留之后，他们用母语（华文、汉语）对自己的生活、经历、情感、心理的文字记录，就成为海外华文文学的最早滥觞。就北美而言，当中国人来到这个遥远的新大陆的时候，他们面临的是怎样的一个世界呢？这个世界在他们的文字中会是个什么样的面貌？

一、戈鲲化的旧体诗

从目前掌握的资料看，最早在北美留下华文创作（诗歌）的是一位叫戈鲲化的中国知识分子。戈鲲化（1838—1882），字砚畇，又字彦员，安徽休宁人。曾任职于美国驻上海领事馆和英国驻宁波领事馆。1879 年至 1882 年在美国哈佛大学教授中文。戈鲲化在哈佛任教三年，1882 年在波士顿的剑桥因病去世。

1879 年，戈鲲化受聘到美国哈佛大学任教。他也许是中国第一位在北美的大学任教的中国人，他的赴美，不但为美国的著名学府带去了中国文化，使他成为中美文化交流的使者，而且也很可能使他成为北美华文文学中的第一位作家。在美期间，戈鲲化除了编撰《华质英文》之外，还创作了两首五绝，分别为《赠哈佛特书院罗马文掌教刘恩》（“未习殊方语，师资第一功。德邻成德友，全始贵全终。”）和《赠耶而书院华文掌教前驻中国使臣卫廉士（三畏）》（“皇都春日丽，偏爱水云乡。绛帐遥相设，叨分凿壁光。”）这两首诗是迄今为止发现的最早的中国人在北美用华文创作的文学作品。

戈鲲化的这两首诗，分别写给他的两位同事（刘恩和卫三畏）。从这两首诗中，中国人“弱国子民”的特征并不明显，反倒显示出一种中国人与美国人之间平等的友谊。给刘恩的那首诗，抒发的是戈鲲化对既是自己同事，也是自己学生兼老师的刘恩的感激之情（刘恩是哈佛大学罗马语教师，他跟戈鲲化学汉语，同时教戈鲲化英语，诗中表达的就是戈鲲化对刘恩为人、为学的肯定和对彼此友谊的礼赞）。给卫三畏的诗，记叙的是戈鲲化与曾经在中国生活过、当时在耶鲁大学教授汉语的卫三畏的友谊。共有的中国经验和相同的教学内容，使戈鲲化和卫三畏之间有着较多的“共同语言”。作为目前最早的美国华人文学中的华文作品，这两首诗由于作者身份的特殊性（在美国著名学府任教的中国知识分子），以及他作品数量的稀少，我们还看不出除与美国知识分子友谊深厚、教学相长以外的内容。戈鲲化的美国经验就是这些内容，还有些内容是否没来得及写，我们不得而知。这两首诗给我们留下的总体印象是：中美两国的知识分子是平等的、友好的；中美两国知识分子无论在文化上还是在语言上，都是彼此尊重和喜爱对方的。中美文化交流和中美两国人民的友谊，在戈鲲化的笔下正以一种“正常”的氛围与姿态展开和发展。

很难说戈鲲化的诗歌创作在那个时代具有代表性，毕竟东方的老大帝国和美洲的新兴国家之间国力的不平衡，导致了如戈鲲化和刘恩、卫三畏之间的平等友谊的稀有——在后来很长的一段时间里，我们都很难看到有关类似的情形留下的文字记录；相反，倒是在距戈鲲化来美 30 多年后由中国移民在天使岛创作的诗歌中，可以看到大量中国人受歧视、受侮辱、受迫害的文学书写。

二、华工们的《埃仑诗集》

《埃仑诗集》是 1910 至 1940 年间，华工被羁押在旧金山湾外的天使岛上接受美国移民局甄别时，在居住的木屋上写下的诗歌。这些诗歌经 Him Mark、Lai Genny Lim 和 Judy Yung 整理后，于 1991 年由华盛顿大学出版社出版了中英文对照本。在这本诗集中，曾经在天使岛居住过的17万华工中的极少数人以传统诗歌的形式留下了他们的所见、所闻、所思、所感，由于是亲身经历，所以其真实性不容怀疑。在这本以“真实”为前提的诗集中，作者们向我们描绘的，是怎样的一幅北美华人生存的图景呢？

首先是不远万里、背井离乡来到美国的艰辛。《埃仑诗集》中有许多诗都写到这些中国移民满怀希望准备来“花旗国”“淘金”，不料历经千辛万苦到达美国后，却被关在天使岛的小木屋中接受讯问和甄别。于是，失望、后悔、愤懑、无奈的情绪弥漫在《埃仑诗集》中，如“夙慕花旗几优哉，即时筹款动程来。风波阅月已历尽，监牢居所受灾磨。仰望屋仑相咫尺，愿回祖国负耕锄。满腹牢骚难寝寐，聊书数句表心裁”；如“国民不为甘为牛，意至美洲作营谋。洋楼高耸无缘住，谁知栖所时监牢”；如“忆昔当年苦未从，坚心出外觅陶公。岁月蹉跎仍未了，至今犹困岛孤中”等等，既写了赴美路途上的艰辛，也写了到达美国后的艰难，并对到达美国后被长期羁押天使岛表达了强烈的愤慨。

其次是身在北美，思念故国。由于在美国人格受损，尊严遭挫，许多作者在自己的诗作中表达了对故国的怀念，祖国、家乡、亲人似乎永远是游子的精神寄托。如“四壁虫唧唧，居人多叹息。思及家中事，不觉泪沾滴”；“闷处埃仑寻睡乡，前途渺渺总神伤。眼看故国危变乱，一叶飘零倍感长”等等。在一首题为《中秋偶感》的诗中，作者在中国人有团圆传统的中秋之夜赋诗感怀，倍感凄凉：“夜凉僵卧铁床中，窗前月姊透照侬。闷来起立寒窗下，愁把时计已秋中。吾侪也应同敬赏，菲仪无备亦羞容。”对故国亲人和家乡习俗的难以忘怀，与近似囚徒的现实处境相对照，更使这些漂泊北美的中国游子情何以堪。

与以上两方面的内容比起来，表现华工在天使岛的非人待遇，以及由此引发的种种屈辱感，是《埃仑诗集》中最为突出也最为众多的诗歌内容。如:“牢骚满腹甚难休,默默沉沉只自忧。时望山前云雾锁,恰似更加一点愁”;“愁听虫声与怒潮,苛例重重恨怎消?漂流为客遭此劫,惨逾吴市一枝箫”;“旅居埃崙百感生,满怀悲愤不堪陈。日夜静坐无聊赖,幸有小说可为朋”;“羑里受囚何日休?裘葛已更又一秋。满腹牢骚难罄竹,雪落花残千古愁”;“美有强权无公理,囹圄吾人也罹辜。不由分说真残酷,俯首回思莫奈何”等等。这些诗中,“牢骚”、“愁”、“怒”、“忧”、“恨”、“残酷”、“奈何”等字眼随处可见,充分体现了这些中国劳工在北美所遭受的待遇是悲惨的、非人的、充满屈辱感的。“弱国子民”在“花旗国”惨遭歧视,成为这些诗的基本主题。

需要加以说明的是,当时华工在天使岛的“非人”待遇主要是指精神上的歧视和不平等。在实际生活中,这些中国劳工的生活条件相对于在国内时,是有所改善的。对于中国劳工来说,“天朝帝国”的优越感在天使岛上,已经因为美国移民局的种种限制和苛求丧失殆尽。而精神的屈辱比肉体的折磨、生活状况的恶劣,更让这些华工感到悲愤,因为那是“心的折磨”。

“心的折磨”使这些羁留在天使岛的华工在笔下表示自己愤怒、怨恨、牢骚的同时,也通过书写表达了希望自己祖国强大,告诫乡里同胞不要盲目迷信国外的意愿——这形成了《埃崙诗集》中另外两个方面的内容。前者以这样一些诗为代表:“为乜来由要坐监?只因国弱与家贫。椿萱倚门无消息,妻儿拥被叹孤单。纵然批准能上埠,何日满载返唐山?自古出门多变贱,从来征战几人还”;“留笔除剑到美洲,谁知到此泪双流。倘若得志成功日,定斩胡人草不留”;“木屋闲来把窗开,晓风明月共徘徊。故乡远忆云山断,小岛微闻寒雁哀。失路英雄空说剑,穷途骚士且登台。应知国弱人心死,何事囚困此处来”;“椎膺中华囊阮籍,利权外溢国耻兼。同胞知机图奋志,誓夺美国报前仇”。后者的代表作则有:“木楼永别返香江,从此兴邦志气扬。告我同胞谈梓里,稍余衣食莫飘洋”;“路远行人万里难,劝君切勿来偷关。艰险情形堪莫问，斯言不是作为闲”。

《埃仑诗集》作为20世纪初中国移民主体（赴美“淘金”的劳工）的“代表作”，在北美华人文学中的早期华文文学中，不但具有十分重要的地位，而且具有典型意义。从总体上看，这本诗集的内容虽然在主题上有各种不同的侧重，但它所体现出来的情绪，则集中在对自己遭受到不公正待遇的愤慨、对自己远赴北美的懊悔、希望自己祖国强大以报惨遭凌辱之仇的期待等几个方面，而追根究底，导致这些中国人悲惨处境的根本原因，则在于“弱国子民”的现实。从《埃仑诗集》附录的一些访谈中，可以发现当年中国移民被美国移民局羁押在天使岛，既有美国政府歧视中国人的一面，也有中国人不诚实、不健康、不守法的一面。美国政府为了自己的国家利益，对来美的中国人进行甄别，应当说这一做法本身无可厚非，问题在于：在客观的合法行为中渗入主观的歧视内容，则合法的行为也就具有“不合法”的实质；其次，一个国家政府的合法行为，在另一个国家的人民看来，很可能被理解成“不合法”或带有侮辱性（特别是这一行为带有强制性和限制性的时候）。

但不管怎样，通过《埃仑诗集》，我们大致可以还原当年华工初来北美（美国）时的惨状：首先被送到天使岛上加以拘禁，接受体检和甄别，然后不断地接受讯问，在漫长的等待之后，有的可以上岸（登陆旧金山，进入美国），有的则被遣送回国。这些来美的中国人之所以赴美，大都由于在家乡（以东南沿海为主）生活难以为继，冒险出洋一搏，离家前家产均已变卖，许多人还负债累累，指望到北美后能改变贫穷的生活状况。一旦被遣返，对他们来说不啻天崩地裂，许多人因此自杀。即使是那些上岸者，由于中国的孱弱和落后，中国人在美国总体上缺乏平等的尊重和人格的尊严，其人生依然充满了艰辛。

《埃仑诗集》虽是诗集，但其创作方法基本以“写实”为主，从这些诗歌中，读者基本可以推想出当年华工的真实处境。作为诗歌，抒情当然为其重要特质。在《埃仑诗集》中，渗透在诗中的情感主要以愤怒、悲凉、无奈、仇恨为主。戈鲲化笔下的那种温馨、亲切、友好的感情已经成为明日黄花。在北美华人文学中，平等和友好的形象、情感是那样的短暂、弱小，稍纵即逝，出现在这一文学中的，是大量置身北美的中国人屈辱的外在形象和悲愤的内心感受，在相当长的时间里，华文文学一直在不断重复并深化这一形象和感受。

三、《苦社会》等小说

戈鲲化和天使岛劳工的华文创作是真正的美国华文文学创作。发表于1905至1906年、署名“佚名”的《苦社会》、《苦学生》和发表于1907年、署名“碧荷馆主人”的《黄金世界》，虽然题材都是关于中国人在北美的种种奇遇，但因为作者很可能是有北美生活经验，但并没有居留在北美的中国人，因此在这里把这两部作品作为美国华人文学中的华文文学的补充，通过对这两部作品的分析，进一步考察中国移民在北美的生存状况和心理感受。

《苦社会》采取双回目制，以一群落魄的江南知识分子为主线，勾连起全书的故事情节。书前的漱石生序中这样写道：“是书作于旅美华工。以旅美之人，述旅美之事，固宜情真语切，纸上跃然，非凭空结撰者比……自二十回以后，几于有字皆泪，有泪皆血，令人不忍卒读，而又不可不读。”这部小说，特别是第二十回以后，几乎就是华人在赴美途中和到达美国之后遭受种种非人待遇的“实录”。在赴美途中，华人因种种虐待常有致死者，到达美国之后有七八十人死状甚惨：“原来下面七八十个横躺着，满面都是血污，身上也辨不出是衣裳，是皮肉，只见脓血堆哩。手上脚上锁的链子全然卸下，洋人俯身一看，才晓得死的了，手脚的皮是脱了，骨是折了，不觉也泛出唾涎，呕个不住。立刻叫水手到上面拿来七八个大竹篓，用铁铲把这些腐尸铲下，吩咐连篓丢下海去。”在美国做“工”之后，华工不但工作环境恶劣（工房“高处不到三尺，阔处不到五尺，曲了身子才能进去”），而且生活条件也毫无人的尊严（住处“没有一张床，一张桌子，只在地下铺上一层稻草，脚踏时又湿又冷。屋顶有椽没有瓦，薄薄的盖些草。每间要住四人，立着抬不起头，睡着伸不直脚，还要用铁索将四人连续锁起”）。当小说的笔墨转向旧金山华人集聚的唐人街，展示的画面是华人常遭捕捉，店家时受搜检，人头税要收，营业却是不许，种种排华行径，令华人一夕数惊，不安其“位”，商家被迫或放弃营业，或贱价出售产业，回国了事。小说通过三个华人教习的“美国之行”，最终清盘回国，既充分体验又如实记录了中国人“北美历险”的种种屈辱经验。

《苦学生》虽然描写的是中国知识分子（留学生），但他们在美国的遭遇与《埃仑诗集》和《苦社会》中的中国劳工并没有什么差别：都遭受歧视，都面临屈辱。小说主人公叫黄孙（可以推断为“炎黄子孙”之缩写），在东京宏文学校毕业后，去美国“补习高等课程”。黄孙在美国所遭受的歧视和屈辱可谓“自始至终”：初抵美国，船靠岸后“搭客中西方人、东方人纷纷上岸，连十几个高丽人，也扬长自去。四面关差警卒，来往巡逻，一味阻截华人”。黄孙后来是在日本领事的帮助下（因为他有日本宏文学校的文凭）才得以登岸。在美求学时因学习勤奋招致同学对他“因羡成妒，因妒成愤”，发现黄孙“兼工兼读”后，“互相指目道：‘支那人是穷汉，是苦力’”，并活动“工商部”，让“工商部”“知会”黄孙工作的缝衣厂驱令其出厂。而学校也因为黄孙在外打工判定他“已失了学生资格，不应再受高等教育，限管理员于二十四点钟内，撵令出堂”，并且“据人传说，还有押出本境，驱回中国的消息”。虽然后来由于教习的努力，黄孙得以重回课堂，但他季考时得第一的成绩，又引来“疑忌”、“冷言恶语”和“当面讥讽”，甚至公开议论“支那的穷汉，支那的苦力，这几天面黄肌瘦，声低喉哑，像是受饿了。今天这时候不到，想是饿倒了。但愿从此不来，才拔了眼中钉，耳中刺哩”。当黄孙出现在他们面前的时候，他们不但公然叫黄孙“乞丐”，而且宣称“支那的穷汉，原不配当学生，这回做了乞丐，玷辱我们学堂”，叫嚷“撵支那的乞丐呀！撵学生的乞丐呀!”黄孙不得已只好转学，得华盛资助才得以完成学业，并受华盛之托回国兴办教育。

黄孙以一个中国知识分子的身份在美国尚且遭遇如此不堪之歧视和凌辱，一般民众的境况可想而知。《埃仑诗集》已向我们展示了中国移民还没有进入美国本土时即已遭受种种歧视的惨状，《苦社会》则呈现了中国人在赴美途中和到达美国后的屈辱经历。与它们相比，另一部出现于反美华工禁约运动中的小说《黄金世界》（碧荷馆主人，1907），则向我们描绘了中国人如何被欺骗乃至被绑架到美国做“猪仔”，又如何历经千难万险，在饱受屈辱（“未明上工，见星始休。……每人每日，只给三盒黑料豆，生吞活剥，虽不至和草咬嚼，其实与驴马所差几何？因此无人得饱，亦无人不病”）之后又回到祖国的“全过程”（从在国内被骗或被绑架，历经旅途被虐，美国受辱，最终回到国内），较为全面地叙述了中国人在走向北美、走向世界时不幸的屈辱经历。相对于其他几部作品的有所侧重或片断化，《黄金世界》可谓“全景图”。

通过对20世纪50年代之前北美华文文学代表作品的分析，我们发现这一时期的华文文学具有如下特点：

（1）题材集中在反映中国人走向北美之初时的种种悲惨境遇。其时中国人或为了摆脱贫困，或为了寻求新知，或出于蒙受欺骗，或因为遭受绑架，从中国来到北美（美国）。在这个过程中（赴美的途中和到达美国之后），中国人惨遭欺凌和侮辱，身心备受摧残，许多人还为此付出了生命的代价。

（2）主题基本侧重于以华人屈辱的北美经验为话题，唤醒华人的民族意识。这一时期的北美华文文学作品，大都通过揭示“洋人”（以及中国人中的一些败类）的凶残，清政府官员的腐败无能，“列强”和“积贫积弱”的祖国之间的不平等，以受辱的中国人（知识分子、劳工）或反抗暴政，或反思自己的历史、文化和种族在世界上的处境为主线，希冀通过书写中国人在国外遭受的种种非人待遇和屈辱历史，激发民族感情，唤醒民族自强自新的意识。

（3）塑造了一系列新型的人物形象。这一时期的北美华文文学作品虽然在塑造人物形象方面各有侧重，但这些人物形象合起来，则包括了具有新知识的知识分子形象、走出国门的劳动者形象、觉醒的妇女形象、在海外“身在异乡，心居祖国”的华侨形象等。这些人物形象相对于传统的中国文学而言无疑是“新华人形象”，同时这些“新华人形象”也成为北美华文文学人物画廊中最早的一批“北美华人形象”。

（4）作品中流贯着强烈的民族主义情绪。当最初的北美华文文学旨在表达华人在北美遭受的种种屈辱的时候，在屈辱的背后，则流露出华人自觉或不自觉的民族主义情绪——主要体现为对中美关系另一种“不平等”的向往：美国（人）不再强大，中国（人）开始醒来，并实现了对美国（人）的报复。如果说《埃仑诗集》中的许多诗歌由于作者并无自觉和强烈的“创作”意识，更多的是一种“心声”的自然流露，因此其中的民族主义情绪，像“同胞知机图奋志，誓夺美国报前仇”、“倘若得志成功日，定斩胡人草不留”、“万望革军成功竣，维持祖国矿务通。造多战舰来美境，灭尽白人誓不休”等，总的来说是不自觉的话，那么在《苦学生》中，黄孙的一番议论则显然是作者自觉反思的结果：“我们华人，在美人的眼里，是地球极贱的人种，故此不容分享种种的利权。却又因我同胞脑质敏锐，体魄勤健，怕将来这块新大陆，变成我同胞的物产。……美人已有了疑心，我同胞就该起个雄心，目前不成，望之将来，将来不成，望之将来之将来，不要辜负美人的厚望。”为此黄孙强调要办学堂，让一般青年“智识胜似别人，学问高似别人”，为将来“接管”美国做准备。相对于《埃仑诗集》中文化水平不高的无名作者非理性的民族主义情绪（斩胡人、灭白人），《苦学生》中的知识分子黄孙要“理性”得多，但其激进的民族主义情绪，与前者是基本一致的。

（5）艺术上具有那个“转变”时代的特征。20 世纪 50 年代以前的北美华文文学，主要以两种形式呈现：旧体诗和白话小说。前者是中国传统文学样式的自然延续，后者则是晚清“新”小说潮流中的产物。北美华文文学最早是以中国传统文学（戈鲲化的旧体诗）的面目出现的，如果说作为文人创作的戈鲲化的诗作因数量少还不具有代表性的话，那么后来的《埃仑诗集》就很能说明问题。作为“自发”创作的成果，其作者群可以说对文学并无特别的思考和独到的体会，他们只是沿用传统的文学样式（旧体诗）来抒发自己的所见所闻、所感所悟。客观地说，他们创作的这些诗歌在艺术上相当粗糙，艺术水准较高的作品并不多见，他们的遣词造句大都不够雅驯，情感表达也相当模式化，从“专业”的文学角度来看可拿来进行艺术分析的作品不多，可是这些作品在早期北美华文文学中的出现，正说明了传统文学的巨大力量：它的惯性和影响力，甚至到达了那些粗通文墨的普通劳工身上，并且，当这些劳工远渡重洋，来到北美的时候，这种惯性和影响力还延伸到了海外。这充分说明，北美华文文学虽然在最后的性质界定上被归为“外国文学”，可是它和中国传统（旧）文学的联系，是与生俱来的。换句话说，就是北美华文文学最早是从中国古典文学中脱胎而来的。

传统文学样式（旧体诗）虽然惯性巨大，但晚清开始的“小说”风潮毕竟更有力量。因此在《苦社会》、《苦学生》和《黄金世界》等作品中，我们看到晚清的这一写作“时尚”也同时波及海外。在这些北美最早的华文文学中，晚清小说的一些特征也十分明显地遗留其间，如喜欢通过一个“做梦人”作为小说开头和结尾“首尾呼应”的叙事者；擅长通过人物乃至作者自己跳出来大发议论，说一些“开启民智”、“先进思想”的大话；正面人物形象过于“高大”，俨然就是“正义”、“正确”、“正宗”的化身等等。从晚清到 20 世纪 50 年代以前，中国文学正在发生着历史上的巨变，这种巨变也直接影响到了早期的北美华文文学，在那一时期的北美华文文学中留下了历史的印迹。

早期北美华文文学之所以会以这样的题材、主题、情绪和艺术特征留在历史之中，一个根本的原因在于：从晚清到20世纪50年代以前，正是中国走向世界，同时也是中国最“积贫积弱”之时，当中国以一个弱者的姿态参与国际事务的时候，在弱肉强食的世界关系中，她和她的子民就只能是任人宰割的对象。就中国和美国的关系而言，19世纪后期，美国在开发西部的过程中，由于劳动力缺乏，迫切希望从中国引入劳工。1868年中美续订通商条款时，在第六条中规定“中国人至美国，或游历各处，或常行居住，美国必须按照相待最优之国所得游历与常住之利益，俾中国人一体均沾”，一时间大量华工涌入美国。可是到了1877年，由于经济凋敝，美国产业萎缩，失业人口增加，美国政府开始限制华工入境。1879年，加州颁布《新宪法》，对华工有种种不平等的规定乃至虐待。此例一开，愈演愈烈，终于导致1882年美国国会通过了第一个《排华法》，这一法律直到1943年才被撤销。由此可见，20世纪50年代以前北美华文文学出现的时期，基本上也就是美国对华人歧视性法律风行之时，在这样的生存环境下，屈辱经历无疑就成了在美华人的主要经历，屈辱经验自然也就成了华文文学的主要内容。这就是为什么在早期北美华文文学中，虽然也能看到中美两国人民友好交往的温馨场面，如戈鲲化赠诗刘恩和卫三畏，《苦学生》中美国客栈老板亨美利、厂主福斯忒、学堂教习对中国留学生黄孙的关照帮助，但从总体上看，由于中美两国地位的不平等，以及美国对华人采取排斥和歧视的政策，这样的社会现实在文学中的反映，自然会在以“写实”为主要艺术手法的早期北美华文文学创作中，留下大量华人在美国惨遭非人待遇和种种屈辱的形貌，这是华人在北美因这种屈辱的经验而引发的悲愤情绪的艺术化的记录。在这种经验和情绪的笼罩下，华人在北美曾有的温馨感受和美好记忆因为过于弱小而显得微不足道，屈辱和悲愤最终成了这一时期北美华文文学的主调。

第三节　20世纪50至70年代的北美华文文学

一、概述

虽然北美华文文学早在19世纪后期就已出现，但这一文学的真正兴起，却是在20世纪50至70年代。那时候，随着大量台湾学生赴美留学，一大批留学生涌入了文学创作的领地——他们中间有些人在台湾时就已是颇有成就的作家——可以肯定地说，正是由于有了他们的创作实践，北美华文文学才真正奏响了它的第一乐章。

在20世纪50至70年代之间，北美华文文学中的作家构成，有围绕在林语堂、林太乙父女周围的《天风》月刊作者群，也有围绕在胡适周围的《白马文艺》作者群（以“白马文艺社”成员周策纵、唐德刚、鹿桥、心笛、卢飞白、艾山、黄伯飞等人为核心）。这两个作者群都出现在20世纪50年代初，同时还有主要由来自台湾（包括少量香港）的留学生组成的留学生作者群——这个作者队伍从20世纪50年代开始到70年代日趋壮大。应当说，在20世纪50至70年代之间，由于《天风》存在时间不长，“白马文艺社”也随着胡适1958年返台任“中央研究院”院长而风流云散，因此从台（港）来美留学的留学生作者群，就成为20世纪50至70年代北美华文文学的主力军。由留学生而成为作家或留学生兼作家的角色本身，决定了这些作家人生经历和生命体验中一段独特而又宝贵的生存经验——留学生经验，这是“留学生题材”在当时北美华文文学中占据十分突出和重要地位的根本原因。如果从另一个角度来理解，“留学生题材”也可以说是这一时期在北美“流浪的中国人”的集中书写。从20世纪50年代到70年代，在表现“流浪的中国人”这一领域闪现过身姿的作家有：丛甦、於梨华、吉铮、白先勇、欧阳子、聂华苓、张系国、唐德刚、刘大任、杨牧、陈若曦、黄娟、李黎、王渝、顾肇森、郭松棻、李渝、东方白、平路、黄娟、荆棘、王鼎钧、琦君、保真、叶维廉、郑愁予、许达然、周腓力、庄因、非马、杜国清、喻丽清等。这些作家结合自己的留学经验和人生感悟，在塑造“流浪的中国人”的同时，也渗透了他们对20世纪中国人和中国文化在世界格局中的命运和走向的思考。

作为北美华文文学中“流浪的中国人”题材的具体化，留学生题材创作指的是北美华文文学中的那些以留学生生活为创作题材的小说和散文。在这些作品中，主人公皆为留美学生，他们在北美留学时的种种人生遭际、情感波澜、思想矛盾、灵魂冲突是作者在作品中着意表现的重点。在20世纪50至70年代的北美华文文学作家中，虽然有许多作家曾涉足这一创作领域，但以留学生题材作为自己的创作重点，持之以恒、长期不懈地在这一领域孜孜耕耘的，却不是很多。从甦、吉铮、白先勇、於梨华、张系国、杨牧可谓其中的佼佼者，特别是吉铮和於梨华，在这一领域尤其用心用力，於梨华还被称为“留学生文学的鼻祖”。在某种意义上讲，这几位作家的有关留学生题材的创作，代表了20世纪50至70年代北美华文文学中的重要组成部分，即留学生文学的主要成就。通过对这几位作家尤其是吉铮、白先勇和於梨华的留学生题材作品的分析，可以在相当程度上了解和把握这一时期北美华文文学的基本风貌和发展轨迹。

虽然现在人们常常把於梨华称作“留学生文学的鼻祖”、“无根一代的代言人”，但事实上在20世纪60年代的北美，有一个创作留学生文学的作家群。吉铮赴美较早，留学生经历在她的作品中自然略早出现。白先勇虽然以留学生生活为题材的作品不多，但他的《芝加哥之死》、《安乐乡的一日》却是留学生文学中的精品。於梨华《又见棕榈，又见棕榈》的出版，则意味着留学生文学已然成为一种特殊的文学“门类”。从甦、聂华苓和欧阳子的小说，虽然创作题材不完全是留学生内容，但她们的小说不但不同程度地涉及了“海外中国人”的生活，而且她们的作品还以其各自的独特性丰富了北美华文文学的多重面向。在某种意义上说，20 世纪 50 至 70 年代，以吉铮、丛甦、白先勇、於梨华、聂华苓、欧阳子为代表的小说创作，形成了这一时期北美华文文学的主体风貌：其基本主题集中在以留学生为代表的中国人因“流浪”（离散）而导致的文化冲突；其基本模式呈现为以爱情故事作为穿插，勾连起中国人在北美的充满着分裂（人生的分裂、认同的分裂、情感的分裂、家庭的分裂、政治取向的分裂等）的痛苦经验。这一主题和模式在吉铮那里初见端倪，在白先勇那里得到深化，在聂华苓那里得到拓展，在於梨华那里得到全面体现。在诗歌和散文领域，叶维廉、郑愁予、杨牧的诗歌创作和王鼎钧、许达然的散文书写，以开阔的视野、多样的主题、高质量的水准，从多方面展示了 20 世纪 50 至 70 年代北美华文文学小说领域以外的成就。

二、吉铮和丛甦的小说

吉铮（1937—1968），河北深泽人。台湾大学外文系毕业后，1955 年入美国贝勒学院攻读英国文学。1965 年在美国斯坦福大学教授中文，其间曾担任台湾《中央日报》驻美特约记者。1968 年因长期精神苦闷无法解脱而在旧金山自尽。著有长篇小说《拾乡》、《海那边》，短篇小说集《孤云》等。

吉铮于 1959 年开始小说创作，此时她已从美国贝勒学院毕业。在 20 世纪 50 年代中后期，台湾虽然开始有人赴美留学，但人文社科类专业的留学高潮还没到来，因此，吉铮应当算是文科出身而较早留学美国的留学生之一。由于她的留学经验对她这样敏感而又“先行”的学文出身的留学生造成了极大的“文化震惊”，因此吉铮的小说创作，也就以留学生题材为主。在小说《黑色的郁金香》中，吉铮通过作品中的“我”对出国前与“你”的一段感情回忆，对出国的意义进行了“反思”——如果出国并不能给人带来幸福而给人留下的是痛苦的话，那么出国的价值和意义何在？在随后的一系列创作中，吉铮或写少妇寂寞的人生和对出国的失望（《会哭的树》），或写海外感情的千疮百孔（《乍聚乍别》），或在繁华中衬托出海外生活的无爱（《夕雾》），或写女性在海外为了“经济上的安全感”，放弃真爱最终导致人生悲剧（《负情》）。至于在国外生存的艰辛和“无根无国无家”的凄凉（《门槛》、《拾乡》），在海外挥之不去的寂寞（《孤云》），以及爱情、理想的一再幻灭（《伪春》、《拾乡》），就更是吉铮小说反复出现的主题。

丛甦（1937—），原名丛掖滋，山东文登人。他于1959年台湾大学外文系毕业后，即赴美留学，1961年在西雅图华盛顿大学获文学硕士学位，1963年获哥伦比亚大学图书馆学第二硕士学位。长期任职于洛克菲勒图书馆。著有小说集《白色的网》、《秋雾》、《想飞》、《中国人》、《兽与魔》，散文集《君王与跳蚤》、《净土沙鸥》、《生气吧，中国人》等。

丛甦的小说世界，虽然就其单篇而言，有些“写实”（如《虹》、《野宴》、《中国人》、《窄街》等），有些“现代”（如《盲猎》、《秋雾》、《想飞》、《幻》、《兽与魔》等），但如将其视为一个整体，则她的小说从总体上可以视为以存在主义哲学为“观念”指导，以表现中国人在北美的现实处境为展开舞台，在“形而下”的日常生活舞台上，上演“形而上”的象征剧和哲理剧。

由于丛甦以存在主义哲学作为小说创作的观念，因此，她的小说带有相当浓重的哲理色彩。从总体上看，无论是描写中国人海外处境的《自由人》、《夜宴》、《中国人》、《窄街》、《中国洗衣店》等小说，还是背景相对比较模糊或抽象的《盲猎》等作品，丛甦的小说大都呈现出以“写实”的姿态，包裹存在主义的哲思。对“流浪的中国人”在海外的苦闷、彷徨和脆弱进行深刻挖掘，是丛甦小说的基本特点。《自由人》中对“少数中国知识分子在海外的彷徨与失落”所进行的艺术摹写——他（她）们看似“自由”，其实哪里有“自由”可言？“自由人”的命名对他（她）们而言恰恰构成一种本质化的反讽；《野宴》对中国人海外处境的描画——这些中国人，正如尼采所说，是瞎子在走高绳索，“而在一个陌生的土地上陷阱更多，摔跤机会也更多”。这些夹缝里求生存的中国人，身在异国，他（她）们“永远是桥牌桌上的第五个人”；以及《中国人》中对沈梦和文超峰亲身感受的揭示——他（她）们只是夹缝人、边缘人，身为移植的异乡人，他（她）们的存在“充其量是边缘的”。这些作品，都体现了丛甦对海外中国人“流浪”、无助而又孤寂的生存状态的准确把握和艺术表现，在某种意义上说，中国人的海外遭遇，又何尝不是现代人普遍的生存处境？正是在表现中国人的海外生活中，丛甦触及了“形而上”的生存命运。

三、白先勇的创作

白先勇（1937—），广西桂林人。1961 年台湾大学外文系毕业，1963 年赴美留学，1965 年获爱荷华大学艺术硕士学位，同年任教于美国加州大学圣塔·芭芭拉校区，历任讲师、副教授、教授。著有短篇小说集《寂寞的十七岁》、《台北人》、《纽约客》，长篇小说《孽子》，散文集《蓦然回首》、《第六只手指》、《树犹如此》、《昔我往矣》、《白先勇说昆曲》等；另有剧本《游园惊梦》、《金大班的最后一夜》等；编著和主编有关青春版昆曲《牡丹亭》的著作多种；代表作有《牡丹还魂》、《姹紫嫣红〈牡丹亭〉——四百年青春之梦》、《圆梦——白先勇与青春版〈牡丹亭〉》等。

吉铮的小说虽然对留学生生活多有涉及，但她的大部分作品更像一个有着留学生经历的女性在喃喃自语中透露出对出国、爱情、家国、事业、人生意义的体验和感悟，而缺乏对这些问题自觉、理性的深层思考。在这一点上，白先勇的《芝加哥之死》、《上摩天楼去》、《火岛之行》和《安乐乡的一日》在思想深刻性上显然更胜一筹。白先勇的《芝加哥之死》揭示的是中国人到了美国之后从精神、情感到现实生活均无所归依的困境。小说的核心是“悬荡”与“死亡”——集中体现在主人公吴汉魂的身上（甚至连他的名字都充满了“悬荡”和“死亡”的象征）。作为一个在美国苦读六年才完成学业并获得博士学位的中国留学生，吴汉魂在美国的生活其实一直在两个国度（中国和美国）、两个城市（台北和芝加哥）、两种文化（母亲所代表的中国文化和西方文学所代表的西方文化）、两个女人（秦颖芬和罗娜）之间摆荡。他来美国学习西方文学，似乎是在主动、自觉地追求西方文化，可是在他的心里，中国文化却如影随形，难以摆脱也难以忘怀。得到博士学位在某种意义上意味着他完成了对美国（西方）文化的追求，但恰恰在此时，“吴汉魂立在梦露街与克拉克的十字路口，茫然不知何去何从，他失去了方向观念，他失去了定心力，好像骤然间被推进一所巨大的舞场，他感觉到芝加哥在他脚底下以一种澎湃的韵律颤抖着，他却蹒跚颠簸，跟不上它的节拍”，“芝加哥对他竟陌生得变成了一个纯粹的地理名词”。他和罗娜的一夜风流似乎很“西化”，最终却导致他的死亡——在骨子里他还是一个拒绝这种“西化”，在精神、情感和肉体上都不属于芝加哥、美国乃至西方的中国人。只有在死亡中，他的精神“悬荡”才能真正终止。

同样具有在两种文化中“悬荡”意味的小说还包括《上摩天楼去》、《安乐乡的一日》和《火岛之行》。在《上摩天楼去》中，满怀热望来到纽约寻找姐姐玫伦的玫宝，到了纽约才发现过去那个具有东方美和热爱艺术的姐姐，已经变成了一个世俗功利、追求金钱地位的“现实主义”者，这使玫宝对姐姐的期待从此“悬荡”在过去的回忆之中，而导致她心灵“悬荡”的，是西方（美国）的社会现实和文化准则对她姐姐的改变，玫宝登上纽约的摩天楼，某种意义上正象征了她上不着天（她对改变后的姐姐的拒绝正表明她难以接受西方社会）和下不着地（过去的东方世界也回不去了）的“悬荡”处境。至于《火岛之行》中的林刚，他的东方式热情换来的却是西方式的冷淡，他在那些来来往往的众多西化了的女性面前，似乎注定了难以获得心灵和情感的回应——在西方社会坚守东方准则，结局大概只能是因无所归依的“悬荡”而导致的悲剧。

在《安乐乡的一日》中，小说女主人公依萍的处境和遭际，和《芝加哥之死》中的吴汉魂、《上摩天楼去》中的玫宝以及后来的《火岛之行》中的林刚一样，也体现了海外中国人强烈的“无依感”和“悬荡感”。依萍身在美国，却自认是中国人，她的这种“身”、“心”分离状态不但给她自己的内心带来了痛苦，也对家庭中的其他成员（丈夫伟成和女儿宝莉）形成了妨碍——她成了父女和谐融洽关系中的一个不和谐音符。在伟成的劝导下，依萍也想努力调整自己，使自己适应和融入美国社会。然而，美国式的社交方式（打桥牌、读书会和上教堂）对依萍来说十分别扭和不习惯，而美国太太们“都把依萍当稀客看待，对她十分友善，十分热心……为了取悦依萍，她们和依萍在一起时，总很感兴趣似的，不厌其烦向依萍询问中国的风土人情，中国人吃什么，中国人穿什么，中国人的房子是怎么个样儿。她们生怕依萍不谙美国习俗，总争着向依萍指导献小殷勤儿，显出她们尽到美国人的地主之谊，这使依萍愈感到自己是中国人，与众不同”。美国太太对依萍“中国特征”的浓烈兴趣，使依萍“举止上常常下意识地强调着中国人的特征。每逢聚会时，依萍便穿上中国旗袍，嘴上一径挂着一丝微笑，放柔声音”，尽力将自己化为“中国人”的代表并突出“中国人”的特征——而这，其实是美国太太们（代表美国社会）对依萍试图融入美国社会礼貌而坚决的拒绝。假使说美国社会对依萍的拒绝而造成的伤害还不算强烈的话，那么它对依萍的女儿宝莉所造成的心灵创伤，则是致命的。因为当宝莉自认是美国人的时候，她的同学却称她为“中国人”。小说中依萍和宝莉母女两人在究竟是“中国人”还是“美国人”问题上的冲突，集中体现了海外中国人身份不明、精神和文化无所归依的状况。小说中依萍的处境是“悬荡”的，因为她面对的世界是个她不愿意融入并且她也融不进去的世界；而更为惊心动魄的是，宝莉作为一个儿童，她的认同是单纯的，她的世界只有一个，那就是美国。然而，她的美国认同为她的同学所不认可，她的母亲也不答应；母亲要求她的“中国人”认同，又使她难以接受——对她来说那是一个陌生的世界。宝莉在她还是一个孩子的时候，就已经宿命地背负起海外中国人的“悬荡”命运。这也表明中国人在海外的“悬荡”，很可能是一个持久的、跨代的延续过程。

通过《芝加哥之死》和《安乐乡的一日》，不难看出白先勇在表现海外中国人的处境和命运时，挖掘更深，思考更广，更艺术地把握了海外中国人的社会处境和历史命运。

身处海外，白先勇还频频“蓦然回首”，以“他者”身份回望过去，反思历史。由十四个短篇小说构成的小说集《台北人》，被夏志清誉为一部“民国史”的书写。《台北人》中的各色人等，从年迈的儒将到退休的女仆，从上流社会的夫人到下层社会的“司令”，从名交际花到低级舞女，一个个都有沉重的“往事”，有难忘的“过去”，串联一体，艺术地再现了那个“忧患重重的时代”。这些“大人物”、“中人物”和“小人物”，大都是被历史边缘化的人物，他们或从历史的创造者转为历史的遗忘者，或从历史的参与者变为历史的旁观者。作家从他们身上，体现出一种浓重的孤臣孽子心态和被放逐的意识，被塑造的历史人物和书写者本身，共同酿成了“他者”的忧患。白先勇显然希望人们不能为了“今”而抛弃“昔”，诚如欧阳子所评论：“我们读《台北人》，不论一篇一篇抽出来看，或将十四篇视为一体来欣赏，我们必都感受到‘今’与‘昔’之强烈对比，白先勇在书前引录的刘禹锡《乌衣巷》（朱雀桥边野草花，乌衣巷口夕阳斜，旧时王谢堂前燕，飞入寻常百姓家），就点出了《台北人》这一主题，传达出作者不胜今昔之怆然感。事实上，我们几乎可以说，《台北人》一书只有两个主角，一个是‘过去’，一个是‘现在’。笼统而言，《台北人》中之‘过去’，代表青春、纯洁、敏锐、秩序、传统、精神、爱情、灵魂、成功、荣耀、希望、美、理想与生命。而‘现在’，代表年衰、腐朽、麻木、混乱、西化、物质、色欲，肉体、失败、委琐、绝望、丑、现实与死亡。”① 由此也可以说，白先勇的小说世界弥漫着一种历史的苍凉感，并能通过文学艺术而不受限于时空，以达到融会“今”、“昔”的境界。正因如此，他的《台北人》成为北美华文文学在历史题材中显现“他者”属性的典型代表。

四、於梨华　聂华苓　欧阳子

1. 於梨华

於梨华（1931—），浙江镇海人。1949 年考入台湾大学外文系，1950 年转入历史系。1953 年大学毕业后赴美留学，1956 年获加州大学洛杉矶校区硕士学位。1965 年任教于纽约州立大学奥本尼分校，曾任中文研究部主任。著有长篇小说《梦回青河》、《又见棕榈，又见棕榈》、《考验》、《傅家的儿女们》，中短篇小说集《也是秋天》、《雪地上的星星》、《会场现形记》、《寻》等。

与吉铮、白先勇相比，於梨华似乎对留学生题材情有独钟。她的留学生题材小说不但数量多，而且涉及范围广，而她这类小说的一个突出现象是其中的人物无不具有一再受挫的经历。从最初的《归》、《也是秋天》，到她的代表作《又见棕榈，又见棕榈》，再到后期的《考验》、《傅家的儿女们》，贯穿於梨华留学生题材小说始终的，是这些作品中的主人公们，或在留学生涯中为求生存艰苦挣扎却不免遭受凌辱（《小琳达》中的燕心），或为事业上的成功而心力交瘁却终遭失败（《考验》中的钟乐平），或满怀希望来到美国希冀实现自己的理想而换来的却是梦的破灭（《又见棕榈，又见棕榈》中的黄佳利），或在爱情上丢失了在台湾曾有的幸福而在美国碰得头破血流（《傅家的儿女们》中的傅如曼）——更多的是这几种不幸兼而有之（以《又见棕榈又见棕榈》中的牟天磊最为典型）。可以说，留学生

① 欧阳子：《白先勇的小说世界——〈台北人〉之主题探讨》，见《王谢堂前的燕子》，台北：台湾尔雅出版社 1976 年版。

们在生活、事业、理想、爱情上的一次又一次受挫，成为於梨华执意关注、反复表现的“主题”。於梨华之所以会对留学生的受挫经历如此钟情，无疑与她自己的人生经历密切相关。她曾经说过：“留学生的生活也不见得都是那么灰暗、消极，只是我对这方面的感觉特别尖锐。我这样写是希望给国内的年轻人一个警惕，不要对出国抱着太高的梦想和期望，这样失望会更大。”既然是要给人一个“警惕”，那自然不会向人们展示留学生生活“灿烂”的一面。於梨华对因种种受挫而导致的留学生涯灰暗、消极的尖锐感觉，实际上是她自己留学经历、留学体验的心理投影。於梨华笔下的留学生们屡遭受挫的苦难历程，往往从他们出国前就已开始，并贯穿留学生涯的始终。在於梨华的留学生题材小说中，难得发现作品中的人物是怀着兴高采烈的心情出国留学的，其去国，不是被父母“逼迫”，就是为时尚所裹挟，要么就是为了赶到已出国的恋人的身边。这种不完全是出自本心的出国选择，从一开始就含有“受挫”的因子，而出国后更加惨烈的“受挫”经历，更强化了他们的“受挫感”，使他们往往质疑当初“为什么要出国”，并最终陷于无尽的懊悔之中而难以自拔。即便是那些对出国后的未来怀有某种朦胧期待的人，出国后的现实也使他们立即跌入历遭磨难的境地，当初的希冀和期待，在残酷的现实面前被毫不留情地击得粉碎。在於梨华的小说中，“受挫”成了从柏琴（《归》）到燕心（《小琳达》），从牟天磊（《又见棕榈，又见棕榈》）到钟乐平（《考验》），从傅家的众多儿女（《傅家的儿女们》）到罗梅卜（《雪地上的星星》）等几乎所有人物的留学生涯中共同的经历。受挫经历不但成了於梨华小说中人物的宿命，而且也构成了於梨华留学生题材小说的基本内容、框架和模式。

虽然於梨华的留学生题材小说中一再出现的“受挫感”与她自己的个人经历密切相关，但作品中人物在北美的遭际却不能说只是於梨华个人感受的文学表现。在某种意义上说，它代表的是那个时代所有在北美的华人的共同体验：受挫感和分裂感，说到底是源于他们难以融入北美社会。这种“融入的困难”，事实上成为他们生存形态的“时代标志”——他们是北美社会文化中的“他者”和“边际人”，这种“他者”生存和“边际人”状态，使他们的内心始终处于剧烈的冲突之中：吴汉魂在芝加哥街头的茫然不知所往（《芝加哥之死》），燕心在面对小琳达质询时深切感受到的强烈的屈辱感（《小琳达》），依萍在遭遇到外国人看似客气热情实则排斥拒绝时的无言之痛（《安乐乡的一日》），均是这种内心冲突的基本表现。而在所有这些表现中，以《又见棕榈，又见棕榈》中牟天磊的这段心理活动最为直白：

> 和美国人在一起，你就感觉到你不是他们中的一个，他们起劲地谈政治、足球、拳击，你觉得那与你无关。他们谈他们的国家前途、学校前途，你觉得那是他们的事，而你完全是个陌生人。不管你个人的成就怎么样，不管你的英文讲得多流利，你还是外国人。

由力图融入北美社会时一再体验到的“受挫感”和“分裂感”，引发出强烈的“他者感”——这种“他者感”实际宣告了“融入的困难”，并在这些北美华人内心产生剧烈的冲突。到了於梨华的长篇小说《考验》中，文化上的“他者”更直接地化为种族上的“他者”，钟乐平在北美学界的惨痛经历，表面上看似乎只是专业上的排挤，其实质却是白人系主任华诺对华人移民的种族歧视。北美华人的生存状态决定了他们在现实生存环境和社会文化氛围中的“他者”性，因此，在大量地描写北美华人生活的华文文学中，对试图进入北美社会和文化的华人移民在文化上的“他者”形态（以及这种形态的极端化——种族歧视）的一再书写，就成为美国华文文学中最为常见的基本主题。

除了在社会、文化上的难以融入，在语言上，华人也显而易见地处于“他者”地位。自中国台湾地区来到北美的华人移民，从他们到达北美的那一刻起，他们事实上就已经处于一种语言“他者”的状态：北美的主流语言是英语，而华人的母语是汉语，语言的差异性可以被视为华人移民感受到“他者”性的最基本也是最直接的感受。而对西方文化和北美社会更深刻的“他者”感受，也常常是经由语言的差异性而获得的。对此，北美华文文学也有所表现。在於梨华的《小琳达》中，小主人琳达对前来打工的台湾留学生燕心的第一个感觉是燕心的名字“好奇怪”——因为语言系统不同所引起的诧异，并且，对以非母语的英语进行日常表述的燕心，小琳达“嘴快”地进行了自己的判断：“她的英文说得这样奇怪，是不是因为她不是我们美国人的缘故呢?”对于小琳达的无礼，燕心的“喉咙被一种骤然而来的恼怒塞住了”：小琳达的放肆不但有着一种主人对佣人的居高临下，而且她的语言评价其实是在向燕心昭示着她是一个语言上的“他者”——她来自另外一个语言体系，是不属于这个语言的——而在这种语言“他者”的背后，潜隐着的是对燕心生存形态的“他者”界定和“非我族类”的排斥（在其后燕心要做小琳达的朋友的时候，琳达的回答是：“你看上去很奇怪。你和玛丽、黛娜都不一样，你生得很可笑的样子。)”小琳达虽小，但支撑着她将燕心置于“他者”处境的，却是在她背后强大的主流语言（英文）和主流文化。

使用何种语言的难以控制，实际表明中文在美国这样一个英语国家的弱势地位和边缘处境。作为英语的“他者”，中文在英语的比照下，显得那样的无力和无助，而语言的无力和无助，背后潜隐着的是中国人和东方文化在北美与西方文化面前的无力和无助。

2. 聂华苓

聂华苓（1925—），湖北应山人。1948 年中央大学外文系毕业，1949 年到台湾。曾任《自由中国》文艺栏编辑。1962 年在台湾大学和东海大学任教。1964 年赴美，在爱荷华大学作家工作坊学习和工作。后长期在爱荷华大学任教。著有短篇小说集《翡翠猫》、《一朵小白花》、《王大年的几件喜事》、《台湾轶事》等，长篇小说《桑青与桃红》、《千山外，水长流》等，散文集《黑色、黑色，最美丽的颜色》、《三十年后》等。

如果说吉铮、白先勇、於梨华的留学生题材小说重在描画中国留学生在美国的“西方”处境，那么聂华苓的《桑青与桃红》则是对20世纪中国人“何处是归程”的持续追问。小说中的桑青从一个困境向另一个困境的不断迁徙（困于长江三峡、困于围城北平、困于台北阁楼），正代表了近代以来中国人的苦难命运史，而这种苦难命运的根源则在于外族的入侵、政治力量的纷争和独裁统治的恐怖。桑青“凤凰涅槃”后化作桃红来到了美国，看上去她离开了有着苦难历史的祖国，摆脱了曾有过的困境，来到了一片自由的土地，但美国移民局官员对她身份如影随形的一再调查和盘问，则不但昭示出桑青（桃红）在逃到美国之后陷入了另一种困境——她是谁？她来美国的身份为何？同时也象征了中国人“流离失所”（失去了祖国，也失去了自己曾有的身份）的悲惨现实。桑青的一生似乎总是在这样的一种循环中不断消耗：环境和现实迫使她一再陷入困境，她则从困境中反复逃离，可是，不管她逃到哪里——即便是她逃到了新的国度，“逃”成了“桃红”——她都难逃与“历史”的联系和悲剧性的结局。在某种意义上说，聂华苓的《桑青与桃红》是留学生文学的扩大，写出了20世纪中国人在各种“困境”中“寻路”（“逃离”），却最终找不到“出路”（归程、结局）的历史宿命。同样的境遇在张系国的系列小说《游子魂组曲》中有着类似的表现，无论是《香蕉船》中的李姓海员，还是《冬夜杀手》中的男女主人公，他们在海外最终走向死亡的结局，在某种意义上也许具有一种象征性：这一时期离散到海外的中国人，他们的北美经验，其路向似乎有着一个大致的方向，即“受挫—失败—难以融入—分裂—死亡”。

从总体上看，吉铮和於梨华注重在留学生题材创作中表现留学生的日常生活，并透过日常生活反映中国人在北美因远赴异国导致文化冲突并由此引发的一系列生活、情感、事业、文化的分裂；从甦对中国人只有在海外才会有的种种“不寻常”遭遇投以更多的关注并在此基础上将之提升为一种带有哲理意味的判断；白先勇倾向于借助作品中的留学生形象展现中国人在北美面临“何去何从”（《安乐乡的一日》）乃至“不知何去何从”（《芝加哥之死》）的形而上思考；聂华苓则依凭“桑青”与“桃红”这个“一体两面”的人物成功地昭示了中国人“离散”后的分裂人生。由“离散”和“分裂”所导致的巨大认同危机，以及在异体文化中的生存不适感，使得“死亡”常常成为他们作品中的一种基本元素。比较在此之前的北美华文文学，20世纪六七十年代的北美华人文学虽然其中的知识分子形象大为扩张，但北美华人的总体命运似乎没有得到多大改善。同时，这一时期北美华文文学无论是作者还是作品中的人物形象文化水平的总体提升，使得北美华人（从作家到作品中的人物形象）对“痛苦”（由离散所导致的受挫、失败、认同危机感等一系列精神痛苦）的感受、体验更为敏锐和尖利。痛苦对承受者的打击所形成的后果，是对痛苦麻木承受，还是对痛苦深切自省，其作用的力度显然不可同日而语。后者对痛苦的清醒自觉，无疑使得他们对痛苦的感受要比前者来得强烈得多——而这，也成为这一时期北美华文文学的一个带有标志性的特征。

在来自中国台湾的留学生所创作的北美华文文学中，“政治”（指狭义的政治，因为从广义上讲，不同的文化、不同的语言、不同的族群之间，其不平等性已经构成了一种政治关系）基本上还隐身幕后，在作品中往往是以一种曲折的姿态出现的（如对国共内战的提及，对中国台湾地区政治的曲折描写等），可是到了张系国、刘大任、郭松棻、陈若曦等人的笔下，“政治”因20世纪70年代“保钓运动”的兴起，在北美华文文学中走向前台。在张系国的《昨日之怒》、刘大任的《杜鹃啼血》中，可以看到作家对北美“保钓运动”的涉及；在陈若曦的《尹县长》、《远见》和《突围》中，则可发现对大陆“文革”及海外“统”、“独”复杂世界的勾勒。虽然这些作家创作的这些“政治性”相对较为突出的作品，有些已经不属于20

世纪50至70年代的范畴，但是为了保持对以台湾作家群为主的这一时期北美华文文学论述的统一性，在这里我们予以简单链接。

如果说以来自中国台湾地区的作家群所构成的20世纪50至70年代北美华文文学，其创作主题相对集中在以“融入的困难”为核心的离散、挫折、失败、认同危机、他者感等领域的话，那么这一时期北美华文文学在艺术上的特征，则以在写实的基础上渗入现代主义元素（观念和技巧）为基本形态。

在较早开始进行创作的吉铮、於梨华等作家那里，写实手法依然为其主要的写作常态。从某种意义上说，吉铮、於梨华的小说创作，可以被视为一种具有“通俗小说”特点的“高雅文学”——它们有引人入胜的情节，有清畅流利的语言，有一波三折的爱情故事，有奇特和新鲜的海外生活，再加上许多作家在作品中融进海外中国人生存处境的展示和命运走向的思考等比较“沉重”和“有深度”的内容，因此这类小说在文学界能产生重大的影响。不过，由于20世纪六七十年代来自中国台湾的北美华文作家许多出身外文系，他们在大学阶段所接触到的西方现代主义文学，加上来到北美后所处的西方文化环境，对他们的创作产生了重大影响，所以使他们中的许多人在自己的创作中，不约而同地在意识流的运用、内心的挖掘、对禁忌的涉及、对生存的价值和意义的反思、结构技巧的创新等方面，留下了明显的现代主义文学的痕迹。丛甦的《雨》、《盲猎》、《斜坡》等小说，就被白先勇认为在细节运用、比喻塑造、表现“生”之焦虑和成长痛苦方面，独具匠心。在白先勇的《芝加哥之死》、《谪仙记》、《谪仙怨》、《上摩天楼去》、《火岛之行》、《安乐乡的一日》、《香港——一九六〇》、《游园惊梦》等作品中，奇异的思维、独特的情感、心理的流动、哀伤的氛围，使白先勇的小说在“现实”风貌的背后，内隐着浓重的“现代”气质。

3. 欧阳子

欧阳子（1939—　），原名洪智惠，台湾南投人。1961年台湾大学外文系毕业，留校当助教一年。1962 年赴美留学，1964 年获爱荷华大学艺术硕士学位。1965 年移居得克萨斯州。著有短篇小说集《长头发的故事》、《秋叶》等，散文集《移植的樱花》等，评论集《王谢堂前的燕子——〈台北人〉的研析与索隐》、《跋涉山水历史间——赏读〈文化苦旅〉》等；编有《现代文学小说选集》（二册）。

有“心理的外科医生”之称的欧阳子，她的小说可谓 20 世纪继施蛰存之后华文心理小说的又一高峰。诚如白先勇所认为的那样，“心理二字囊括了欧阳子小说的一切题材”[①]，就是欧阳子自己，也觉得“我差不多的小说题材，都是关涉小说人物感情生活的心理层面，以及他们的自我觉悟过程”[②]，这种把对人的心理世界的揭示作为自己小说创作的基本区域和首选题材，既同她“最常思考的人性问题涉及善恶之间的关系，以及道德的标准”[③] 有关，也同她对精神分析学理论的熟悉和认同有着极大的关联。她自己曾经提到：“弗洛伊德的学说对西洋近代文学的影响至大，我当然很感兴趣，在写作上也相当受过影响。”[④]

在欧阳子的作品中，对心理世界的深度挖掘和对逾越人类道德伦理底线的呈现，往往给人们带来强烈的震撼——相对于用陌生化的形式探索赋予自己作品“现代风”的特点，欧阳子的小说主要以题材的殊异令人心惊。《魔女》中的母亲，《近黄昏时》的儿子，《花瓶》、《浪子》中的夫妻，《素珍表姐》中的姐妹，《觉醒》、《秋叶》中的母子，《半个微笑》、《考验》中的青年人，《最后一节课》中的师生……这些作品中的人物思想和行为，都与人们习惯了的“日常

① 白先勇：《蓦然回首》，台北：台湾尔雅出版社 1978 年版，第 28 页。

② 夏祖丽：《握笔的人——当代作家访问记》，台北：台湾纯文学出版社 1977 年版，第 183 页。

③ 夏祖丽：《握笔的人——当代作家访问记》，台北：台湾纯文学出版社 1977 年版，第 181 页。

④ 夏祖丽：《握笔的人——当代作家访问记》，台北：台湾纯文学出版社 1977 年版，第 181 页。

生活”中受到道德伦理规范的“现实”有一定的距离，他（她）们或者有不伦之恋，或者在心理上进行各种角力和较量——而这一切，都是对于“日常生活”中处于睡眠状态的人类心理和欲望冲动的深刻揭示。对作家笔触罕至的“人心的原始森林”进行“勇敢的探索”，“毫不留情，毫不姑息，把人类心理——尤其是爱情心理，抽丝剥茧，一一剖析”①，正是欧阳子在20世纪六七十年代为北美华文文学作出的独特贡献。她的出现，使这一时期北美华文文学的现代主义特征，具有一种新的特质。甚至，欧阳子对人类心理世界的关注，还影响到了她文学批评的姿态——从她运用新批评理论分析白先勇小说集《台北人》的经典之作《王谢堂前的燕子——〈台北人〉的研析与索隐》中，不难发现她对十四篇小说探微烛幽的挖掘、深究和把握，许多都与心理分析有关。

相对于欧阳子关注人类心理和道德伦常，聂华苓显然对历史的变换和中国人海外（北美）“改变身份”的处境、结局更有心得。她的《桑青与桃红》，可以说表现了中国人如何一步步走向海外（北美）并在海外（北美）到处流浪、不知何处是归程的生存形态。在表现这一主题时，聂华苓运用现代小说技巧，将在中国时的桑青，转换成了在美国时的桃红，这个“一体两面”的人物的命运，就在“写实”的基础上具有一种“象征”的意味：桑青到美国（北美）时摇身一变为桃红，但在美国移民局那里又不被承认这一事实，在某种意义上正象征着中国人到了海外（北美）之后努力想脱胎换骨、重新做人（为了适应、融入新的环境成为“新”人）却难以如愿的现实。小说通过桑青与桃红的不断转换和潜在“对话”，牵连起中国人过去（中国）与现在（美国）、前世（桑青）与今生（桃红）的种种情状，写出了无论是桑青还是桃红，她们在这个世界上均无立足之地的现代中国人的命运。对小说主人公双重身份的设计（“桑青”与“桃

① 白先勇：《蓦然回首》，台北：台湾尔雅出版社1978年版，第31~32页。

红”），显示了作者聂华苓写作手法的新颖和艺术创新的巧思，也代表了这一时期北美华文文学创作的现代主义特征的又一种形态。

五、诗歌和散文

诗歌创作

北美华文文学除了在小说领域具有“现代风”的特征之外，北美华文诗歌在现代主义色彩方面也表现突出。老诗人纪弦、彭邦桢、洛夫、痖弦等，中生代诗人张错、杜国清等，都有“现代诗”的成功实践。这里再介绍几位诗人的创作。

1. 叶维廉

叶维廉（1937—），广东中山人。1959 年台湾大学外文系毕业，1961 年台湾师范大学英语研究所毕业，获文学硕士学位。1963 年赴美，1967 年获普林斯顿大学比较文学博士学位。长期任教于美国加州大学圣地亚哥分校。著有诗集《赋格》、《愁渡》、《醒之边缘》、《花开的声音》、《惊驰》、《三十年诗》等，散文集《万里风烟》，论著《现象·经验·表现》、《中国现代小说的风貌》、《中国诗学》、《比较诗学》等。

在同样表现中国人海外感受的《游子意五首》中，叶维廉用充满现代主义色彩的诗歌形式，表明了与同时代的海外华文小说家同样的感受：去国远行时刚刚抵达异国的慌乱，离散漂泊时对陌生世界的紧张乃至潜在的恐惧，强烈的异在感等，都在他的诗中有所反映。如五首中的第一首写刚到北美时的感觉：“螺旋桨缓缓地停定/如绞洗过的洁净的羽翼/在春天，铜皿铿然/暴雨中漠漠地/蔚为晶簇的烟花。悄然凝虑/在无意蓝的江海之上，许多炤炤的/通路把一个背向的妇人呈示/在无那的阳光里，或者是/有了温暖自流亮的荇藻/泉水从废木上溢落/车辆自沉默中驶出，或者/入晚时白鸽群的起落/确是那开不尽的丛菊的光芒/确是那随着战争散落的云发/在星期日，在无数耀目的庭院中/音响和血液暗结于朝露。”《游子意五首》写于 1965 年春夏之间，作者虽然赴美已有两年，但最初到达北美时“漠漠”、“凝虑”的感受，却依然十分强烈。在表达自己“音响和血液暗结于朝露”这种既有点兴奋又不无惨烈的复杂心情的时候，作者通过丰富的意象、奇异的联想、跳跃的视阈、流动的思绪、新鲜的感受、独特的语言，把一个中国人对北美世界的最初体验，以一种看似扑朔迷离实则具有一种“本质”真实的方式表现出来。不过，叶维廉的“西方取向”是技术层面的，“心中”还是中国诗学的浸淫。他从“走向西方”又“回归东方”，取法王维，怀念杜甫，倾心老庄，矻矻于诗的纯粹性，努力探索引发现代诗的“古典回响”。

2. 郑愁予

郑愁予（1933—），原名郑文韬，河北人。1958 年毕业于台湾中兴大学。1968 年赴美，在爱荷华大学获艺术硕士学位。长期在耶鲁大学东亚系任教。著有诗集《梦土上》、《衣钵》、《郑愁予诗选集》、《燕人行》、《雪的可能》、《刺绣的歌谣》等。这一时期在郑愁予的笔下，以现代主义诗歌表现“海外游子”的心绪同样是其写作的重要内容和方式。在《雪的可能》中，郑愁予这样写他的北美感受：“或将成为血液呢。好缓缓地循流/大地哟。盖上母亲亲手浆洗过的/被子。盖上头，自己听着自己的/呼吸。泪，淌着。/（外面的天，正黑着哪!）/风与野狼咆哮在空中。哎，睡吧。/母亲不是这么说过/明天，太阳会像金鹿那般/从爱波雷神山后，勇敢地/顶着花枝跳出来/风，将从新选的方向，十里/一波，十里一波地/涌过来 /明天，远山的丛林先醒，血液/必定在根须间开始/ 缓流……许多许多的根须/像网筋一样地兜住了—— 大地哟。金鹿奔来/快得像滚动的光环/一路上带起蒸腾的云雾/母亲啊，也把我们一一地 / 拍醒。而且轻声地说：/ 当我去世了/爱我华呀就是你们的/名字。那时——我们将站成 / 玉米 /玉米 /玉米 /玉米 / 的/队伍/将穿起新衣/从此我们要表现得坚强，和/装成懂事理的样子。”虽然在这首诗中，郑愁予的“北美感受”与那个时代北美华文文学“融入的困难”的基本主题有所不同，但在表达形式上的“现代主义”追求，却与这一时期北美华文文学的总体艺术风貌殊途同归。在诗中，作者以血（由雪化成）、母亲、太阳、金鹿、玉米、风等意象，通过意象间的跳跃和交织，通过对语言貌似非逻辑实则暗含逻辑的排列组合，传递出“把雪比作慈母的生命，又把玉米比作新生的一代”这样的念想。作者在诗中借助意象、意境、色彩、感觉、心绪、语言、视角、节奏等多种诗歌艺术的杂糅和调度，将自己对“爱我华”的感觉艺术生动地表达了出来。

3. 杨牧

杨牧（1940—），原名王靖献，另有笔名叶珊，台湾花莲人。1963 年东海大学外文系毕业。1964 年赴美，1966 年在爱荷华大学获艺术硕士学位，1971 年获加州大学柏克莱校区比较文学博士学位。曾任教于普林斯顿大学、华盛顿大学、香港科技大学、东华大学，并曾任台湾“中央研究院”中国文哲研究所所长。著有诗集《水之湄》、《花季》、《传说》、《瓶中稿》、《杨牧诗集》（Ⅰ、Ⅱ）、《时光命题》，散文集《叶珊散文集》、《柏克莱精神》、《搜索者》、《交流道》、《年轮》、《方向归零》、《星图》，论著《传统的与现代的》、《文学的源流》等。

杨牧从中学时代就开始诗歌创作，持续至今。早期作品受当时诗风的影响，以充满现代风的形式表现敏感的文学少年的种种思考和探索。进入大学以后，他开始自觉地实验着新技巧，垦拓着新境界，自《花季》以降，这种“实验”和“垦拓”的努力，可以说贯穿了杨牧诗歌创作的全过程。从总体上讲，杨牧的“实验”和“垦拓”集中体现在对这样几对关系的思考上：诗歌的自由创造（自由）和相对自足（局限）、诗歌的社会功能（表现社会）和自身建构（追求本体）、诗歌的传统继承（回眸古典）和异质吸取（放眼世界）、诗歌的客观描摹（外向观察）和主观书写（内视冥思）。在杨牧看来，诗歌既是自由的，同时也是受限制的，诗歌应该表现社会但更应该关注自身，现代诗歌应从古典传统和西方诗歌中寻找“新建”的资源，诗歌可以客观描写，但主观抒发可能更为重要。在这样的诗歌理念指引下，杨牧在自己的诗歌创作中，既恣肆挥洒又注重有机性，表现社会是立足于“诗”的立场和以“诗”的方式，诗歌的“个性化”以兼容古典和西方的双重身影为前提，以自己的独立思考为提升，而“表达自己——我自己的意志、心灵和欲愿”则成为他诗歌创作的原动力和自觉追求。对“美”、“忘我的爱”的歌颂，以及对历史（人物）的同情和对死亡的沉思是杨牧诗歌的基本主题，对心灵世界的反刍是杨牧诗歌的基本取向，对沉思和默想的热衷是杨牧诗歌的基本气质，形式的“音乐化”、“格律化”、“多样化”探索和语言的纯美追求则构成了杨牧诗歌的基本风貌。

4. 非马

非马（1936—），原名马为义，祖籍广东潮阳，生于台湾台中市。1961年赴美留学，获威斯康星大学核工博士学位。作为自然科学家，非马业余酷爱诗歌创作，40年来写诗600多首，已出版《在风城》、《白马集》、《笃笃有声的马蹄》、《路》、《非马诗选》等诗集。非马的诗，既有呼吁和平、抗诉战争的警世主题（如《城战纪念碑》、《珍珠港》），又有表现城乡对立、质询现代性都市社会之冷漠不公的反省命题（如《都市即景》、《十字街头》）；既有对现实生存境况中非自然状态事物的异化的感喟（如《被挤出风景的树》），又有对日常生活细心体察的生命柔情（如《生命的指纹》）。作为一个富有人道思想和批判意识的当代诗人，非马往往运用“反向思维”，别出心裁地反讽畸形的现代文明。《通货膨胀》指涉经济危机，非马以反向思维作了另一角度的解读，看到被扭曲的另一种“经济活动”，那就是同量的“一把钞票”，竟然买到了比以前更多的“商品”——“街头神女”所卖的“笑”！同样，“鸟”在一般人心中容易引发自由的联想，非马写过两首同名为《鸟笼》的诗，在诗里，鸟、鸟笼和污染的天空，三者都变成非自由和异化的，诗人否定了自由的自明性。非马的诗一般都是短章，意象凝练、简约而富有张力，诗句精短却灵气氤氲，见微知著，意味丰富。如短诗《领带》：“在镜前/精心为自己/打一个/牢牢的圈套//乖乖/让文明多毛的手/牵着脖子走。”不仅构思精巧，也让读者在对“牢牢的圈套”的苦笑和“多毛的手”的揶揄中，品味到自诩文明的现代人的矫饰与负累。

散文创作

在散文创作上，这一时期的代表人物有王鼎钧、许达然等。

1. 王鼎钧

王鼎钧（1927—），山东临沂人。曾任职于台湾中广公司，曾任《中国时报》《人间》副刊主编、幼狮文化事业公司期刊部总编辑。1978 年移居美国。著散文集近 30 种，代表作有《开放的人生》、《碎琉璃》、《山里山外》、《左心房漩涡》、《千手捕蝶》等。

王鼎钧的散文，从浓重的乡愁情结出发，在广泛的题材领域（历史、家族、社会、人生），注重对人性的思考和挖掘——这种思考和挖掘主要借助两种方式进行：一为充满哲理的直接议论，一为以人物、故事为经纬编织出人性或善或恶的图案。前者以《开放的人生》为代表，后者则在《碎琉璃》中有着突出的体现。他的刀笔解剖了人的“欲望”的双重性：一方面是发展社会物质文明的驱动力，另一方面是“欲壑难填”造成的破坏；既是人性的一部分，又往往是人性堕落的罪因。我们不仅可以在《欲》、《网中》等篇章中领悟到作家的哲思和良知，在《那树》、《青纱帐》中，也同样能看到这一理念在不同侧面的阐发。前者写象征物质文明进步的城市扩展，却事与愿违地践踏了人类自身赖以生存的生态环境；后者虽然写抗日战争年代的人与事，但它的核心依然是揭橥欲望的善恶二重性。自然，在艺术展示时，作者戒拒了政治或道德的说教，也规避了二值判断的思维定式，而于复杂中求真、求善、求美。

王鼎钧还是散文艺术革新的能手。他不但在散文的各类体式（小品、杂文、散文诗、叙事散文、抒情散文、哲理散文）上均有创造性实践，而且时常进行不同文类的嫁接，营造别致的效果。他的散文文体，结构与文调往往大开大阖，快速、锐利、错落，时而空灵，时而平实，时而拙朴古雅，时而诙谐俚俗，熔悲怆和幽默、繁华与恬淡为一炉。他能将小说中的人物情节结构引进叙事散文中来，又善于用“交响诗”和“四重奏”章法来组织长篇抒情散文。为了扩大散文以小见大的容量，他还将一般的寓意象征，廓大成世界本体的象征，从而赋予一种哲学上本体论的意味。在想象的方式上，他不时采用超现实主义手法，抒情中常常错杂进奇警的幻觉和错觉。他的一些寓言体小品，细部是写意的，整体又是写实的，如此虚虚实实，也是他开掘潜意识深度的一个创获。而在语言风格上，王鼎钧的文字干爽，内劲深厚，在平实中包蕴智慧，在流利中隐含跌宕，不愧为出色的散文名家。

2. 许达然

许达然（1940—），原名许文雄，台湾台南人。1962年毕业于东海大学历史系。1965年赴美，先后获哈佛大学硕士学位和芝加哥大学博士学位。长期任教于美国西北大学。著有散文集《含泪的微笑》、《远方》、《土》、《水边》、《人行道》、《防风林》、《艺术家前》等。

许达然的散文创作就主题而言大致经历了个人反省、现实关怀、历史沉思和文化反哺这样几个阶段。在许达然青年时代创作的散文作品中，他个人成长过程中遭遇的孤独和苦闷是其写作的重点，《孤独城》、《自画像》和《散步日记》等作品，就是这一时期青涩的内心世界的真实写照。随着年岁的增长和阅历的增加，以及对社会介入程度的不断加深，许达然对社会的认识和洞察力也日趋敏锐，再加上20世纪70年代的台湾社会，风云激荡，思潮翻涌，给许达然观察和思考社会问题提供了丰富的现实素材，这时他的散文创作，就主要集中在对台湾社会的深情关注方面。《台湾山海经》、《那泓水》等作品涉及的是环境污染问题与社会政治之间千丝万缕的联系；《踯躅的代价》和《东城门下》等作品，反映的则是下层社会中被侮辱与被损害者的悲惨处境。在这些关乎社会现实的散文中，许达然对社会乱象、社会不公进行了有力的批判，对下层民众予以了深切的同情，体现了自己的社会良知和人道主义立场。

许达然长期在美国大学任教，他的散文写作带有明显的知识分子色彩和深厚的文化内涵。体现在他散文中的知识分子特性，主要表现为自觉的批判精神和丰厚的历史文化积淀。如果说批判精神主要存在于他的那些关注现实人生的作品中，那么他对西方历史的回顾和对人类文化的哲思，就集中呈现在《罗马帝国的衰亡》、《戮》、《看舞狮》等作品中。在这些散文中，许达然或通过对古罗马专制政体的反思，揭示古罗马帝国衰亡的原因；或借助人类对动物（鹿）和同类（殖民者对土著）屠戮现象的反思，表达对“戮”这一行为的历史文化思考，并在对比中展现人类的残酷和某种本性。他的散文质朴自然，文笔清新，时有抒情之调，不乏象征笔法，乡土气与书卷味并呈，诗话语言和方言土语兼用，在艺术形态上自成风格。

总体上看，随着大批台港留学生来到北美，北美华文文学在20世纪六七十年代迎来了它的第一个高峰。这一时期的北美华文文学，在主题上以表现“融入的艰难”为核心（离散、挫折、失败、认同危机、他者感等为其衍生主题），在艺术上以现代主义风格为主导。它不但在北美华文文学的发展历史上代表了一种升华，在世界华文文学范围内，也标志着这一时期汉语书写的最高成就之一。

第四节 20世纪80年代以来的“新移民文学”

一、概述

如果说在20世纪50年代至70年代之间，美国华文文学中的作家构成，其主要成分是来自中国台湾地区（少量来自香港）的留学生的话，那么从20世纪80年代开始，伴随着大陆赴美留学人数的增加，在美国华文文学的作家队伍中，由来自大陆的留学生而成为作家的人，已逐渐成为这支队伍中不可或缺的重要组成部分。这些有着中国大陆背景的写作者的持续加盟，不但使美国华文作家队伍日益壮大，也使美国华文文学的呈现形态更加纷繁多姿，并且就活跃程度和“群体”效应而言，大陆作家群的声势在20世纪80年代以来有超过台港作家群之势。他们不但人数多（严歌苓、查建英、张翎、北岛、苏炜、施雨、卢新华、李彦、沈宁、冰凌、宗鹰、周励、少君、刘荒田、陈瑞琳、沙石、曾宁、邵丹、宣树铮、余曦、吕红、王性初、融融、李南央、阿黛、易丹、于濛、坚妮、叶念伦、戴舫、高小刚、林火、刘慧琴、曾晓文、马兰、晓鲁、王正军、朱琦、程宝林、孟悟、巫一毛、力扬、陈谦、陈河、薛忆沩等），而且作品数量多（许多作家都有数本作品集），还出现了许多有代表性的作品，如严歌苓的《扶桑》、《少女小渔》、《第九个寡妇》，查建英的《丛林下的冰河》，张翎的《望月》、《交错的彼岸》、《邮购新娘》，苏炜的《米调》、《迷谷》，李南央的《我有这样一个母亲》，施雨的《纽约情人》，陈瑞琳的《“蜜月”巴黎》，王性初的《蝶殇》、《孤之旅》，阿黛的《处女塔》，吕红的《美国情人》，余曦的《安大略湖畔》，少君的《人生自白》、《一只脚在天堂》，卢新华的《紫禁女》，李彦的《嫁得西风》、《红浮萍》、《海底》等，许多作品或在海内外获奖，或被收入各种文学作品选。各种文学活动频繁，如成立了文学社团“文心社”，在中国大陆举办了两届“新移民作家笔会”，在美国纽约召开了“北美华人移民文学的历史与未来”研讨会等。虽然此时来自中国台湾、香港地区的作家仍然在进行创作，但“声音”大的，显然是来自中国大陆的作家群。可以说，20世纪80年代以来的北美华文文学，是由中国大陆作家群和台港作家群及其他们的创作共同构成的，其中中国大陆作家群的表现尤为突出。我们不妨将20世纪80年代以来北美华文文学生力军的创作，统称为“新移民文学”。

中国大陆赴北美人士组成的北美华文作家群，他们的作品虽然也有一些涉及中国人在北美“融入的艰难”（如《丛林下的冰河》），但或许是时代的发展使得中国人在北美的生存环境较之20世纪50至70年代已大为改观，种族、文化的歧视压力已相对减小（相对于美国到1943年才撤销《排华法》，加拿大到1947年还禁止华人入境，20世纪50年代至70年代来到北美的中国台湾留学生，其生存环境无疑要比自20世纪80年代才大量涌入北美的中国大陆留学生、移民要恶劣得多），因此从总体上看，他们的作品并不把是否能融入北美世界作为自己创作的重点。相对于20世纪50至70年代以中国台湾留学生为主体的作家群创作的题材较为集中在表现中国人与北美社会的“交集”及由此引发出的一系列心理震荡、文化冲突、种族碰撞、无根感和荒原感，20世纪80年代以后以中国大陆留学生为主体的作家群，更愿意把自己的创作重点放在表现自己曾有过的“大陆经验”上。这些作家虽然身在北美，但创作的作品却不以“北美经验”为唯一或主要的内容；相反，他们倒是对自己过去的大陆经验有着十分浓烈的兴趣。在他们关于北美生活的文学表现中，“大陆经验”总是顽强地出现在他们的笔下，或作为书写北美世界的背景（以查建英的《丛林下的冰河》为代表），或作为与北美生活并列的参照（以张翎的《望月——一个关于上海和多伦多的故事》、《交错的彼岸——一个发生在大洋两岸的故事》为代表），甚至，作为身在北美的华文作家，他们竟撇开自己的北美背景，直接创作纯粹的大陆故事（以严歌苓的《第九个寡妇》、《一个女人的史诗》为代表），即便是那些单纯描写北美生活的作品，他们也非常喜欢把笔墨锁定在“大陆人”中间（以少君的《大陆人》为代表）。对“大陆经验”和“大陆人”不懈而又反复的表现，使得20世纪80年代后在北美崛起的华文作家群，事实上在自己的创作中大致表现出一种对北美社会的“不融入”姿态，并以其“不融入”呈现出自己独特的北美经验。如果说当年台港作家群表现的是一种“融入不了”的焦虑（然后可能表现出的“不想融入”只是在“融入不了”之后的一种自我保护），如今新移民作家则流露出对“融入”与否的不太在意。对这些来自中国大陆的北美华人作家来说，北美的新鲜经验并不足以覆盖掉他们丰富的“大陆经验”，而在北美自成圈子的“大陆人”世界，也足以成为他们创作题材的丰富源泉（当然，中国大陆移民对北美社会的“不融入”，总是自成一个相对“自足”的大陆人“圈子”，也与他们英语的总体水平不是太高有关，语言在客观上也使他们的“融入”有一定的难度）——这就是为什么他们的创作常常体现为一种与中国大陆相关的“自足性”：无论是写北美的“华人圈”，还是写北美与中国大陆两个平行的世界（大陆世界常常更为重要），更不用说直接写纯粹的“大陆”（“大陆经验”、“大陆人”），除了极少数的作者如严歌苓、查建英、张翎等能在融合北美和中国大陆经验的基础上跳出区域界限，探究普适的人性外，他们基本上可以说是“身在北美，书写大陆”。“北美”对这些作家而言，常常不是一个要深度描画的世界，而是一个为写“大陆”而提供的背景、参照和动力。

不仅如此，一些较早从中国大陆来到北美的华文作家，在不能忘怀“大陆经验”的同时，还有着较为强烈的“大陆意识”。所谓“大陆意识”，是指这些作家对自己是身在北美的“大陆人”有着充分的自觉，这种自觉使他们在写作的时候，面对自己预设的潜在读者（主要为大陆读者）常常会在自觉不自觉间流露出一种“炫耀”的意味（以周励的《曼哈顿的中国女人》为代表），这使他们喜欢描写自己在北美的成功经历，即便是在涉及自己的痛苦时，也会在痛苦中表现出一种沾了“洋”味的“高级的痛苦”——这与此前来自中国台湾的作家们更多地在作品中书写失败、痛苦形成强烈的反差。究其原因，来自中国台湾地区的作家由于有着惨痛的漂泊经历（他们中的许多人从大陆逃到台湾，又从台湾远赴北美），因此无根感、挫折感、凄惶感特别强烈，再加上期待“融入”却难以实现、异族文化强势压迫、西方现代主义文学的深刻影响等诸多因素的作用，使他们的作品对无根、孤绝、挫折、失败等负面情绪更加注重；而来自中国大陆的作家虽然也会在笔下重现某些与当年来自中国台湾的作家在北美曾有过的相似遭遇，但时代进步所带来的北美大环境的相对宽松，作家主观上对“融入”的相对淡漠（自然痛苦和受挫感也较少），特别是北美处境相对于他们过去大陆生活的差别，使他们的北美经验带有更多正面、积极的意味，于是，这些正面、积极的意味或许就在不经意间化为流淌在他们作品中的“大陆意识”——向读者展示他们光鲜的一面：他们已经在北美世界取得了成功。

北美华文文学中大陆作家群的特殊背景，导致了他们的创作始终有着强烈的“大陆”气质。这种“大陆”气质在有些作家那里化为持续不断的“大陆故事”（写大陆）或“大陆人故事”（写北美的大陆人），有些作家还以此为基础将作品主题升华为一种深远的历史感和对普遍人性的关注。这类作品的出现，无疑使北美华文文学具有了一种新的色彩，其中像严歌苓、查建英、张翎、苏炜、北岛等人的创作，还为北美华文文学竖起了“新移民文学”的高峰。

二、查建英的小说

查建英（1960—），女，北京人，1978 年考入北京大学中文系，1982 年赴美。先后就读于美国南卡罗来纳大学、哥伦比亚大学。曾为《纽约客》、《纽约时报》、《读书》、《万象》等撰稿。已出版小说集《丛林下的冰河》，杂文集《说东道西》，非小说类英文著作 *China Pop* 等。

20 世纪 80 年代以来，在北美华文文学中的中国大陆新移民作家群中，查建英是较早的一位具有代表性的作家。她的“留美故事”系列：《沈记快餐馆》、《客中客》、《芝加哥重逢》、《天南地北》）和《红蚂蚁》（上、中、下），在当时的北美华文文学中独树一帜。她的代表作《丛林下的冰河》，更将中国大陆留学生赴美之后的心理状态和文化感受表现得淋漓尽致。与於梨华在留学生题材小说中着重表现留学生的受挫经历相比，查建英显然更愿意在同类题材中表现留学生身上的历史重负。查建英笔下的留学生都来自“文革”后的中国大陆，特殊的人生经历，使得这些留学生在留美后却难以割舍和忘怀过去的历史，留学前和留学后因物质、精神、文化等方面的巨大反差和刺激，在他们内心所产生的深刻影响，就成为查建英着重表现的核心主题。虽然在某些基本内涵上，查建英的小说与於梨华的小说由于题材的相同而不免有些类似（如打工的艰苦、学业的繁重、创业的艰难、爱情上的不如意等），但这些内容在查建英那里，基本上只是作为一种背景出现在小说中，重点表现历史的力量如何作用于这些从“大陆”出去的留学生，才是查建英创作留学生题材小说的目的所在。在《丛林下的冰河》这部小说中我们看到，“我”在美的经历并不复杂，小说主要表现的是“我”留美期间种种人和事在“我”心中留下的特殊感受，“我”虽然身在美国，似乎也比一般的中国留学生更能融入美国社会，但对“D”的难以忘怀和“D”在我心中无可替代的地位，充分显示了“我”和“过去”历史的内在血缘，在“我”貌似洒脱的行为背后，心灵深处背负着的，却是永远难以甩弃的历史包袱——这是一个永无终结、摆脱不掉的像“我”这样的一代人的宿命。

在查建英的笔下，历史重负的巨大作用力，不仅仅只属于《丛林下的冰河》中的“我”，也属于伍珍（《到美国去！到美国去!》），杰生和“她”（《水床》），罗升平、老赖、薛小奇、林洁茵（《客中客》），另几个“我”（《献给罗莎和乔的安魂曲》、《芝加哥重逢》、《沈记快餐馆》），甚至它还属于印度人巴斯克伦（《丛林下的冰河》）。这些怀着“激奋之情”跑到美国一心要“找找看”的留学生，在寻找一种新生活的过程中，终于发现“我”还是“我”，身处的环境虽然变了，可是“历史”的积淀却在这些留学生的心里扎下了根。《丛林下的冰河》中的“我”，赴美留学虽然宣告了与“D”的恋爱关系的终结，却并没有就此中断与“D”的精神联系——“D”在某种程度上是讲过去“历史”的化身。《到美国去！到美国去!》中的伍珍在美国以身体做本钱，“现实”地闯世界，她的这一行为本身，就是“历史”作用的后果，而她对前夫那封信的百感交集，也正意味着“历史”其实从来就没有从她内心深处消失。《水床》中的杰生和“她”，在美国已获得男女交往的真正自由，使他们不“自由”的倒是源自他们内心的“观念”——一种文化历史的现实果实。《芝加哥重逢》中的“我”，在芝加哥与“往事”（历史）中的梦中恋人小宁重逢，这次重逢其实是情感的告别——可是在内心深处，“往事”（过去的情感、历史）又岂能真的从此告别？在查建英的留学生题材小说中，我们看到了历史重负在留学生们的现实选择中起到了怎样的作用——这种作用最终使这些留学生们在历史与现实之间成为“边缘人”：从过去历史中抽身而出，却难弃历史；置身现实，却因历史的作用而无法真正融入现实。

从某种意义上说，查建英笔下的人物大多“身”在北美，而“心”在中国大陆，人到了北美，思想行为还是延续着中国大陆的那种方式和模式。查建英是以北美（美国）为背景，说她的“大陆故事”，中国大陆的“历史”自然也就在她的笔下继续延伸。

进入20世纪90年代，严歌苓在北美华文文学中的出现使这一“传统”得以延续。其实在严歌苓出现前后，北美华文文学中还出现过两部在中国大陆影响很大的作品：曹桂林的《北京人在纽约》和周励的《曼哈顿的中国女人》。从这两部作品的名字中，就可以看出“大陆背景”是如何深刻地烙印在作品之中的。两部作品也不约而同地有两条线索：中国和美国。在《北京人在纽约》中，“中国”出现在开头和结尾，中间部分虽然叙写王起明在美国创业、生活，可他的“圈子”还是在“中国”（中国人、中国事）；《曼哈顿的中国女人》干脆用双线并行的方式，将“我”的“中国故事”和“美国故事”交织进行。这两部作品，前者展示的是中国人（北京人）在北美（纽约）创业的艰辛；后者呈现的是中国人（上海人）在北美（纽约）事业的成功。前者在某种程度上触及了“文化认同”的两种不同取向（王起明和女儿宁宁一个坚守“中国”，一个却要“美国化”）的冲突；后者却在“文化认同”问题上坚决地、完整地“认同”了“美国”（嫁外国人，在美国取得事业上的成功，尽力融入美国主流社会，在观念上以在国外取得外国式的成功为荣），虽然在“我”炫耀自己在北美的成功时，不无“民族主义”的倾向（相对于许多美国人只能做低级工作，自己身为中国人却在美国成为“成功人士”并以此自豪），但这部作品在“文化认同”上基本上没有太大的冲突，而呈现向“西方”“一边倒”之势。

对于有大陆背景的北美华文文学作家来说，“文化冲突”和“身份认同”虽不像20世纪六七十年代的台港作家群来得那么强烈，“融入”的期待并不迫切，“艰难”的痛苦感受也就相对弱化，但毕竟他们生活在异国他乡，文化、语言、政治、身份、地位的边缘化和他者感，总是如影随形，无处不在。因此，尽管他们由于“大陆经验”的巨大惯性而身在北美、心系大陆，但环境的改变多少也会使他们感受到并必须面对北美生活的某种不和谐。余曦的长篇小说《安大略湖畔》，在某种意义上就是这种“不和谐感”的代表。在小说中，作者向我们展示了在加拿大安大略湖畔一座叫列克星顿的高级公寓内的“反腐斗争”：围绕着大楼“董事局”在运作过程中的腐败行为，楼中以中国大陆移民为主的居民们团结起来，针对洋人罗伯特、莫尔茨等人凭借在董事局占多数的有利地位，利用职权大搞“腐败”（暴涨大楼管理费并从中谋利），进行了不屈不挠的斗争。值得注意的是，在这场“反腐”斗争的背后，还牵涉到一个族群（中国新移民和外国“董事局”成员）之间的对决——其实质则是以罗伯特为首的董事局成员（洋人）对中国人的歧视、压迫和中国人对这种歧视、压迫的反抗。因此，在《安大略湖畔》这部小说中，“反腐”斗争也就具有中国人为了反抗歧视，为民族而战，为尊严而战的深层含义。这场“反腐”斗争，向读者展示的是与《曼哈顿的中国女人》完全不同的“中国人在北美”的处境和认同感，那就是，“中国人”的身份，也许宿命地决定了他们即便是想“融入”北美社会，北美社会是否接纳和如何接纳，仍然是个不容乐观的问题。换句话说，中国人在北美所面对的环境和生存状况，并没有随着时间的流逝而发生根本的改变。在“文化认同”问题上，中国人选择的空间其实是有限的。

三、严歌苓的创作

严歌苓（1958—），上海人，曾为军队歌舞团舞蹈演员。20 世纪 80 年代初开始文学创作。1989 年 10 月赴美国，1990 年入美国哥伦比亚艺术学院，攻读写作硕士学位。著有长篇小说《绿血》、《一个女兵的悄悄话》、《雌性的草地》、《草鞋权贵》（《霜降》）、《扶桑》、《人寰》、《第九个寡妇》、《一个女人的史诗》、《小姨多鹤》、《寄居者》、《金陵十三钗》、《陆犯焉识》等，中短篇小说集则有《少女小渔》、《海那边》、《吴川是个黄女孩》等。曾获台湾《中国时报》长篇小说奖、香港《亚洲周刊》短篇小说奖等，也在中国大陆频频获奖。

对于严歌苓来说，因“文化认同”危机而导致的文化冲突似乎不是她的小说表现的重点。严歌苓对不同种族、具有不同文化背景和不同文化身份的人的共同人性，表现出了更多的兴趣。对于她小说中的大多数人物来说，“文化认同”不是最令人困惑的问题，他（她）们对美国生活的介入，常常是以“人”的“身份”参与的。《女房东》展示的是老柴在男女之间那永恒而又微妙的相互吸引中的复杂心理；《少女小渔》中小渔对那个意大利老头假丈夫的同情，是真正的“人”与“人”的关系；而《抢劫犯查理和我》中“我”对查理的不可理喻的迷恋，更是与“文化身份”无涉——表现的是人对通过行动证明生命的共同向往；《簪花女与卖酒郎》则向人们传达出爱情是超越语言、文化和种族的意念。即便是在那些牵涉到东西文化观念的差异的作品（如《我的美国老师和同学》、《方月饼》）中，严歌苓的目的也不是仅仅表现文化的差异性，而是要借此在更深的层次上直指人的难以沟通和“孤独”形态。很显然，“文化认同”在严歌苓那里，或被搁置一边，或成为她追踪人性而借助的表现通道。

严歌苓在自己的作品中对“文化认同”的淡化处理，并不意味着她对这一问题的无动于衷（事实上任何一个身经两种文化的人，如何选择和确立自己的“文化认同”——身份，都是一个绕不过去的话题），而更可能是她对“文化认同”问题有着自己的判断和思考。换句话说，她对“文化认同”（身份）的认知，已与此前的本质主义追寻大不相同，她不重在追求身份的“本性或纯洁度”，而更接近于霍尔所说的“对必要的多样性和异质性的认可”。

严歌苓在“文化认同”观念上的开放性，使她笔下的人物“身份”实际包含着三种属性，即厚重、本源的“中国”背景，强势、鲜活的“美国”背景，混杂、新生的异质背景。这三种属性的共同存在，一方面使严歌苓的作品消解了因对“文化认同”（身份）的本质主义追求而引发的东、西方文化的二元对立，另一方面也为她在多元文化的对接中揭示人性的复杂性提供了一个独特的舞台。更为重要的是，严歌苓在她作品中的人物身上，实际上已经重建了一种新的“文化认同”（身份）——在文化渗透日趋深入、全球经济一体化的今天，这些人物已经具有世界性的“人”的身份，“文化认同”（身份）已由对本性的民族主义的追求，转而对“杂交倾向”的“拼合”的认可。一种变化的、相对主义的、新的、全球性的“文化认同”观念已经诞生。在某种程度上说，正是这种新的“文化身份”观的建立，使严歌苓的小说创作在美国华文文学中独树一帜。

除了越过种族、国别、文化的差异性，不在传统的“文化冲突”和“身份认同”问题上过多停留，而建立自己的“身份观”和“认同形态”之外，严歌苓还将中外各色人等聚于笔下，直接对准“人性”的普遍特性：孤独、爱、同情、渴望变化和奇迹等超越种族、国别、文化、性别的人类的共同“人性”，加以艺术化的表现，使之不仅成为严歌苓作品中的重要存在，而且还是她的自觉追求。严歌苓的这种创作姿态，不仅在题材上，更重要的是在“深度”上，将20世纪90年代以来的北美华文文学，带向了一个新的高度。

如果说在《扶桑》、《少女小渔》、《海那边》等作品中，严歌苓借助从古到今的“大陆人”的“海外故事”，揭示人性的阔达、幽深、丰富和复杂，那么在《第九个寡妇》、《一个女人的史诗》、《金陵十三钗》和《陆犯焉识》中，严歌苓则以北美华文作家的“身份”，书写纯粹的“大陆故事”——身在北美，书写大陆，在某种意义上也可以视为严歌苓的一个写作特点。虽然有类似特点的北美华文作家并不只严歌苓一人，但其他的作家在写“大陆故事”的时候，或在作品中以“北美”为背景，或在作品中渗入与北美相关的“元素”（时间、地点、人物、语言等），总会在作品中夹带一些“北美”的成分，而很难做到真正的纯粹。像严歌苓这样以北美华文作家的身份一再进行这样的“大陆化写作”，在北美华文作家中实在不多。严歌苓的这类作品，包括《草鞋权贵》、《第九个寡妇》、《一个女人的史诗》、《金陵十三钗》和《陆犯焉识》等，以她身在北美的特殊位置，以一种真正自由的创作姿态，书写着她所思、所感、所理解、所记忆的大陆。她的这类作品，或写大陆军队高干家庭的种种荒谬（《草鞋权贵》），或写大陆历史中社会的疯狂和人的本真（《第九个寡妇》），或写时代变动中恒定的真正爱情（《一个女人的史诗》），或写抗战时期中国人民不堪回首的一页和奋起抗争的精神（《金陵十三钗》），或写残酷的政治现实对人的无情摧残（《陆犯焉识》）。如同她写北美的“人”和“事”最终是为了表现人性一样，在严歌苓这些依凭大陆展开的文学世界里，“人性”仍然是她要探寻的话题。《草鞋权贵》写出了在权力面前人性的猥琐和丑陋；《第九个寡妇》则写出了一个农家女子王葡萄因“真”而有“善”、而有“美”，并以此对抗荒谬而又疯狂的时代和社会，人性中的“善”因战胜了人性中的“恶”而显出了人性的光辉；《一个女人的史诗》看似在写一个女性一生为了维护爱而“笨拙”地努力，但在田苏菲“爱得很笨”

的行为背后，是人性中“执着”、“坚守”力量的巨大和感人；而新作长篇小说《寄居者》，则以爱情故事为线索，写了抗战年代小人物的命运，在烽火岁月，“我”用“爱人”的钱赎救了“丈夫”，又用“丈夫”的护照让“爱人”脱险，同时以毁掉对爱情的原始理解与信念的方式，去实现乱世佳人的爱情。在这几部纯粹的“大陆故事”中，严歌苓以女性个人的原始、天性、坚韧和执着，抗拒并化解了时代、历史、社会、政治这样一些宏大的“主题”，并因了前者的“真”（以及随之而来的“善”和“美”）而突显出后者的“假”、“疯狂”和“荒谬”。值得注意的是，在这几部作品中，“历史”成了“个人行为”和“普遍人性”的中介，严歌苓以个人写历史，在历史中写人性。并且，相对于严歌苓在《扶桑》、《人寰》、《雌性的草地》等作品中涉及的“历史”，这几部作品中的“历史”以及渗透其中的作者的“反思”，无疑更加敏感、直接和尖锐。对于在写作上没有禁忌的严歌苓来说，这些作品在体现她的巨大企图的同时，也成为北美华文文学新移民写作的代表之一。

四、张翎

张翎（1958—），浙江温州人。1983 年毕业于复旦大学外文系。1986 年赴加拿大留学，在加拿大的卡尔加利大学获英国文学硕士学位，在美国的辛辛那提大学获听力康复学硕士学位。现任职于加拿大一所医院的听力诊所。20 世纪 90 年代中后期开始写作。著有长篇小说《邮购新娘》、《交错的彼岸》、《望月》、《金山》、《睡吧，芙洛，睡吧》，中短篇小说集《尘世》、《雁过藻溪》、《盲约》、《余震》等。曾获中国首届华侨文学评委会特别大奖，第八届华语传媒年度小说家奖、人民文学奖、十月文学奖等多种文学奖项。

相对于严歌苓既在北美和大陆的交集地带驰骋笔墨，又在纯粹的大陆世界挥洒文字，张翎似乎更喜欢通过中国大陆和北美的对比，来表达她对两个世界、两种文化、两段历史的观感和体悟。在张翎的小说世界里，中国大陆和北美两条线索的并列展开是她惯用的结构方式。这从她作品的题目（《望月——一个关于上海和多伦多的故事》、《交错的彼岸——一个发生在大洋两岸的故事》、《邮购新娘》、《陪读爹娘》等）中，就不难看出中国大陆和北美在她的作品中是不分轩轾、同等重要的。在相当多的作品中，张翎似乎是在写中国人的北美故事，可是这些故事不管覆盖多么辽阔的世界（太平洋两岸的中国和北美常常尽收眼底），笼罩它的框架和故事的核心落脚点，却总是在中国大陆（常常是江南的一个小城）。因此，张翎小说所描画的世界，看上去好像是在写北美，其核心却是在写中国大陆，只不过这个大陆，是个有了北美介入的“开放的”大陆。正如莫言所说，海外作家，“即便是确凿的留学生身份，写出来的小说内容还是他们在国内时所经历过的或是听说的那点事”。张翎已经不是留学生，她的小说当然也不限于“国内时所经历过的或是听说的那点事”，但她在国内时所经历过的或是听说的事不断在她笔下出现（出现时已有了改变，并融入了北美介入），却是不争的事实。

如果说书写北美介入的“开放的”中国大陆是张翎小说世界的基本形貌的话，那么在其中注入一种什么样的精神内涵，则是决定张翎小说思想深度乃至美学意义的重要指标。从总体上看，张翎的小说最着重反思的是中国大陆的历史的变迁和沧桑。那些来到北美的人物孙望月（《望月》）、黄惠宁（洋名叫温妮·黄，《交错的彼岸》）、江涓涓（《邮购新娘》），都是在到了北美以后，牵扯出了他们的“大陆故事”，此时最重要的人物如何面对北美，在作品中倒常常退居“二线”；而“大陆故事”又可以说涵盖了他们人生最为重要的内容——成长、教育、爱情、婚姻、家庭，以及在这一切背后无处不在的历史、社会、政治和宗教。在某种意义上说，以自己的作品展示背负着沉重历史的中国人走向世界，获得“新生”，并在这一过程中升华出具有哲理意味的人生体悟，是张翎小说的基本主题，也是她的作品得以深厚、丰赡的原因。

《人民文学》2009 年第 4、5 期连载的长篇小说《金山》，是张翎的重要作品。这部小说，通过一个方氏家族的盛衰流变，写出了近代以来中国人的坎坷历史和血泪人生，上下百余年，纵横几万里，纵向从清朝同治年间一直写到 21 世纪的 2004 年，横向则跨越了太平洋，从中国广东省开平县和安乡自勉村一直延伸到了加拿大英属哥伦比亚省（卑诗省）的温哥华，创造了一幅近代中国人如何“走过历史”和“走向世界”的图景。

从作品的总体看，它体现了张翎创作的两个重大变化。首先，张翎将自己的笔触从长期注目的“现实”拉向了“历史”的深处，展现了她对 20 世纪华人历史的全面思考。《金山》不但从纵横两面来表现百年中国人在国内和国外两种生活、双重处境的情状，而且还以一种跨国别、跨区域、跨文化的角度，来塑造新型的中国人形象，通过方氏家族中的众多人物形象，既再现了中国人举步维艰地走向世界时在国外所遭遇到的种种悲惨处境，同时又将这种处境时时和国内血与火的历史互动连接。其次，在《金山》中，尽管张翎仍然在沿用她“惯用的结构方式”，但侧重点已经发生了改变：由过去“看上去好像是在写北美，其核心却是在写大陆”①，转变为将北美和中国整合成一个有着内在联系的整体，借助于方氏家族的家族史，来展示跨越太平洋两岸的中国人，在历史多变和走向异邦的过程中，虽然形态不同，表现出来的悲惨和悲壮却是一致的。也就是说，张翎在《金山》中，已不再用北美来作中国的补充、说明和参照，而是站在更高的层次上，从中国和北美（加拿大）两个方面，来同时呈现、说明 20 世纪华人在全球范围内的处境和遭遇。

张翎小说的深厚和丰赡除了体现在主题上，还体现在她笔端的人物和文字上。她笔下的人物，大都形象生动，心理幽深，情感丰沛。她的文字是古典白话和现代语言的优化组合，并在此基础上形成了自

① 刘俊：《北美华文文学中的两大作家群比较研究》，见刘俊：《世界华文文学整体观》，北京：人民文学出版社 2007 年版，第 172 页。

己的风格。在某种意义上说，张翎小说在20世纪90年代北美华文文学中的出现，使这一文学变得更加深厚和丰赡。

五、陈河

陈河（1958— ），原名陈小卫，浙江温州人。曾当过兵，当过经理，任过温州市作协副主席。1994年出国，先在阿尔巴尼亚经营药品生意5年，1999年移民加拿大，从事小商品进口贸易。出国前即有作品问世，近年重新拾笔，创作以井喷之势在文坛产生影响。著有长篇小说《沙捞越战事》、《布偶》、《红白黑》、《米罗山营地》，短篇小说集《黑白电影里的城市》等，曾获首届咖啡馆短篇小说奖、郁达夫中篇小说奖、华人华侨文学奖主体最佳作品奖等多种文学奖项。

王安忆认为“陈河是一个很有希望的小说家。他是一片眼熟中的一个陌生。他写的特别不一样，很蓬勃”。王安忆的这个判断强调了陈河这个作家的特点——与众不同。而对于众多中国大陆读者来说，陈河小说给人留下的最深刻印象，或许是既熟悉又陌生的感觉了，而这种“既熟悉又陌生感”正构成了陈河小说的“不一样”特质。说他的小说让人觉得熟悉，是因为陈河虽然身为加拿大华文作家，但他的小说世界中中国元素占有相当大的比重——这种中国元素有时以大陆人形象存在，有时是关于中国大陆的生活，有时是对于中国大陆的回忆……中国元素在陈河小说中的不断出现，使得一般中国大陆读者在阅读他的小说的时候，很容易进入他的小说世界并代入自己的人生经验，然而，陈河小说对中国大陆的涉及，又与中国大陆作家写中国大陆不同，陈河笔下呈现的中国大陆，大部分关注重心已经发生了偏移，他的海外视角，使他对中国大陆的表现，已然具有了一种“外在”和“俯瞰”的立场（最典型地体现在《红白黑》中）——这在一定程度上构成了陈河小说的“陌生感”，因为对于中国大陆读者来说，那是一种似曾相识却又不尽了然的世界，而陈河小说最为令人“陌生”的地方，则是他的小说呈现出越来越强烈的“世界化”趋势——他不但写了美国华人的东南亚战争经验，以及与之相伴的传奇爱情（《沙捞越战事》），甚至还写了一个外国女性如何帮助马来亚华人抗日并因此而付出惨重的代价（《米罗山营地》）。陈河似乎已经不再满足于只是写自己熟悉的中国大陆和北美故事，他的视野显然已经从中国大陆扩大到北美，又从北美延伸向东南亚乃至世界。

陈河小说给人“既熟悉又陌生”的“不一样”感觉除了体现在题材、人物等方面之外，在艺术手法上，他的小说也给人“既熟悉又陌生”的感觉。一般而言，陈河的大部分小说的表现手法比较“朴素”，传统现实主义是他熟悉并惯用的创作手法，这也构成了他的小说的基本形貌——用现实主义创作手法创作出来的小说因其与现实生活的贴近和“相似”，而使读者较易产生“熟悉”的感觉，然而，在陈河作品现实主义的内里，也每每会内蕴着深具实验性和探索性的先锋手法。许多人都注意到了陈河小说中的荒诞性，对于他的《布偶》，李敬泽认为这部作品“是一份奇异的中国秘史。它在很多方面超出了我们的知识、经验和想象。漂泊、跨界、哥特式的幽暗、隐秘的乌托邦，这些元素置于‘文革’，几乎是错误的、荒谬的，而陈河展现了错误和荒谬如何可能”；同样是对于《布偶》，类似的感受麦家用另一种方式进行了表述：“这小说写的是20世纪70年代中国南方一个小城故事，而背景则是广大无边。陈河不是用写实手法去写这畸形年代畸形人物，而是某种程度采用了象征、荒诞的先锋主义写法，让一座城市和城中的人物不知不觉处在一种还原的历史之中”。近似的情形在《沙捞越战事》中也有表现，周天化和猜兰的爱情故事，如真似幻，好像颇为真实却又不可思议……如此种种在“真实”中掺入“象征、荒诞”的艺术手法，已成为陈河小说在艺术上能够产生“陌生化”效果的重要手段，同时也成为陈河小说艺术风格的重要特征——令人“既熟悉又陌生”，而从内容到形式的“既熟悉又陌生”，就成为陈河小说创作深具个人特色的重要体现。

六、“一代飞鸿”

20世纪八九十年代北美华文文学的深厚和丰瞻，既体现为出现了查建英、严歌苓、张翎这样的重要作家，也体现为众多的华文作家笔耕不辍，产生了丰硕的创作成果。除了上面提到的李南央（《我有这样一个母亲》）、施雨（《纽约情人》）、陈瑞琳（《“蜜月”巴黎》）、王性初（《蝶殇》、《孤之旅》）、阿黛（《处女塔》）、吕红（《美国情人》）、余曦（《安大略湖畔》）、少君（《人生自白》、《一只脚在天堂》）、卢新华（《紫禁女》）等作家作品之外，由融融、陈瑞琳主编，2005年10月出版的《一代飞鸿——北美中国大陆新移民作家小说精选述评》，可以说是对20世纪80年代以来北美华文文学中大陆作家群小说创作的一个总体展示和检阅。46位作家和他们作品的集体登场，至少从两个方面（小说和纪实文学）显现出北美华文文学的创作实绩，并向人们展示了一个纷繁多姿、色彩斑斓的文学世界。在这些作品中，有写大陆少年在一个文明失范、崇尚暴力的时代以暴力称雄同辈的历史悲剧（哈金《皇帝》），也有写大陆人到海外专门体验现代文明的“补偿”心理（王瑞芸《巴黎来客》）；有以中外男女在性观念和饮食感觉上的异同表现出中西文化的差异性（冰凌《同屋男女》），也有写外国人的诚实守信（黄运基《寻》）；有带有神秘意味的“寻找”故事（沈宁《寻找童年》），也有涉及同性恋乃至双性恋的爱情故事（孙博《叛逆玫瑰》）；有对一段已经逝去的爱情的深情回忆（李彦《忘年》），也有对自己人生道路的回味和反思（施雨《落日的背后》）。而借蝴蝶的蜕变昭示人生、情感走出了束缚，则是《魔破——蝴蝶的诞生》（瞎子）的主题。曾晓文的《维维安在美国的最后一天》，告诉我们的是一个因哥哥爱情失败而报复哥哥情人的故事。沙石的《窗帘后边的考夫曼太太》，向我们揭示的是美国社会中爱狗不爱人的怪异现象。《桂圆干》中疯狂的肉欲泛滥，表达的也许是作者马兰对社会成规的反叛和冲击。吕红的小说《漂移的冰川和花环》写一个女子走出大陆前夫的阴影开始自己在北美的“新生”。老摇的《路口》穿越古今，建构的是一个写实与神秘兼具的世界。在《咸淡人生》中，邵丹笔下那个小纯的悲剧，让人们在看到“我”幸福的北美生活的同时，也了解到北美生活残酷的一面。奕秦的《梦境与强奸》在如梦似幻的氛围中，写出了一个少年的生理冲动和青春成长。鲁鸣的小说《纪念》以头发的变化见证爱情的坚贞。曾宁的《地母》以一种神秘的方式勾串起历史和当代、前世和今生，显示出作者的才情，以及在写作领域的独特之处。在《好小伙子》中，范迁在充满反讽意味的题目之下，书写了几个打家劫舍的亡命之徒如何一路冲杀，历经背叛和围堵，最后死伤惨重，全军覆没。这篇小说在北美华文文学中是个“异数”，作品中的几个人物（阿伦、我、蒙娜丽莎）虽然是“反派”，但他们“青春的反叛”还是让我们看到了青春和生命的充沛，小说的语言也十分出色，既十分艺术化又充满力度，呈现出北美华文文学的又一个向度。在晓鲁的《年龄问题》和《头发问题》中，前者写出了超越国别、文化的共性：不管是什么文化背景，也不管对待年龄是什么态度，在疾病和死亡面前，人人平等；后者则写出了西方文化力量的强大，不但培育了华人移民的第二代，而且也改变了华人移民的第一代。凌波的《纸鹤》虽然讲述的是一个越南人安的故事，可是在故事背后展示的，却是人在突发的善意面前，其实并没有接受的准备——人和人之间的戒备、隔阂乃至敌意，并不容易消除。在诺克的《沉默的伏尔加河》中，情形恰恰相反：中国人东平和俄罗斯姑娘安娜的友谊是如此的深厚，以至于安娜不惜用自己的生命来维护这份友谊的纯洁。友谊在琳和但尼尔之间同样纯洁，可是刘慧琴在《被遗忘的角落》中塑造的这两个人物，在“同是天涯沦落人”的悲惨人生中，一起沉沦，琳最终走上了吸毒、卖淫和死亡的不归路——小说为我们描画了一个北美繁华世界背后被遗忘的“角落”。与老摇《路口》和曾宁《地母》

中的神秘相比，沈漓的《开玩笑》如果不说是神秘力量的作用，至少也是冥冥之中的轮回报应：当年石千帆因“开玩笑”而害得刘晓终身残疾自杀以终，20 多年后他的儿子石小勇惨遭群殴却无人相救，因为别人以为也是“开玩笑”。只不过前者是见义勇为的挺身而出，后者是见死不救的明哲保身，看似是“开玩笑”的轮回，实则大相径庭——报应使石千帆由受益者变成了受害者。在融融的《黑猫情人》中，“神秘”再次出现，一只黑猫代替了“他”失去的情人，在动物的世界里，人找到了在人类世界里难以找到的安慰。北岛的《芥末》塑造的则是一个前警官在北美“混天下”的奇异经历，作品中的“郑某”凭着他的大陆背景在北美“走江湖”，也可算是北美华人中的一种“典型人物”。到了朱琦的《陪读父亲》，老蔡为了女儿从大陆来到美国，作为陪读父亲，他失去的是高级工程师的尊严，得到的是寂寞和贫穷——可怜天下父母心，在老蔡那颗慈父的心灵背后，读者看到的是令人心酸的悲剧。与大多数作者写人与人的关系不同，苏炜的《小鸟依人》写的是人与动物的关系，女儿小端端对一只小鸟的爱心，昭示了一种人和动物之间应有的温馨与和谐。在北美华人的底层，自有许多“人间故事”，刘荒田的《又见“芸娘”》就刻画了一个传统的中国人心目中的“理想女性”——伍贝蒂，为了家庭和生存，她忍辱负重，看透世情。相比起来，陈瑞琳的《云在青山：一个“叛逆”女子的故事》塑造的则是一个敢闯敢干的现代女性，琼在美国的成功，充分体现了现代女性敢于向命运挑战，把握自己人生走向的现代精神。同样是写女性，陈谦的《一个红颜的故事》中的大陆女子朱颜却因了既传统又现代的矛盾，以一种“自毁”的叛逆方式，书写自己动荡的情感人生。也是写大陆，程宝林在《老师》中，塑造了一个既在人格上操守有亏，又满脑子幻想的“老师”，在剧变的时代面前，这个“老师”就只能是一个闹剧式的人物。在中外文化的对接过程中，观念的差异往往令两代人难以沟通，在《茉莉花茶》中，孟悟讲述的是一个“西化”的女子与“传统”

的母亲在肤色（对待黑人的态度）、犯罪（对遭遇侵害的处理方式）等方面截然不同的观念，而这场观念之战，看上去一时还结束不了。巫一毛的《枇杷树上的鸟窝》不但写了中国青年淑燕和美国同学安娜的友谊，而且也通过安娜和约翰的爱情故事，写出了美国社会的千奇百怪：约翰是个男妓。安娜在知道真相后，以车祸的方式自杀身亡。宇秀的《永福里》写出了身在北美的“露丝玛丽”对自己中国背景的深情回忆。宣树铮的《围围》写出了大陆60年代西北的一个“神人”（能预知未来）的神韵。在力扬的《四十岁的另类女人》中，作者向我们展示了一个与《云在青山》中的琼相似的，总是在追求、探寻和不满中丰富自己人生的大陆女性。

从整个“一代飞鸿”的写作题材上看，大致可以分为五类：①纯大陆故事；②纯北美故事；③与大陆相关的北美故事；④非北美非大陆故事；⑤非大陆人故事。题材之广泛可见一斑。而其创作主题之丰富，也已经远远超出人们对北美华文文学的一般认知（离散、漂泊、文化冲突、认同危机等），并在表达情感的深度、人性的丰富、世界的神秘等方面，均有所突破。

20世纪80年代以来的北美华文文学，不论是占主导地位的大陆作家群创作，还是延绵不绝的台港作家群创作，基本上都以现实主义为主。相对于20世纪六七十年代台湾作家群在创作时致力于现代主义艺术手法的创新，20世纪80年代以来的北美华文文学较少试验性、探索性和先锋性，即便是在最可能走向现代主义的诗歌领域，现实主义也仍然居于主导地位。在新诗人王性初的诗中，我们读到的是这样的诗句：“用整个家族的基因/写一首黑白相间的赞美诗/印在地球的一端 / 有了迁徙有了滞留/有了亲情有了天敌/命运的家园是浪迹一生。”正如一位评论家所说：“诗人性初几十年创作风格变化不会太大，当新诗潮到来时他也曾为那些新锐的诗人额手称庆，但他还是坚守自己诗歌创作的传统，关注诗歌文体和诗歌的音乐性，从事传统手法中的排比、复沓、韵脚等的运用，寻求节奏的起伏跌宕，色调的多元变化，措辞的奇警新颖。”相对于前一节提到的叶维廉、郑愁予的诗作，王性初的诗无疑更具现实主义色彩。

20世纪80年代以来的北美华文文学虽然在总体上少了试验、探索和先锋的新颖，却在朴实中自有一份沉稳。究其原因，可能不外两点：①大陆作家群的文学教育背景使他们更熟悉现实主义创作手法；②大陆作家群和中国台湾地区长于政治书写的作家们的主要作品，都是要讲“故事”，而现实主义创作手法无疑更适合讲故事。以现实主义为主的创作手法，涉及多种题材，揭示复杂的人性，呈现多元的北美经验，构成了20世纪80年代以来北美华文文学的总体风貌。

第五节 北美华文文学的区域特质与典型主题

一、区域特质

北美华文文学从时间的纵向上可以分为三个时期，而从空间的横向上，相对于世界范围内其他地区的华文文学，具有以下的区域特征：

1. 移植性

北美华文文学的历史虽然可以追溯到19世纪末，但它的真正兴起，是由于20世纪五六十年代大量台湾学生赴美留学。在这些台湾留学生中，有不少在台湾时就已是颇有成就的作家，也有许多是来美之后才开始走上文学创作的道路。他们大量进入美国，从根本上讲，开创了北美华文文学辉煌的第一乐章，而他们在开创北美华文文学这一全新的文学世界的同时，事实上也使这一文学与生俱来地具有这样一种特性，那就是它在本质上是一种移植的文学。在20世纪50年代末60年代初开始兴盛的以台湾留学生为主创队伍的北美华文文学，在此后相当长的一段时间里，留学生作家群都一直是它的创作主体。由于留学生这一概念本身决定了包含在这一概念下的人们是从一个国家到另一个国家求学的特殊群体，因此从某种意义上说，“移植”也就成为这一特殊群体不可避免的特征，由这样一个特殊群体（以及后来的“新移民”群体）创造出的北美华文文学，“移植”在它的身上至少具有这样两个方面的含义：其一，从发生学的角度看，这一文学的出现在北美没有太多的传统累积，在成形以后的北美文学历史中，华文文学并不是“其来有自”，它是随着留学生们和“新移民”们从中国台湾以及中国大陆向北美的进发而移植到北美大陆的；其二，从这一文学的发展过程看，“移植”并没有随着时日的推移而成为过去，当一拨留学生和“新移民”完成了自身的移植和因之而来的文学的移植之后，新的一拨留学生和“新移民”又开始了他们的自身移植和文学移植，这种文学的移植，在一拨又一拨的留学生和“新移民”中不断延续。然而，这种延续是就北美华文作家的总体而言的，对于每一个特定的“代”，华文文学的薪火却很少能传入自身的下一代。北美华文作家的“代”的意义，似乎从来都是指“旁系”而不是“直系”，北美华文文学中的作家几乎都是第一代移民而极少波及第二代移民——这应该正是导致北美华文文学始终处于“移植”状态的根本原因。

2. *跨国度存在*

北美华文文学随着台湾留学生和大陆“新移民”的大量赴美而蓬勃兴起，并后来居上，成为海外华文文学中最有实绩的部分。然而，缺乏传统和“移植”的特性，使得北美华文文学难以像东南亚华文文学那样能够在一个国家维持一种完整而又稳定的生存发展形态。事实上，北美华文文学是以一种跨越国度的方式存在着的，上列属于这一文学中的作家，他们虽然身在北美从事创作，但他们的作品却主要不是发表在本地的报刊而大多发表在中国台湾地区（20 世纪 80 年代之后还包括了大陆），他们的创作实践和文学活动实际上参与了中国大陆文学和台湾地区文学的历史进程，他们的文学影响也基本上不在北美，而是在太平洋彼岸的中国台湾地区和大陆。而在北美本地，不但华文文学的发表园地稀少，而且读者的缺乏也使这一文学所能产生的影响非常有限——如果说北美华文文学在北美本地也产生了影响的话，那也是这种文学在中国台湾和大陆产生了影响之后对北美的反馈。北美华文文学的这种跨国生存方式，使它与台湾地区文学以及大陆文学之间产生了深刻的联系，它与后两者之间的那种错综复杂的关系，在某种程度上直接导致了人们对它认识和界定的困难——北美华文文学中的许多作家究竟应归属何种文学（台湾文学？大陆文学？海外华文文学?），这个问题曾在相当长的时期里众说纷纭，莫衷一是。实际上，从严格意义上说，北美华文文学既是海外华文文学中的一支，那些隶属于北美华文文学中的作家，自然也应是海外华文文学的有机组成部分。北美华文文学中大量作家的特殊生存形态，虽使北美华文文学以跨越国度的方式存在，但存在方式的特殊性并不能改变这一文学的根本性质。

3. “双重性”与“流动性”

北美华文文学独特的存在方式，使得这一文学中的许多作家、作品既具有“双重性”又具有“流动性”。所谓“双重性”，是指许多作家在没有去北美之前，就已经是颇有成就的作家，创作出了相当数量的作品；到了北美之后，他们继续创作，又有大量作品问世。对于这些作家来说，在去国之前，他们的作品应是台湾文学（或大陆文学）的一部分，而到了北美之后，作品就成为北美华文文学的组成部分。这样，这些作家（以及他们的作品）就以出国为界，划归为不同的两种文学，他们及其作品具有既曾经从属于中国台湾文学（或大陆文学）后又位列于北美华文文学的“双重性”。由于北美华文文学中的绝大多数作家都是第一代移民，因此，他们以及他们的作品具有“双重性”是个相当普遍的现象，以至于这一现象已成为北美华文文学的一个重要特征。所谓“流动性”，则是指已经成为北美华文文学作家中的许多人，由于他们的生活地点经常在北美及世界上的其他地区之间变更流动，因此，他们以及他们的作品对北美华文文学的介入与参与，就可能不是自始至终，而具有一种“流失性”和“回流性”同在的“流动性”。现代社会的全球一体化和北美社会的高度自由，使得置身北美社会中的北美华文文学作家能充分地享受到这种时代进步和社会自由，“流动”对他们来说越来越成为一种可能和必需。当许多作家（以及他们的作品）都加入到“流动”的行列中的时候，“流动性”也就和“双重性”一样，成为北美华文文学的一个重要特征。

4. 表现“文化冲突”

与北美华文文学中的大多数作家是由留学生组成相对应，留学生们在留学时所面临的不可避免的“文化冲突”，在这些留学生作家的笔下得到了充分而又持久的表现，以至于“文化冲突”成为北美华文文学中极为突出并一再出现的核心主题。留学生们从东方的古老国度来到充满生机的北美大陆，从一种文化的土壤中被猛然拔起，栽种在另一种全新的文化土壤之中，这种剧烈的文化转换，在他们的内心深处和精神世界（思想、情感、心理各个方面）所引起的强烈震荡是刻骨铭心的。新的文化土壤迫使他们不得不从根本上彻底改变自己以适应这种新的“现实”，这一适应的过程不用说是十分艰难的。作为在东方母土上成长起来的青年，他们已经是相当成熟的东方文化的“果实”，东方文化已经渗透到其思维深处和血液之中，当他们被“移植”到西方文化的土壤中的时候，蓦然回首，发现东方文化在他们身上的积淀，使他们并不能毫无障碍地融入西方社会文化，被搁置一边的东方文化实际上却挥之不去。而他们敞开胸怀迎向的西方文化，其实在根本上并不准备拥抱他们。这种“水土不服”和“文化错位”的共同作用，不容分说地在留学生们的身上引发了一场文化大战，而战场就在其内心。对于那些从事写作的留学生来说，存在于其内心的文化冲突，也就自然地被移入其文学世界中。应当说，正是这种持久而又广泛地存在于一代又一代留学生内心深处的文化冲突，使得“文化冲突”成为北美华文文学中绵延始终的表现对象和核心主题。

5. “中”、“西”融会

由于北美华文文学作家绝大多数都是第一代移民，因此中国文化与文学的传统在他们身上有着深厚的沉积，他们几乎无一例外地是从对中国文学的认识中走上了文学创作的道路，中国文学对他们来说是文学生命的源头，是他们文学生命的根。在北美华文文学作家中，中国文学作为一种深广的背景和根性的品质深蕴在他们的作品中。中国文学传统在北美华文文学作家那里，是作为一种核心基础存在于他们的作品中的，不管北美华文文学的外在形态多么丰富复杂、多姿多彩，这一文学的“底座”——中国文学传统是牢固不变、恒定持久的。

北美华文文学除了内蕴着中国文学传统作为其核心基础之外，身处北美这一事实，使它还能以一种开放的姿态和开阔的视野接纳八面来风，得风气之先。由于北美华文文学中的许多作家都能用双语阅读（英语和汉语），有的作家能用双语创作，这使他们在先天地具有中国文学传统的同时，又能从西洋文学（包括欧洲文学和北美文学）中汲取丰富的养料和获得创作的灵感。西洋文学传统和近现代以来从思维方式到创作手法的种种“变革”乃至“革命”，无不在北美华文文学作家那里得到了“华文化”的回应。这样，西洋文学中的那些崭新的思想、观念和手法，都能比较迅速地被北美华文文学作家所吸收和采纳，并有机地融合到他们自己的创作中去。在整个世界华文文学（包括中国两岸四地文学和海外华文文学）中，北美华文文学无疑是对世界文学（主要指欧洲文学和南北美洲文学）的借鉴最为全面、最为迅速，与世界文学的发展步伐最为接近的华文文学。

北美华文文学的这种既具有深厚牢固的中国文学传统的底座，又能迅速全面地吸纳、融合西洋文学的现代精华的独特品质，使得这一文学能够汇聚文学历史悠久、文学传统深厚、文学成就巨大的两种文学——中国文学和西洋文学——于一体，以这两种文学丰沃的营养滋润自身。北美华文文学对“中”、“西”文学的双重接纳和有机融会，终使其成为海外华文文学中最有成就的部分。

二、典型主题

从早期华工的诗作到近年来新移民的创作来看，北美华文文学的创作在某些典型主题上，具有其内在的延续性，又因为不同时期不同作家的创造性发挥，而呈现出一定的变异和时代特点。

1. “故国回望”主题

移民实际上意味着离弃故土，无论怀着怎样的目的和愿望来到异乡，那被离弃的地方反而愈加清晰。久离祖国而产生的感伤情怀或严重的思乡情绪，使人产生强烈的要求重游故地重访家人的渴望，这种渴望使人心头涌现许多回忆，从而释放出巨大的创造力。在世界移民文学中，“故国回望”就是一个十分典型的文学主题，而对这一主题的开发与深入着实是使北美华文文学一再焕发光彩的重要原因。在早期的北美华工的木刻诗中，这种怀乡愁绪就已然显露：“仰望屋仑相咫尺，愿回祖国负耕锄。”落叶归根的客居心态使得华人劳工对故土的牵挂成为他们茶余饭后的精神消遣，但因知识有限不能行诸笔端。而在20世纪初期的留学生笔下，此种思乡情愁又因着弱国子民而显得更为悲壮。在胡适、赵元任、闻一多等留美期间的作品或书信日记中，他们常常将自己与中国的关系比喻为儿子与母亲的关系，他们回归故土的态度是坚定而明确的，求学不过是为更好地回报祖国：“人言此地好，景物佳无伦。信美非吾土，我思王仲宣。……安得双仙凫，飞飞返故园。”（《孟夏》）闻一多更以敏感的诗人心态感受到弱国子民所遭遇的挫败感，将自己比作“孤雁”，渴望回到亲人身边。这一时期“故国回望”的主题的书写较多关注作者本人对故国的思念和未尽职责的愧疚，凸现了近现代知识分子对祖国的热爱和关切。

在20世纪五六十年代的台湾留学生文学中，“故国回望”主题的创作开始呈现多样化的发展。因为政治形势的变化，中国分为大陆和台湾地区，在他们从大陆前往台湾又移居美国的迁徙中，家国认同发生了裂变。白先勇的《台北人》细腻地描摹出迁居台北的大陆人停留在记忆中回味辉煌历史的悲哀，《纽约客》系列中则更将一代中国人失去家国在异国漂泊流散的境遇展现无遗。台湾不是家乡，大陆不是故国，美国更不是托身之地，于是李彤、吴汉魂们选择死亡。聂华苓的《桑青与桃红》以桑青的逃亡经历象征一代中国人的生命历程，更以宏阔的视野将现代中国的历史呈现给读者，桑青背负着沉重的历史负担逃离家园来到美国，化身桃红，她试图重获新生，然而无根的漂泊成为必然的命运。作者将个人经历与民族历史紧密融合在一起，谱写了一首历史悲歌。陈若曦在“文革”后期离开大陆，移居香港并转道加拿大，她的纪实性的“文革”创作（如《尹县长》等），不仅展示了历史真实，更体现出作者的历史反思和文化批判精神。

随着政治与经济形势的转变，海外华人作家与中国大陆的接触日益增多，他们心态的转变也极为明显。他们以飞散者的姿态（diasporas）频繁出入“家园”，不断在精神上、文化上、视界上穿越国界，以往因离开“家园”的凄凉无助也就没有那么浓烈了[①]；反之，他们更能以一种跨民族、跨文化的视野审视故园。面对故国历史，作家们更重视对人性的反思和刻画。严歌苓的很多作品如《白蝶标本》、《人寰》、《天浴》等都是以“文革”为背景的。在她的笔下，“文革”成为一种遥远而多姿的风景，带着朦胧记忆的曼妙和特定时代的印记，血腥和残暴在语言的掩饰下不再令人战栗。对她而言，“文革”这一特殊的环境，有利于展现人性的扭曲和变形，呈现出独特的审美效果。之后，严歌苓又将笔触伸展到更广阔的历史背景中，《金陵十三钗》以南京大屠杀为背景，上演了妓女与教会女中学生之间的人性较量；《第九个寡妇》同样以浩瀚的中国革命史作为背景，

---

① 童明：《飞散》，《外国文学》2004年第6期，第52~59页。

将一个无知却大胆敢为、浑然天性的女子王葡萄展现给读者。严力、查建英、陈谦、张翎等作家也是如此，在冷静地反思人性的基础上，这一时期“故国回望”的主题表现出独特的风貌。

无论是早期的赴美留学生，还是20世纪四五十年代的流亡中国人，甚至是80年代以后的新移民华人，都显示出无法遣散的家园意识。从思乡归国到诀别家园的转变，主要由于政治形势的变动而影响了个体的抉择，放逐者远离家园的悲凉和凄苦尽数在无根漂泊的状态中得到表达。即使是自称为“世界公民”的新移民作家，也同样无法回避对中国的记忆。然而在这些记忆和回望中，却表现出不同作家的个性特质：渴望归去的心态，回不去的幻灭，批判的文化立场，冷静的审视等，都凸显了该主题表现出的复杂而多变的中国情怀。

进入21世纪，交通的便利和网络的发达，使北美华人作家与国内交往日益频繁，更有作家开始长期居住在国内或回国发展，书写中国当下的现实题材，改回望姿态为直面正视。如严歌苓的英文创作《赴宴者》面对当下中国社会中欺瞒骗的现实情境，提出自己的质疑。而她的新作《补玉山居》更富有时代感，城市人躲到乡村寻找宁静，各自有着曲折隐晦的心事。于是，能干而富有商业头脑的乡村妇女补玉成为穿梭其中的叙述人，将各色人等聚集在她的农家小院，上演精彩的人性故事，从而折射复杂多变的中国社会现状。施雨的散文集《上海“海归”》则以亲身经历展现华人移民归国后的重新适应过程，面对中国现实问题提出自己的观点，如《回国四怕》等文章所表现的矛盾情绪。可以肯定的是，以后此类直面中国现实题材的作品会越来越多。

2. “生存困境”主题

对留学生或移民在北美的生存困境的描写也是北美华文文学中的常见题材。作为异族生存在白人社会，难免受到种族歧视和民族自卑的影响，因此，大部分作品中常怀有悲苦情绪。而在白先勇的《芝加哥之死》、《谪仙记》和丛甦的《自由人》等作品中，现实生存的困境往往被转化为对生存意义的探讨，悖谬的生存状态使主人公走上死亡之路，以获取精神解脱。在新移民作家的笔下，对于生存困境更多注重于如何忍耐并最终获得成功的转变，严力的《血液的行为》、查建英的《到美国去！到美国去!》、严歌苓的《大陆妹》等作品，从不同角度表现出新移民为“活下去”而作出的各种自我改变，通过“换血”、“整容”、“改变方言”等策略，获得扎根的条件。不同的生存态度体现了两代作家截然不同的文化态度。

随着中国经济的腾飞，华人移民及留学生的经济条件普遍好转，“生存困境”的主题可能会越来越多体现在精神孤寂和终极追求等方面的冲突上，在诸多出生于20世纪70年代乃至八九十年代的留学生文学中已经普遍出现这一现象。刘瑜的《那么，爱呢》、《孤独得像颗星球》等作品中，都极为生动地描画出新一代留学生或华人移民的内心虚空和精神荒芜。此外，陈河的《我是一只小小鸟》、池冰《守望Manhattan》等都不同程度地展现了新世纪留学生的生存状态：在物质丰饶的世界中寻找精神寄托。

3. “异族交往”主题

美国华人与主流社会的互动是居美华人的重要活动，对这一题材的书写，反映出美国华文作家对这一复杂关系的理解，并同时反映出不同时代华人移民的文化选择和主流社会对华人移民的态度。异族交往成为两种文化相遇时最突出的表征，异族交往中的成功与失败、尴尬与困惑，都成为美国华人在主流社会中处境的一种隐喻。於梨华的《考验》、欧阳子的《考验》、丛甦的《咱这半辈子》等作品都从这一框架出发，表现华人与异族的交往。在20世纪60年代的美国华文文学中所描述的异族他者，几乎都以负面形象出现在文本中，在异族婚恋的主题中表现得尤为突出。这从某个侧面说明了这一时期的美国华文作家在内心深处对于与异族交往过程中所受到的种族歧视和不公平待遇感到愤慨，因为坚守中国人的文化身份，在与异族接触的过程中难免会产生诸多复杂的心态。对美国社会若即若离的心态，使得他们无法真正融入其中。在20世纪八九十年代的美华文学中，也有许多作品涉及异族交往尤其是异族婚恋主题，如聂华苓《千山外，水长流》、陈若曦的《纸婚》、严歌苓的《少女小渔》、严力的《生活的度数》等。这些作品体现出作者对异族交往的平和心态，试图沟通与理解他者，尤其是主流社会中的弱势群体。

近年来，北美华文文学中对“异族交往”主题的表现也出现了新的变化。随着全球文化的一体化发展，网络信息的四通八达，许多刚跨出国门的华人与异族交往时并没有太多的隔阂，语言已不是问题。而随着中国国力的增强，国际地位的提升，华人的自信心也普遍增强，也逐渐由边缘向主流进军。池冰的《守望 Manhattan》、施雨《刀锋下的盲点》等都是较有代表性的作品。

4.“同胞互看”主题

美国华人移民或留学生来自不同的区域，如东南亚、中国大陆和台港地区，而当他们在美国会聚，自然会因为黄皮肤黑头发而将自己归为同一圈子，但由于历史造成的政治文化的隔阂，彼此会在互看中构建颇有意味的同胞形象。同胞互看可以包括两大类型：华人移民之间的对视；华人移民与华裔之间的互看。凝视的结果往往是同胞他者化，即对不熟悉的同胞产生的刻板印象（stereotype）。在台湾留美作家的笔下，经常出现为追求实际利益而放弃自我的大陆女子形象，於梨华《寻》中的江巧玲，能干，待人温和，但却自愿嫁给刚认识三天的矮胖的韩国人；陈若曦《远见》中的路晓云为了“身份”要嫁给犹太人，《突围》中的上海姑娘姚莉来美国就是为了结婚等。由台湾留美的作家对这些大陆女子形象的刻画带着“文革”的影响，同时也是对国内青年的提醒。而在新移民作家的笔下，对于“大陆妹”的描述带出了新的反思，严歌苓的《大陆妹》、《栗色头发》等作品中塑造的“大陆妹”形象，与台湾留美作家构成了一种对话。“大陆妹”到了美国，在港台同胞家中做帮佣，忍受了屈辱和歧视，这种同根相煎的悲哀和痛苦比种族歧视更为沉重。由于经济地位的优势，台港同胞将“大陆妹”作为情欲、不洁、贪婪的象征体，严歌苓通过对“大陆妹”形象的反拨，来映照新时代台港同胞的蜕变。同胞互看经验，实际上也体现并提示着对海外华人内部多样性的关注。这对于考察同为异乡人的生存状态与灵魂状态，具有一定的意义。“同胞”互看的经验在海归逐渐增多的将来会成为很具时代意义的话题，施雨的《上海“海归”》是以散文形式表达自身归来后的新一轮文化适应过程。纽约石溪大学的中国留学生们制作的小电影《不如归去》，则以影片方式呈现海外学子归与不归的两难选择，其中不乏国外的“他们”和国内的“我们”之间互视产生的客观反映。

北美华文作家对中西文化冲突的深刻体悟，使北美华文文学呈现出独特而丰富的主题意蕴。当然，这些主题也因时代变迁、作家身份的变更出现延续和变异，由此可见北美华文文学内在的承继性特质。

思考题

1. 将北美华文文学划分为三个阶段的理由和依据是什么？

2. 试论述北美华文文学不同历史时期的区域特质以及典型主题。

3. 通过阅读作品，分别论述白先勇、於梨华、聂华苓、欧阳子、叶维廉、郑愁予、非马、王鼎钧等人的创作风格。

4. 结合下列作家的文学创作，分析查建英、严歌苓、张翎、陈河等人的创作特色。

5. 如何看待北美华文文学中来自台湾与来自大陆的作家群在创作上的同与异。

6. 如何理解北美华文作家不断抒写故国往事的文学现象？

第四章　欧洲华文文学

第一节　欧洲华文文学概况

欧洲华文文学没有东南亚华文文学在殖民统治时期和民族独立以后都承受的族群冲突、民族压迫而带来的文化压力，也没有美国一度实行歧视华人法案而造成的艰难境地，赴欧留学移民的历史展开得一向较为和缓。19 世纪后期中国就有留欧学生计划的实施，民间留学的一个重要取向也指向欧洲。尤其到了 20 世纪二三十年代，留学和勤工俭学赴欧的热血青年和才俊，包括徐志摩、老舍、巴金、林徽因、苏雪林、艾青、傅雷、李金发、朱自清、朱光潜、钱锺书、郑振铎、宗白华、戴望舒、林语堂、李劼人、许地山、冯至、季羡林等在内的旅欧中国作家，后来均成为现代文学运动的重要成员。此时期的旅欧作家基本上都在学有所成后回国，他们虽在异域写作，却很难归之于海外华文文学。值得关注的是，他们那种全身心地融入世界文化潮流，而又能较为自然地与文化传统连接的创作姿态，极大地影响了日后的欧华文学。一方面，跟留学日本的情况不同，留学欧洲的传统一开始就未被完全纳入晚清汲取外来资源“速强致胜”的社会轨道；西方民主、自由的观念又逐步被排斥于中国国情选择的社会解放道路之外，只能较多地呼应人性理想、形象意识等层面；中西文化的根本差异也使作家将关注的重点放在文化营养的汲取上。另一方面，欧洲本身在文化上既多样又融合，一些国家往往通用几种语言，多语言环境对外来文化较易接纳，而且跟20世纪初日本“鄙视”中国传统的社会氛围不同，欧美社会对悠久的中国文化传统有着仰慕、神往之心，“东方文化救世论”盛行于一部分欧洲知识分子中，挑战前人的反叛意识，使一些欧洲作家力图借助中国文化传统来建构新的美学境界，这样一种环境也使旅欧作家的中国文化背景在汲取异域文化时仍得到了较从容的展开。在“五四”前后留学且成名的许多中国作家身上，东西文化多表现为较平和自然的交融，他们对异域文化的借鉴，少有群体的价值预设，多是个性的生命感知，即使是“误读”，也往往是个体的“误读”。所以中西文化冲突即使在具体作家创作经历中产生过难以融入的精神苦痛，但对整个民族新文学而言，却是一种长远平和的蜕变。“五四”前后旅欧作家开拓的这一传统，一直影响着日后的欧华文学，甚至决定了欧华文学的基本走向。

欧洲现有华裔居民近两百万，但一直少有华文写作。而旅欧中国作家定居欧洲，逐步形成欧华文学，这一情况出现于“二战”结束以后。“二战”后，原先因战争而中断的中国作家旅欧的情况得以恢复。但随后中国大陆国共战事的发生和政权的更替，使一些作家选择了留居欧洲，程抱一、熊式一、熊秉明等就是在此时期赴欧并长期留居欧洲的。1949年国民党退守台湾地区后，又有一批作家陆续从台湾迁居欧洲，赵淑侠、郑宝娟、吕大明等就是以台湾为出发地留居欧洲的。台湾在20世纪60年代形成了留学欧美的热潮，而战后迁居欧洲的中国作家在20世纪60年代生活也安定了下来，开始进入创作的旺盛时期。欧华文学也在此时期出现了第一个创作高潮。但战后欧洲一直处于东西方冷战意识形态的阴影之下，欧华作家的创作也是“各自为战”，作品大部分在台湾、香港地区出版。

欧华文学创作的第二个高潮出现在20世纪80年代。20世纪80年代后，中国大陆民众移居欧洲各国的浪潮，其规模之大和分布国家之多，使欧洲真正成为继东南亚、北美之后第三个华人聚居中心。高行健、林湄、虹影等新移民作家成为这一创作高潮的主体。1991年3

月在巴黎成立的欧洲华文作家协会扩展到欧洲22个国家，大陆新移居欧洲的作家也成立了众多的文学组织，欧华文学原先的散落状态有所改观。欧洲一体化进程使散居于欧洲各国的华文作家加强了交流。跟东南亚国家华人的祖籍地主要是东南沿海的情况不同，欧华作家的祖籍地显得广阔多样，他们大都属于第一代移民，各自的生活方式相异，创作环境多变，艺术领域多栖，因此，他们必须通过相互交流才能打破原先的各种阻隔，形成文学发展的某种凝聚力。

20世纪六七十年代以前，欧洲华文报刊凋零，即使有华文创作，也大都发表于台湾、香港等地的报刊。此后华文报刊有较迅速的发展，现今欧洲各国的华文报刊已近百种，遍及西欧、南欧、中欧、东欧、北欧等国家，欧洲华文传媒协会至今已有25个国家60多家会员单位，其中尤以《星岛日报·欧洲版》（伦敦）、《文汇报·欧洲版》（伦敦）、《欧洲日报》（巴黎）、《欧洲时报》（巴黎）四大日报影响最大，都刊发华文作品。其他由华人社团创办的华文报刊，如《德国侨报》、《华侨通讯》（荷兰）、《欧华》（奥地利）、《欧洲华声报》（西班牙）、《欧洲之声》（匈牙利）等，也提供了华文创作发表的园地，其中1999年9月在德国班贝格（Bamberg）创刊的《本月刊》（*European Chinese News*）是欧洲第一份在“本土”诞生的“上架”[①]中文杂志，有两千多固定订户，每期1.8万份，发行至德国、英国、法国、意大利、西班牙、比利时、卢森堡、荷兰、奥地利、匈牙利、捷克、瑞士等12个国家，欧洲各大图书馆和大学汉学系也均有收藏。该刊辟有专栏发表随笔、小说、散文、杂文等。20世纪90年代以来还出现了瑞典《北极光》、荷兰《郁金香》、丹麦《美人鱼》等华文电子期刊。这些华文报刊虽然为华文创作提供的园地有限，但也促进了欧洲各国华文文学在欧洲本土的交流。

不过，“散聚”始终是欧华文学的基本格局。欧洲国家的文化传

① “上架”刊物是指以营利为目的，拥有ISSN刊号，正规发行，而且销售渠道畅通的刊物。拥有ISSN刊号的刊物，德国各大图书馆每期收藏。

统、语言文字相异，欧华作家协会所在的 22 个国家就有 16 种语言作为官方语言使用；西欧、北欧、东欧的现代历史和社会体制也有较大差异。近代以来，欧洲文化相对于中华文化又处于某种强势。华人散居于欧洲数十个国家，较少“唐人街”这样的华人聚居社区，而往往直接居住于各国各种类型的社区中。华人对欧洲文化从隔海仰视变成置身其中，可以远近俯仰，从各个角度去审视，而中华文化则成了他们心中最重要的尺度，固守的是精神文化层面，摆脱了由现实境遇引发的对传统的怨怒，甚至偏激。加上前述欧洲各国的人文因素的影响，使得欧华作家们对西方文化仰视而不低首，对华族传统眷恋而不乏清醒审视。同时，与其他宗教背景的移民不同，中国移民的儒、道等文化背景使得他们的信仰无某些宗教的“排他性”，更不构成对居住国原有文化的危险，这显然使得其文化易与居住国其他文化传统和睦相处，平等对话。这种文化姿态，成为欧华文学“散中见聚”的基本状态。

正是这种创作姿态，使欧华文学更多地体现出一种“文化中和”的特质。欧华作家协会会长赵淑侠在作协成立大会上明言：“我们长居欧洲，多多少少都受到些欧洲文化的熏陶，然而我们本身都有完整的中华民族文化背景，以至于我们的思想和生活面，既不同于中国本土作家，也不同于真正的欧洲作家，它可以说是糅合了中国儒家思想和西方基督教文明的一种特殊品质，这其中当然可能产生一些负面作用，譬如说因徘徊在两种迥异的文化间所引发的矛盾和冲突，但相对的，基于这种迥异，使两种文化互容互谅，截长补短，去芜存精，产生一种新的精神的可能性更大。这种新的精神，正是我们这些居住在欧洲的华文作家们写作灵感和题材的源泉。”① 相当数量的欧华文学作品，以一种较成熟的眼光投注到两种异质文化的深处进行互补观照，以一种非纯然的华族思维及情感方式进行言说，表现出中华民族有容乃大的睿智。在整个世界东西方文化交流失衡的 20 世纪，欧华

---

① 赵淑侠：《一棵小树——欧洲华文作家协会成立大会上的讲话》，《亚洲华文作家》第 29 期。

作家“具有一种糅合了中国儒家思想和西方基督教文明的特质”，“更习惯以这两种特质的混合观点来看人生，看世界”①，使欧华文学呈现出东西方文化平和对话的境界。

欧洲文化历史悠久，艺术传统深厚，包括徐悲鸿、赵无极等在内的中国艺术家都曾旅居欧洲，进行中西艺术交流。这种艺术氛围影响了欧华文学，使其极为重视艺术上的表现，尽管欧华文学有相当多的作品远未完成艺术蜕变，但其中的佼佼者确也达到了中西艺术交融的较高境地，“远行而回归”成为欧华文学自觉的艺术追求。

旅欧华人作家的居住方式至今仍有较大的流动性。有长期定居于欧洲某国的，如程抱一、高行健、熊秉明等；有先在欧洲后迁居于美国等地的，如赵淑侠、北岛、刘索拉等；有来往于欧洲和中国大陆、香港之间的，如熊式一、虹影、赵毅衡等；也有流动于欧洲各国之间的。居住方式的相异，多少反映出欧华作家身份认同的不同，也形成了欧华文学艺术追求的不同层面。有孜孜不倦地追求超越于中西两元文化之上的艺术至高境界的，有心存汉思但又关怀居住国人民的，更有在文化差异中渴求美的实现的。而语言则是欧华作家共同的追求。在浓郁的艺术氛围中，欧华作家都坦言用汉语写作能在异质文化包围中找到安心立命之所在，有的作家还成功地吸收了欧洲语言以滋养与丰富母语，遂使欧华文学的语言，整体上呈现出精湛、丰满的色泽。

第二节　瑞士华文文学

一、赵淑侠的“中国情结”

地处北欧的瑞士属于德语系国家，又有着独特的文化传统与和谐的人文环境。其华文文学之所以引人关注，很重要的一点是瑞士有欧

① 赵淑侠：《从欧洲华文文学到海外华文文学》，《海南师范大学学报》2007年第4期。

洲最有影响的华文作家之一赵淑侠，而她发起并任首任会长的欧洲华文作家协会，也使瑞士这一小国成为欧洲华文文学的一个重镇。

赵淑侠（1932—），女，祖籍黑龙江肇东，生于北平。抗战时期流落至四川重庆，战后回东北，1949 年随父迁居台湾。1960 年赴法国留学，学习美术设计，不久移居瑞士，在那里成家定居，一直到 21 世纪初迁居美国。她主要的作品都完成于瑞士，有《西窗一夜雨》、《湖畔梦痕》等 6 部短篇小说集，《我们的歌》、《落第》、《春江》、《塞纳河畔》、《赛金花》等 5 部长篇小说，《紫枫园随笔》、《异乡情怀》、《文学女人的情关》、《海内存知己》等 12 部散文集。《梦痕》、《翡翠环指》、《我们的歌》3 部小说集被译成德语。她曾经是瑞士作家协会、笔会及德国作家协会的会员。

赵淑侠一生漂泊，旅居海外半个世纪，却始终认为，“我到底是个地地道道的中国人，一张国籍证明无法改变我的心，更不能稍减我对祖国的关怀”，“我流着中国人的血液，背负着中国几十年的文化背景，脑子里是中国的思想，脸上生着中国人的五官，除了做中国人之外，我永远无法做到别的什么人”①。这些抒发于 20 世纪 70 年代的感慨，所言“祖国”、“中国”，自然消泯了其制度国家的意义而凸显了其文化层面的含义。长篇小说《塞纳河畔》（1985）中的柳少征对现实层面上的大陆和台湾地区均不满意，但又视大陆、台湾地区均为“吾土”、“吾民”之所在。主人公在台湾地区得罪权贵入狱，服刑后辗转到了巴黎，历经与法国姑娘妮卡、女画家林蕾、女博士夏慧兰的生离死别，印证了算命预言：“一辈子劳心，半辈子打单”，内心充满了被放逐的苦涩，却一直在“黄河、长河和淡水河，黄山、泰山和阿里山，贵州茅台、四川大曲和金门高粱酒”的思恋中苦苦寻求。他的侄儿柳正明，其父在“文革”中被迫害致死，后与恋人谢辛美各自回大陆和台湾地区，然而，这却不是分手，而有着终会团

① 赵淑侠：《紫枫园随笔》，北京：中国友谊出版社 1984 年版，第 74 页。

聚成眷属的希望。这些都构成了《塞纳河畔》中赵淑侠独异而丰富的中国情结。

赵淑侠的精神皈依在中华文化传统，但她也追求“更多更广的认知和沟通，至少在自己选择的第二故乡——欧洲，真正感受到自己是这块新土地里的一员，不以自外的心情从事创作，而会有一种两种不同文化水乳交融后的和谐感、成就感”①。她的短篇小说中有不少作品开掘了西方社会中的人性美和人情美。《阿格立的理发师》中的理发师“灰尘”先生行善播爱，认定“人与人之间的关系可以说全建筑在一个‘爱’字上……无论哪一种爱都有自我牺牲的意味”。《彼德回来了》中的青年彼德涉世未深，为寻求自我而漂泊流浪，最后领悟到“一个自由的人，正是有独立思考、能辨别是非、知道自己该做什么、不盲从也不乱冲动的人”。赵淑侠笔下的华人形象也开始自觉追求中西文化的互补。《塞纳河之王》中的画家王南强到巴黎学画，17年中，尽管遭受了诸多误解非议，却始终致力于东西方文化的中和，从而使中国画体现出一种刚劲雄浑的质地，在忍饥挨饿中也绝不媚俗，最终将“中国画的美，糅进西方艺术里，为全世界人接受”。长篇小说《赛金花》（1990）也反映了赵淑侠开阔的文化视野和成熟的文化心态。小说将一代名妓赛金花置于清末内忧外患的广阔历史背景上，对其不凡的经历、复杂的性格进行了人性的阐释。她虽已从良，但仍无法躲避天性淫荡的社会评价。她随丈夫洪文卿出国的三年，反而成为她坎坷的一生中活得最有自我、最受尊重和最能感受到人情味的时光，但一生博取“正名”而终不得……所有这些，都在小说苍凉、凝重的叙事中得到了生动深刻的表现，女性的地位、命运也在小说开阔而独特的历史阐释中得到了揭示。赵淑侠曾在散文《书展》（1994）中，称赞林语堂的创作“真正能够像西方作家那样”“进入西方的‘寻常百姓家’，为社会上一般消费者，像阅读他

① 赵淑侠：《一棵小树——欧洲华文作家协会成立大会上的讲话》，《亚洲华文作家》第29期。

们自己国家的文艺小说一样，能引起读欲并喜爱的”，她盼着“今天的中国能再出几个林语堂”。赵淑侠的小说创作正体现了这种希望和追求，她的作品摆脱了以往留学生文学表现“无根放逐之苦”的传统，努力体悟人类之情、人性之根，显示出开阔的艺术视野。即使写漂泊流徙中的海外中国人，也有了既奉献于国家民族，又关怀着人类世界的胸襟和抱负。60万言的长篇小说《我们的歌》（1980）中的音乐家江啸风、科学家何绍祥和他的妻子余织云，人生信仰有异，生活经历各有曲折，但他们最终都以激昂向上的精神投身于时代潮流；他们身上民族意识的觉醒，有着坚实的海外人生作基础，一扫以往民族意识的狭隘，而明晰地指向人类的未来，充满了民族的希望。她2009年的长篇新作《凄情纳兰》取材于清代词人纳兰容若的爱情生活，表达了对“情”超越现实功利，甚至超越生死界限的看法：“情是天地间的灵气凝聚成的最美的精神。”（纳兰容若所言）小说将纳兰容若这一形象刻画得血肉丰满，不只是因为作者历史考据功夫甚深，更因为作家心胸开阔地理解了纳兰容若的情感世界，所以小说不仅在“出尘拔俗”的精神境地中描写了纳兰容若与红颜知己的交往，而且笔墨酣畅地刻画了纳兰容若对其父为他仕途着想而安排的“王公贝勒”朋友圈子毫无兴趣，而与汉族布衣文人，如吴兆骞、顾贞观等，侠肝义胆相处的诸多感人情景。作为满族达官贵人的子弟，纳兰容若的“情”，却完全突破了族群、门第、性别等传统世俗观念，而包容起人类最共同性的因素。小说在台湾《世界日报》和中国大陆《作家》同时发表，更被欧华文学界称为成功塑造了“跨越时空”的融合“文学人类”的“阴和阳”的历史人物形象。而赵淑侠能从纳兰容若的词作（现存纳兰所作词共348首，《凄情纳兰》引用的纳兰所作词有80多首）中，借助于小说情节等，生发出诸多极为感动人的场景，开掘出重情义、重承诺等品格，也确实称得上对传统的现代皈依了。这样的小说，的确把海外中国人题材的创作推到了一个更高的层次。

赵淑侠在《告别紫枫园》（1994）一文中借迁居搬家一事，表达过这样的心情：告别过去虽心中有痛，“但就此放下那些古老的包袱”，“抖落一身灰尘”，“在新天地间重塑新环境”，“不亦快哉”！这也可以视为赵淑侠在创作上始终不自我拘囿而作不懈追求的写照。她的小说直面海外人生的复杂性，以丰盈的细节描写真实的浪子生涯，但又有明亮的理想色彩，人物“在飘离中知所依返，于复归时寻求超越”。她的小说艺术构思和表现手法丰富多样，就长篇小说而言，《塞纳河畔》的象征手法，《春江》（1984）的心理剖析，《我们的歌》的点线结构，都颇具艺术匠心。她的小说塑造人物着力于个性的丰满和灵魂的深度，《我们的歌》中的江啸风、《塞纳河畔》中的柳少征和夏慧兰、《塞纳河之王》中的王南强、《赛金花》中的赛金花，都是海外华文小说中富有艺术魅力的人物形象。

赵淑侠又擅长散文创作，其作品集数超过小说，质量也不逊于小说。她的散文除了怀想故土、归乡寻根、山水怡情、友人开怀外，更有着对女性命运的关切。《文学女人的情关》（1992）一书，以三毛、萧红、吉铮等女作家为例，探讨女性迈不过情关的命运困境。《情困与解脱》（1994）一书，则从探讨爱情的本质，来启发尤重感情的女性在“情困”中“破茧而出”。这些作品显现出赵淑侠的女性视野和女性关怀，她总是从情感层面来关注女性的生存和发展。同时，这些作品也显现出赵淑侠散文的特色：一是哲思和诗美的结合，感性丰盈的叙事、描述中有着种种哲理的思考；二是柔情审美中有刚健之“侠”气，着笔于人生激励，行文明快清爽。

二、余心乐的推理小说

余心乐（1948—），本名朱文辉，祖籍广东台山，生于台湾台东。他和赵淑侠是"瑞士华人中仅有的两个小说作者"[①]。他1972年毕业于台湾中国文化学院德国文学系，后留学于苏黎世大学，旅居瑞士至今，现为欧洲华文作家协会第二任会长。

余心乐写作文类包括小说、杂文、报道文学、文学评论、传播理论等，而以推理小说创作著称，1980年后出版有长篇推理小说《推理之旅》，中篇推理小说《松鹤楼》、《生死线上》，短篇推理小说《异类的接触》等，两次获"林佛儿推理小说奖"。这些小说集中塑造了旅瑞华人名探张汉瑞的形象。张汉瑞1982年由台湾到瑞士留学，学成后与聪颖贤惠的瑞士女子艾北亚结婚。他是个推理小说谜，在瑞士发生的多场惨剧疑案中，运用清晰缜密的推理，又受妻子灵感的启发，屡屡准确破案，成为名探。这一华人名探形象诞生于神探福尔摩斯的"故乡"，真是别有意味。

余心乐所写的推理小说大多属于"本格推理小说"，即以严密的逻辑分析作为破案的主要手段，凶手和侦探往往都为一人，双方对峙展开斗智，从中产生极大的阅读趣味。余心乐的小说不仅文字不俗、结构严谨、人物刻画生动，而且构思、叙事方式等在化用西方侦探推理小说"结构性诡计"和"叙述性诡计"中常有创新之探索。《推理之旅》讲述一群台湾游客来到瑞士麦灵根，凭吊世界名探福尔摩斯最后决斗坠崖之处，不料发生血案，同行中的张汉瑞"初试啼声"，查出了凶手。小说采取了变换时空的叙事方式，使案情显得更加扑朔迷离。正文《第一篇》正面展开张汉瑞破案的逻辑推论，《第二篇》以"附录"的形式发表"读者"质疑张汉瑞逻辑推理"破绽"的来信和张汉瑞的回信，进一步增强智力角逐的趣味和强度。破案收尾，又以张汉瑞讲述20世纪40年代由美国推理小说家叶慈完成而至今不知尘封何处的解谜推理小说《负伤的提洛人之冒险》作结，使小说结局更有新的暗示意味。小说在人物心理活动中，又穿插有诗文佳

① 赵淑侠：《序〈推理之旅〉》，见余心乐：《推理之旅》，台北：林白出版社1992年版，第2页。

句，平添了推理小说的文学意味。

余心乐创作侦探推理小说，旨在从中华民族丰富的文化遗产以及当代巨大的进步和成就中，运用有别于西方侦探推理小说传统的方法，透过侦探文学的表达形式，去解剖人类的共性，同时也寓阅读趣味于智力游戏中。所以，他笔下的张汉瑞风度儒雅、举止谦和而又擅长高智力推理，其不少破案巧思，源于对诸如三十六计、孙子兵法等中国谋略的体悟，在诡秘的案情的展开中，又有传统小说的明快叙述，这些都使侦探推理小说这一外来文体具有民族特色。近代以来华文侦探推理小说一向显得贫乏，远不如英、美、日等国，余心乐的创作，无疑为华文侦探推理文学的发展作出了重要贡献。

此外，杨炼的诗歌在瑞士的华文文坛也有相当的影响。杨炼，1955 年出生于瑞士，成长于北京，现为瑞士籍，居住于英国。20 世纪 70 年代后期开始写诗，是《今天》的主要作者之一，以长诗著称，如《礼魂》、《西藏》、《逝者》、《自在者说》、《与死亡对称》等。这些大型组诗有着作者苦心经营的“智力”结构，每部组诗包含若干首诗，每首诗中又分若干章节，对应史书典籍之中的天人关系，以此到达超越天人界限的“智者的自在境界”。1988 年，应澳大利亚文学艺术委员会邀请，杨炼前往澳洲访问一年，从此开始了他自己所称的“世界性漂流”，足迹遍及欧、美、澳洲各个角落。出国后创作以诗和散文为主，兼及文学与艺术批评，共有诗集 8 种、散文集 2 种，后编为《杨炼作品 1982—1997》（诗歌卷：《大海停止之处》；散文、文论卷：《鬼话·智力的空间》）、《杨炼新作 1998—2002：幸福鬼魂手记》，并被译为二十余种文字在各国出版。作品获意大利 FLAIANO 国际诗歌奖、英国诗歌书籍协会推荐英译诗集奖、意大利诺尼诺国际文学奖等。

杨炼的诗歌结构庞大繁复，意象密集艰涩，以丰富的想象力和鲜明的当代意识表现中华历史生存的痛苦，气势恢宏、热情奔放、丰富而简捷的遣词造句也充分展现了他处理感觉、观念、情绪的综合能力。旅居海外之后，杨炼对于汉语性又有了新的体认，认为中文所蕴含的深度及其丰富的启示性还远远没有被世界，甚至没有被中国自己的作家所认识。例如："中文动词没有时态变化，这是它跟欧洲语言最大的区别。语言是思想最基本的载体。我希望有意识地使用这种非时间性、历史的循环感去表达个人处境及命运不变这样一些对我来说非常重要的诗意。"他的散文，如《那些一》等，也以汉语表意的自由性、多义性、含糊性等表达出极为丰富的生命感觉，以此抵达诗思的深处。

第三节　法国华文文学

法国虽无统一的华文文学团体，华文文学却是名家名著迭出。程抱一、高行健、熊秉明的创作是20世纪至今法国华文文学的丰硕成果。郑宝娟、吕大明等来自中国台湾地区的作家在小说、散文等领域各有成就，显示出20世纪70年代后台湾移民海外的作家的创作实力。蓬草、绿骑士等来自中国香港，旅居法国都有30余年，创作不凡。还有一批来自中国大陆、澳门等地的中青年作家，也给法国华文文学带来勃勃生机。法国文化界对中国文化一向抱有友好甚至仰慕之情。20世纪20年代中国年轻的作家盛成旅法并出版《我的母亲》时，法国文学界泰斗梵乐希、纪德、克劳代尔、摩理尔都给予了极友善的接待和帮助，表达了对《我的母亲》代表的中国文化传统的敬仰、推崇。李金发、李劼人、巴金等留法作家也都得到法国文化界的友善相待。这种文化环境，有利于华文作家完成中西诗艺的融合，法国华文文学在现代与传统的交融中取得了较高的艺术成就。

一、程抱一的诗和小说

程抱一（1929—），原名程纪贤，祖籍江西南昌，出生于山东济南，毕业于南京金陵大学外文系。1948年程抱一赴法留学，在巴黎第九大学取得博士学位，随后任教于巴黎第七大学东方语言文化系，1973 年加入法国籍。程抱一 1975 年前主要用中文写作，此后开始用法文写作，但其主要作品已译成中文。著述 30 余种，小说有长篇《天一言》（1998）和《此情可待》（2002），诗集有《树与石》（1989）、《冲虚之书》（2004）、《万有之东》（2005）等，艺术论著、专著则有《中国诗语言》（1977）、《美的五次沉思》（2006）等。2001 年程抱一荣获法兰西学院文学大奖和法国总统颁发的荣誉骑士勋章，2002 年当选为法兰西学院自 1635 年成立以来第一位亚裔终身院士，成为与拉辛、高乃依、孟德斯鸠、伏尔泰、雨果、大仲马、泰纳、柏格森、法朗士等名列一起的“不朽者”。

程抱一在 20 世纪 60 年代求学期间与罗兰・巴特、列维・施特拉斯、拉康、福柯等著名学者交往甚多，受结构主义、符号学影响颇深。他最初在法国有影响的著述，就是运用结构主义这一当时最新的研究方法，系统研究唐诗和其他中国艺术，《中国诗语言》和《虚与实——中国绘画语言》（1979）就是这方面的代表作。这些著述，不仅对中国独有的艺术宝藏作了精湛阐述，而且力图“把中国思想的精髓提炼出来”[①]，对生命的本质进行思索，在法国艺术界和学术界得到了广泛认同，程抱一也由此被称为“中西文化的摆渡人”。

程抱一的文学创作是从中文诗歌开始的。由于有深厚的中国古典诗歌修养，又熟悉法国诗歌“出死而生，体现悲剧性”的传统，程抱一的诗作成功地将中西两种似乎迥然不同的传统结合起来，实现了艺术的升华。

程抱一在 20 世纪 60 年代写过一首中文无题长诗，收录于《和亚丁谈里尔克》（台湾纯文学出版社，1972）一书中。诗的首句为“心脑包容亘古罕见的矛盾”，随即以磅礴的气势、雄强的意象，在大幅度的跳跃、持续中，在“至丑与至美兼存，残忍与柔情并在”的情

① 晨枫：《中西合璧：创造性的融合——访程抱一先生》，见［法］程抱一著，杨年熙译：《天一言》，济南：山东友谊出版社 2004 年版，第 279 页。

感张力中，呼唤历史，记忆痛苦，表达出民族和人类的大悲大喜；同时，诗又从“菜花鲜得耀眼四月的狗都疯了/甘蔗甜得腻嘴五月的蛇都瘫了”的鲜明感性出发，向着“乐极然而大悲端俨然而大慈”的“生命大变化”提升，乡土的意象和隔绝性的悲剧意识结合在一起，表现了在事物的相反相成中寻找生命存在的努力。1980年，程抱一出版了中文诗集《叁歌集》（香港华实印务，1980），诗集分“遥歌”、“恋歌”、“悲歌”三部分，其中的“悲歌”，力图穿过悲剧，找到生命的存在。“恋歌”也不是表现狭义上的爱情，而是人间的激情。他的诗一开始，就是对生命的奥秘进行始终不断的质问和探索，其中对死亡的思考尤为深刻。跟冯至一样，程抱一从里尔克那里找到了共鸣：死亡“使我们个别的生命突然变成无可替代的，使我们把每个时辰当作独一的，使我们的欲望化为飞跃，使我们不断追求意义”，“只有把死亡纳入我们的生命，我们才能领会‘全生’的真趋向，我们的至深经验；爱与痛苦，才能取得真义；我们将步入生命的‘大开’”①。生死相依，死亡使生命具有意义，由此构成了生命的巅峰，所以他在诗中反复吟道：“萌芽即终结，/终结即萌芽；/深渊即顶峰，/顶峰即深渊”，“在大开中，所有的事物呈现为存在/它们的道路不会流尽”②。重要的是，程抱一最终用诗穿越了死亡，在宇宙万物的生生不息中获得了永生。

中西文化的对话和融合，是程抱一毕生的创作追求，而对中西文化“第三元”的自觉探寻，是程抱一最重要的文化发现。程抱一认为，“生命世界是统一的有机体”，“‘气’是生命世界整体的基础”，在整个世界的生命网络中，“‘气’的运转是三元的，即阳气、阴气、冲虚之气。阳气是一种积极的力量，阴气是一种柔性的接受力量，冲虚则是阴、阳两气相遇和循环运动所必需的‘中空’。阴气和阳气都

① ［法］程抱一：《和亚丁谈里尔克》，台北：台湾纯文学出版社1972年版。

② ［法］程抱一著，朱静译：《万有之东——程抱一诗辑》，上海：同济大学出版社2007年版。

需要冲虚之气来使它们进入有效的相互作用、相互和谐的状态”。“中国思想的路线或方式极早就尝试从一元跳到三元，最明确的宣示是《道德经》第四十二章：‘道生一，一生二，二生三，三生万物，万物负阴而抱阳，冲气以为和’。一指元气，二指自元气分出的阴和阳二气，三指阴阳交互时所滋生的冲虚之气”，冲虚之气所起“以为和”的作用，使万物圆融，互有沟通[①]。程抱一还说：“一元的文化是死的，是没有沟通，比如大一统、专制；二元是动态的，但是对立的，西方文化是二元的；三元是动态的，超越二元，又使得二元臣服，三元是‘中’，中生于二，又超于二。两个主体交流可以创造出真与美。”[②] 程抱一的诗作就充满了对“第三元”的思索。《冲虚之书》（2004）以具象而又形而上的诗句探索着生命世界的三元之理，呈现出此生命与他生命沟通时的圆融、和谐。“天地之间……/并非两可/而是真三/冲虚之气/自成一体。/它，生自二/因大开而起/从此不停地提升、超越……/肉身在其中完成/又在未完成中；/果实在其中充实/又在未盈满中”，生命的“大开”中包含了生死的统一，由此而生的“真三”高于“生”与“死”而不断超越，宇宙万物生命的境界都以此为至高境界。“人与神、人与人、人与天地之间的对话关系都是超于二的，只有对话关系才能滋生出最高境界”[③]，就是说，任何二元之间的对话关系都会产生“真三”的最高境界，“不是身连身，/而是心连心。/并不清除血肉，/亦不排除水、火”，二元之间有差异，有冲突，但又通过一个世界即对话的世界而共同存在，“于是吹起冲虚真气，/于是飞过不速天使！”程抱一的诗在不回避悲剧、不回避隔绝中求索到了生命可沟通、可变化之处，在中西文化对话、

① 朱静：《译者前言》，见［法］程抱一著，朱静译：《万有之东——程抱一诗辑》，上海：同济大学出版社 2007 年版，第 3 页。

② 晨枫：《中西合璧：创造性的融合——访程抱一先生》，见［法］程抱一著，杨年熙译：《天一言》，济南：山东友谊出版社 2004 年版，第 288 页。

③ 张宁：《程抱一先生与他的获奖小说〈天一言〉：与张宁对话》，http：//www. dicubcin/p－874780. html。

交流这样一个大课题上，直追王维诗所言“行到水穷处，坐看云起时”的境界。

程抱一的《万有之东》是 2005 年被列入法国伽里玛出版社《诗》丛书出版的诗辑，在法国销售一空，一版再版。程抱一曾解释：“‘万有之东’的‘东’并不是指‘东方’，而是指超越‘万有’之外，超越东、西之外，超越一切之外的‘东’，这是一种包容一切的境界。”① 程抱一的诗作追求包容、超越的高远意境，将一种从个人心灵深处喷发而出的跨文化对话转化成一幅幅神韵生动的中西山水画，或笔墨淡雅有致，或色彩浓重有序，但都弥漫出和美的气质，而又有着内在哲思的支撑。如《砚台石》一诗：“碧绿·蔚蓝/黄·红·橙。//自光而放的彩，/自物而发的彩，//以血·肉在此/结成未名联姻，//一夜暂短激情/焚于眼·手之间//蔚蓝·碧绿/橙·红·黄。//转身的彩虹返向/元初之星云。//唯有它曾谙晓/梦中无色之味，/谙晓以黑·白描/无可描述的灰。”全诗简约含蓄，写意传神，都脱胎于中国古典诗词；末句很自然表达出的“在可见的东西里抓住不可见的东西，从有限中寻找无限”的哲思，也是很中国式的；色彩词序的颠倒暗示出的生命吸纳自然之气，包含着种种生命主体的思考，又见出西方文化传统的影响。而这一切，都使“砚台石”这一中国意象显得和润而丰盈。

1999 年，程抱一发表了用 12 年心血写成的长篇小说《天一言》，当年获法国极有影响的费米娜文学奖，法国报纸纷纷评论《天一言》“挖掘个人和近代中国最为深沉的痛苦”，同时使“东方和西方，这两个世界从来没有过”的“接近”，其“精神世界的追求”“达到了放诸四海皆准的普遍性”，其“结构有如出自中国书法神奇的笔锋”。2004 年和 2009 年，中国大陆出版了两个版本的中文《天一言》，成为新世纪在中国大陆影响最大的欧华文学作品。

① 朱静：《译者前言》，见［法］程抱一著，朱静译：《万有之东——程抱一诗辑》，上海：同济大学出版社 2007 年版，第 3 页。

《天一言》采用了小说主人公赵天一 1982 年在中国一间收容所里回忆往事的方式，但又经过了“我”的“重组”，表达出“从无以探测的土地深处，仅靠语言的力量”，以此来呈现一个中国人的一生“所累积的珍宝”的心愿和努力。小说共分三部。第一部《出发的史诗》讲述天一自 1925 年出生后在中国南北山水间的流徙、成长，在战乱中与东北青年孙浩郎、川戏女演员卢玉梅结下了刻骨铭心的友情。乡土习俗、民间传奇、西域新说、家族陈事、传统工艺、地方戏曲、山水精灵、书画神韵……一一被巧妙编织于天一全身心启蒙的过程中，现代中国的种种时代风云又不着痕迹地伴随着天一的成长。第二部《转折的历程》讲述 1948 年天一来到巴黎学画的漂泊生涯，异国旅途的叙事在丰盈动人的细节中，呈现了一个饥渴的中国青年如何进入了与自身有天壤之别的西方艺术世界，也进入了自己的内心世界。天一和法国女子薇荷妮克的情感更生动地展现了两种文化淳朴相处的美好，在天一的“中国眼”中，巴黎是另一梦乡。第三部《回归的神话》讲述 1957 年初，天一得知当年投身中国革命的浩郎死于政治运动，玉梅孤身陷于困境，他割舍下和薇荷妮克之间的感情和刚开始尝试的新创作形式，回到了中国，但玉梅已自杀，他却又意外地得知浩郎在北大荒劳改农场“死而复生”的消息，于是开始了他与浩郎在严冬荒野中的精神炼狱，一直到“文革”最终结束了浩郎的生命，让后来人懂得了等待。天一回到中国，也最终回归于生命之海的“元气”。在死亡和等待之中，人们看到了中华民族人性的至尊和中国人灵魂的深邃。

《天一言》也是程抱一对中西文化“第三元”的自觉探寻。小说从意象（如在天、地循环中的“云”）到人物（如处于天一、浩郎两个男性人物中的女性形象玉梅），都渗透了作者对“生于二，又超于二”的“三”的寻找。天一经历了太多的生离死别：妹妹、爸爸、妈妈、玉梅、浩郎、薇荷妮克……他最终没有绝望自杀，也是因为他找到了超越“生”“死”二元的“第三元”，那就是用文字的方式把自己的一生写下来。程抱一在《天一言》的《中文版自序》中引用法国作家普鲁斯特所言“真正的生命是再活过的生命。而那再活过的生命是由记忆语言之再创造而获得的”，这种语言的认识发生在20世纪西方语言哲学的背景之中。由此出发，程抱一意识到，“人与神、人与人、人与天地之间的对话关系都是超于二的，只有对话关系才能滋生出最高境界”，就是说，任何二元之间的对话关系都会产生“真三”的最高境界，而语言正是实现由二元向三元转化的决定性因素。《天一言》将四个主要人物天一、玉梅、浩郎和薇荷妮克分别安排成在绘画、戏剧、诗歌、音乐四个不同的艺术领域各有所长，而语言作为“更高层次上人类超越自我进入创作的途径”，使得“任何的创作”，都成为“一门特殊的言语”，小说也由此展开了人与自然，人与社会，以及人与人之间的广泛对话，这种对话甚至打破了时空、生死的界限，实现了生命的永恒。

《天一言》的叙事流畅动人，有着语言回归大地的至美，而随处可见、由叙事引发的思考更给小说增添了罕见的魅力，在人物思绪中流淌出来的种种想法自然、清爽、亲切，有丰富的想象力，更有穷究后的柳暗花明之感，融会着中西文化深度沟通后的智慧。

二、高行健的戏剧与小说

高行健（1940—），原籍江苏泰州，出生于江西赣州，是20世纪80年代华文文坛上少见的文学全能型人才，孜孜不倦地在小说、戏剧、绘画乃至电影的创作与研究领域不断追求创新。他1962年毕业于北京外国语学院法语系，在接受西方现代主义文学思潮方面具有得天独厚的条件。1980年，高行健在广东《随笔》杂志发表了一系列介绍西方现代派创作技巧的文章，并于1981年以《现代小说技巧初探》为名结集出版，引发了“现实主义与现代主义”之间的文艺论争。1983年，高行健发表了用心灵独白的意识流手法写成的《母亲》，把纯熟的现代主义形式技巧与独特的个人生命感受融为一体。

他在国内时期创作的先锋戏剧中，《绝对信号》（与刘会远合作）、《车站》与《野人》在艺术上已相当圆融，承载的社会生活面相当宏阔，舞台表演运用的形式和手段诡奇多变，称得上是高行健这一时期戏剧艺术的代表作。

高行健于1985年起连续应邀访问德国、法国、英国、丹麦、瑞典等国，主要活动是戏剧报告和个人画展。1987年他旅居法国后，戏剧也成为他最重要的创作之一。2001年，台湾联合文学出版社出版的10卷本《高行健戏剧集》收入了他旅法后创作的七种剧本，此外还有《周末四重奏》、《叩问死亡》等剧作也创作于旅法之后。这些剧本被译成英、法、德、日等文字，并在美国、英国、法国、德国、瑞典、比利时、丹麦、罗马尼亚、澳大利亚等国和中国香港、台湾等地的著名戏剧节和剧场演出。

《要什么样的戏剧》一文是高行健于1988年在瑞典诺贝尔基金会与瑞典皇家剧院举办的“斯特林堡、奥尼尔与当代戏剧”国际学术研讨会上的发言，集中表达了高行健在导演制兴起后的剧本创作危机中的追求，他将自己探索的“新鲜的剧作”概括成这样几点：一是“剧作主要是表演的艺术，是剧场里的艺术，因而得有一种剧场性”，“其所谓戏剧性既不建立于日常生活的悲欢离合上，也不靠性格或观念的冲突，凡是包含动作或作为动作的延伸的过程……都可以构成戏剧性”；二是“把思辨不妨还给哲学家，而把感知留给戏剧”，“戏剧中展示的正是这越乎理性与非理性的人的状态”，戏剧给人的智慧，“无非是提供某种感知的方式，借此达到某种境界，让直觉和悟性得以透视人灵魂中的幽冥之处”；三是“未来的剧作不能因为重视戏剧的表现形式便牺牲语言”，剧本要“重新发现现代人语言的色香味，进而创造一种现代的戏剧语言，它将在剧场里恢复语言从诞生起就拥有的魔力与魅力，用以释放人心中潜在的意愿、混沌状态的感受和弥漫开来的情绪的磁场，达到更为充分更为直接的感染和交流”，“这种语言显然是舞台上形体和视觉的语言所不能替代的，而又同它密切联系在一起”。《冥城》（1991）取材于庄周戏妻“大劈棺”的传说，“上阕”演长年在外的庄周佯装暴病身亡，运棺回家，自己又假扮成楚公子，挑逗其妻，诳称自己心口犯病，只有劈棺相救，庄妻受骗，明了真相后举斧自尽。“下阕”演庄妻在阴间呼冤，反受判官、无常羞辱，最后又被冥王判为妖精再受煎熬。“尾声”则以庄周的独吟“生之犹死，死之亦生，生生死死，了了不知”作结。剧作以庄妻人世阴间的受难表达了对女性命运的关怀，并以“人之原罪”的思考让人感知伦常之中人性的挣扎。庄周、庄妻的角色呈现表演的三重性，即演员的自我、中性的扮演者和角色。角色的扮演者登场时都先以旁观者目光介绍角色，然后再进入扮演者状态进行角色的自我介绍，随后才进入角色状态。这样，“把演员扮演角色的这一过程拉长”，给演出带来了“一种大格调的仪式和剧场性”[①]。剧情展开中，运用了傩舞面具、京剧脸谱、川剧变脸、高跷、杂耍、魔术等，不仅恢复了现代戏剧丧失了的娱乐和游戏的功效，而且大大增强了演出的感知色彩。剧作的台词富有音乐性，古代语言、民间语言和现代语言穿插结合，复沓手法的运用，都会唤起听觉上奇妙的直感，充分渲染了特定的戏剧氛围。另一剧本《山海经传》（1989）也成功地对传统题材作了现代戏剧的处理，以70多个天神的登场展现了从女娲造人到大禹一统天下的历史，包括歌舞音乐、杂耍烟火、说书祭神，乃至交响乐大合唱等因素都被糅合其中，呈现出一种既不同于传统戏曲，也有异于西方话剧的艺术戏剧。

高行健的剧作思考生死、爱恨等问题，但努力表现的始终是人的心理感受的真实。《生死界》（1991）以一个女人扮演者的台词展开全部叙事，辅之以一位扮演男人、鬼、老人的丑角的动作和另一位扮演女人的舞者呈现种种心象的舞蹈动作，糅进了种种悲剧、喜剧、闹剧的因素，展现了女性出入于“生死”的内心世界，台词、动作、

① 高行健：《有关演出〈冥城〉的建议与说明》，见高行健：《冥城》，台北：联合文学出版社有限公司2001年版，第100页。

道具都能调动观众的心理想象力。《对话与反诘》（1994）借用禅宗公案的对话方式质疑语言及其虚妄，而全剧表演的重心，仍在于语言后面隐藏的人之本性。高行健的创作在形式上有种种创新的探索，而他“对戏剧形式的种种追求无非想尽可能展示现时代人之生存状态这赤裸裸不加掩饰的真实”①，同时，他也警惕于消费社会唯新是好的诱惑，认为艺术家抵制这种诱惑，较之抗拒政治和社会习俗的压力甚至更为困难。他以这种艺术探索留存下的十余种剧本，是20世纪八九十年代华文戏剧创作的重要收获。

高行健一直主张“一种冷的文学”，作家“置身于社会的边缘，以便静观和内省”，写作也纯然是“精神自救”，“以区别于那种文以载道，抨击时政，干预社会乃至于抒怀言志的文学”，其长诗《游神与玄思》言，“自言自语/乃语言的宗旨/而游思随想/恰是诗的本意”，更将作家个人内心的自语看作创作生命的栖息地，具体题材上也一向关注中国文化传统中以往被忽视，甚至濒临消亡的文化，“以儒家为代表的伦理教化与修身哲学”之外的“另一种中国文化”，即长江流域非儒家正统的包括道、佛、巫和羌、苗、彝等少数民族遗存文化在内的民间文化，这种文化“浸透一种隐逸精神”，不构成对其他文化发展的压迫，而又“成为逃避政治压迫的文人的一种生活方式”，它包括“始终保留宗教文化的独立形态”的道、佛，“主要体现为以老庄的自然观哲学、魏晋玄学和脱离了宗教形态的禅学”为代表的“纯粹的东方精神”以及多民族的“民间文化”。《山海经传》就将流失的中华远古神话体系在现代戏剧舞台形象中重新得以呈现，由此展示中华文化传统的多源多流，寻找中华民族文化内部的跨文化对话。对“另一种中国文化”的寻找，使高行健的创作越来越多地开掘以往被忽略的老庄、禅宗那一脉的资源。三幕八场现代戏曲《八月雪》（1997）将禅宗六祖慧能作为禅宗革新中的思想家展开

① 高行健：《另一种戏》，见高行健：《生死界》，台北：联合文学出版社有限公司2001年版，第127页。

他的一生。剧作将慧能“放逐”到蛮荒之地的岭南、海南，而时间背景却是盛唐，暗示出禅宗的革新来自“边缘”对“中心”的“突围”。围绕五祖弘忍传法六祖慧能这一最著名的禅门公案，作者设置了包括“这禅师”、“那禅师”、“是禅师”、“非禅师”、“一禅师”、“又禅师”等众多意味深长的人物与慧能对话于“菩提本无树，明镜亦无台，佛性常清静，何处有尘埃?”在“到彼岸都是大智慧，发平常心即是大慈悲”的感悟中强调了慧能在“回到平常心”中摆脱各种现实功利、权力的引诱、束缚而得生命的大自在的思想。他的长诗《逍遥如鸟》，其呈现的“大鸟”形象极似庄子《逍遥游》中那“无所待”而翱翔的大鹏，但高行健更要呈现的是内心的“逍遥游”，一种在写作中得以实现的自由。

居留西欧期间，高行健有更多的余暇对个体生命历程进行反思。在此基础上，他创作了两部带有强烈自传体意味的长篇小说——《灵山》和《一个人的圣经》。1984 年，《车站》遭到错位批判，高行健被医院误诊为癌症。万念俱灰之余，他独自漫游了长江流域七八个省的自然保护区和少数民族地区。《灵山》是对当年舍却躯壳之后精神历险的艺术记录，“由多重叙事编织而成，有互相映衬的多个主人公，借以展现同一自我的不同面向。作者灵活自在地运用人称代名词、急速转换叙事观点，迫使读者对所有人物的告白产生质疑”是《灵山》叙事的核心，小说在幻觉和记忆、虚构与真实交织中展开的是心灵的“朝圣”和“反思”，作者追求的是纯然的个人精神历程。正是出于这种追求，小说以作者的“神游”，非常自觉地展现了“被官方主流文学掩盖了的中国文化的另一番面貌”，即长江流域非儒家正统的包括道、佛、巫和羌、苗、彝等少数民族遗存文化在内的民间文化。《一个人的圣经》则是高行健对家族史和个人成长史的追忆，充满了物是人非的感伤和叹息。主人公也要逃离以国家、民族、集体名义对个性生命、自由灵魂的压迫与剥夺，他终于意识到，“自由自在。这自由也不在身外，其实就在你自己身上，就在于你是否意识到，知不知道使用”，然而，个体经验中政治生活留下的创伤隔断了他努力唤起的温暖的历史记忆，现实生活中虽辗转逃避也无法阻止政治力量对其命运沉浮的拨弄，小说也由此写出主人公复杂气质的交织，形成了隐秘驳杂的心理情感活动过程。

高行健的小说创作起步于对西方现代派艺术手法特别是意识流技巧的借鉴，不过到写作《灵山》和《一个人的圣经》时，已经形成了对小说艺术的独特理解。20 世纪 80 年代，高行健在运用意识流技巧的小说实践中，逐渐认识到语言并不能真正描摹、呈现人物的心理意识运动过程，用语言表现出来的所谓意识流并非真正的意识流。他偏爱语言的“活”和“美”，开始更加强调语言通过联想、暗示、象征、隐喻等唤起和调动对方感受的能力，并将其称为语言的“潜能力”。他更意识到汉语的词性、动词的时态、主谓语顺序、人称转换等的自由性，“现实、回忆与想象，在汉语中都呈现为超越语法观念的永恒的现时性，也就成为超乎时间观念的语言流”，从而把握到“从汉语结构的很多机制可以引发更为自由的表述方法”，他努力调动汉语的潜能力，即运用我们能够捕捉到并且写得出来的最能表现人物内心意识的语言来表现人物的精神世界，而不是用支离破碎的语言形式去模仿意识或潜意识的直接流露。《灵山》中“第一人称我和第二人称你，前者在现实世界中旅行，有前者派生出来的后者则在想象中神游。随后，才由你中派生出她，再随后，她之化解又导致我之异化为他之出现”。多声部、多流向的对话，使汉语的色香味得以更多地挥发，叙述的语音语调、句子的节奏旋律，如汩汩流水，毫不间断，自然悦耳地流淌，无须依靠情节、故事，词句本身就会唤起人的丰富的感受从而产生想象。《灵山》和《一个人的圣经》的完成，也标志着小说感知世界的一种新方式——富于流动性与音乐性的“语言流”的成功。

三、熊秉明和郑宝娟的创作

熊秉明（1922—2002），早年毕业于西南联大哲学系，1947 年后，旅居法国 50 余年，在文学、绘画、雕塑、书法等方面多有成就，获法国棕榈骑士勋章。著有《教中文》等诗集和《看蒙娜丽莎看》、《关于罗丹》等艺术随笔集。文汇出版社 1999 年出版了《熊秉明文集》。

熊秉明在巴黎第三大学东方语言学院教授汉语多年，其诗也常以朴素的诗质、短小的篇幅表达汉语字词句的魔力和他对母语的挚爱。《黑板、粉笔、中国人》一诗中，“我”十年如一日地站在讲台上，“说了一遍又一遍/这是黑板/这是粉笔/我是中国人”，岁月流逝，“我的头发一天一天/从黑板的颜色/变成粉笔的颜色/而且像粉笔一样渐渐/短了，断了/短成可笑的模样”，但“我”仍不知疲倦地讲着，“这是黑板/这是粉笔/我是中国人”。简朴如日常的诗句书写出诗人旅外多年，“似乎一天一天地更不像中国人了/又似乎一天一天地更像中国人了”的生存状态，在一种看似悖反的情境中呈现出痴爱母语，执着于民族文化传统的赤子之心。《的》一诗只有一句用“的”字连接起来的长句：“翻出来一件/隔着冬雾的/隔着雪原的/隔着山隔着海的/隔着十万里路的/别离了四分之一世纪的/母亲亲手/为孩子织的/沾着箱底的樟脑香/的/旧毛衣”，这其中有千山万水的空间之隔和漫漫岁月的时间之伤，却用简单的“的”字加以勾连，使之畅通，意思一层一层地连接在一起，突破了时空之隔，最后连接到“旧毛衣”，情感随之爆发。“的”字的妙用，凸现了熊秉明对汉语包含的质朴诗意的敏悟。

1999 年，熊秉明将他在北京中国美术馆、上海美术馆等处举办的艺术展命名为《远行与回归》，他的艺术随笔也在浅显而生动的讲述中表达了这一题旨：漂泊海外，浸淫于西方文化，然后返身发现自己民族传说的价值。《佛像和我们》就是讲述作者自己在西方“回顾东方”、发现东方的心灵历程。正是在欧洲的求学、创作经历，使作者不仅意识到“西方”是一个与时俱迁的文化活体，也从西方文化环境中重新领悟中国文化传统的魅力，“那是对自己古老传统新的正视、新的认同、新的反思，而有久别回归的激动”。文章将作者对艺术美的领悟过程与对文化传统的发现过程生动地结合在一起，对读者是一次切实有效的艺术启蒙，又为人们思考全球化境遇中中国文化的未来提供了有益的启示。

郑宝娟（1957—），女，祖籍河南荥阳，出生于台湾云林，毕业于台湾淡江大学英文系。17 岁开始小说创作，20 岁就获第一届《联合报》文学奖长篇小说奖，其早慧的文学才华令文坛关注。郑宝娟于 1989 年旅居法国至今，所出的 30 余种创作集中，旅法后的作品占三分之二以上，以小说家见称，散文与评论近年来亦很有影响，是旅法作家中颇有影响的一位华人女作家。

郑宝娟的小说迄今已多达 21 部，其中长篇小说有《望乡》、《裸夜》等 6 部，短篇小说有《天心园》、《边缘心情》等集子，创作丰硕，被人称为“天下第一捕快”①。她的小说被称为“栖身于浪漫与现实之间的女性叙事”，多写爱恨情仇的人性本质，其中有不同道德观的冲突。人物多为形形色色的都市人，着力开掘其人生困境和生命恐惧。无论是《一生中的一周时光》、《伤逝》、《有一个女人》等小说写恩爱转化成仇恨，还是《无心园》、《短命桃花》等小说写现代交易性的婚姻，都在悲喜剧因素交织之中，写出了都市沉浮中人性的困顿、情感的贫弱，而在道德观的冲突中也显示出人性救赎的希望。

郑宝娟把写作视为“一条朝自己内在掏剖、挖掘的冒险历程”②，所以她笔下的人物都较有人性的深度、灵魂的深度，而海外生存的环

① 林燿德：《天下第一捕快郑宝娟——一位值得正视的作家》，《自由青年》1987 年 11 月。

② 郑宝娟：《三十岁——自序〈有一个女人〉》，台北：时报文化出版企业股份有限公司 1987 年版，第 2 页。

境强化了小说所写的人性沉沦、灵魂救赎。《巴黎望春风》中的“我”，陷入“对自由的模糊的理解”，结果在“巴黎这个狂蜂浪蝶的世界”成为“多余的人”。《燕子的季节》中的迷人女子燕妮在“百无禁忌”的法国“猎夫”，守身如玉的她最终也只能逆程而归。《女娲》中的香港仔洛基，自以为来法国是人生“最明智的选择”，却以耗尽自己的情感为代价而坠入虚无。郑宝娟以女性的“边缘”眼光审视海外华人的漂泊生涯，其文化认同超越了东西方的二元对峙，深入到人类性困境的层面，题材不回避时代性，而人物塑造始终致力于人性本质的探寻和展露。

郑宝娟曾这样评价被视为“通俗文学”的侦探小说：“‘文学就是人学’……在所有文学的类型中，侦探小说应该最贴近这个定义，因为里头充满人与人的冲突与对抗”，“再也没有其他文类像侦探小说这样致力于娱乐效果了”，然而，“侦探小说作家中还真不缺乏文字魔术师、社会黑暗面的揭发者，甚至人类永恒精神家园的眺望者与守护神”，“对深层人性的求索呢，侦探小说家也可以做得很好”①。郑宝娟借西方有大量忠实读者的侦探小说表达了她沟通严肃文学和通俗文学的创作追求。她的小说也借鉴通俗小说的写法增强阅读吸引力。长篇小说《绿色的心》（1992）以女主人公沈云收到五封引起她巨大恐惧的恐吓信设置情节悬念，信中署名沈云大学时期的男友“华石”，声称要对沈云过去“无情的背叛”进行报复，而沈云和“我”（叙事者，沈云的知己）反复追查、推断的结果，却是信出于沈云的丈夫冯朝阳之手。小说将故事的情节悬案和人物的心理悬念紧密结合在一起，情节环环相扣，悬念波澜迭起，在对五封信的多次解读中，剖视写信人灰色的病态心理，揭示了人性弱点对家庭、爱情的毁灭，而“有情人终成眷属”的结局又传达出了现实生活的亮色。

郑宝娟还出版了《本城的女人》、《巴黎屋檐下》、《无苔的花

① 郑宝娟：《一开始就有一具尸体》，《香港文学》2008年第288期。

园》等8部散文集，其中对社会的种种观察，笔锋犀利，文化思考独特。早在20世纪80年代初，台湾诗人向阳就称赞郑宝娟的作品有如“一张清新真诚的脸”，而“她生鲜活泼的文字就是一双灵动的眼”①。郑宝娟的小说散文，其语言一直保持着汲取中西文化营养、提炼于现实生活的新鲜感，其语汇句式的丰富多变性，反映出了海外华文文学语言的特色。

四、吕大明的散文

吕大明（1947—），女，出生于福建南安，在台湾长大，1969年毕业于台湾艺术专科学校，从事电视剧创作。1975年留学英国，1979年获利物浦大学硕士学位。1985年定居巴黎至今。先后出版有《这一代的弦音》、《冬天黄昏的风笛》、《写在秋风里》、《寻找希望的星空》、《几何缘三角情》等9部散文集，另有电视剧本《兰婷》等。她的散文大多创作于旅欧以后，有着浸润于中西艺术想象中的“绝美”。她寓居巴黎20余年，其文也常借鉴发源于法国的印象主义，借助于光色的变化，表达着对美的追求。《伏尔加河之梦》写于她旅欧18年后，讲述她留学英国时结识的俄罗斯女友安娜对伏尔加河的深情挚爱。安娜自小丧母，长姐如母，精心照料安娜，并让她走出了乡野。在柔声的讲述中，安娜的异母姐姐仿佛米勒画中的牧羊女，“米勒是以暗晦色的黄、褐、绿作底色，混上柠檬黄、朱红、深青色来画这幅画”，其中饱含了宗教虔诚的心情，“令人想起那位牧羊圣女，巴黎的守护神——嘉奴赎”。暗晦的色感，令人感受到俄罗斯妇女默默“将生命的重担负荷在自己双肩上”的坚毅、沉郁。安娜对中国“谜一般的想象”和“我”对伏尔加河梦幻般的向往，也在这种沉郁感中交织成一种互相感染的特异的“乡愁”。吕大明曾

① 向阳：《〈无心圆〉序》，见郑宝娟：《无心圆》，台北：时报文化出版企业股份有限公司1983年版。

言："捕捉霎时的印象，以丰富的艺术技巧表达出来，那一瞬间就成了永恒。"（《寂寞异乡客》）《谪凡记》描写黄昏日落，万物如何神奇地化为"实有的空无"。《春在无边绿意间》则叙说天地间那些小生物如何有更多悟性相通于自然……吕大明用印象主义的殊异文字，将大自然和人的心灵化成了永恒的艺术美。

吕大明的散文多写山水自然、人文景观，旅法作家祖慰评论她的散文"如屈原的诗一般，是一个有着浓郁的情感与灵性的奇葩异卉之园，一草一木无不是现代悲歌喜唱的移注。她体验过中国旧礼教对人性的压抑，体味了多年的飘零海外的如卡缪笔下的'局外人'的苦涩，可是她把一切熔冶为温馨婉约的美，移进中国的、法兰西的、英伦的比屈原多得多的花花草草的神髓里"①。此评虽有过誉之处，但至少说明了吕氏追慕灵思的艺术努力。吕大明的散文，包含着丰富的文化想象，古今中外的文人逸事、典籍妙语纷纷被驱遣其笔下，呈现出自然心灵化、人文历史化的美境。有的文章写景状物，甚至段段有文化典故，而又自然贴切地映现其景其物。《夏的飨宴》描写盛夏酷暑的欧洲风光，周邦彦的词、汤显祖的曲与华兹华斯、济慈的诗篇构成一种奇异而迷人的对话，把爱的多种色彩渲染得梦回魂萦。《胡桃核世界》讲欧洲友人的故事：从小把梦失落在中国的珍妮弗，把异乡学子看成自己子女的拉贝夫人，向往在迷人的乡土中实现文学梦的史蒂芬姐妹。而这些普通的欧洲人形象，都是作者在欧洲文学名著名家的生动回顾中完成的。吕大明的文章结构新异多变，追求天语伦音的纯美，展示了开放于中西文化的视野、学养给散文带来的新境界。

五、其他作家创作

从中国香港迁居法国的女作家黎翠华是位属于新世纪的欧华作家，她的第一本散文集《悠游巴黎》出版于2000年，之后的散文集

① 吕大明：《流过记忆》，石家庄：河北教育出版社1995年版，第5页。

《紫荆笺》、《山水遥遥》、《在诺曼第的日子》等都在旅法岁月的描绘中体现出深厚的艺术功力而得到广泛好评。黎翠华从繁华纷杂的香港都市生活脱身，也未投入巴黎那样的现代都会（她的丈夫在巴黎工作），而是在简朴宁静的小镇读书、写作、教书法，“过着在香港人看来不啻是半隐的生活”。然而，黎翠华的散文的迷人之处不在于她对自然的回归，而在于她在乡村和都市的张力中所透出的对生活、生命的看法。她习惯了独处，会享受单纯，心灵对大自然极有感应，但她“又很高兴回到城市”，“滚滚红尘，人世的繁华也是一场不容错过的盛会”，原因就在于，她懂得，唯有城市的“复杂和丰富”才能突显自然、乡村“简单的意义”。这种认识，显然不同于当年沈从文等回归乡村世界，更多带有现代人对自在而充满生命力的生活的寻求，是“现代”让她明悟“传统”，是“城市”驱动她去寻找“乡村”，也唯有“远行”才让她“回归”。在写法上，因为是置于异域他国的环境中，感受、体验到的往往是东西方民族相通的，前景（自然、乡村）和背景（城市）也构成了更丰富的艺术张力，背景使前景变得更为丰厚，不仅让人感受到大自然“对人的疗养作用，对受创心灵的治疗和净化功能”，更让人体验到一种“超越国族、种族的眼光”所捕捉到的“人与人情感上真诚的感通、交流”。像《隆冬》写大雪天素不相识的人相遇如故人，互道的“你好!”有如“劫后余生”的“重新感应人的存在”，“雪使这个世界变得干净、纯洁、安宁”，“寒冷令人强烈地意识到自己的存在，同时也意识到别人的存在”，这种感受的发现和表达令人在感动不已中体会到人之间的相通。黎翠华对移民生涯包含的丰富张力的把握和表现让人再次体会到欧华文学驾驭不同文化的魅力。

出生于北京的山飒旅居法国24年，1997年开始小说创作，写的就是法语长篇小说，屡获法国各种文学奖项，至今已发表了7部法语小说，而她的代表作《围棋少女》（2001年法国青少年龚古尔奖）和《柳的四生》（1999年法国卡兹文学奖）都通过翻译返回了中文世界，有如当年的林语堂的作品一样，先进入西方寻常百姓家传播中华文化（《围棋少女》已被译成30余种文字，改编话剧在德国成功上演，长篇小说《女皇》也被译成20多种文字在日本、韩国、美国畅销），再被中文读者所接纳。这种语言、传播上“远行而回归”来自山飒极其自觉的文化交流意识，让世界看到文化中国，一个最好的途径是在对方的语言中融入、表现中国文化。在法语的优美语境中回荡起汉语的韵律、充盈中文的意境，是山飒的文化梦想。所以，山飒的小说一开始就切入纯然的中国题材，叙事方式上则往往“越界”而出。《围棋少女》在“对弈”、“棋逢对手”这些中国传统意味极浓的场景、氛围、布局中，展开东北沦陷时期，中国少女和日军间谍在千风广场棋盘上的对抗，在大幅度跨越的时空世界中，生发出超越种族、国家、战争的爱情。《柳的四生》在中国明代到清末再到当下的不同朝代的穿越中，讲述两对夫妻、四兄妹各自的一生，在传统的生命轮回中，以空间错位的多维表现手法，表达对生命之美的终极寻找。她用“古典法文”表现中国文化的内在意蕴，使法文“焕然一新”，这种“远行”至异种语言之中而表达自己灵魂中的“根”的创作，显示出新一代欧华作家的自信和功力。而且，与高行健、程抱一一样，年轻的山飒也浸透了传统中国文人“诗书画”同构的意念，她举办的《飞仙》、《裸琴》、《旅》、《西方岁月，东方智慧》等个人画展，以西式抽象风格表现传统中国哲学的修为，让人在叹为观止中感受到中西文化对话的无限前景。

活跃于当今法国华文文坛上的，还有因小说《巴尔扎克与中国小裁缝》而获法国“费米娜”奖的戴思杰，有创作《西行的黄魔笛》而以报告文学见长的祖慰，有以长篇自传体小说《巴黎泪》鸣世的周勤丽，有出版小说散文合集《北飞的人》的蓬草，有获得语言文学博士并发表了《巴黎百合心》的文菲等等。他们各有各的书写策略，但共同的追求，是将中国文化的蕴藉和法国文化的优美展现出来，讲究艺术情怀，作品也多了一些从容的气度和典雅的行文。这也成为法华文学的一个显著特色。

第四节 英国、瑞典等国华文文学

“五四”以来旅居英国的中国作家人数众多，但大多后又回国，这种情况延续至今。“五四”时期与冰心、庐隐等齐名的凌叔华（1900—1990）于1946年随丈夫陈西滢寓居伦敦，晚年也定居英国，属于少数在英国度过后半生的华文作家。20世纪80年代后移居英国的华文作家增多，但仍有不少来往于英国与中国之间，其最后的归宿尚未确定。1988年英国华文写作协会成立，英华文学作为英国的一种语种文学得到确认，近20余年来，英华文学的创作影响日益扩大。熊式一、韩素音、虹影、赵毅衡等各自在创作中取得了成就。

一、熊式一的戏剧

熊式一（1902—1991），原名熊适逸，号适斋居士，江西南昌人。1932年留学英国，视英国作家巴蕾（James Matthew Barrie）为“近百年最令人钦仰的剧作家”。此前他曾翻译巴蕾的剧作《可敬的克莱登》、《半个钟头》，分别发表于1929年20卷第3至6期和1936年21卷第10期的《小说月报》，被徐志摩称为“中国研究英国戏剧的第一人”。此后他翻译了《巴蕾戏剧全集》百余万字，同时也将中国的《西厢记》译成英文并在伦敦上演。1934年，熊式一用英文写成四幕剧本《王宝川》，在伦敦出版并连续演出。1936年又赴美国演出。此后，他在1943年又完成了英文长篇小说《天桥》。小说以李氏家族的兴衰为主线，穿插叙述戊戌变法、黄花岗起义、武昌起义、清帝逊位、民国肇始等一系列重大历史事件，展现了清季民初的时代鼎革与社会变迁。1954年，熊式一赴新加坡任南洋大学文学院院长。一年后，他离开南洋大学到香港创办清华书院。在港期间，他用中文再写《王宝川》（1956）并出版，还在香港演出了粤语舞台剧《王宝川》。他也用中文重写《天桥》连载于《星岛晚报》，陈寅恪读后赠诗："海外林熊各擅场，卢前王后费评量。北都旧俗非吾识，爱听天桥话故乡。"他在香港一直居住到20世纪80年代后期，也来往于美国、中国香港、中国台湾之间，最后病逝于北京。

《王宝川》在英国连演三年达900多场，后被译成数十种语言，并被一些国家列为中小学必读教材。该剧改编于中国传统戏曲《王宝钏》，熊式一将"钏"（Armlet）改为"川"（Stream），认为"'川'字比'钏'字雅多了……Stream既是单音字，而且可以入诗"①，而《王宝川》确实将一出中国传统通俗剧改写成了雅俗共赏的现代舞台剧。

《王宝川》讲述当朝宰相王允的三女儿王宝川忤逆父意，不计贫富，嫁与王府园丁薛平贵。薛平贵从军出征西凉，18年音讯全无，谣传他已阵亡。王宝川独守寒窑，一贫如洗，始终不改从夫之志。薛平贵当年征战途中遭王允的二女婿魏虎暗害，幸被西凉公主所救，平定了西凉各部落，并登基当了西凉国王。他得知王宝川所写血书，归心似箭，推掉了与西凉公主的婚事，终与王宝川团聚。熊式一大幅度改写了民间流传甚广的王宝钏与薛平贵的故事。例如，增写了赏雪作诗一幕，使王宝川与薛平贵的相识有了慧眼识真的基础，王宝川彩楼抛绣球托终身也更合情合理；剧本也改写了原先一夫二妻的结局，让西凉公主与薛平贵以兄妹相处，不仅淘洗了传统戏曲中的糟粕，也让王宝川与薛平贵的情义更纯真。这些都让外国观众在生动的舞台情节中感受到中华文化传统的魅力。

《王宝川》想方设法让外国观众领会中国传统戏曲艺术表现的美感。例如每场戏开头的舞台提示，叙述角度和口吻都是包括作者和观众在内的"我们"。舞台布景保留了传统戏曲的虚拟性，但舞台提示

① 熊式一：《王宝川·中文版序》，北京：商务印书馆2006年版，第192页。

却处处“完全让观众们自己去想象”。剧中人物的台词，往往有着“中西合璧”的幽默，对西方人也具有很强的可读性、可观性。例如，相国老夫人是一位传统的贤妻良母，信服三从四德，“当父与夫不能兼顾的时候，她就舍父而从夫，若是夫与子不能兼顾，她便舍夫而从子”；然而，对待女儿婚事，她却开口“男子汉大丈夫，要是怕老婆，一定有出息的”，闭口“普天下的好家庭，都是妇女做主的”，在温慈和善之中透出十足的“女性主义”气派，让人会心而笑。西凉公主这一人物的塑造也引人关注。尽管剧中的西凉是一个“所有一切的风俗习惯和我们中国的恰恰相反”的“古怪”地方，西凉公主却温顺贤良，善解人意，她帮助薛平贵登基称王，在得知薛平贵家有结发之妻后，不仅原谅了薛平贵的毁约之举，而且保护薛平贵返回家乡。这一异族形象的成功塑造，使《王宝川》赞颂的人性人情之真，贫贱不移、富贵不淫的坚贞情操更有了“全球伦理”的视野。

熊式一翻译的元曲巨著《西厢记》在西方也产生了巨大影响。萧伯纳曾称赞《西厢记》是“和英国古代最佳舞台诗剧并驾齐驱，而且只有中国13世纪才能产生”① 的剧作。《西厢记》后来成为英美各大学中文系与亚洲研究所的教材。熊式一为向西方世界传播中华文化作出了重要贡献。

二、韩素音的小说

韩素音（1917—2012），出生于河南信阳，其父为中国人，其母为比利时人。她一生坎坷，经历四次异国爱情、婚姻。她1941年在成都完成了和玛利安合作的小说《目的地重庆》（*Destination Chunking*），翌年在美、英两国出版，小说以蒋介石夫妇的经历为素材，讲述了中国的苦难。韩素音也从此开始了自己的创作生涯，她又以英

① 燕遯符：《王宝川·代序》，见熊式一：《王宝川》，北京：商务印书馆2006年版，第3页。

语写作，多数作品已有中文译本。1952 年，韩素音出版了带有自传色彩的小说《爱情至上》（*A Share of Loving*），小说讲述了一位欧亚混血女子和一位英国记者战后在中国香港和中国大陆经历的刻骨铭心的爱情，而这一爱情故事，被赋予了“完全摒弃原有的优越感和自卑感，东方新生国家和西方古老国家在平等的基础上，相互怀着善良的愿望，相互作出贡献”① 的时代意义。1956 年，韩素音与印度军人陆文星相爱结婚，又创作了一部爱情小说《青山青》（中文版书名为《青山不老》），小说讲述女主角安妮厌倦乏味的家庭生活，外出教学，在尼泊尔开始了她与昂里·梅农的坎坷生活，最后收获了爱情。在这一对异国男女的爱情故事中，小说同样涉及了东西方文化杂处时的交融和冲突。“我有幸生于两种不同文化之中，不得不独立思考，因为身受的两种文化往往是相互矛盾的。”② 韩素音这种自觉、强烈的跨文化意识，构成了其爱情小说的独特意蕴。

韩素音虽为英国国籍，又长期居住于瑞士，但她却视中国为自己根之所在。在抗日战争爆发和中华人民共和国成立这两个中国历史的重要关头，韩素音都回到中国，与中国同甘苦共患难。五卷本《韩素音自传》（中文简体字本分别为《残树》、《凡花》、《寂夏》、《吾宅双门》、《再生凤凰》）在讲述 19 世纪末至 20 世纪 70 年代自己家庭的命运变迁中，充满了对客家文化的认同和对中华民族精神的热爱。作者表示撰写自传正是出于“民族文化的幸存有赖于民族自觉及热爱这一文化的过去”③ 的愿望和努力。50 余万字的长篇小说《盼到黎明》（1982），是韩素音“写给外国读者看”的中国当代史，讲述医生任永和他的美国妻子斯蒂芬妮从抗日战争到“文革”的艰

① 丘菊贤主编：《韩素音研究文集》，香港：香港天马图书有限公司 2001 年版，第 206 页。

② 韩素音著，沈大力、马清文译：《明天的眼睛》，北京：华文出版社 2000 年版，第 18 页。

③ 韩素音：《韩素音自传·序言》，北京：中国华侨出版社 1991 年版，第 1 页。

难历程。小说写到任永放弃去美国的机会而执意留在中国时说：“中国人里面像他这样的不止千百万，他们都是党外知识分子，愿意留在共产主义的中国，因为中国就是中国，就是中国，与世长存，万古长青。”这概括了小说的题旨，任永最后死于“文革”浩劫，但始终怀有中国强大的希望。小说在展开人物坎坷命运时，描述了包括儒、道在内的中国文化传统的魅力及其影响，也塑造了形形色色的西方人形象，由此展示了世界动荡中东西方政治、文化的复杂关系，表达出作者对人类黎明的理解和追求。

三、虹影的女性叙事

虹影（1962—），女，生于重庆，是当今海外华文作家中少数靠写作谋生的作家之一。她1991年留学英国，至今出版的小说多达20余部，代表作有《饥饿的女儿》、《K》、《上海之死》、《阿难》、《女子有行》等，其作品不仅在中国内地畅销，屡获多项小说奖，也在英国、美国、德国、挪威、瑞典、法国、澳大利亚、日本、希腊、波兰、以色列等国以25种文字出版，有的还被改编成舞台剧演出。虹影的创作从诗歌开始，她所获的第一个文学奖项是英国《丝语》时报华人诗歌一等奖（1991），所出的第一本个人创作集是诗集《天堂鸟》（1988），她的散文集《曾经》、《虹影打伞》等也别有风味。这些都影响到她的小说创作，其小说在流行和实验中显示出多种风格。

虹影的女性叙事有着强烈的探索意识。长篇小说《女子有行》（1996）展现了女性文学中罕见的“未来叙事”，即在虚拟的未来世界中，以非同寻常的想象，探索超现实体验，思考人类的命运。这部小说由三部中篇组成：《康乃馨俱乐部》讲述未来的2011年，历来被男权压抑的女性展开了无情报复，成为飞扬暴虐的惩治者；《纽约：逃出纽约》在女性的孤独、压抑和迷茫中，描写出未来时空中由种族、信仰、科技、移民、环保等引发的激烈冲突；《布拉格：城市的陷落》中，以华信公司为代表的东方商团掌控了布拉格的经济命脉，“东方压倒西方”的“未来异景”，呈现出全球化时代更趋紧张的对立。这种种与现实错置的未来图景，揭示出人类的根本性困境，而女性的命运在这种未来叙事中更引人关注。另一部长篇小说《一个流浪女的未来》（2001）几乎将所有现实问题，从宗教信仰到女权主义，都置于未来的上海、纽约和布拉格中呈现，结尾有如寓言：死人派对、做爱，女主人公找不到活下去的理由，只能冲进电脑三维世界，一醉了之，未来世界弥漫着驱之难散的困惑。虹影自己看重、着色极多的中篇小说《那年纽约咖啡红》（2004），更是一篇逞奇斗怪、想象狂飞的“未来小说”。小说在“我”的境外逃亡中表现出种种文化对抗，东西方历史在狂放、诡谲的“未来”中被奇妙糅合，但“男有男境，女有女界”，世界的未来终是分离。虹影“未来叙事”这一别具特色的实验，打破了“中国小说家一直不会或不愿想象未来”① 的传统，显示了海外“流散文学”的特色。

虹影直言：“文明冲突将会是一个几十年的大题目。对于异乡者，这就是一个切身的大难题。”② 她的小说极为关注中西文化冲突与调节的困境。长篇小说《K》（1999）和《阿难》（2002）都是描写中西文化冲突的爱情悲剧，哪怕情人之间，最后都难以沟通。《K》取材于英国诗人朱利安 20 世纪 30 年代到中国“闹革命”而陷入了与一位中国女作家的情爱之中的旧事，叙事却指向了“后性解放”时代，朱利安最后落荒而走，女主人公 K 却留下来承受一切，两个异国男女的灼热情爱最终无法冲破文化的隔阂，而中国女性比主张性自由的英国人表现得更决绝、更健康。《阿难》是以“恒河边，两家人的孽缘与劫难，一家是中国人和印度人，另一家是中国人和英国人。他们在‘二战’时期结下的恩恩怨怨，现在由他们的下代人来

① 赵毅衡：《那年纽约咖啡红·序》，见虹影：《那年纽约咖啡红》，天津：百花文艺出版社 2004 年版，第 3 页。

② 虹影：《女人为什么写作》，见虹影：《鹤止步》，济南：山东文艺出版社 2005 年版，第 212 页。

承担前辈的罪孽”这样一个东方故事，来表现“中西文化冲突的爱情悲剧，一曲永恒的哀歌”[①]。虽然小说因为顾及“惊险言情犯罪加哲理”等流行因素，造成了叙事上的某种割裂，但小说在多条“追捕”线索（苏菲对情人阿难的追寻，孟浩对罪犯阿难的追捕，“我”对歌手阿难的寻访）的交织中，揭示了阿难的毁灭是文化的毁灭。

虹影的小说有智性，更有诗性。长篇小说《饥饿的女儿》（1997）被视为虹影最好的小说之一，被译成18种文字出版。小说讲述“我”在20世纪60年代出生，在饥饿中长大的苦难史，有很浓重的自传色彩。作者甚至在书中没有虚构什么情节，表达上却是诗性胜过写实，澄净的画面，简练的文字，行云流水似的结构，都使小说盈满生活的诗意。《K》大胆描写性爱，但艺术表现力很有分寸感，男女性爱得以在诗性表达中升华。长篇小说《孔雀的叫喊》（2003）在“三峡”题材中也充满对历史的苦难记忆，但作者巧妙化用宋明时期流传的“度柳翠”的故事，通过工程师柳璀和乡村妇女陈阿姨两个不同视角的勾连、相通，在“转世”、“度化”的神秘叙事中，接通了20世纪50年代和90年代的历史联系，而柳璀最终摆脱了她父亲的政治方式（50年代）和她丈夫的技术官僚方式（90年代），从陈月明的人文审美方式那里获得了超越。这种“生于一，嫁于二，悟于三”的“度化”，发出了如“孔雀的叫喊”那样微弱而美好的声音。古代“度柳翠”的化用，使苦难的叙事成为诗性的表达，正如虹影自言，她追慕古代笔记小说“短短的一个个故事，讲得像一首首诗”[②]。《鹤止步》（2005）所收的8个中短篇小说中，其想象力都有古代笔记小说的引发，在每篇小说后面附上相对应的古代笔记小说，正表示了她对这种诗意的来源的敬意。

---

① 止庵：《关于流散文学，泰比特测试，以及异国爱情的对话——虹影与止庵对谈录》，《作家》2001年12月。

② 虹影：《我为故事狂》，见虹影：《鹤止步》，济南：山东文艺出版社2005年版，第2页。

虹影喜欢讲故事，从不掩饰她以想象力讲故事时的狂喜。“重写海上花”系列长篇小说再次显示了她讲故事的才华。《上海王》（2003）讲述申剧名角筱月桂的风尘成长经历，一个乡下女孩，成了上海滩三代黑帮老大的情人，又开创了一个新剧种，在权力和情欲的漩涡中挣扎，最终成了君临上海十里洋场的幕后“上海王”。《上海之死》（2005）讲述女演员于堇在太平洋战争爆发前夕的传奇生涯，她与养父休伯特在历经艰险获取了美国珍珠港海军基地将被日本偷袭的绝密情报后，却不约而同没有送出准确情报，以独异的方式“帮助中国”而最终殉身。《上海魔术师》（2006）讲述战后上海“大世界”流浪艺人的少年之恋，被犹太人“所罗门王”收养的中国男孩和杂耍班女孩在“兄妹之谜”中坠入情网，舞台绝技和现实逃生结合在一起的叙事，最终指向了“此生无法分离”的归宿。这些上海传奇不仅被虹影讲得有滋有味，文体上也各有创新（例如《上海之死》被称为第一本中文“旅馆小说”），而且包含了虹影对跨越中西文化的人性的诸多思考。虹影尖锐而柔情的创作风格又一次得以呈现。

四、赵毅衡的创作与批评

赵毅衡（1943—），出生于广西桂林。1978 年考进中国社科院研究生院，师从卞之琳。1982 年留学美国，1988 年旅居英国后任教于伦敦大学东方学院，近年归国任教于四川大学文学与新闻传播学院。他在 1996 年出版了小说集《居士林的阿辽沙》，深谙现代小说叙述技巧、对生活独异的体味和“禅悟”的慧心，这三者的融合成就了他作品中的“高远气象”。赵毅衡的小说在形式上往往有着极强的实验意味，但又渗透着对文化传统的从容观照和敏锐洞察，有时又与传统的文化意境趋于融合，并以一种江南水乡特有的钟灵秀美之笔予以呈现。《夜与港湾》让一位现代女性闯进古代世界，并与甲午海战中殉国的清军将军展开对话，在三重世界的纠结中，剥离传统文化中的诗性氛围，以现代的感伤揭示历史的悲剧。《沙漠与沙》的文本构成独异，“正文”是作者精心讲述的发生在新疆政治纷争年代的一个传奇故事；“后记”一一指出了小说人物的历史原型，但又强调史料缺失、混杂，所写不过是自己由零星史料触发的想象；“后记”（小说之后）前又有一段更奇妙的文字——“小说之前”，讲述了小说主人公的一段逸闻。这样，每一层都是对文本前一层的解构，而多重解构反而呈现了人物面对历史时所感受到的最大真实，作者缘历史缝隙而生个人言说的姿态，揭示了追求历史体验真实的“我”的存在，以个人性的历史感悟，给小说带来了深远的意境。

赵毅衡的小说较少“中国执念”（尽管《山河岁月》、《裸谷》等小说还是有20世纪八九十年代中国特有的狂热浮躁），而致力于更深层次人性的开掘。《居士林的阿辽沙》描写一支白俄雇佣军的覆灭，小说并未评判历史功过是非，而关注人物的历史湮没性，他们在中国杀人，同时被杀，无论对于哪个国家、哪种宗教，他们都是被遗弃者。赵毅衡笔下展示的“中国”，也不再是一种现实的存在，而更多的是文化意义的个人呈现。《芜城》中仅在历史上留下一双红绣鞋的中国妓女，《易经与考夫曼先生》中日渐沦为风水先生的周易大师，《注视三章》中为了走入预期的辉煌而在表演中自焚其身的老人等，都滤掉了意识形态的色彩，而在异域土地上展现中国文化的一线灵光。作者的想象力在“中国”这一虚拟空间中自由出入，从而完成了超越时空的中国“传奇”。

赵毅衡的散文集有《豌豆三笑》、《西出洋关》、《握过元首的手的手的手》等，这些散文视野开阔，思想睿深，再次显示了学院写作的特色。他在新批评理论和中西文化交流等研究方面更是成就显著，出有中英文学术专书十余部，主要论著有《新批评》、《符号学导论》、《苦恼的叙述者》、《必要的孤独——形式文化学论集》、《对岸的诱惑》及《诗神远游——中国如何改变了美国现代诗》等。《诗神远游——中国如何改变了美国现代诗》（2003）在上溯19世纪、下及当代的历史视野中，细致而精辟地考察了中国诗学、哲学、宗教如何成为美国现代诗转型中的关键影响，并由此揭示了中国传统诗学和美学中的现代性因素，其意义和价值值得关注。

旅英新移民作家中，还有郭小橹（著有《中英情人简明字典》、《我心中的石头镇》等5部小说和多部电影剧本）、简宛（来自台北，著有《叶归何处》、《地上的云》、《欧游心影》等散文）、陈平（著有《七宝楼台》，并进入2002年度中国小说十佳排行榜）、苏立群等，也都显示了雄厚的创作实力。

瑞典因为是诺贝尔文学奖颁发国，对华文文学的关注有其持久之处。一些华文作家也在瑞典旅居创作。万之，本名陈迈平。1952年11月出生于江苏常熟，1986年前往挪威奥斯陆大学攻读戏剧学博士学位，1990年起在瑞典斯德哥尔摩大学东亚学院中文系任教。2001年起从事职业翻译工作至今，2009年当选为瑞典笔会理事兼国际秘书。他于20世纪70年代中期开始文学创作，出版有小说集《十三岁的足球》和评论集《诺贝尔文学奖传奇》，改编电影剧本《孩子王》（根据阿城小说改编，陈凯歌导演），翻译和编辑文集《沟通：面向世界的中文文学》等。他的早期作品就放弃大格局而从“小我”入手，以生命的烛火探测人性的幽微，以心理分析的笔法来描绘人与人之间随环境而变化的复杂而微妙的情感关联，具有明显的现代主义色彩，在伤痕文学盛行时期显示出他对人性的深刻关怀。20世纪90年代后的海外创作延续了其人文气息浓厚，拒斥激越的政治主题，以平实的意识流笔法，在内心的波澜起伏中，呈现强烈的戏剧效果的风格，同时更重视开辟小说形式的新途径。例如其小说《穿风衣的女人》、《归路迢迢》尝试了一种戏剧对话体的小说形式，用不同角色的叙述来探索不同叙述方向的可能性。他在《诺贝尔文学奖传奇》中所言“文学之美就是最高的伦理”，也是他的文学追求。他还和妻子、著名汉学家马悦然的得意弟子陈安娜，译介了莫言、余华、苏童、韩少功、王安忆等诸多中国作家的作品，为华文文学在西方的传播作出了重要贡献。

第五节　德、荷、比、卢华文文学

“五四”时期至20世纪30年代，德国曾接纳过陈寅恪、林语堂、宗白华、冯至、季羡林等有影响的中国学者和作家，但德国华文文学一直到20世纪90年代才开始形成气候。旅德华人数量不多，来源地多。汉堡是全德最大的华人聚居地，有万余华人，其中来自中国大陆的约占三分之一，其余则来自中国台湾、香港地区以及新加坡、马来西亚、印尼、菲律宾等国。一些被视为“德华作家”的移民，其创作与德国的关系也较疏离。例如龙应台于20世纪80年代在台湾成名后移居法兰克福，她打算定居德国，但随后不久又返回台湾出任台北市文化局长，其创作也主要在台湾产生影响。上述情况使得德华文学在历史悠久、传统深厚的德国更以散居的方式生存发展。但在欧洲各国中，德国与中国的文学交流始终较为密切。德国是欧洲重要的汉学策源地，时至今日，马汉茂、海因茨·舍恩费尔德、顾彬等德国汉学家对包括“五四”新文学在内的中国文学的论著，仍是欧洲汉学中极有影响的，他们的写作一方面构成了德华文学的重要内容，另一方面对德国华人的汉语写作起到了促进作用。

荷兰、比利时、卢森堡是三个毗邻德国的北欧小国，那里的“老百姓比德、英、法人显得安详、平和、与世无争”，其民风也“较质朴实在”[①]。荷、比、卢三国华文文学在这样一种人文环境中发展较迅疾，交流也较密切。1991年，荷比卢华人写作协会成立；1998年，他们创办了纯文学会刊《荷露》，要“借着笔墨文字表达异乡人的际遇、融入当地社会文化的感受以及在中西文化碰撞、交融中

① 关愚谦：《到处留情》，上海：上海书店出版社2007年版，第145页。

的体会”[1]。协会邀请了荷兰莱顿大学伊里玛教授、比利时根特大学魏查理教授、中国作家王蒙、旅法作家高行健任顾问，表现出开阔的文学交流视野。

一、关愚谦的游记

关愚谦（1931—），祖籍北京，生于广州，长于上海，现居德国汉堡。1953 年毕业于北京俄语学院，“文革”中被迫离开中国，这段经历使他后来完成了长篇小说《浪：一个叛国者的人生传奇》，小说讲述了一个背有“叛国者”罪名、九死一生的中国知识分子在海外漂泊中依然不改爱国情志的心灵历程。作者明言自己是父母之邦的孩子：“祖国就是我的母亲。祖国再受尽磨难，祖国再使我受了委屈，我对祖国仍然充满了真挚深情的爱……如果我的所作所为，会使母亲痛苦和失望，会伤害我的亲人，我是决不会去做的。”[2] 1997 年，关愚谦获汉堡大学文学博士后，留校任教至今，兼任欧华学会理事长、《德中论坛》主编等职。他与德国汉学家顾彬合编德文版 6 卷本《鲁迅选集》，自己则著有《到处留情》、《德国万象》等作品集。2006 年，关愚谦获汉堡州政府颁发的“艺术与科学奖”，他是此奖自 1956 年设立后第一位获奖的华人。

关愚谦长期兼任香港《信报》、新加坡《联合早报》、马来西亚《星洲日报》和香港电台的专栏作家，写了许多游记。关愚谦致力于传播中华文化，和他的妻子、汉学家海佩春合作出版了德、英、意文的《中国文化指南》、《中国古代民间故事选》、《中国风俗与习惯》、《曹操生平及功过》、《中国巨变》等，而他的欧洲游记，则在远古近史、山水人物的出入中，向中国百姓介绍了一个古老而年轻的欧洲。他写德国的“老东老西”（东德、西德）居民不同的性格，细微而真

---

① 《荷露·创刊语》，《荷露》1998 年 7 月第 1 期。

② 关愚谦：《浪：一个“叛国者”的人生传奇》，北京：人民文学出版社 2001 年版，第 444 页。

切，历史的隔阂甚至使有的人“希望再建起新的柏林墙来”，但岁月推移，双方也日益接近，“不分东与西了”（《易北河畔避居造书记》），让人感受到民族血缘亲情对于历史隔阂的消解；他描写希腊古迹处处充盈个性，从游览伯罗奔尼撒半岛感受到“《荷马史诗》的人物突然活了起来”，到惊叹奥林匹亚古址时对“为什么希腊再也强大不起来”的思考，都见出作者心灵与希腊古迹的对话（《希腊古迹漫游之一、之二、之三》）。关愚谦把欧洲描述得异常鲜活，既在欧洲的历史漫游中融入中国人的思考，又跳出把西方纳入“东方视野”的局限，有着一种恢宏开放的视野。他曾动情描述华人大提琴家马友友的“丝绸之路”音乐会。马友友说，他到过全球各个角落演出，“每每想到千百年来这些不同的文化、宗教和思想”之间“错综复杂的联系是如何形成的”，“那些不同传统的音乐语言是如何结合到一起的”，他相信这中间有着“人的共同性”，由此“我们就可以久而久之习惯地进入各民族的文化之中”。马友友的“丝绸之路工程”就是致力于“把东西方的文化艺术糅合起来，使各族人民和谐相处”（《马友友和他的〈丝绸之路〉》）。关愚谦的世界游记，也是追求东西文化的融合和思想的交流。

二、林湄的文学创作

林湄（1945—），女，本名林梅，福建福清人。1973 年迁居中国香港，20 世纪 80 年代末移居比利时，1990 年定居荷兰。1986 年后出版有《泪洒苦行路》、《天望》等 8 部长篇小说，另有《不动的风车》等数部小说集和《我歌我泣》等多部散文集。

林湄的小说较深刻地描绘了几代旅欧华人的心灵历程，表现出兼容并纳东西方文化的开阔视野。《浮生外记》（1994）讲述荷兰小镇奥德莱的华人胡磊、杨世顺四代老少的异域生涯。奥德莱在“二战”后成了欧、亚、非多国移民杂居区，而华人社群在这种多元文化环境中仍构筑着自足封闭的生存体系。胡磊的父亲胡海清终生经营餐馆，

“华人的天地就是餐馆，楼上楼下，堂外堂内”；儿女娶亲，更要回大陆挑选乡下妹。胡磊虽“生于此长于此，洋味却不浓，比传统的中国人还要传统”，恪守“母亲的话像一本圣旨，父亲的话像一部历史”的家训族规，只是敌不过爱情的诱惑，才娶了荷兰女子艾玛。两人和美生活30余载，人近老年，胡磊却发现“多年来一直为自己没有娶到中国太太感到遗憾……”结果与女佣丽玲发生了婚外情。胡磊及其亲家杨世顺的家业都无人继承，甚至无奈拍卖，儿女们或离家独居，或躬行独身，四世同堂而歧路，自然本色地表现了几代华人异域有固守、有遗弃、有摄取、有吐纳的生存状态。小说时而引入艾玛、格拉士等异族视角，构成了华族传统和异域文化的双向交流。林湄的小说摆脱了早期移民文学的放逐心理、“边缘”心态，在审视异域文化的清醒自觉中显示出新移民的自信自立。长篇小说《漂泊》（1990）讲述流落到荷兰的中国女画家吉利与荷兰富家子弟迪克的婚恋情爱，展开了东西方文化在家庭生活中难以言明的冲突。《漂泊》显示的俯视西方文化的心理状态，产生于放逐异域的境遇中，开始脱却民族性格中盲目自尊、无为自贱的束缚。

2004年，林湄出版长篇小说《天望》，作者利用自己的边缘视角，通过巧妙的构思，在深刻繁复的探讨和追寻中，力图解答关于人类存在之意义的终极命题。小说设置了两条主线，对华人移民边缘状态的刻画主要集中在女主人公微云这条线上，另一条主线是弗来得牵扯出来的海伦和罗明华的故事，这两个人物都与西方文化有密切关系。海伦父亲曾留学国外，幼时受基督教影响，后来成为教徒；罗明华是个欧洲混血儿，也是基督教的教徒。这两个人物的人生轨迹是边缘性的最佳诠释，而他们的最终选择也强化了整个小说的主题。《天望》结构新异，以微云和弗来得两个人物为中心的两条互相交织的主线串联起小说中的其他人物，类似《水浒传》式的嵌套型结构。整个故事分成长短不一的五大篇，以传统的五行（水、土、火、金、木）命名，既有中国特色，又形象地概括了情节发展的五个阶段。

小说叙事笔法细腻，但叙述中穿插了大量思辨考问和议论化的心理描写，损坏了小说的艺术空间。

林湄的文字始终有一种历尽流荡、挫伤、沧桑之后的淡定，而其散文随笔更有一种女性作者特有的柔情绮思。

三、多多的诗歌创作

多多（1951—），男，原名粟世征。1951 年生于北京，1969 年与芒克“同乘一辆马车来到白洋淀”插队，成为“白洋淀诗派”的重要成员。1989 年出国，旅居荷兰 15 年。现归国任教于海南大学人文传播学院。出版有诗集《行礼：诗 38 首》、《阿姆斯特丹的河流》、《多多诗选》（2004）等，另著有《搭车》、《草坪》、《旅馆》等短篇小说集。曾获 2005 年第三届华语文学传媒大奖、2004 年度诗人奖、纽斯塔特国际文学奖等。

多多曾说，他有犹太血统，“外祖家是世居开封的犹太人”。若能确证，便不难理解他诗里的“离散”（diaspora）情结的存在，一种带着种子在流徙中的文化播传。他的早期诗作欧化风格明显，如《当人民从干酪上站起》（1972）、《玛格丽和我的旅行》（1974）仅标题就“洋味扑鼻”，但其内部独特的音乐性构成了与传统血缘的关联，诗句也往往呈现鲜明的民族心理积淀和文化历史烙印。海外创作则更加凸显历史传承，其纵向传承是中国古诗，横向的则是西方现代诗，正如他认为的，诗歌“代表一个民族、一种语言最具尊严的部分”。多多在诗艺上坚持孤独而不倦的探索，拒绝卷入“各种主义、流派和标签中去”，“通过对于痛苦的认知，对于个体生命的内省，展示了人类生存的困境；以近乎疯狂的对文化和语言的挑战，丰富了中国当代诗歌的内涵和表现力”，但诗作也“显出绝对的晦暗（opacity）”。

四、章平的小说

章平（1958—），浙江青田人，1979 年旅居荷兰，现居比利时。

他在经营餐业之余坚持从事文学创作。早期诗作结集为《心的墙·树和孩子》、《飘雪的世界》等，表现出一种从温润雅致到清苍瘦涩的变化。20 世纪 90 年代以来，章平更多致力于小说创作，出版了《孑影游魂》、《冬之雪》等 5 部长篇小说和 30 多篇中短篇小说。

异文化的环境使章平悟到了“人性中的善良或一些优秀的品质，在现实的行动中总伴随着缺陷，总有不完整性，且人所恃的尊严似乎也时常处于或断续或萎缩或脆弱的状态”。于是，他在长篇小说《冬之雪》中描写了三个华人青年艺术家在北欧陌生的人文环境中的选择：鸿雪在家产被洗劫一空的困境中，仍坚持撰写《侨史》，要在先辈的人文血脉中寻到生命的光彩；之临一直无法忘却梵高的梦，艺术在其心目中最终仍胜过了金钱；秦冬因抢劫案入狱，但在牢狱中仍做着他诗人的梦。《冬之雪》在一种清纯晶莹如冬雪的笔调中，写主人公们在他们自身的缺陷上构建了他们自身的善良和别的一些优良品质，并在北欧大地上闪耀出华族的人格力量。中篇小说《狗肉的道歉》和短篇小说《教堂广场上的鸽子》，是跨文化意味极浓的佳作。前者描写德国西北小镇汉林酒楼的掌厨“他”，无法在现实交往中瓦解外族与同族两种文化的偏见，只能在跟狗的对话中构筑一个想象的文化世界，以实现自我；后者写来自中国乡村的杨果，在异域羁旅生涯中，以教堂广场上的鸽子，暗示其自由而又无法远飞的命运。这些小说既有强烈的个人生存体验色彩，又反映出西方文化强大压力下华人文化的命运。

2006 年，章平出版了 80 多万字的“红尘往事三部曲”（《红皮影》、《天阴石》、《桃源》），这是海外华文文学中以“文革”题材创作的一部新作。小说摆脱了以往在政治文化层面上反思“文革”的模式，以仲龙、忆光、李亚宾三个年轻人在“文革”中的不同经历，在民众日常生活经验的层面上体察和反映民族集体无意识的历史，从而反思“文革”伤痕。小说充满了神秘家园的温情回忆，温莎镇和桃源镇村民们自然淳朴的生活中交织着传奇性的人文景观、民间风俗和佛道鬼神观念，并时时出现奇幻事象，暗示出“文革”劫难中民众的种种心理，从而使“红尘往事三部曲”有了深入的意义指向：《红皮影》写人类在非常力量操控下盲动的荒诞性命运，《天阴石》写仇恨意识的长期灌输对人类良知的可怕吞噬，《桃源》写追问终极真理的悲凉结局，从而思考了人性的脆弱，以及人类何以保护自己精神家园的问题。小说语言饱蕴来自民间和传统的活力，大量具有吴越初民语言意象和情趣的“土语”、“市语”、口语，洋溢着江南水乡气息，极多的词性活用，在具体生活场景的表现上体现出汉语表意灵活性的长处。

五、丘彦明等的文学创作

丘彦明，生于台湾，现居荷兰，曾任联合报副刊编辑、联合文学杂志总编辑，积累了极其丰富的文学经验。久居城市的她移居欧洲后，创作了《浮生悠悠》、《家住圣·安哈塔村》、《荷兰牧歌》等一系列浸淫于乡村田园的散文集（《浮生悠悠》几乎同时在海峡两岸获得好评，它在获台湾联合报、中国时报的“年度十大好书”后不久，也登陆大陆2008年“人民网读书频道”，并入选“三十年中国最具影响力的三百本书”），在异国他乡触摸久违的泥土，在自家“种地”的生活中再次回归中国人的田园情结。大陆读者称她的荷兰散文简直就是现代的“浮生六记”，夫妇俩在千年小镇的百年老屋中安居乐业，种菜植花，嬉戏牛羊，观河赏星。中国传统的淡泊致远，浸透了全书，即便是书中作者手绘的种种植物素描，寥寥几笔所勾勒的异国风貌人情，也在恬淡素朴中让人感到亲切。而那种种心情融于赏花观燕中，又透出现代生活的热情。如赏君子兰，“它就是那日出，也正是那日落”；观大丽花，“光艳照人，大丽花当仁不让”。在异国他乡将中国传统的田园生活、隐逸文化表现得如此真切，不只是因为荷兰小镇和作者的田园情结十分契合，更在于作者“落地生根”的新移民心态，如同作者所写的那些从中国寄来飘洋过海的菜种与花种的故事；书中所写的一切，不管是居家的夫妇乐事、朋友趣事，还是外出结识荷兰乡民的喜悦亲切，都让人感受到浮生足以落地生根了。

陈玉慧（1957—），1979 年留学法国，后旅居美国，现定居德国，20 世纪 90 年代后出有小说集《深夜走过蓝色的城市》等 10 余部作品集，她的长篇小说《海神家族》（2004）获香港第一届红楼梦长篇小说奖（2006）和台湾文学长篇小说金典奖（2007），并被译成德文出版。小说在台湾女子“我”和德籍丈夫的回台之旅中，多线索交叉地讲述了台湾移民和殖民的历史，女性视角中的家族叙事使台湾历史在去蔽除魅中得到了丰富的呈现。《海神家族》是新世纪德华文学的重要收获。

此外，旅德女作家谭绿屏、麦胜梅等的散文都有别具一格的特色。荷兰华文作家群中，还有荷兰本土用华文写诗的安・布宜丝和新移民作家池莲子、林冬漪、孙一琪、王展鸿、赵燕、孙逸勤、周青、赵安玉、廖蓉、陈军等。丘彦明编选的《在欧洲天空下：欧洲华文作家文选》（台北九歌出版社有限公司，2008）收录 16 个国家 37 位长居欧洲的华文作家作品，包含作者久居欧洲融入生活之后的深刻体认与省思。毕业于北京大学英语系的王露禄用荷兰文创作了 10 余部小说，在荷兰文中融入丰富的中国元素，引人关注。比利时的郭凤西、黄志鹏也热爱并坚持华文创作。在西班牙，张琴著有长篇小说《异情绮梦》、《天赐》等，林盛彬的诗歌在 20 世纪八九十年代曾以抒情和知性的融合而为人所知，如今他已回到台湾。眭澔平作品甚丰，但他所出版的 22 部个人创作集中有 18 部写于他旅居西班牙前。这种情况，正反映了欧华文学在流动中的不确定性。

思考题

1. 如何认识欧华文学表现出来的“文化中和”的特质？
2. 赵淑侠创作中的“中国情结”有哪些独特的文化、文学内涵？

3. 程抱一"第三元"的文艺思想对海外华文文学的经典化有什么样的价值?

4. 作为第一位获得诺贝尔文学奖的华文作家,高行健的创作对华文文学有什么启示?

第五章　大洋洲华文文学

大洋洲华文文学（以澳大利亚华文文学为主体）的兴盛，是20世纪后期世界华文文学的一个重要发展。它不仅拓展了华人移民汉语文化、文学的版图，也为世界华文文学的建构注入了新的活力，提出了新的问题，促进了新的批评和研究实践，打开了新的思考空间。近年来，无论是有关海外华人文学的命名（如“新华人文学”、“新华文文学”、“新移民文学”等），还是有关的学术命题（如“身份认同”、“文化焦虑”等），都与这一发展有密切关系。现在这一领域已经有相当数量颇具影响的作品、批评和研究成果，对整体性的华文文学也产生了积极的推动作用。作为一种存在有年但崛起历史还相对短暂的华人移民文学和汉语文学，从教学和研究的角度看，可以说是“生料”与“熟材”杂陈、作品与理论交汇，有其活跃的生成性和态势的丰富性。

第一节　地区历史与多元文化主义

大洋洲的主要国家为澳大利亚，次为新西兰。在全球版图上，澳大利亚作为孤立而完整的巨大陆岛偏处于南半球，东西两边分别被浩渺的印度洋和太平洋包围，南方则和新西兰一道，与无人的南极洲相望，仅北部与亚洲南端的少数岛国邻近。澳大利亚和新西兰作为与西方核心地区距离最远的地理单元，扼守世界南部的海洋世界，社会稳定，物产丰富，在全球政治经济中有重要的地位。其近现代历史，可追溯到18世纪英国殖民探险家詹姆斯·库克船长对澳大利亚和新西兰等地的“发现”，1788 年英国政府开始在澳大利亚东南沿海建立罪犯流放地，随后，在澳大利亚世代生息的土著民族，遭到外来白人的屠戮和驱逐，致使其人口从数十万急降至数万，残存于中部荒漠的保留地。正是在土著的血泪和尸骨之上，英国人逐步把这个流放地建成了新的殖民地。早先的英人殖民区，分布于澳大利亚东南部、西部和北部沿岸地区，如同北美殖民地开始时的情形，各据一方自治经营，后来才在相互交往和共同利益的驱使下，组织起来成为大陆联邦。新西兰的土著毛利人在类似的历史变动中尽管争取权益较澳大利亚土著积极，但最终仍不免接受同样的西方殖民势力的管控。

从全球视野看，这是一个早在 15 世纪就开启了的地理探险、殖民扩张的新历程；与澳、新几乎同期兴起的西方外缘新兴地区，包括北美和南非，都经历了非常相似的“开化”过程。例如，随着地理地质勘探活动的开拓，对大量矿产的需求和采掘手段的发展，这些地区相继发现了贵金属矿藏，特别是金矿，吸引了更多欧洲人和非欧洲人前来采集，于是在世界范围内兴起了以这些地区为目标的越洋淘金潮。而这些地区基础设施建设的高潮——公路、铁路、城市和大片土地的开发，也急需大量劳动力，成为第三世界海外契约劳工得以进入的巨大动因。这些都促成了涌向北美、大洋洲的短期或长期移民的浪潮，形成资本主义新兴国家早期发展的人口移动与文化汇聚的景观。

进入 20 世纪，大洋洲澳、新两国和其他西方“飞地”的社会经济发展很快。更因为幸免于成为“二战”主战场，且可从战时、战后经济中获益，迅速成为资本主义全球体系的一个重要部分。但它们因自身的地缘特点、政治处境、社会历史和移民文化，确有其特殊的身份问题。

从国家身份的角度看，上述西方新兴国家（北美的美国、加拿大，大洋洲的澳大利亚、新西兰，以及南非），是国际性移民的重要移居目标国，接受了世界上的大半移民。这是由一系列历史和现实的原因导致的。在历史原因方面，这些国家本来就是通过移民获得现有的核心居民成分（澳大利亚土著、毛利人、印第安人等原生居民不仅因殖民主义的历史灾难导致人口偏少，而且也不再居于社会文化核心结构的支配位置），因此，沿全球各地延伸而至的“移民链”现象成为国家的常态。而维持一定的外来移民，既关乎多元文化社会的平衡、稳定，也可以在文化身份方面保持弹性，并满足其历史上开发、征服“合理化”的需要。在现实原因方面，这些国家属于西方的新兴地区，产业结构较新，和国际市场联系密切，又由于建国历史不长，不像西欧国家那样有丰富而深厚的传统文化牵制，产业转型也较为灵便，也需要移民不断补充到变化着的职业结构中来，以满足劳动人口“文化性分工”的结构化需求。如低端服务业和轻制造业（餐饮、制衣等），一度是传统华人移民的集结地，信息产业的发展造成了对印度背景移民的较大需求等，都是这方面的例证。

澳大利亚和新西兰作为今日南半球最大的移民接收区，除了上述原因外，还深深纠缠于其国家本身在今日世界上的定位问题：它需要争取在世界舞台上确立“自我”，处理好地区性和全球性的种种关系。这一过程涉及大量的社会论辩、党派角逐、思潮竞争，以及国际关系的变动。以澳大利亚为例，美国政治学家亨廷顿对它有两个基本定义：其一，它“本来就是西方国家”；其二，它因寻找确立和重建身份之路而争持不休、彷徨无着，是个“无所适从的国家”①。

澳大利亚自1901年成立联邦，达成实质上的政治独立以来，迄今虽逾百年，仍然戴着一顶“英国属土”的帽子，以英王为名义君主，各州驻有形式上由英王委派的总督②这一历史象征，一方面铭刻了澳大利亚国家的西方根源，另一方面又经常使那些对澳大利亚

① ［美］塞缪尔·亨廷顿著，周琪等译：《文明的冲突与世界秩序的重建》，北京：新华出版社2002年第3版，第165页。

② 实际操作中一般是由澳国人任职并沦为礼仪性的设置，不干涉民选政府的施政。

"民族"身份有强烈敏感、对国家未来有更大展望的民族主义政治家，感到与澳大利亚变化着的国家"身份"不相称。而这一国家身份塑造的过程，也一直和种族、移民问题纠缠在一起。这个联邦国家成立之初，其中重要的直接动因，就是为了限制亚洲移民，特别是华人入境，需要协调律令，统一关防。联邦成立后的数十年间，澳大利亚一直奉行偏向于接受欧洲移民而限制欧洲以外其他移民的政策（如通过英语测试等手段设限）。国内种族政策中最为人诟病的一个史实是对土著的压制和"文化换血"——其措施包括早期发生在白人占据地对土著的剿杀，将其放逐于保留地。20 世纪中期，还发生过把土著婴幼儿从其母亲手里强制收缴，交由白人养育的强制同化等事件。这曾使澳大利亚一度拥有几乎和南非种族隔离政策并列的恶名。

20 世纪 70 年代澳大利亚工党政府上台后，迫于世界和国内形势的变化，一方面废除了种族歧视政策，实行"多元文化主义"（对土著的补偿、废止语言歧视的移民政策等），另一方面积极发展和亚洲各国的关系（与新中国建交即发生在此时期）。20 世纪八九十年代之交，随着全球性的产业转型，在亚洲经济强劲发展的吸引下，这一势头有增无减。它的高潮出现在保罗·基廷担任工党政府总理时期，政府在 20 世纪 90 年代初提出"走向亚洲"的口号，甚至形成"融入亚洲"的"政治—文化—外交"战略，强调澳大利亚是一个"亚洲国家"。这一时期恰好也是中国大陆留学生被允许大批入境的时期。这绝非偶然，其直接因由是：澳大利亚发现它的主要语言——英语，虽然是融入亚洲的障碍，但也可以转化为和亚洲人打交道并从亚洲分享财富的工具。通过其英语教育吸引亚洲留学生，是一种低成本高效益的文化商贸——"教育出口"，同时可以提升该国相对过剩的高等教育资源利用率。尽管这从一开始主要是经济上的考虑，并没有准备把大批亚洲留学生作为移民来接受，但作为国际交流的一部分，它也为大批中国留学生进入澳大利亚创造了契机，最终导致"新华人"

群体的生成和整个华人社区的急剧扩大。

然而澳大利亚追求其国家身份的过程是摇摆不定的。其政治领袖一度大力推动的“脱欧入亚”运动并不成功。基廷在任总理时曾挑战性地宣称，澳大利亚不再是“（大英）帝国的一个分部”，因为，“澳大利亚不能既作为一个多元文化社会出现在世界上，与亚洲人打交道，建立与亚洲的联系并使这种联系令人信服，而同时又仍然作为一个派生性的社会，哪怕只是在宪法形式上如此”。基廷还抱怨延续多年的“亲英症和麻痹症”使“我们的民族文化、经济前途以及在亚洲和太平洋的命运受到了不良影响”①，实质上是表达了一种对移民国家文化身份的深切焦虑。但这种通过“文化断根”来迎合区内文化并重构国家身份的激进主张，不仅在澳大利亚政治文化精英中引起轩然大波，争议激烈，久辩不决，而且最终被一场“全民公决”所否定。再者，大部分亚洲国家也不认为澳大利亚是其文化上接近的和谐伙伴，澳大利亚长期与印度尼西亚、马来西亚等国家关系紧张。这样，无论在其“自我”（澳国社会的精英集团和基层民众）还是在其“他者”（周边国家）眼中，澳大利亚都没有顺利完成其民族、国家身份的重构。澳大利亚自身也很难改变其“盎格鲁文化核心”掌控社会的传统。到了 20 世纪 90 年代中期，作为西方世界“左翼”政权退潮的尾声，约翰·霍华德所领导的自由党—国家党联盟在大选中获胜，霍华德政权以偏于“右倾”的政治选择，阻遏了澳大利亚对自己“亚洲国家”的激进身份定义。在这种情况下，限制移民、反对多元文化的主张占据上风，澳大利亚“融入亚洲”的议题被打入冷宫。这样的倒退态势，尽管因为 2007 年凯文·拉德（汉译名陆克文）政府的上台而稍有扭转，但澳大利亚国家的身份认同问题并未解决，争议仍在持续。

澳大利亚的案例显示，“西方”和“西方文化”并非铁板一块的

---

① *New York Times*, 16 August 1992, p. 3 ; *Financial Times*, 11 – 12 September 1993, p. 4.

同质构造，如澳大利亚、新西兰这样主要是通过白人移民建立的新国家，也有其后殖民处境和身份认同的问题。在今日世界，这样的国家处于一种“中心的边缘”或“边缘的中心”的地位：在西方世界中，它们的角色有某种边缘性；而在面对第三世界的时候，它们又具有协同于西方霸主的中心性、主导性优势，从而与第三世界社会的后殖民问题相遇。这种相遇的一个具体中介，就是进入其间的第三世界移民。这些移民，一方面从“西方的边缘”找到了进入西方世界的缝隙和通道，并有可能借助多元文化主义提供的政策空间来争得自己的社会权利；另一方面，也同时面对着自己在西方世界边缘社会的边缘处境。亚洲移民的涌入，无疑改写了澳、新两国内部的文化地图，加强了它们和亚洲的联系，并为一度冒升的“走向亚洲”、“融入亚洲”的自我想象提供了基础和动力，但其西方文化在现实社会结构中的支配地位，又使其不能不和国际性的主导势力维系着有机的联结并紧密呼应，从而使它们在不同方向的巨大拉力的撕扯之下，经历国家与文化身份上的认同问题，也使第三世界移民体验到身份认同问题上的复杂矛盾。

第二节　华人移民与澳华文学

现今有明确文献记载的华人移民史始于1848年，即中英鸦片战争后的第8年，中国第一批“契约劳工”被用轮船运抵澳大利亚。早期到达澳大利亚的“这类苦力是从中国农民的低下阶层中招来的；他们体力不佳，品质低劣”①，大部分来自广东农村。随着1851年澳大利亚发现金矿，更多的中国劳工被各种开发公司和劳务公司招往

① ［澳］C. W. 蔡：《中国人在澳大利亚的移植和定居》，悉尼：悉尼大学出版社1975年版，中文译文参见陈翰笙主编：《华工出国史料汇编》（第八辑“大洋洲华工”），北京：中华书局1984年版，第5页。

"新金山"（区别于稍早于澳大利亚发现金矿的北美"旧金山"），抵澳华人人数最多时达到 4～5 万人。

与此同时，不同来源地的移民和劳工因资源争夺和文化矛盾，引起了排华运动。澳大利亚各殖民区相继通过了限制中国人入境的法例，这也与北美的情况如出一辙。例如，当年加拿大殖民当局曾向入境的中国移民开征歧视性的人头税，每人 500 加元，相当于这些华工当时两年的工资，这种做法甚至一直沿用至 1930 年，受害者超过 8 万华人（对这一历史黑幕，直到 2006 年加拿大政府才表示道歉）。早期政治史上，澳大利亚各殖民区曾通过关防控制、人头入境税等经济、政治手段，来排挤和限制中国人及其他亚洲人入境。有了这个渊源，当 1901 年澳大利亚立国（境内所有英国殖民地合并为一个联邦）之时，出于建设海外英国（"新不列颠尼亚"）的历史展望，澳大利亚实行限制有色人种入境和在境的"白澳政策"（White Australia Policy）的做法，就毫不令人惊奇了。这一政策执行数十年，首先针对的是被白人舆论视为"半人半兽的东西，匍匐在地的可怜虫，浸透了鸦片，腐化堕落，愚昧无知而且迷信"，"连触摸一下都会污染一个自由而进步的种族的女儿"① 的华人，导致那些原已在淘金时代就进入澳大利亚境内的华人很快大批离散，直至几近绝迹。华人移民的进入在"二战"之后才逐步恢复，直到 20 世纪 70 年代"白澳政策"废止后，才形成一定的规模。

当代华人居民大多数来自"白澳时期"结束的 20 世纪 70 年代以后的不同时段。具体包括：东南亚地区华人"再移民"，特别是 70 年代的印度支那难民，80 年代的香港移民，八九十年代中国大陆以留学生身份抵澳的新移民，以及在所有这些时期断续抵澳的中国台湾人。20 世纪 90 年代后期到 21 世纪，所有这些移民背景和移民类别

① 转引自［澳］欧阳昱：《澳大利亚文学中的华人形象》，语出当年作为澳大利亚"民族文学"标志的《公报》杂志。见悉尼《大世界》月刊 1992 年第 7 期，第 9 页。

（难民、婚配、投亲靠友、留学生、投资者等）继续发生作用，有些类别的规模还在扩大（如留学、商务、投资等）。加上已经取得居住权的移民所引发的“移民链”现象，随着时间的推移，扩充成一个分布广泛的“华人社区”。除了悉尼、墨尔本这些都市有华人聚居区以外，全澳很多地方都能看见华人的身影。粗略估计，现在华人在澳的数量约为60～80万，这对于一个2 000余万人口、由多种族构成、全国多数人口集聚于几个大都市的国家而言，足以使华人在该国社会生活中形成显著影响。过去十余年，大批华人政治家（地区行政首长或市、州、联邦各级议员等）的出现，更提升了这种影响力。

拥有中国大陆背景的移民是在澳华人社区的一股新鲜血液。他们对澳华文学在全球华语世界的崛起具有决定性的影响。这一波移民来自20世纪八九十年代之交，在澳大利亚构成了新一代留学的“华侨”群体。此时原有居民（包括原有华人居民）如何接受这批新来者，远非一蹴而就。既反对非法移民、非法居留，又整体接纳规模庞大的留学生群体，就不可能不在法律措施、就业、社会福利安置、教育机会等方面，面临着与社会原有结构和原有利益群体的冲突。这使他们从“留学生”的临时状态转变为合法的居民，成为一个极其艰苦的历程，直至取得初步成功，他们中为数甚多的人已不再是单纯的“留学生”，而成为部分英语文献中的“新华人”（New Chinese①）。这一过程相当曲折，其间，澳大利亚这样“无所适从”的国家的文化气候和政党政策变动，更令“新华人”群体上下悬浮、无所适从、困扰离乱，多年看不到确定的未来前景。他们以一代人的青春岁月为代价，换取了跨国漂泊的痛切体验。

这一个“新华人”群体的初始数量约5万人，历经近10年周折

---

① 如Helen Pitt，Northern Exposure：The New Chinese，*Sydney Morning Herald*，19 Feburary 1996. 这篇题为“新华人，北方的弃儿”的英文报道，以说“北方”的“普通话”来作为“新华人”的特征，虽不完全准确，但仍然显示了他们在该国华人社区内的文化成分已影响英语传媒对华人的群体区分。

实现整体定居，加上其后引发的“移民链”（亲友移民）效应，现今数量已近20万人。这个群体在澳大利亚生成并最终长期存在，丰富了澳大利亚华人移民的历史经验，并为之注入了新的特质，也引起了新的变化。

最明显的变化来自这个群体的社会成分。据1996年格里菲斯大学澳亚研究中心的78号研究报告的统计结果显示，“新华人”多数来自广州、上海、北京等中心城市和广东、福建等沿海开放省份，相当一些人还是经历过“文革”的“老三届”，赴澳前的职业多为教师、研究人员和工程技术人员，教育程度较高，是深受当代中国社会政治文化变革影响的社会成分。这就大大区别于淘金时代来自中国农村的劳工和商贩，也区别于后来来自其他华人世界（如中国港台地区、东南亚等）的移民——他们中有大量掌握商业技能和具有投资能力的人士，为华人社区带来最重要的经济资源；反之，大陆新移民中活跃于中国转型期社会的文化精英则相对较多，他们携带着较为丰富的文化表达的“象征资源”。此外，因为澳大利亚提供给他们多数人的“语言课程签证”，并不直接衔接于主流教育、学术建制，又使他们大量滞留于社会基层产业以谋生，造成了他们大部分人处于远离抵达国主流社会及其资源整合系统的处境。这促使他们把比较丰沛的表达能量，倾注于华文的书写、民族报刊的创办和其他多元文化艺术活动（演艺、美术等）中，为华人社区注入前所未见的文艺生活元素。值得一提的是，他们的文化表达，既有大陆伤痕文学、朦胧诗、实验小说等的影响，也有西方现代主义、后现代主义观念和风格的移植，这样的文化储备，使他们成为澳华文学中一股强大的新动力。

上述这股文学创作新动力涌现的迹象始见于20世纪80年代后期，到90年代中期，在不到10年的时间内已使澳华文学蔚为大观。1997年，悉尼大学华裔学者陈顺妍（Mable Lee）教授向在比利时莱顿大学召开的第15届国际比较文学大会提交了一篇论文——《华人作家：崛起于澳大利亚文学的新声》，使国际文学研究界第一次聆听到有关澳华文学的学术声音。该文提到多位澳华作家的写作实绩，并比较了澳华作家几种不同的背景来源。该文指出：与20世纪八九十年代抵澳的“中国大陆新来者”相比，来自中国香港、台湾和其他地区的华人移民在澳大利亚更多体现在生意的成功上，而前者则是“高度集中的学术性、新闻性和想象性的作者群”①。

反观过往，尽管澳大利亚的华人移民史和今日几个主要华人移居地的华人史有同等的世界背景和历史时程，但澳大利亚的华文文学在20世纪80年代以前并不兴旺。有研究者记载，早期赴澳华工在其劳作居停之处留下了一些刻在石壁上的诗文，表达的基本上是“万里河山弃双亲”、“对月吟哦事可怜”的情感，和他日可以离弃这“可恨的蛮邦异族”、回归故里的盼望②。近代革命时期，梁启超曾前往澳大利亚主要城市宣传革命和募集经费，受到华人社区的欢迎，但实质性的收获却极为有限，由此激发的文化表达的记载也不多。20世纪中后期，华文媒体先后出现过一些出自新中国成立前后延至20世纪六七十年代从港台地区移居澳大利亚的学者、商业世家的史述、回忆录、旧体诗等，如刘谓平的华人移民文章，李承基对上海先施公司演变和个人从商的回忆，从越南、香港转居澳大利亚的文人赵大钝的诗词，以及其他在澳大利亚安定居住有年的移民后代的散文等。一般而言，这些作品虽然不乏特色，但它们或属非想象性的艺术创构，又由于是古诗文体裁，风格上比较散淡平和，而与当代汉语文学的主题关切和风格探索较为疏远，在世界华文文学界的影响相对有限。而近期骤然增大的新来的“作者群”，则更改了澳华社区的文化底色，同时也显著改写了世界华人的文学地图。澳华文学自此一跃而成为和北美、东南亚等并列的华文世界的重要“板块”。从社会反响来看，不仅已有大量属于澳华文学的综合性选本、个人结集、长篇单行本、丛

① Mabel Lee, Chinese Writers in Australia, *Meanjin*, Vol. 57, No. 3, 1998, p. 579.

② 赖伯疆：《海外华文文学概观》，广州：花城出版社1991年版，第286页。

书和研究资料集在澳大利亚、中国大陆、中国港台地区和世界其他区域出版、流传，而且此领域的硕士、博士学位论文（中文和英文）也已出现多篇。可以说，澳华文学已经成为全球华语世界不可忽略的重要现象。

澳洲华文文学的兴起，以下列一些文学事件为主要标志：

1988 年初，来自北京的留学生李玮所写的《留学生日记》在悉尼连载，成为“新华人”文化表达活动开端的一个显著标志。虽然它那报道式的笔法比较平实，但集中记载大陆“留学生”在澳初期生活、工作的切身体验，激起了华人读者延续数月的强烈反响。其中不少感受、观点（如大陆精英心态）引起了其他背景华人移民的批评，由此引发了不同移民群体的对辩，成为大陆“留学生”和传统移民、非大陆华人移民经历迥异、文化身份有别和观感方式不同的早期例证。

1991 年，在澳大利亚留学打工数年复又返回上海的作家刘观德创作的长篇小说《我的财富在澳洲》，由上海文艺出版社出版了单行本，评论界视之为海外知青（“洋插队”）代表作，而就其主题思想，国内和海外评价虽有分歧，但也使该作品成为新时期“新华人”题材最早为汉语文学界所广泛知悉的作品之一。

1993 年 10 月 8 日，诗人顾城在新西兰的激流岛（威赫克岛），以斧头击杀妻子并自缢身亡，这一消息，连同后来在大陆出版的顾城遗作《英儿》，在澳大利亚“新华人”的文学想象和文化表达中唤起广泛的感应；另一方面，小说故事的一个主角原型人物，后来又移居澳大利亚悉尼并参与当地文学活动，引起持续争论。

1995 年 12 月，8 位男“留学生”作者联合出版了《悉尼八怪》杂文集，曾任驻华使馆文化参赞的澳大利亚作家和汉学家尼古拉斯·周思（Nicholas Jose）为之写序作评，称这些杂文为“一系列跨越文化的实际活动的快照”，“向世界展示了一个独特的难以捉摸的微笑——一个中国人在困境中所能展示的微笑，它隐藏着更为复杂的情感：顺从、苦楚、怀旧、玩世不恭与愤世嫉俗”[①]。

1996年1月28日，一项国际性的文学活动——“悉尼作家节”，为《纸上的脚印——澳大利亚中英文双语诗歌散文集》一书举行了首发式。这本书选编、译介了30位华人作者的作品，以中英文双语对照合印，其中约10名作者属于来自中国大陆的“新华人”。此后的多届“悉尼作家节”，都有关于中国作家和在澳华人作家的内容。

1996年2月，居于墨尔本的欧阳昱博士等创办了纯文学杂志《原乡》（*Otherland*）。由于其跨语种（中英文）的编排方式和涉及中国、澳大利亚和其他国家的稿源范围，以及其“后现代”的风格取向，对华人文学的传播起到了某种枢纽作用。欧阳昱也有大量作品用英语出版，如约3 000行的英文长诗《最后一个中国诗人的歌》（*The Songs of the Last Chinese Poet*），以尖锐的自嘲与嘲人相结合的手法，探索了“新华人”在西方社会中文化身份极度混乱的情状，揭示了国际移民运动在其文化心理上的代价，有英文评论称之为澳大利亚文学中具有“《荒原》品质”[②] 的作品。同一年，桑晔的长篇纪实作品《龙来的这一年》（*The Year the Dragon Cames*）由昆士兰大学出版社用英译本出版。这位曾经在中国改革开放初期与张辛欣合作过纪实小说《北京人》的作家，因着力记述“新华人”涌入澳大利亚后呈现的严酷复杂的生态和激烈动荡的心态，而在澳大利亚主流社会文学界读者中享有盛誉。

1998年，9位女“留学生”小说家的作品合集《她们没有爱情——悉尼华文女作家小说集》在悉尼出版，悉尼大学亚洲研究中心的萧虹博士（Lily Xiao Hong Lee）在该书序文中认为，它显示了“新华人”的创作跃过受西方思潮影响形成的多个阶段，反映了处身

---

① ［澳］尼古拉斯·周思：《悉尼八怪·序》，见大陆等：《悉尼八怪》，悉尼墨盈创作室1995年版，第3页。

② John Mclaren, Introduction to Ouyang Yu's Songs of the Last Chinese Poet. *Wild Peony*, 1997.

于西方社会下当代中国青年艰难的、冲突的文化选择[①]。

2000年后，澳华文学的影响在华语核心地区（中国大陆、港台地区）迅速扩散。主要标志是21世纪之前已经在澳大利亚形成一定写作声望的作者个人作品集纷纷出版，诸如抗凝（林达）、田地等数十位小说家的作品，长篇小说《绿卡梦》的作者毕熙燕也和凌之合出了短篇小说和散文集，诗人欧阳昱、冰夫、庄伟杰等出版了个人诗集。这些集子，一部分收入了“澳华作家方阵”、“大洋文丛”等丛书。此外，“澳华文学丛书”（五卷）以多位作者合选的形式，向中国大陆地区读者推介了更多的澳华作者。它们和在澳大利亚本土出版的其他作品集与单行本互相呼应，其影响互相促进。仅仅十数年间，澳华文学作品成书行世数以百计，这也使相关研究者从事更系统的批评研究的资料储备大幅增加。

2002年，从澳大利亚重返中国大陆的汪红出版了长篇小说《极乐鹦鹉》，重现留学生打工、跨文化婚恋的题材，该作品以诡异的叙述、精致的语言，对文化选择中身份冲突的个体心理图景作了非常深入的刻画，标志着澳华写作在艺术上达到了新的高度。

20世纪90年代后期，随着“新华人”在澳国社会生活面的实际开拓，争取居留时期精神激荡的文学经验，在结出文学果实的同时也面临着沉淀和调整，一系列以悉尼为基地的原创报刊停办或易手，华文创作的主要活动舞台一度从悉尼转移到墨尔本，有影响的华文新作、力作仍时有出现。进入新世纪后，悉尼华人何与怀通过主编《澳洲新报》的《澳华新文苑》副刊和“澳华新文苑”丛书，为澳大利亚、新西兰华文文学提供了新的传播平台，他的兼容并包的编辑方针，反映了不同背景华人移民经验的融合，而何与怀本人的批评写作及其在中澳两地频繁的文化活动，也促进了中澳两地文学的双向

① ［澳］萧虹：《她们没有爱情——悉尼华文女作家小说集·序》，见千波等：《她们没有爱情——悉尼华文女作家小说集》，悉尼：悉尼墨盈创作室1998年版，第2页。

交流。

与此同时，中国大陆出版界、批评界和学术界开始了对澳华文学崛起的关注。除了前述作品结集和丛书在中国大陆先后出版之外，澳华文学也进入了学界的视野。1999 年出版、由陈贤茂主编的四卷本《海外华文文学史》中的澳华部分（周可执笔）介绍了十余名作家，是对崛起中的澳华文学首次较集中、有一定广度的扫描。钱超英撰写的博士论文《“诗人”之“死”：一个时代的隐喻——1988 至 1998 年间澳大利亚新华人文学中的身份焦虑》①，则是这一时期出版的首部结合文化研究和后现代批评视野的澳华文学论著。之后，还有庄伟杰于 2003 年在大陆完成的博士论文——《寻梦与镜像——多元语境中澳洲华文文学当代性解说》。此外，获得悉尼理工大学博士学位的朱大可，从澳大利亚旅居转赴上海同济大学任职后，出版了《流氓的盛宴》等著作，延伸了他在旅澳期间持续进行的文化批判。而有着中澳两地学位的双语作家欧阳昱，在中国出版的博士论文中文版《表现他者——澳大利亚小说中的中国人》，从澳大利亚主流英语文学的角度，表述了澳华作家在自我—他者之间对文化身份的关切。其后，塔斯马尼亚大学博士刘奥（刘熙让）也完成了有关澳华文学主题的博士论文。

短促的十余年间，澳华文学成为海外文坛重要的文学现象，反映了澳华移民处理日益增强的流散经验的艺术活力，也呈现了澳华文学与世界和中国文化进程紧密联动的文化新质。

① 钱超英：《“诗人”之“死”：一个时代的隐喻——1988 至 1998 年间澳大利亚新华人文学中的身份焦虑》，北京：中国社会科学出版社 2000 年版。

第三节　澳华文学的特色

一、身份焦虑的表达

如前所述，澳华新移民在20世纪八九十年代的争取居留运动延续了8~10年，经历了与澳大利亚三届政府的抗争，这使当代澳华新移民群体在生成时期就持续面对一种身份漂泊的危机处境，构成了他们身份认知的重要基础。这一时期又是世界产业转型、各国政治经济风云激荡、文化思潮混杂矛盾的激变时期，新移民随时面对澳大利亚政府移民法警对其签证失效和非法工作的追捕，又必须为偿付所欠大陆亲友的“留学债务”和所在国高昂的生活开支而挣扎于底层劳工的生存竞争，这使许多在中国原属于知识分子阶层的新移民体验到一个非主流世界的外来移民，在西方“多元文化”社会里作为一个边缘化群体的处境。对他们许多人来说，那一段动荡、焦虑、悬隔、错置，必须隐姓埋名，保密国籍，忘却自尊，挣扎求存，比“二等公民”还下等的“黑民”岁月，构成了他们“集体记忆”深处长久不灭的灼痛，构成了他们面对理想与现实恒久疑难的经验背景，构成了深刻改变他们的世界认知和文化态度并影响其身份意识的重要基础。从刘观德的“吃不着苦的苦比吃苦的苦还要苦”的“五苦论”（《我的财富在澳洲》）开始，澳华文学就以各种题材（如有关打工、居留、赌博、性和种族关系等）故事，述说一个或隐或显的“身份”主题，而这一主题常常表达出对身份危机、身份转换、身份碎片化和文化混杂的不安经验。这种经验如果朝近现代中国文学追溯的话，人们会发现和早期的海外留学故事（如《苦学生》等）有一定的类似性和继承性，但它又显然无法脱离新移民的澳大利亚经验——区别于现代史早期以海外之苦来反证回归指向的表达传统，现代澳华文学更多的是承担“无家可归”的心理经验。由此选择导致的疏离、混乱、无奈的文化身份处境，成了澳华文学的隐秘基础。

这个身份难定的问题在其他一些新移民论者那里，产生了一系列概念上的努力——有时通过理论表述，有时结合艺术形象。如毕业于悉尼麦觉里大学社会行为心理学专业的蒲潇提出了“精神难民”的概念①；评论家朱大可使用的历史文化意义上的“流氓”概念，都是用来描述永久在“地上”流散的“失乡—获乡者”；欧阳昱在约3 000行的英文长诗《最后一个中国诗人的歌》中，则提出了在澳洲身份错置的“中国诗人主体终结”的理念。

当我们观察澳华文学中的身份焦虑和荒诞主题的时候，不可否认，其之所以在大陆新移民作家那里获得了较尖锐和充分的表达，除了澳大利亚经验的直接压力之外，中国大陆文学接受西方现代和后现代主义文学影响之后产生的新的感知方式和文学观念，也在澳华新移民的文学创作中留下了深刻的痕迹。他们大部分在中国时即已开始文学写作，有些还是中国当代文学变革浪潮中的重要成员，如顾城、杨炼等就曾居停澳大利亚并与该国文学批评界和翻译界有密切联系；有些人则在赴澳前就已以其写作特色知名于中国大陆，如文学和文化批评家朱大可等；有些则原来是中国当代文学新潮的边际成员，如欧阳昱、庄伟杰等和澳华生活有实质联系的一些新移民诗人，他们赴澳大利亚之前，就接受过从中国古诗到新时期“朦胧诗”的熏陶。在澳华新移民作家的文学想象世界里，澳大利亚经验和他们作为中国知识精英对世界文化思潮的体验是相互融合的。他们中的有些人，甚至是把澳大利亚经验作为一个开放中的中国所面临的身份问题来处理的。比如，首次以博士论文来研究澳华文学的钱超英，就力图通过澳大利亚华人作家的身份问题，来体现“中国人面对当代世界的无限忧思”，并竭力“在海外华人文学和我们（中国人）的当下生活之间构

① ［澳］蒲潇：《我们的欲望——对我们这群人的另一种反醒》，悉尼《中国文摘》1992年5、6期合刊，第11页。

筑有力的对话关系”①。而朱大可的写作，则把澳大利亚新移民的经验，作为其中国—世界当代人类文化“流氓性”的一个相对隐晦和间接的案例②，从而表现了对普世性人文问题的关切。

二、文学母题的开发

这里的“文学母题”是指在某种社会—文学共同经验基础上生成、对写作想象有连带影响或可作相互补充解释的创构模型，具体表现为某些选材倾向、表达模型和叙事元素等。某种文学是否形成有特色的母题，是其发展到何等高度的一个标志；而不同的作家能否对这些母题注入个人的创造性内涵，而又不为其所局限造成雷同，则是这种文学是否有发展活力的标尺。

在这方面，澳华文学可说是成果和问题并存。下面以某些颇有特色的母题为例：

有关“居留”的母题。由于争取居留运动的长期影响，居留—漂泊是许多华人的痛切经验，对澳华写作具有激发、驱动和控制作用，因此成为非常普遍的取材源泉和故事框架，如刘奥的《云断澳洲路》、《蹦极澳洲》和毕熙燕的《绿卡梦》等。从一定角度上看，新西兰的顾城和雷米（谢烨）合著的《英儿》，也隐藏着这一母题。

有关“博彩”的母题。由于不少华人有参与赌场博彩这种在澳大利亚属于合法的活动经验，文学写作中用赌博的情节来借喻人性迷失、人生无常的母题可见于各种风格迥异的作品，如李玮的《迷失的人性》等。抗凝（林达）的《最后一局》，则把赌博的母题转换为“棋局”。

① 钱超英：《“诗人”之“死”：一个时代的隐喻——1988至1998年间澳大利亚新华人文学中的身份焦虑》，北京：中国社会科学出版社2000年版。

② 参见朱大可：《流氓的盛宴》，北京：新星出版社2006年版；又见朱大可：《我的流氓生涯》，见江曾培主编：《中国留学生文学大系（当代小说·日本大洋洲卷）》，上海：上海文艺出版社2000年版。

有关“情欲”的母题。澳华文学和其他区域的海外华文文学一样，情欲是一大母题。一般而言，不论艺术品质如何，澳华文学的情色描写更自如放纵。作为另一种情欲形态，则是同性恋母题。当代澳大利亚西人社会有浓烈的同性恋风气，悉尼更是西方世界的“同性恋之都”之一。华人之间或华洋人士之间的同性恋，遂成为部分澳华作家着意探索的一个新领域，如王世彦的《哭泣的歌》、西贝的《爱的迷惘》、沈志敏的《兰花手指》、欧阳昱的《白鸳鸯花》、抗凝（林达）的《女人的天空》等，都在澳华移民的经验中注入了某种程度的同性恋色彩。

有关“死亡”的母题。这个母题在古今中外文学史上屡见不鲜。澳华文学中的“死亡”母题是紧密结合着其他母题而出现的。如张劲帆的短篇小说《西行》，把这个母题和争取在澳永久居留的主题结合在一起。女主角在一连串的申请、等待之后，收到的却是移民局的无情裁决，因为她被发现患上了不治之症。于是她开始了法律上诉。这是一个漫长、曲折和令人身心疲惫的过程。她在病床上对移民局“好消息”的苦苦期盼，仿佛成为支持她战胜疾病、生存下去的唯一支柱。故事最后没有说移民局给了她怎样的答复，因为她最后已不再需要那种看来遥不可及的“恩准”，时间的拖延使她自动完成了在这块土地上的“永久居留”：在梦幻中病故。闻涛写的散文《接近死亡》，作者想象自己被抛入大海永不及岸的情境，除了求助于遥不可及的“上帝之手”的搭救以外，只能发现“死是那么的安详，就像活着一样。……我终于明白了，什么叫做世界的弃儿”。此外，刘放的中篇小说《布罗尼亚帕克的春天》、赵川的短篇小说《醒梦》等，也都把“留学生”打工活动的生存论意义探索和死亡的象征性意象，作了或明或暗的叠加与处理。

就叙事类作品而言，把移民文学的“死亡”母题挖掘得最深的澳华作品，是抗凝（林达）的中篇小说《天黑之前回家》。这篇小说和她的其他作品一样致力于探索“彻头彻尾的外乡人结构上的悲剧”，突出的是其“死亡”母题内在地贯穿于整个作品和主人公为什么要在澳大利亚居留下来的人生意义疑难紧张地搅缠在一起。这篇小说有一个奇异的情节：“我”这个留学生在中国的母亲是一个法医。她在中国的解剖室里检验每一具尸体的特征，作出身份认定，考证有关他们死亡的错综复杂的原因，并编成与“事实”一一对应的档案。“母亲”醉心于这种研究，并且成果累累。如斯过了大半生之后，“母亲”在一次解剖中，无意把两具同性别、同年龄的尸体标签张冠李戴。“母亲”的错误“使两具千辛万苦之后才被验明正身的尸体再次失去身份”。这个错误忽然使“母亲”感到这“如同把猴子的标签贴在马身上一样有趣”。“母亲”由此发现：“一个虚假的过去完全可以理直气壮地代替一个真实的过去。”于是，这个法医界的模范工作者，就此开始经常性地故意把尸体的名字互相对换。这一带着阴森快意的文学玩笑，是作家提供的一个关于“身份错置”的独特象征。死人之不能为自己说明身份，隐喻了所有活着的人的生存故事，最终都将得到由别人任意注解而无缘自辩的可悲结局。在对一切试图弄清人类当下生活经历确切意义的“真理”进行残酷嘲弄的同时，“母亲”的后代——一个中国留学生正在澳大利亚“留学”（实际上是在打工和争取居留），陷入了一种茫然奔突的“偶然宿命”：“人通常要把程式全部走完才会死心。”这个故事的哲思，就是关于这种移民生活的“喧哗与骚动”背后的意义困惑。人的经历之所以充满混乱，是因为其中的原因和意义缺乏有效的解释，而缺乏解释将进一步导致经历的混乱。正是在这样的意义上，作品对那些“尸体”意象的反复陈示，才令有关“死亡”的问题具有了严峻的意味：无法为自己的选择和行为结局作出满意解释的人，就是处在无名尸体那样随人搬弄、失去身份、任凭误读的状态。这个凄厉的象征，构成了对一切活着并正在逝去的人生是否真有意义的质疑。于此，作品找到了一种艺术象征的方式，去面对并力图化解澳大利亚新移民生活的意义矛盾、文化混乱、身份焦虑带来的沉重压力，同时也丰富和深化了澳华文学中的“死亡”母题。

澳华文学中诸种文学母题并不是完全分离和独立的，在具体作品中则常常扭结、纠缠在一起，对这些母题处理的成功程度也因人而异。认识到这一点仍然是有意义的：澳华写作，如同其他文学写作一样，不仅可以从独创性的角度，而且也可以从彼此联结的结构角度去阐释，以探讨是否有某种类似“传统”、“模式”的共同性在其内部孕育绵延；或者它是否来自另一个更大的传统的影响，或者它是对自身经验的新的挖掘，或是对中外文学既有传统、既有写作成果的借鉴。从这个角度看，澳华写作在过去约20年的繁盛期中形成的文学母题现象显示：这种文学固然是基于当代澳华生活经验的创造，但也累积着、连接着更大的写作“惯例”，并为其与中外文学传统的关系考察提供了空间。如就前述的“居留—漂泊”母题而言，它深度植根于澳大利亚华人新移民争取定居过程的痛切经验，同一时期也是国际文学界流散文学兴起的重要阶段，因此和这一时期西方各国中国留学生的“居留—漂泊”书写关系更为密切。同样，“死亡”母题本来就是中国现代文学一个有普遍意义的象征，如郭沫若通过凤凰涅槃的象征引入有关“死亡—再生”的浪漫主义，而鲁迅则通过黑暗、幽闭、窒闷、吞噬、“吃人”、清醒或麻木迷信的癫狂、坟茔孤旅等意象，发展了这个母题中“绝望—希望”的辩证领悟。澳华文学与这些母题之间的继承、影响的具体肌理，正在被一些有精神突围力的作家所关注和开掘。

三、语言艺术的创新

澳华文学的当代成果，非仅限于题材的采择、主题的阐扬和对经验情感的抒写，而且也体现在语言艺术的创造上。

首先，澳华文学创造了一批较有特色的文学形象和象征。施国英笔下的孤独无依，不相信任何永恒价值、永恒爱情，而又不断体验生命存在之无常的漂泊者；抗凝（林达）笔下作为其主题反面对照的那种不解或不顾生活荒诞性的偏执追求者；欧阳昱笔下在身份冲突中作困兽之斗的愤怒者；朱大可笔下随时喧哗聚散、蝇营狗苟而寡廉鲜耻的“流氓”等，都是借某种有创意的叙述浮现的人生影像。这里还值得注意的是某些作为叙述副题或象征工具的意象创造。如沈志敏使用了一个在荒原路上与袋鼠搏击的奇遇，来象征性地处理有关澳大利亚的移民孤独而不失勇毅的心理经验（《与袋鼠搏击》）。在一个名为 Cads Music Australia 的新移民歌唱组合所创作的歌词中，澳华移民的精神处境，则通过“鳄鱼”来具体化了一种孤独、倔强的边缘形象：“鳄鱼不是鱼，也不是人的同类/鳄鱼住在地球，却无家可归/荒野上生长像一棵枯树/纵有春风也得不到安慰//鳄鱼也伤悲/鳄鱼也流泪/怀念远古的家园/不知道自己是谁。”这个“鳄鱼”的形象比较静态而有内蕴，包含着承担与坚忍的意味。这些特色鲜明的形象、象征的营造，标示了澳华文学世界的想象力和创造力。

其次，澳华文学还形成了色彩多样的个人风格并发展出较为成熟的语言手段。刘观德《我的财富在澳洲》充满苦涩的文化反讽，一番大陆知识分子充当澳大利亚劳工引起的荒诞体验和智性笑谈，首现新移民有别于传统移民的文学风貌。王世彦和苏玲同受《红楼梦》、张爱玲作品等经典的影响，形成了各自不同的感性细腻的叙说风格。田地、袁玮则以泼皮、刻意犯俗的故事和议论取胜。张奥列从中国大陆文坛评论界转到澳大利亚后，展示了节制、写实、明达和洗练的叙述风格。刘奥的《蹦极澳洲》和《澳洲淘金梦》，则出现了时而滑稽、时而悲壮的调子。赵川深挚委曲的文笔不仅享誉澳华小说、杂文界，而且也吸引了中国大陆《读书》杂志的读者群。朱大可用风格化的话语评述“流氓”文化，其涉及澳华生态群的述评耐人寻味。抗凝（林达）在不同的叙事时空之间从容跳跃，叙述人在故事中自由进出，夹叙夹议，悬念和哲理都引人入胜。

再次，澳华文学的艺术创新还见之于混杂性和自由变体，常常是对语言（包括汉语和英语）“纯正性”的有意违逆。斯图亚特·霍尔认为，移民的流散经验和流散身份要求一种与之相适应的美感创造，通过杂取各种因素并加以混杂使用，有可能出现一种“流散美感”（或移民美学—审美观，diaspora aesthetic）。这在某种程度上也可见于澳华文学。刘放在中篇小说《布罗尼亚帕克的春天》中，就杂用了澳大利亚老人院的风景、类似但丁《神曲·地狱篇》鬼魂世界的描写和中国古诗的意象，来处理留学生打工的“异域”感受。蒲潇有感于部分新移民借用“难民”制度寻求居留的现象，自创了本来在现实的难民制度中并不存在的“精神难民”一语，以用于描述部分新移民在生命目的意义上无所依归的身份危机。朱大可则通过“流氓”与“流亡”概念的刻意混合，创造性地“误读”和改写“流氓”的意涵，使其撇除了简单的道德判断，而成为移民流散文化的一个能指。使用英汉双语写作的欧阳昱，在为其主创的文学杂志命名时，选择了把祖国（motherland 或 fatherland）一词去掉首字母，生造出“otherland”一词，意指别的地方、他者之地、异乡，而其中文刊名却以“原乡”为名，以此构成反讽，以便体现“原乡之于异乡，正如异乡之于原乡”，“流放如归家，错置即正位”的异常与正常之间的矛盾与挑战，而他的诗句往往杂糅中文、英语的意象和变音，刻意追求混杂效果。如《墨尔本上空的月亮》就故意让望月怀乡的古诗意蕴和澳大利亚风物反讽式嵌套在一起，让李白、苏轼的月亮和西方城市上空“空调的”月亮互相解构，在带出时空错置的荒诞感的同时，既复归又背离了传统的思乡情调，体现了蓄意混合双语资源从事语言实验的成果。

总之，以澳华文学为主体的大洋洲华文文学，尤其是作为其主力的中国大陆移民文学，不仅对世界华文文学中普遍的身份认同问题作了新的探索，而且形成和发展了有特色的文学母题，为涉及澳华经验的文学书写和哲理隐喻拓展了多向度的阐释空间，同时，还在文学技巧、叙事手法、语言和风格上，展示了多方面的创新活力。

第四节　代表作家作品

一、抗凝的小说

抗凝（1959—），女，本姓魏，曾用笔名林达，籍贯广州，1983年毕业于广州外国语学院英美文学专业，曾任《广州日报》和《广州青年报》记者、编辑。1991年赴澳，后获西悉尼大学商学硕士学位，现任悉尼哈德森证券交易公司证券分析交易员。主要作品有中篇小说《天黑之前回家》、《最后的天堂》等，近作则有长篇小说《金融危机600日》。

抗凝的中短篇小说，对那些想了解澳大利亚乃至一般意义上的海外华文文学所达到的艺术水准的人们，提供了一个很好的切入点。海外女性写作活跃，抗凝是其中一分子，但又较少女性写作易见的自恋倾向。抗凝小说的特色主要有二。其一，有较高的语言资质和风格化程度，语感颇具吸引力。她的小说结合了机智的隐喻、镇静的反讽、要言不烦的感慨和点到即止的描摹，配合着时空交错的多线索故事和被无数小段分隔、断续跳跃而勾连自如的叙述结构，使读者在任何一个地方开始阅读都会感觉兴味盎然。抗凝小说在题旨的可能深度和传达的有效性方面，取得了令人意外的平衡。抗凝的中短篇小说虽然数量不多，却位居澳华文学最成熟和最具有形式美感的叙事类成果之列。其二，抗凝的小说有较为深远的题旨，它使读者的感悟不囿于一时一地的事变和世相。在海外连篇累牍的“居留故事”中，抗凝的故事从不黏滞于具体场景，而是渗透了关于命运、时间、土地、全球化等重大疑难的哲学领悟。

抗凝小说往往给读者一个提示：那些人生中至关重要的决定，常常是在我们没有充足理由的情况下作出的。中篇小说《天黑之前回家》[1]一开头，引入的是一个在日本侵华战火中仓皇逃难的家族故事。在一场“我们要到哪里去”的混乱争执中，仅凭无知无识的“外婆”一个偶然的决断改变了行进的路线，于是，一番完全不同的命运，如同树枝在某个节点分出新的枝桠，就无法再重合为一。抗凝在据此展开的整个故事中揭示：人心与人生的聚散离合可以基于情欲，可以基于利益，还可以基于偶然的直觉，就是不基于可靠的设计。因为任何设计都有错失，人想谱写的任何生活之歌都会在命运的演绎中离弦走板。“过把瘾”的一次出洋闯荡，不过延伸了家族茫无所终的“走难”里程；望穿秋水的夫妻团聚，最终以分道扬镳收场；精心策划的创业可能一无所获；严密推导的法案判词，建基于全盘荒谬……这些人们非常熟悉的“留学生”情节，因被编织在所有“地球人”的混乱版图之内，获得了普遍的领悟。从历史上以色列人神圣而无谓的战争，到中国大陆的斯文扫地、鸡犬升天，历史行动中的每个人，开始时都以为知道自己在做什么，但人通常要把程式全部走完才会死心，才知道命运的无常。无法预知的宿命，是抗凝小说醉心的主题。由此她深刻质疑了人类行为结局的可知性和可控性。她似乎把一个源自索福克勒斯的亘古命题，转用于包括“留学生”在内的当代移民在这个可疑世界上的历史性迷失，从而使之获得了某种超越性的启示意义。这意义直指人作为文化造物在身份上的流变、分裂与混杂无解。

20世纪八九十年代出国潮中的中国人争取在西方社会定居的斗争，历经数年曲折，在20世纪90年代中后期相继获得成功。区别于针对此题材许多“苦尽甘来”的喜剧调子，抗凝故事的发人深省之处在于，它拒绝把留学生在世俗的法律意义上获得“居民身份”看作这种荒诞宿命的边界，如同小说《最后的天堂》所叙述的：“就这

[1] 抗凝：《天黑之前回家》，《收获》1998年第2期。

么一块可怜的陆地，人类在上面声势浩大、前赴后继来回搬了几千年。……越来越多的人开始哭泣，思绪如潮，悲歌如潮。绿卡作为敲门砖的使命至此全部结束。人们再一次被偶然所操纵，迎来了生命历程中真正的漂泊。”

在抗凝看来，移民在一个新国家的居留这个结局根本不是“漂泊”的结束，而是“生命历程中真正的漂泊”的开始。真正的问题是人类在这个世界全部生存所具有的“漂泊”性质，没有哪一种人生选择是能够预知后果和有确切意义的。“漂泊”这个隐喻同时唤起了“流逝”与“流失”的意味，这使人们把自己经历的意义解释为急迫、徒劳而尴尬的任务。

抗凝小说中多有一个介入故事然而往往并非核心角色的叙述人。不论在故事中的关系如何，似乎他并不急于沿着单一的线索把故事连续地讲下去，结果总是使故事的结局显得有点无关紧要，重要的是叙述的从容性和弥漫感。小说潜在的真正主角是无法预知的宿命，而偶然性则是人和这个宿命相遇的方式。与此相关联的是，抗凝小说还有很多难以解释的“无厘头”情节，写出了不同的生命如何“消磨”自己岁月的多种方式，精彩地描写了人的生命热辣、执着的活力及其在时间中荒谬的存在。这种对比是如此尖锐，使她的故事在从容行进中产生了惊心动魄的效果。最集中的例子也许就是《最后一局》（《收获》1998 年第 5 期），那个从生意到生活都被失败的命运反复播弄，一次次受到致命打击的主人公陈四，在“我”消极无为、漠然静观的人生态度面前，显得那么百折不挠、可敬可佩而又荒唐可笑：“我已经记不起陈四长什么模样，只记得这个人很瘦，手臂摆动得快，手上握着大把的生命 。”这个结句，既像是讽刺，但也不失赞美：在生命的无情浪费中，其实也有着生命不屈于荒诞的、西西弗斯推石上山式的内在悲壮。然而，在抗凝笔下，对这种悲壮的揭示，往往由一种参透世相的叙述视点所掩盖。小说透出的人生解悟，又似是《红楼梦》式的“色空”主题的现代版、“留学生版”和“移民版”，体现了澳华文学对华人移民在西方社会文化中边缘处境的深刻意识。

二、欧阳昱的诗歌

欧阳昱（1955—），生于湖北黄州，于华东师范大学获英澳文学硕士学位后，20 世纪 90 年代初赴澳攻读澳大利亚文学，获 La Trobe 大学博士学位，曾任该校亚洲研究中心讲师和墨尔本皇家理工学院传媒创作系教师，迪肯大学研究员以及翻译等职。1996 年起主办文学刊物《原乡》至今。出版有英文诗集 *Moon over Melbourne and Other Poems*（1995）、*Songs of the Last Chinese Poet*（长诗单行本，1997）和 *Foreign Matter* 等。中文诗集有《墨尔本之夏》（1998）、《B 系列》（2001）、《限度》（2004）和《二度漂流》等。另有中英译著和学术性专著多部。

欧阳昱被英语评论界称为“愤怒的移民诗人”。他的大量诗歌，表达了一种无所不在的愤怒和烦懑，以及一种处于边缘的移民文化的不平之鸣，从而使移民的存在和心性，体现为一种响亮的、不容忽视的声音。在诗歌语言方面，他也是对混杂性实验最狂热的诗人。他故意把中英口语、粗话、结结巴巴的移民口音搅拌在一起，用来表达新移民激荡、兴奋、尴尬而又“愤怒”的生态和心态。欧阳昱还特别喜欢把肆无忌惮、挑战权威的语言游戏，安排在关于历史意义的“宏大叙述”中。如有一首诗写“我”应邀到悉尼参加一个反种族主义会议，第一天看到的是会场上虚张声势的无聊作态，于是不得不把第二天和第三天花费到英皇十字街（悉尼一个性产业发达的街区）去身体力行了一番“多元文化主义”。这就把一个本来严肃的理论议题，变成了性与身体上的“跨文化关系”，以一种刻意的“庸俗”嘲讽了精英文化的高蹈和伪善。

欧阳昱最重要的诗作，是一部约 3 000 行的英文长诗《最后一个中国诗人的歌》。虽未以汉语完整出现，但也在新世纪的汉语研究资料中多被引述。从诗题上看，它令人想到佛兰西斯·福山的《历史的终结和最后一个人》（*The End of History and the Last Man*）。根据福山的理念，西方所实现的社会理想和价值已成为全球认同的目标，在这方面已再没有根本性的矛盾需要解决，因此人类趋于进步的历史已经或正在达到终结。欧阳昱的长诗却反讽地指出，正是这种西方对全球历史投射的影响，构成了他诗中的主人公所属的一群移民离弃家园、向西方移民的心理动因，也造成了他们的“疾病”——文化失根、精神失据、自我失落：“我们是搁浅在西方海岸上的鲸鱼/我们是寻找另一个世界的鲸鱼/我们是不能在他们的极度丑陋中生长的鲸鱼/我们是内在空虚的鲸鱼/我们是被驱回大海的鲸鱼/我们是生而带有安乐死的集体无意识的鲸鱼/Wearewhaleswearewhaleswearewhaleswearewhales”[①] 长诗以这种生死无奈的“鲸鱼”的意象，把抒情主人公的经历喻为一种意义不明的生活，在其中虽可以获得“自由”，却“不死地生活在一种死亡中”（to be deathless while living a death），表达了对西方文化霸权的讽刺、嘲弄和黑色幽默式的反抗。这首题为《最后一个中国诗人的歌》的长诗，在描述传统的、有固定族性的人消失的同时，也宣告了这个“中国诗人”作为写作主体的终结——不管他是欢天喜地还是愤懑不平，他都不得不面对这个永久的“异乡”世界，并把它作为“原乡”而接受下来。他的“主体性终结”是一个混合了悲剧和喜剧色彩的象征，同时也暗含了一个“复活”的象征——一种新的人类（广义移民）的诞生——在20世纪即将终结的时候，从传统的、固定的身份消逝中，正在产生一种无归属的漂流一代。然而，这种转变的精神代价是如此令人震慑，使它不可能成为一首新生和理想之歌，而是一种类似“荒原”的废墟式感悟。

---

① 作者把 we are whales（我们是鲸鱼）几个词故意不加空格且连续重复，是利用有关英语音节的连读效果，来模拟鲸鱼在水中挣扎呼吸的声音，状写一种垂死的姿态。

三、朱大可的文化批评

朱大可（1957—），福建人，1983 年毕业于华东师范大学中文系，为 20 世纪 80 年代中国大陆具有影响的先锋文艺批评家。曾于 20 世纪 90 年代初移民澳大利亚，先后任悉尼大学访问学者，悉尼《东华时报》、《唐人商报》及《澳华时报》总编辑，墨尔本《原乡》文学杂志顾问，上海东方电台“澳大利亚音乐航班”艺术总监等，2004 年获悉尼理工大学文学博士学位，现任教于上海同济大学文化批评研究所。朱大可的作品结集和单行本有《燃烧的迷津》（1991）、《聒噪的时代》（1998）、《逃亡者档案》（1999）、《流氓的盛宴》（2006）等。

朱大可在自己的流散写作中，发展了一种独特的分析脉络和表达理路。他有一篇长文《流氓的精神分析》（1994）[①]，显示了他对移民问题的深刻理解。文章通过对汉语中的一个常用词“流氓”作出新的语义发挥，把流亡问题转变为一种对精神文化的关切。根据朱大可的论述，“流氓”这个词具有不同于单纯“罪恶性”的语义，不妨也可以成为一种关于历史的描述性概念。他认为，有三代“流氓”，或三种层次的“流氓精神”：“丧地者”、“丧国者”和“丧本者”。极端的“流氓”（流亡者）“从人与土地、国家和自己的三重破裂中诞生”，以空虚的自我游荡于世，背后却隐含着巨大的悲哀和孤独，他们的故事“用隐喻的方式宣告一种新的重大经验，在历经与土地、国家的分离之后，流氓面临着与整个世界的分离，或者说，他遭到了整个世界的遗弃”。这最终都使人陷于“存在的迷津”。解决之道，则不在对“土地家园”的回归，而在于引入某种神圣而超验的信仰。

尽管朱大可深感传统的民族主义话语难以应对华人移民出国生活中的身份焦虑，因而一度呼吁“重建民族主义的真正灵魂”，但他的

① 朱大可：《流氓的精神分析》，《花城》1996 年第 11 期。

批评因为汇通了20世纪八九十年代华人知识界对民族传统执着于世俗生活的“一元论”世界观的批判性反省，故而又更多地倾向于寻求一种“民族主义”以外的意义解决方案。他试图解释许多中国移民“出国”生活中的身份焦虑的深层原因不是别的，而是其现代化理想中的一个严重缺陷：神性的缺席。在他看来，这同时也是“留学生文化”的全部弱点的根源。

朱大可还利用其隐喻性的文化批评，把澳华文化现象直接纳入了他独有的讽喻系统。1996年发表于中国《花城》的《唐人街的盲肠话语》，是一篇罕见的对澳大利亚华文文学的议论。在字面上，指的是这种文学由于失去文化的系统性支撑和“有效倾听”而呈现出局限性、退化性、多余性，以及在这种格局下，各种以“作家”名义开展的公关活动和组织运作的无聊性。真正重要的不是澳大利亚华文文学界的实况如何，而是它引入的一个新隐喻：“盲肠”。作为一种机能退化的遗产，这个器官在人的身体中寄居的尴尬问题——“你为什么存在?”提示了“我们的”文化在一个“多元的”世界上处于功能不明和意义缺失的处境。这几乎就是身份危机的同义语。

此外，他也不满于从中国大陆到海外汉语的后现代写作中的荒诞化倾向。在和澳大利亚发生了最初联系之后，朱大可的文化批评仍然在中国大陆持续进行，他建立了某种永恒性的“终极意义”的召唤姿态。这在当代中国渎神的诸神们狂欢起舞的背景下构成了非常独特的景观。在朱大可对各种现代和后现代文学现象的指陈中，超越性的严峻批判成了他典型的表达立场，对广泛无边的批判对象的一一指陈体现的姿态，是对一种“纯粹尺度”的神圣朝向。

因此，在朱大可那里，一种超临于文化现实的浪漫主义是必不可免的。他在悉尼发表的《缅怀浪漫主义》[①] “缅怀”了安徒生、雪莱、密尔顿、但丁和陶渊明等人，便是一种精神上的自我寻根。身份

---

① 朱大可：《缅怀浪漫主义》，悉尼《自立快报》副刊《大地》，1995年8月7~9日。

探索在朱大可那里有其自己的逻辑道路。

总的来看，朱大可文化批评的特色，一是以奇崛的散文化的评论为表达形式；二是以较强的思辨色彩代表了移民“新来者”写作的智性高度，他的思虑的触手带着温柔，向残损的海外种族文化接近，使一切变得亲切起来，同时又审慎地保持了微妙的距离；三是其对海外华人问题以及包括中国大陆在内的全球化文化演变后果的敏感性；四是执着于一种类宗教的“信仰者”立场，强烈地体现为超越、批判的精神，构成了对海外华人身陷其中的后殖民处境（这种处境伴随着种种自觉与不自觉的媚俗姿态）的清醒抵抗。虽然他抵抗的武器并没有完备的形态，但这种抵抗仍然足以把这样的处境、这样尴尬的身份状态，放在现代思想的逼视之下。

四、顾城的“童话”

顾城（1956—1993），北京人，中国大陆新时期“朦胧诗”代表诗人之一，且有“童话诗人”之称。1988 年赴新西兰，受聘为奥克兰大学亚洲语言系研究员，后辞职隐居于荒僻的新西兰激流岛。其间曾赴德国等地访学。1993 年 10 月 8 日在激流岛上杀妻并自缢。

“顾城事件”的巨大效应，促使人们把探询当代汉语文学的目光转向大洋洲，尽管澳大利亚连同新西兰在 20 世纪 80 年代中后期就已经成为西方世界在西半球和南半球最大的华人移民接收地，但是新西兰“顾城事件”的震动，曾一度使人们对最初出现于澳大利亚的华文长篇小说《我的财富在澳洲》的热烈关注黯然失色。无论是顾城那诗化的个人经历，还是其个人化的诗意写作，都既与中国大陆文学的流变有关，也和海外华人华文的基本问题有深度联系。

作为海外华文作家的顾城的文学影响的主要“遗产”，是一部与“雷米”合作的长篇小说《英儿》（1993）。这部充满童话般诗意的遗作，语言瑰丽，内容则带有一定的自传性。小说在其离世后迅即问世，并在汉语世界唤起巨大反响，成为中国大陆作家“新海外华文文学”的重要作品。《英儿》主要取材于作者在新西兰激流岛的人生经历。主人公城和妻子雷出国前曾与大陆女子英儿有一段恋情。出国后，主人公和妻子定居在一个小岛，开始了童话中的垦荒生活。但不久他们发生了冲突，城的设想是要尽量摒弃童话家园以外的社会交往，而雷感到还是应该过一种比较正常的生活。于是城把他的理想寄托在一直与他通信、远在中国的英儿身上。3 年后，在雷的协助下，英儿来到小岛。这个已由一个纯情女孩变成略谙世故的姑娘，发现当年心中光辉夺目的偶像，变成了一个搬石筑地的“野人”。为了偿付恋情，他们同居了。城沉浸在与英儿灵肉交缠的悸动和大自然的美感里，但他知道英儿永远无法取代雷。最使城心醉的是看到英儿和雷在一起的美好场景。他渴望他深爱着的两个女人也互相深爱，甚至因自己不是女儿身而遗憾。稍后，在雷的帮助下，英儿拿到了绿卡，并弃城而与一个当地老人同居。城为此几近疯狂。他意识到：英儿——甚至所有的女人，都在等他的死讯。城决定自绝。这部小说以梦呓般的诗意语言，描写了一段动人心魄的生死之恋，其叙述角度的跳换，情色抒写的纯粹、直捷与强烈，均为顾城此前的作品所未见，但它仍保留了顾城式朦胧诗那素净玄远的童话语式，读来犹如长篇散文诗，然而海外生活的真切感受和现实难题仍透出纸背。

还有一个重要的因素，如幽灵般穿行在全部故事中：英儿之所以陷入和做妻子的雷共享其夫城的特异关系之中，除了人物本身的价值观和个人感情交互作用的原因外，另一个重要的因素是“出国”问题，继而是“居留”、“生活”等现实问题。这个问题可以回溯到主人公城和妻子雷要帮助英儿前来新西兰（英儿要出国必须通过已在海外的友人的邀请）；其后，作品又提到，某种“同居”关系的建立，可能有助于英儿取得在该国逗留的许可。后来，英儿突然不辞而别，离城而去，和另一个异族老头结合，则更被怀疑是出于办“居留”的功利计算。当发现这一点时，那个被抛弃了的男主人公城悲愤地呼喊，他对英儿的情感被她“用了，用了！”以此视之，《英儿》

这个对纯美之爱的生活追求从实现到破灭的过程，也就是一个有关诗意栖居的梦想如何被海外移民生活的现实逻辑所渗透、所破坏的故事。城无论多么沉醉于万千美感的发现之中，也无法维持其“家园”的纯粹而不走向悲剧。

从海外华文文学的文化理路看，顾城的遗作通过梦想与现实、情欲与利欲的矛盾，透露了一定的普遍性：情感的变质、生活设计的扭曲、理想的易损，以及意义坚持的艰难。正是这一点，恰恰与海外华人身份的冲突和焦虑深刻地关联在一起。不管顾城如何背负着诗歌的十字架，在海外走得多远，个人生活追求多么独特，他已无奈地被镶嵌在现代华人知识者及其所属民族的驳杂错杂、充满矛盾和悖谬的文化底色之中。他以审美与人生、幻象和俗世纠缠的个体形式，成为某种人类漂泊、荒诞的处境的象征。

五、其他作家作品

1. 刘观德及其《我的财富在澳洲》

刘观德（1949—），生于上海，1982 年毕业于华东师范大学中文系，1988 年自费赴澳留学，后离澳返回上海，任职于上海某出版社。其长篇小说《我的财富在澳洲》（上海文艺出版社，1991）是最早在中国大陆产生广泛影响的澳洲题材作品。主人公“我”出于在悉尼生存的需要，和其他同胞一样改头换面，移名易姓，成了澳洲的罗伯特·牛。痛切的感受和凄惨的处境，使他和其他“天涯沦落人”一道，使用大量幽默的格言写下辛酸：尽管自己做好了吃苦的准备，但仍一次又一次地碰壁于唐人街。“谁帮我出国，我将永记他的英名；谁帮我还债，让我回家，我将永不离乡。”罗伯特·牛终于在祈祷声中迎来了好运，成为一家日本餐馆的“剥压奴”。由此，“我”与这个餐馆的朝鲜族女老板之间，展开了一场秘而不宣的周旋：女老板竭力节省用在“我”身上的每一元工资，“我”则千方百计让她无法停止雇用我，并且还要适时地增加哪怕是极为可怜的时薪。“我”醒悟到什么叫做资本主义：在这个世界上单单把名字变成罗伯特·牛是远远不够的，“我”应该由表及里地尽可能“罗伯特化”。一个非中国的发现和体验，成为“我”在澳洲的真正“财富”。这个长篇作品对中国大陆读者来说，是一部“知青文学”热潮过后出现的、糅合了后现代黑色幽默风格和澳大利亚经历的“洋插队”故事，有关寻工、打工之苦的“五苦论”（即“吃不着苦的苦比吃苦的苦还要苦”），至今被誉为真切的海外打工体验的概括。相较而言，同是20世纪80年代后期赴澳留学又回国的皇甫君，其中篇小说《澳洲——美丽的谎言》（原载《电视电影文学》1991年第2期），可看作刘观德《我的财富在澳洲》的一个姊妹篇。作者以更富于纪实性的白描手法，描写了“洋插队”的种种艰辛。这部小说问世不久，连同刘观德的《我的财富在澳洲》一并被译为英文，合编为《苦桃李：关于近期中国学生在澳经历的两部小说》[①] 一书出版，成为澳大利亚知识界、教育界、行政界研究“中国学生问题”的重要参考资料，也成为该国主流英语出版界接受澳大利亚新华人文学的最早案例。

2. 汪红和曾夏儿

汪红（1962— ），生于上海。1984年毕业于上海师范大学中文系，1990—1992年留学澳大利亚，1993年回国后，出家，法号圆陀，现居上海。她的唯一的长篇《极乐鹦鹉》（花城出版社，2002）出现在刘观德小说约十年之后，虽然在表面题材上，仍以20世纪八九十年代之交的留学经历为故事背景，但却带来了和刘观德的幽默和写实感完全不同的风采。围绕“我是谁”与“我将如何把握命运”的幽思，作品展开了一群留学生更多样化的跨文化体验，空灵又富有弹性的文字把异域故事叙说得更为丰满、婉转神秘。特别是作品中叙述的多元视角、灵活的空间转换、多重的时间层面、现实与梦境的混杂以

① J. Bruce Jacobs & Ouyang yu, *Bitter Peaches and Plums: Two Chinese Novellas on the Recent Chinese Student Experience in Australia*, Monash Asia Institute, Monash University, 1995.

及“支离破碎”的音响、影像和言说更扩展了人物和读者的心理空间，使小说充满韵味。该作品以“极乐鹦鹉”为名也暗含深意。极乐鹦鹉原是南大洋洲鸟类，又名极乐鸟，鸣声凄厉，传说极乐鸟为神鸟，住在“天国乐园”里，吃的是天露花蜜，作者借此为书名，书中多次描写了鹦鹉凌空飞舞伴随着辽阔叫鸣的景色，一方面标识了澳大利亚风情，另一方面也具有反讽意味。鹦鹉性好学舌与模仿。恰好成为移民群体努力学习他国语言、模仿当地生活模式、追求“极乐”世界的潜在象征，但留学生在农场苦干、假结婚、作为黑民在社会底层挣扎求存的煎熬又与“极乐”形成了潜在而又尖锐的对比。小说以奇特的方式探索了移民生活错位、身份错乱的主题。作者的佛教情怀及其感应、报应式的情节处理使其故事蒙上了一层充满东方神秘主义的色彩，机锋百出，引人遐想和深思。这部小说超越了一般留学—居留—复归的出洋故事，成为全球化时代个体心灵命途情思的复杂交响。汪红提供了澳华长篇中迄今最具叙述魔力的语言艺术标本，标志了澳华小说从粗粝到精致的变迁轨迹。

曾夏儿（1950—），署名夏儿，广东佛山人，自幼兴趣广泛，博爱艺术。1989 年移居澳大利亚，当过街头画家、女佣等，先后两次赴欧洲旅行及游学，在欧洲与悉尼分别举办过个人画展。从 1998 年开始文学写作，长篇小说《望鹤兰》获 2007 年澳大利亚南溟文学基金资助，并由上海文艺出版社出版。小说以一个漂泊于澳大利亚和欧洲之间的女画家的心路历程为主要线索，细密地表现了一群中国知识分子在海外的分化，然而即使在一群身份焦虑、精神疲惫的闯荡者中间，仍有对于真挚纯洁的爱情和有意义的生活目标的执着追寻。与汪红相比，夏儿的小说风格远为朴素质直。

3. 刘奥和毕熙燕

刘奥和毕熙燕是刘观德之后、汪红之前，同样较着力于“留学—居留”题材的长篇作者。这显示了这一段经历在构筑新华人群体过程中的重要性。

刘奥（1959—），本名刘熙让，生于北京，原为《北京晚报》记者、编辑，1989年夏赴澳大利亚，先后居于墨尔本、塔斯马尼亚、昆士兰等地，读取了塔斯马尼亚大学文学博士学位，著有以澳大利亚华文文学为选题的学位论文。他的主要作品还是长篇小说，出版了《云断澳洲路》、《蹦极澳洲》和《澳洲黄金梦》等多部。在以刘观德《我的财富在澳洲》引起的澳洲题材热之间和之后，刘奥以规模较大的长篇小说，实现了这一题材的扩展和深入。同时他还尝试用不同的笔调，去书写中国新移民的澳大利亚体验。在开始阶段，他和不少作者一样，把留学—移民澳大利亚看作一种充满荒诞、混乱和苦痛的历程，逐渐地，他开始超越于一个特殊时代以特殊方式艰难的去留选择，而更多地在中国移民的经历中发现幽默和激情。其后，刘奥的长篇写作倾向于挖掘早期（淘金时代）华人移民的生活探险和文化斗争，如《澳洲黄金梦》就塑造了一批勇于开拓、敢于反抗的英雄式移民先驱的形象，力图在澳华写作中打开新生面。

毕熙燕（1957—），女，生于北京，1985年获北京师范大学古典文学硕士学位。1990年赴澳留学，现任教于悉尼大学中文系。主要创作有长篇小说《绿卡梦》，以及与凌之作品合编选集《桥上的世界》（东方出版中心，2000）。长篇小说《绿卡梦》（华夏出版社，1996）对澳大利亚于20世纪八九十年代迎来大批中国留学生时的社会状况（包括教育界的氛围），有相当全面和生动的描写。作品以“中国学生问题”为轴心，写了四个不同背景的女留学生的人生悲喜剧，情节辐射到澳大利亚社会各阶层、各种来源的居民生态和性格脸谱，有着同类题材作品中鲜见的世态广度，且语言相当洗练、生动，是澳华长篇小说中不可忽略的作品。

4. 施国英和苏玲

施国英（1965—），女，生于上海，毕业于上海师范大学中文系，曾任上海《文汇报》副刊编辑，1989年抵澳，后担任悉尼《自立快报》文学副刊《大地》主编、澳大利亚新州华文作家协会会长等职。施国英写有一系列白人形象的作品，成为华文作家中探析西人生活和性格中最细致和最有深度的少数几个作家之一。但她最重要的作品还是爱情题材的中篇小说《错爱》（1995 年 5 至 6 月连载于悉尼《自立快报》）。《错爱》中的女主人公李琳——一个来自中国大陆的留学生，恣意地游走于不同肤色、不同年龄、熟悉或陌生的各种各样的男人之间，用一次又一次疯狂的性爱来宣示“新女性”的诞生：视自由为至尊，肆无忌惮地享受青春，抗拒任何可能失去自由的因素，甚至分不清情人与朋友的界限。她的喜怒哀乐使男人们时而在天堂，时而又在地狱。从小就感到孤独的她，最承受不起的恰恰是爱与温情。在男人的忠诚、专一、刻骨铭心的爱恋中泪流满面，但骨子里的悲观主义和现实中的享乐主义时时提醒她：生命是一种无奈的存在，不要希望有什么美好的未来。这部带有自传色彩的中篇小说，刻意瓦解和颠覆传统男权文化所制造出来的情感至上的乌托邦幻觉，以此拓展女性拯救自身的可能性。

苏玲（1975—），女，本名李卓文，生于上海，1995 年移民澳大利亚。曾任悉尼《好杂志》编辑，自 1998 年起在澳洲当地及中国港台地区发表作品，以短中篇小说为主，包括《肯思花园》、《在爱情中去世》、《沉香记》、《前世今生》等。2000 年 6 月，新州华文作家协会和《东华时报》还曾为之举办了一次“苏玲作品研讨会”。苏玲的笔名是从张爱玲、苏青两位作家中各取一字合成，其作品特别显示了受张爱玲影响的痕迹。区别于施国英的后现代爱欲直白，苏玲更愿意从一些平凡女人甚至是小女人的日常追求中寻找美感——一种混合了小算计和“小心眼”的忧乐诗意，于平淡中透出微妙的感悟，放在移民生活中，蒙上了一种朦胧的失落和哀愁的暮霭。苏玲的文笔纯净、灵动，体现了澳华新一代的写作才智。

5. 王世彦、千波和西贝

王世彦（1954—），女，1982 年毕业于福建师范大学中文系，1989 年赴澳。著有《优美的，活着，死去》、《哭泣的歌》、《我想告诉你的故事》等短中篇小说，其中《优美的，活着，死去》获得《自立快报》中文创作之“短篇小说佳作奖”，并和《哭泣的歌》一同收于1998年版的《她们没有爱情——悉尼华文女作家小说集》。王世彦以清丽脱俗的笔触，细腻地描写了澳华新一代女性在困顿甚至不无险恶的环境中找寻友谊、爱情和生命之美的故事，其笔下的女主人公即使是末路狂奔，也不失优雅的情愫。

千波（1966—），本姓辛，生于天津，1988年毕业于北京大学中文系，1989年年底赴澳，1996年获悉尼大学中文硕士学位，现任中文教师、翻译。写有《漂亮房客》、《悉尼没有爱情》、《绿蜥蜴咖啡室》、《结婚记》等中短篇小说和大量散文，作品结集有《旅澳随笔》（成都出版社，1995）等，其心理描写生动而尖新，语言风格相当泼辣灵动。

西贝，女，本姓贾，生于天津，毕业于南开大学数学系，移民澳大利亚后，在悉尼科技大学获计算机网络技术硕士学位，现任职于信息业。1982年起即有诗、散文和小说发表，为《她们没有爱情——悉尼华文女作家小说集》一书的9位作者之一，其短篇小说《愤怒的蜥蜴》获中国台湾《中央日报》海外华文佳作奖。中篇小说《性的迷惘》描写一个抵澳不久的少女莫晓熙，在另一个女性沙利的帮助下，开始在这片土地上艰难谋生，并感到自己越来越深地迷恋上了沙利，最后亲眼看到沙利结婚因而与之分手，在情感的失落和现实的残酷中，拿起电话去接受一份“按摩院”的工作。小说尽管重复了澳华文学常见的留学生打工故事，但其内核不是“诉苦”，而是对女性复杂心性的探讨，笔致细腻，叙述委曲，是澳华小说中颇具特色的精品。

王世彦、千波和西贝在各自的风格化程度上，代表了澳华女性写作的新锐力量。

6. 庄伟杰和方浪舟

庄伟杰和方浪舟是澳华诗坛，特别是中国大陆新移民诗人中具有一定代表性的两位。

庄伟杰（1962—），原籍福建，1984年于福建师范大学中文系毕业，1989年底留学澳大利亚。赴澳前曾活跃于中国高校新诗运动，赴澳后创办和主编《满江红》杂志，任国际华文出版社社长和总编辑、澳洲华文诗人笔会会长，着力于诗歌创作、文学批评和书法艺术。在澳洲和中国大陆出版有诗集《神圣的悲歌》、《从家园来到家园去》、《精神放逐》、《东方之光》，散文集《远行的跫音》，评论集《缪斯的别墅》、《流动的边缘——海外华文文学的跨文化图景与阐释》等，并主编"澳洲华文文学"丛书（五卷本）和《澳华文学方阵》等。庄伟杰常在"放逐"母题中注入浪漫诗意，诗风狂放、洒脱且时有神来之笔，把澳华移民漂泊的生存困境、心灵焦灼化作悲歌与忧思，具有现代意识的话语魅力。

方浪舟（1964—），出生于福建一个道士之家，童年居于福建山区，后成为文学教师，赴澳后居于墨尔本。20世纪90年代初在澳大利亚中文报刊发表短诗。1993年在悉尼双语教育出版社出版诗集《鹰的诞生》（*The Birth of an Eagle*）。方浪舟的诗风含蓄蕴藉，善于表现大自然的景色和情致，从中品悟某种幽微的哲理，在一度普遍比较激切的澳华文风下显得宁静致远，别具一格。

7. 赵川、张奥列和何与怀

赵川（1967—），生于上海，1988年移居澳大利亚。作品以中英文发表于澳洲，中国大陆、台港地区，美国及欧洲。小说、散文和杂文被收入多种合集。1995年在悉尼与其他7位作者合出杂文集《悉尼八怪》，2000年由上海世纪出版集团出版个人散文集《海外·人》。曾获得澳洲、中国台湾地区和美国多项文学奖，包括澳洲首届华文创作短篇小说最佳优秀奖等。赵川以大量散文提高了澳华文坛精致的文字品质，文章每年都见于中国大陆的《读书》等重要杂志。

张奥列（1951—），生于广州，原广东省作家协会副秘书长。1991年年底移民澳大利亚后，长年任职于悉尼华文报界，已出版有

《悉尼写真》（海峡文艺出版社，1995）、《澳洲风流》（开益出版社，1996）、《澳华文人百态》（世界华文作家出版社，1999）、《家在悉尼》（中国文联出版社，2003）等。张奥列的海外写作，以新移民的视角表现了新移民在中西文化交互冲击下的情感和伦理变化，大批有关澳大利亚生活的散文随笔，有机地结合了社会报道和自我体验，多角度地表现了新移民的奋斗、进取和不足，是对澳大利亚华人社区较为平衡的反映，其文笔精审，语言洗练，于明白如话的晓畅中透出多种意味。

何与怀（1941—），广州人，毕业于南开大学外语系。20世纪80年代于新西兰奥克兰大学获博士学位，曾任澳大利亚悉尼华文作家协会副会长、新西兰中华联合会副会长等，现为《澳洲新报》“澳华新文苑”专版主编、悉尼华人文学艺术联合会召集人。何与怀主要写作散文和批评，出版有《精神难民的挣扎与进取》（香港当代作家出版社，2004）等，近年主持编辑“澳华新文苑”丛书。作为悉尼最为活跃的文学艺术活动家之一，其散文往往取材于中澳两地的重要社会文化事件和人物，整合相关资料，发为评说或感慨，信息量大且笔端常带激情。他的忆旧、怀人、悼亡之作，感情深挚，文学艺术批评文章也常常是个性化的散文。

何与怀、张奥列和赵川，分别代表了澳华散文老中青三代作家所达到的语言资质和艺术水准。

8. 黄惟群、田地、沈志敏和李明晏

黄惟群（1953—），原籍上海，“文革”期间下乡插队，后回城当过锅炉厂工人，1987年移民澳大利亚，先后在华文报业当过记者、编辑等，主要作品集为《不同的世界》，代表性作品为《赛思和他的女人与狗》，典型地体现了他体察多元文化的人类生活价值的同情心和细腻眼光，是澳华散文中的精品篇章。

田地（1954—），原籍东北，毕业于哈尔滨工业大学，曾为计算机软件工程师，1989年赴澳，曾做过“跑蚤市场”摊主及议会顾问、华人政治家秘书等，作品量很大，较著名的有华人移民家庭情感系列和出租车司机生涯系列，结集有《田地中短篇小说选》，他编剧的澳洲题材影视作品曾在中国大陆播出。其文风活跃泼皮，不避俗，极富生活气息，这为他赢得了大量的读者。

沈志敏（1956—），生于上海，曾下乡务农和做过工人、技校教师和经销员，1990年赴澳，写有《干杯，为这个世界》、《变色湖》、《与袋鼠搏击》、《兰花手指》、《旋转的黑洞》等大批短中篇小说。近年出版了长篇小说《动感宝藏》。沈志敏以澳大利亚生活题材和主题的多样性探索而引人注目。

李明晏（1936—），曾任黑龙江大学俄语系副教授，有俄罗斯作品译作约百万字，1990年移居澳大利亚，现为新南威尔士州一个华人作协负责人之一，主要作品为短篇小说和散文，其《黑色的节日》曾获悉尼《自立书报》澳洲中文创作奖的“散文佳作奖”（1995），作品结集有《澳大利亚：赌场、情场、商场》。李明晏擅于以多种族居民的生活故事引发对历史文化的感悟。

9. 新西兰的华文写作及其他

伴随着上述澳大利亚为主的文学现象，新西兰的华人华文写作也在世纪之交获得了发展。尽管新西兰总人口仅及澳大利亚的1/4，华人社区的规模也有限，但中国大陆的改革开放和移民增加也显著地改变着它的面貌。新西兰是当代国际上华文教育发展最快的国家之一。文学界中除了前述顾城移居新西兰数年所发散的文学影响外，还有艾斯、林爽、大卫王等作家活跃其间。从深圳移居奥克兰的探索性小说家谢宏也为这个移民文学世界增添了艺术实力。新西兰的华人华文作家的长篇小说和协会选本近年时有出版。另一方面，新西兰华人文学和澳华文学是互有联系、纽带众多的：顾城事件相关的人物移居悉尼后也是各种文学活动的参与者，前述的何与怀则是经历从新西兰到悉尼的文学活动家，他在悉尼所主编的媒体副刊推荐了孟芳竹等新西兰华文诗人的佳作。另一个从新西兰定居悉尼的重要女作家是胡仄佳，她不仅用大量文字为中澳读者书写明丽的新西兰风情，而且参与着国际性华文文学杂志的编辑，这和许多澳、新华文作品多见于港澳台地区和新加坡一样，反映了大洋洲华文文学的国际联系。

大洋洲华文文坛有一定影响的作家作品难以尽列。除上述外，还有不少作家在不同叙事环境中展示自己的才情。如擅写悉尼生活杂感的萧文夏、呈现沉郁风格的凌之、笔端基调明快的萧蔚等人，构成了大洋洲日渐扩大的女作家方阵；如小说家兼杂文家袁玮（1966—），其文风俏皮、刻意犯俗的写作，别有一番亦庄亦谐的情趣；如具有越南生活背景、现居墨尔本的心水（黄玉液，1944—），以反映越南华侨投奔怒海的长篇小说《沉城惊梦》而为文坛注目；如来自中国台湾地区的黄雍廉（1932—2008）和来自中国大陆的冰夫（1931—）、西彤（1930—）均为诗界元老，也在大洋洲发出了或苍白或清健的阳刚之声；又如在文学翻译领域，毕业于广州中山大学、移居澳大利亚西部重镇帕斯的平民（蔡田明，1956—），以“信、达、雅”的笔墨翻译了世界文学大师约翰生的《人的局限性》、《惊世之旅》等多部经典作品，个人还有《管锥篇述说》、《平民游记》、《西金山史话》等茁实的著述……他们多元共生、风格各异的书写，共同支撑着日趋繁盛的大洋洲华文文学星空。

思考题

1. 大洋洲特别是澳大利亚的国家历史和华人社会有何独特性，并由此形成何种华人移民独特的文化处境？

2. 澳华文学与世界其他地区华人华文文学有哪些异同？如何认识其发展状态和基本特色？

3. 当今澳华文学中有中国大陆背景的移民文学，有哪些新的重要问题需要研讨？

参考文献

1. 潘琳：《炎黄子孙——华人移民史》，陈定平、陈广鳌译，上海：上海三联书店 1992 年版。

2. 赖伯疆：《海外华文文学概观》，福州：海峡文艺出版社 1993 年版。

3. 潘亚敦：《海外华文文学现状》，北京：人民文学出版社 1996 年版。

4. 秦牧、饶芃子、潘亚敦主编：《台港澳暨海外华文文学大辞典》，广州：花城出版社 1998 年版。

5. 饶芃子、费勇：《本土以外——论边缘的现代汉语文学》，北京：中国社会科学出版社 1998 年版。

6. 陈贤茂主编：《海外华文文学史》，厦门：鹭江出版社 1999 年版。

7. 黄万华：《文化转换中的世界华文文学》，北京：中国社会科学出版社 1999 年版。

8. 公仲：《世界华文文学概论》，北京：人民文学出版社 2000 年版。

9. 江曾培主编：《中国留学生文学大系》，上海：上海文艺出版社 2000 年版。

10. 饶芃子：《世界华文文学的新视野》，北京：中国社会科学出版社 2004 年版。

11. 饶芃子主编：《流散与回望》，天津：南开大学出版社 2007 年版。

12. 杨匡汉：《中华文化母题与海外华文文学》，武汉：长江文艺出版社 2008 年版。

13. 杨加清主编：《东南亚华文文学大系》，厦门：鹭江出版社 2000 年版。

14. 黄孟文、徐迺翔主编：《新加坡华文文学史初稿》，新加坡国立大学中文系、八方文化企业公司 2002 年版。

15. 庄钟庆主编：《东南亚华文新文学史》，北京：人民文学出版社 2007 年版。

16. 王列耀：《隔海之望——东南亚华人文学的“望”与“乡”》，北京：中国社会科学出版社 2007 年版。

17. 王晓平：《近代中日文学交流史稿》，长沙：湖南文艺出版社 1987 年版。

18. 麦礼谦：《从华侨到华人——二十世纪美国华人社会发展史》，香港：香港三联书店 1992 年版。

19. ［美］周敏：《唐人街——深具社会经济潜质的华人社区》，北京：商务印书馆 1995 年版。

20. 黄万华：《传统在海外——中华文化传统和海外华人文学》，济南：山东文艺出版社 2006 年版。

21. 刘俊：《从台港到海外——跨区域华文文学的多元审视》，广州：花城出版社 2004 年版。

22. 刘登翰主编：《双重经验的跨域书写——20 世纪美华文学史论》，上海：上海三联书店 2007 年版。

23. 钱超英：《“诗人”之“死”：一个时代的隐喻——1988 至 1998 年间澳大利亚新华人文学中的身份焦虑》，北京：中国社会科学出版社 2000 年版。

24. 钱超英编：《澳大利亚新华人文学及文化研究资料选》，杭州：中国美术学院出版社 2002 年版。

25. 《世界华文文学研究文库》（第一辑），广州：花城出版社 2012 年版。

后　记

在多次世界华文文学国际研讨会期间，我们见证了海外华文文学在世界范围内日趋繁盛的景象，也从30多年来这一领域丰硕的学术成果中，感受到“海外华文文学”作为新兴学科出现的事实。作为学科知识体系的基本载体，特别是作为“海外华文文学”这一新兴学科建设的基础性工作，以及作为大学文科通识性教育不可或缺的内容，编写一本较为完备的《海外华文文学教程》，应当提到议事日程上来。这样，缘于学科建设的迫切和大学文学教育的需要，《海外华文文学教程》遂作为“暨南大学海外华文文学与华语传媒研究中心”的重点课题立项，同时列入广东省名牌专业——暨南大学汉语言文学教材系列的建设项目，由我们组织有关专家参与编撰。历时三年，终可略陈所会，与读者共享此一特殊的文学时空。

中华文化流播于海外，炎黄子孙浪迹于异域，生存状态之不同，生活方式之有别，情感世界之多变，构成了中华儿女丰富的海外传奇，也化作了中外文化有差异、有碰撞、有交汇的艺术结晶——海外华文文学。此一文学领域，无疑具有了跨文化、跨地域、跨国别的鲜明特征，从而也与中国本土文学互补互动，共同构建自立于世界文学之林的整体性汉语文学体系。也因此，研读与言说跨文化和世界性的海外华文文学，其蕴含的文化的多样性和文学的丰富性，可以大大拓展我们的视野，开阔学人的思路，借异而识同，借无而得有，反过来也为中国文学传统学科的教学与研究，提供一种殷鉴、比较和参照。

《海外华文文学教程》的对象是高等学校文科大学生、研究生，以及广大文学爱好者。从学术层面上，它是一种“中度阅读”的教材。也就是说，它对于一般学生是“观景台”，从中可以观察到世界文苑已经形成的这一道独特的风景线；对于有志者则是“一座桥”，走上去，再出发，进入深层的阅读与研习。这样，教程需要迥异俗流，不能仅仅停留于作家作品的概述与赏析，而需要有理念，有思想，有实用性与学术性兼具的诉求。根据这一想法，我们力求在《海外华文文学教程》中，以诗学的理论透视为核心，以作家作品的评述为中心，以区域特质的考量为重心，做到四个“结合”——“论”与“史”结合，“点”与“面”结合，“讲”与“评”结合，“述”与“考”结合。自然，作为难度较大的教材建设的此一教程，疏漏与偏颇定然难免，也有待诸多方家在论证的完整度和结构的完密度方面，弥补缺憾，批驳弹正。

《海外华文文学教程》各章节的执笔者为：饶芃子（导言、第一章第一、三、四节）；饶芃子、费勇（第一章第二节）；吴奕锜（第二章第一至三节）；王列耀（第二章第四节）；曹惠民（第二章第五节）；刘俊（第三章第一至五节之一）；李亚萍（第三章第五节之二）；黄万华（第四章）；钱超英（第五章）；由饶芃子策划和总体设计；由饶芃子和杨匡汉负责全书审稿和统稿工作。蒲若茜教授和陈玉珊博士分别做了许多辅助工作，付出了辛勤的劳动。

由衷感谢暨南大学出版社慨然承担了《海外华文文学教程》的印行，于2009年7月出版。徐义雄社长的支持及责任编辑高效而又细致的审校，为此项教材的出版作出了贡献。2012年12月，《海外华文文学教程》入选第一批“十二五”普通高等教育本科国家级规划教材，本次再版，我们又作了一些修订和补充，以求在教学实践中更加完善和稳定。

饶芃子　杨匡汉

2014年4月修订于暨南大学